中华国学文库

饮水词笺校

〔清〕纳兰性德 撰

赵秀亭 冯统一 笺校

中 华 书 局

图书在版编目(CIP)数据

　　饮水词笺校/(清)纳兰性德撰;赵秀亭,冯统一笺校. —北京:中华书局,2011.1(2022.4 重印)
　　(中华国学文库)
　　ISBN 978-7-101-07710-0

　　Ⅰ.饮… Ⅱ.①纳…②赵…③冯… Ⅲ.词(文学)-作品集-中国-清代 Ⅳ.I222.849

　　中国版本图书馆 CIP 数据核字(2010)第 234108 号

书　　　名　饮水词笺校
撰　　　者　〔清〕纳兰性德
笺 校 者　赵秀亭　冯统一
丛 书 名　中华国学文库
责任编辑　厚艳芬　尹　涛
出版发行　中华书局
　　　　　　（北京市丰台区太平桥西里 38 号　100073）
　　　　　　http://www.zhbc.com.cn
　　　　　　E-mail:zhbc@zhbc.com.cn
印　　　刷　河北新华第一印刷有限责任公司
版　　　次　2011 年 1 月第 1 版
　　　　　　2022 年 4 月第 9 次印刷
规　　　格　开本/880×1230 毫米　1/32
　　　　　　印张 13⅝　插页 2　字数 366 千字
印　　　数　40001-45000 册
国际书号　ISBN 978-7-101-07710-0
定　　　价　38.00 元

中华国学文库出版缘起

《中华国学文库》的出版缘起,要从九十年前说起。

1920 年,中华书局在创办人陆费伯鸿先生的主持下,开始编纂《四部备要》。这套汇集三百三十六种典籍的大型丛书,精选经史子集的"最要之书",校订成"通行善本",以精雅的仿宋体铅字排印。一经推出,即以其选目实用、文字准确、品相精美、价格低廉的鲜明特点,最大限度地满足了国人研治学问、阅读典籍的需要,广受欢迎。丛书中的许多品种,至今仍为常用之书。

新中国成立之后,党和国家倡导系统整理中国传统文献典籍。六十馀年来,在新的学术理念和新的整理方法的指导下,数千种古籍得到了系统整理,并涌现出许多精校精注整理本,已成为超越前代的新善本,为学界所必备。

同时,随着中华民族以前所未有的自信快速发展,全社会对中国固有的学术文化——国学,也表现出前所未有的关注和重视。让中华文化的优秀成果得到继承和创新,并在世界范围内进行传播和弘扬,普惠全人类,已经成为中华民族的历史使命。当此之时,符合当代国民阅读需要的权威的国学经典读本的出现,实为当务之急。于是,《中华国学文库》应运而生。

《中华国学文库》是我们追慕前贤、服务当代的产物,因此,它自当具备以下三个基本特点:

一、《文库》所选均为中国学术文化的"最要之书"。举凡哲学、历史、文学、宗教、科学、艺术等各类基本典籍,只要是公认的国学经典,皆在此列。

二、《文库》所选均为代表当代最新学术水平的"最善之本",即经过精校精注的最有品质的整理本。其中既有传统旧注本的点校整理本,如朱熹《四书章句集注》,也有获得学界定评的新校新注本,如余嘉锡《世说新语笺疏》。总之,不以新旧为别,惟以善本是求。

三、《文库》所选均以新式标点、简体横排刊印。中国古籍向以繁体竖排为标准样式。时至当代,繁体竖排的标准古籍整理方式仍通行于学术界,但绝大多数国人早已习惯于现代通行的简体横排的图书样式。《文库》作为服务当代公众的国学读本,标准简体字横排本自当是恰当的选择。

《中华国学文库》将逐年分辑出版,每辑十种,一次推出;期以十年,以毕其功。在此,我们诚挚希望得到学术界、出版界同仁的襄助和广大读者的支持。

中华书局自 1912 年成立,至今已近百岁。我们将《中华国学文库》当作向中华书局百年诞辰敬献的一份贺礼,更是向致力于中华民族和平崛起、实现复兴大业的全国人民敬献的一份厚礼。我们自当努力,让《中华国学文库》当得起这份重任,这份荣誉。

中华书局编辑部

2010 年 12 月

目　录

饮水词笺校

目
录

13

卷五

附录

前　言

　　《饮水词》是清初词人纳兰性德的词集。纳兰性德，原名成德，后改性德，字容若，号楞伽山人；满洲正黄旗人，大学士明珠长子，生长在北京。性德自幼聪慧好学，长而博通经史，尤好填词，并以词人名世。康熙十五年（一六七六）成进士，康熙十七年授乾清门三等侍卫，后循迁至一等；多次随扈出巡，并曾奉使梭龙，考察沙俄侵边情况。他生于顺治十一年（一六五五），卒于康熙二十四年（一六八五），年仅三十一岁。

　　纳兰性德的著述十分丰富，今存《通志堂集》包括赋一卷，诗四卷，词四卷，经解序跋三卷，序、记、书一卷，杂文一卷，《渌水亭杂识》四卷。除此之外，他还编刻过《大易集义粹言》、《词韵正略》、《今词初集》、《通志堂经解》等书。

　　纳兰性德才华艳发，虽是蒙古裔的满族人，气质上却多受汉文化影响。他曾有积极用世的抱负，却更向往温馨自在、吟咏风雅的生活。侍卫职司单调拘束，远不合他的情志，因而雄心销尽，失去了"立功"、"立德"的兴趣。上层政治党争倾轧的污浊内幕，更导致他厌畏思退。诗人的禀赋和生活处境的矛盾，使他憔悴忧伤、哀苦无端，于是便把无尽凄苦倾诉于笔端，凝聚为哀感顽艳的词章。他的词把原属个人的哀怨融扩为带有普遍性的人性抒发，具有独特的个性和强烈的感染力。三百年来，尤其近百年来，他是拥有读者最多、影响最大的清代词家，他也是中国古代最杰出的词人之一。

纳兰性德早年曾刻《侧帽词》，康熙十七年（一六七八）又委托顾贞观在吴中刊成《饮水词》。此二本刻于性德生前，今皆不见传本，只知《饮水词》收词不多，仅百馀阕，想来《侧帽词》收词亦不会多。

对饮水词的编辑整理是在纳兰性德身后。康熙三十年（一六九一），性德师友徐乾学、顾贞观、严绳孙、秦松龄诸人为其编刻《通志堂集》，其中词四卷，共三百首，出自顾贞观手订。同年，性德好友张纯修在扬州又有《饮水诗词集》之刻，其中词三卷，排次与《通志堂集》相同，惟收词略有增减而已。

清中后期刊刻的饮水词集，以两种《纳兰词》最为重要。一为汪元治结铁网斋本《纳兰词》（道光十二年），另一为许增娱园本《纳兰词》（光绪六年）。两种本子都在补辑佚词方面取得了很大成绩，使性德词的总数达到三百四十馀首。本书笺校者曾力图觅得这二种《纳兰词》所补佚词的原始出处，但迄今未能尽如所愿。汪刻本刊行时，《饮水》、《侧帽》原刻本尚存世，汪氏曾据以参校；汪本收录的大多数词，都不是从《通志堂集》录得，而另有其源头依据。因此，对于饮水词的校勘来说，汪刻本更具有他本所无的特殊价值。

上个世纪百年间，纳兰性德的词集（包括词选本）出版不少于五十次，比其他任何一位清代词家都多。读者喜爱纳兰性德词的情况，由此可见。出版次数最集中的时段，在二三十年代和八十年代之后，与这个世纪文化生态的兴衰相一致。其间影响较大的几种刊本为：李勣《饮水词笺》（一九三七，南京正中书局），是为纳兰性德词集的第一个注本。该本用传统笺释法，注重稽求语辞出处，给后来的注释者奠定了一定的基础。冯统《饮水词》（一九八四，广东人民出版社），以《通志堂集》为底本，以张纯修刻本、汪元治刻本及嘉庆前多种词选本共十一种参校，对性德词作了第一次全面校订。早期各本中词的面貌，可藉此本得以知晓。九十年代出了两种《纳兰词笺注》，一为张草纫笺本（一九九五，上海古籍出版社），一为张秉戍笺本（一九九六，北京出版社）。张草纫本是校注合一本，以光绪年间许增刻本为底本，以《通志堂集》至谭献《箧中词》等共十二种参校；注释则在李勣笺注基础上有所订补。张秉戍本则比较注重作品的评点和赏析。还有一本书须特别提到，即上海古籍出版社影印出版的《通志堂集》（一九七八）。由于该书的出版，纳兰性德的各种著作才得以广为学界所知。如果没有影本《通志堂集》的流布，二十多年来纳兰性德研究的热潮，或将难以出现。

　　回顾数百年纳兰性德词的传世过程，可以看出，纳兰性德词的影响日益扩大，关注和喜爱他的词的读者越来越多，学者的研究也日渐深入。词的各种刊本、选本以及笺校本，都为纳兰词的传播和研究起了积极作用。

　　本书是一个新的笺校本，在前人的基础上，重新对纳兰性德的词作全面整理。纳兰性德生前，曾自定其词集名为"饮水词"；道光以前人，也无例外地称他的词为"饮水词"。"如鱼饮水，冷暖自知"，寄寓了性德的人生感慨，"饮水词人"又被人当做了他的代称。因此，本书仍用"饮水"二字，题为"饮水词笺校"。有关的整理工作，包括迻录原词、标点、校订、补辑、笺注、说明和辑评等内容。全书分编五卷。

迻录原词，前四卷以《通志堂集》的四卷词为底本，并遵照其排次。底本中的明显错讹，如夺字、误植词牌等，均采用参校本订补，并出校记。与参校本相比，底本在格律和取意诸方面明显缺失的地方，也依他本订入正文，并出校记。这样做，希望能免却底本的缺陷，形成一个更完善的新文本。循校勘通例，底本与其他本子凡有不同的地方，也悉数出校记，以存各本面貌。

第五卷为增补卷，补辑《通志堂集》未收词四十八首，其中一首为新发现的佚词。补辑的依据，除列入参校的各本外，还有《枫江渔父图跋》、《西畬蒋氏宗谱》等多种文献及许增娱园本《纳兰词》。个别词据性德存世手迹补入。增补词凡有两个以上不同来源的，一般选择无明显文字差错或文意较优的一个为底本，其馀作为参校本入校。由于这个原因，第五卷词的次序未能尽按其底本的刊刻时间先后排列。

标点全依《词谱》、《词律》，所用符号大体依传统的点词格式，即谱上所谓之"韵用句，句用逗，逗用顿，骈骊处用分"。因为词的标点不仅是文辞的断句，还关乎已失传的词的乐句格式，因此，例不用叹号、问号等感情色彩的标号。

本书初版本的参校本共十一种；此次修订，增至十五种。所有参校本的选择，仍按初版本的原则，以清中期以前（一八四〇年以前）为时限。十五种参校本为：

《今词初集》　顾贞观、纳兰性德编，康熙十七年刻本

《清平初选后集》〔一〕　张渊懿、田茂遇编，康熙十七年刻本

《东白堂词选》　佟世南编，康熙十七年刻本

《古今词汇》三编　卓回编，康熙十八年刻本

《百名家词钞》　聂先、曾王孙编，康熙二十三年前后绿荫堂刻本

《瑶华集》　蒋景祁编，康熙二十五年天藜阁刻本

《饮水诗词集》　张纯修编，康熙三十年刻本

《草堂嗣响》　顾彩编，康熙四十八年辟疆园刻本

《古今词选》　沈时栋编，康熙五十五年瘦吟楼刻本

《精选国朝诗馀》〔二〕　陈淏编，乾隆二十七年刻本

《昭代词选》　蒋重光编，乾隆三十二年经锄堂刻本

《国朝词雅》　姚阶编，嘉庆三年刻本

《国朝词综》　王昶编，嘉庆七年刻本

《饮水词钞》　袁通编，嘉庆小仓山房刻本

《纳兰词》　汪元治编，道光十二年结铁网斋刻本

此外，个别词的校订还参用了纳兰性德词稿手迹。

本书的笺注和说明，用意各有所侧重。局部辞句的解释在"笺注"，整首词意的疏解用"说明"。笺注是在前人的基础上进行的，但若没有相当分量的修改和增补，则不足以称为是一个新的注本。本书特别注意在三个方面拓宽"笺注"的范围，即：

〔一〕《清平初选后集》清末石印本改称《词坛妙品》。

〔二〕《精选国朝诗馀》刻于潘游龙编《精选古今诗馀醉》卷首。

作者着意应用而旧注未能觉察的典故，作品相关密切的即时现实时事，以及作者移用、化用友人的成句。如卷二《木兰花令》用谢朓诗，卷一《梦江南》（铁瓮古南徐）用康熙帝"射江豚"时事，卷五《浣溪沙》（寄严荪友）化用严绳孙成句等条，都应属比较重要的新注。其次，还对许多旧注给出了新的诠释，或更换为我们认为更觉恰当的例证。

作品的创作本事及编年，大多在"说明"一项中体现。"说明"以考证为主，较少涉及赏鉴和评论。对许多词而言，"说明"实际上是阐释的重心。它着眼于探索创作的具体历史情境，力求体知作者的真实话语背景，揭示作品自在的而非后人臆加的题旨和内容。以此为据，进而确定创作时间，给出尽可能准确的编年。这次修订，"笺注"和"说明"两部分都有所订补。学界对初版本的一些中肯批评和近来发现的新史料，都给修订工作提供了重要帮助。

本书的前言，对纳兰性德的生平、思想及创作未做全面细致的介绍评析。书中所有笺释都只为协助读者阅读原词。《饮水词笺校》这样的书，属古籍整理范畴，其预想的读者，原本就是对纳兰性德有一定了解的人群。我们希望读者能直面原作，得出自己的理解和认识。另外，全面的评介势必使前言篇幅太长，为本书所难容纳。对纳兰性德的思想面貌、经历行迹等诸多问题，在词的"说明"中已提出了一些看法。如性德慨叹兴亡的作品，大多写于东北，这应该与他的家族史有关。因此这些感叹和明遗民的兴亡之作既有历史情境的不同，也有感情状态的相同。又如，生于满洲贵胄之家的纳兰性德，不藉门阀骄人，以真性情对待友人知交，故此，在他身后，师友哀悼文字中的交口赞誉显然是真实的，尤其是大多出自汉族知识分子的称誉，更是真正情谊的体现，绝非如一些研究者所言，是所谓"希康熙帝意旨"、"秉康熙帝旨意"的刻意行为。再如，清末产生的关于性德曾眷一"入宫女子"的传说，民国时即有人视为信实，指性德的某些词为佐证。其实这种传说于史无征，作为佐证的词也多为郢书燕说的误解。如《减兰》"相逢不语"一首，据云是写与"宫中表妹"在"宫中重逢的情景"，但有确凿证据证明这首词写的是沈宛，与宫女全然风马牛。诸如此类意见，本书都作为"笺注"和"说明"的内容，在有关词作的考证中表述。先做考证，再有结论，而不是先认定一个成见，再按照成见的需要去强解词意，才是正确的阐释原则。

"辑评"辑录前人的评语，分别置于被评的词之后。修订时增补了清人评语，近人和今人的议论选录较少。

修订本的"附录"，收录康熙时期的文献十二种，均为记载纳兰性德生平、创作的第一手资料。有关这些文献的介绍，以"按语"形式随附在各篇前后。

完结了《饮水词笺校》的修订，作为笺校者，我们没有感到多少成功的轻松。词的疏解和编年靠"说明"，我们还无力给每首词都做出说明；现有的说明，也难免错谬。学力不足，文献难征，发覆抉微，洵非易事。据说"诗无达诂"，但诗人创作的时间场合、对象缘由等项，却不容有多解，因为客观真实只有一个。每逢我们有足够的凭据，得以考实词作后面的一节史事，晓悟词人的一段衷曲，或破解一个久远的谜团时，那种豁然开朗的愉快真是难以言喻，似乎三百年前的词人在朝我们走近，他的身影刹那间变得清晰。可惜遇到这种愉快的机会一直不多。"笺注"也是如此，有些疑难语句仍然解决不了，有些分明欠妥的旧注仍在沿用。和笺释相比，较高的期望在校订。为《饮水词》整理出一个最完善、最少疵病的文本，是我们企求的最高目标。初版本由于校对不精，这个目标没能达到。这次修订全力加强了校对，相信应能杜绝排印差错，使校订成果得到完满实现。

纳兰性德离开人间三百多个春秋了，世界的模样早已面目全非。什刹海畔，皂荚村头，已难觅得饮水词人的些许遗迹。不可思议的是，竟然还有无数的人在读他的词，为他那烟水迷离的词境着迷。七十年前曾有人预言：到社会主义时代，纳兰词将和《红楼梦》、曼殊大师的名画一起被焚毁，事实却未如预言家之所料。生活在现代喧嚣中的人们仍然需要饮水词，涵泳品味，从中寻找精神的"休息处"，寻找情感的共振点。"两岸三地争说《饮水词》"，已成为近年的一道文化景观。纳兰性德说："如鱼饮水，冷暖自知。"他的"冷暖"，也许后人不能尽知，但类似的心灵感受，我们也曾有过体验。《饮水词》至今能令读者心旌摇荡，其魅力或即在此。"后身缘恐结他生里"的词句，纳兰性德只写给了挚友顾贞观，他不会想到三百年后人们对他的深切关注。那么，就把这本《饮水词笺校》，权当我们与他的一段"后身缘"罢。

本书初由辽宁教育出版社刊行（二〇〇一年七月）。此为修订重排本，改由中华书局出版。书中种种错谬阙失，尚祈读者不吝指正。

二〇〇四年夏月　笺校者

饮水词笺校卷一

梦江南

江南好，建业旧长安。紫盖忽临双鹢渡，翠华争拥六龙看。雄丽却高寒。

【校订】

　　词牌名汪刻本作"忆江南"，下同。

【笺注】

　　建业：汉称秣陵县，建安十六年，孙权徙治秣陵，改称建业，后世又名建康、金陵，清为江苏江宁府。地即今南京市。

　　旧长安：李白《金陵》三首："晋家南渡日，此地旧长安。地即帝王宅，山为龙虎盘。"长安为汉唐都城，后人常以长安喻指都城。建业为六朝故都。

　　紫盖：盖，遮阳蔽雨之具，其用如伞，其形平顶垂幔，曲柄或直柄。紫盖为帝王仪仗之一种。沈约《齐故安陆昭王碑》："陪龙驾于伊洛，侍紫盖于咸阳。"纳兰性德《江南杂诗》："紫盖黄旗异

1

昔年，乌衣朱雀总荒烟。"

　　鹢：谓鹢首，指舟船。古习以鹢鸟形绘于船首两侧，以惧江神。《太平御览》引吕静《韵集》："鹢首，天子舟也。"

　　翠华：即翠葆，以翠羽为饰之旗幡，帝王仪仗之一种。司马相如《上林赋》"建翠华之旗"，李善注："翠华，以翠羽为葆也。"

　　六龙：指皇帝车驾。天子车驾用六马，称六龙。《仪礼》郑玄注："马八尺以上为龙。"李白《上皇西巡南京歌》："谁道君王行路难，六龙西幸万人欢。"

　　雄丽却高寒：张孝祥《水调歌头》"金山观月"："江山自雄丽，风露与高寒。"

【说明】

　　康熙二十三年（一六八四）九月至十一月，清圣祖首次南巡，抵扬州、苏州、无锡、镇江、江宁等地，性德以侍卫随扈。徐乾学《纳兰性德墓志铭》："上之幸海子、沙河，及西山、汤泉，及畿辅、五台、口外、盛京、乌剌，及登东岳、幸阙里、省江南，未尝不从。"性德于途次作《与顾梁汾书》云："扈跸遄征，远离知己，君留北阙，仆逐南云。……趣马微劳，臣职已定。……身在属车豹尾之中，名属缀衣虎贲之列，尚敢与文学侍从铺羽猎而叙长杨也乎。"（《通志堂集》卷十三）此词并以下十阕《梦江南》俱南行闻见之作。前三阕写江宁（南京）。

又

江南好，城阙尚嵯峨。故物陵前惟石马，遗踪陌上有铜驼。玉树夜深歌。

【笺注】

　　城阙尚嵯峨：嵯峨，高峻状。李商隐《咸阳》诗："咸阳宫阙郁嵯峨。"

　　陵前惟石马：陵，南京明太祖孝陵。明清易代之际，陵前建筑毁于战火，惟石人石兽尚兀立。杜甫《玉华宫》诗："当时侍金舆，故物独石马。"韦庄《闻再幸梁汴》诗："昭陵石马夜空嘶。"

　　铜驼：《晋书·索靖传》："靖有先识远量，知天下将乱，指洛阳宫门铜驼，叹曰：会见汝在荆棘中耳。"

　　玉树：曲名，即《玉树后庭花》曲，陈后主叔宝制。《隋书·乐志》："陈后主于清乐中造《黄骊留》及《玉树后庭花》、《金钗两鬓垂》等曲，与幸臣等制其歌词，绮艳相高，极于轻荡，男女唱和，其音甚哀。"杜牧《泊秦淮》诗："商女不知亡国恨，隔江犹唱后庭花。"

又

江南好，怀古意谁传。燕子矶头红蓼月，乌衣巷口绿杨烟。风景忆当年。

【笺注】

　　燕子矶：在南京东北郊，矶岩峭绝，三面俯临大江，为登临胜地。

　　蓼：草名，丛生泽畔湿地，高可数尺，秋发红穗，俗称"水红"。

　　乌衣巷：在南京城内东南角，东晋时望族王谢两家多居此。刘禹锡有《乌衣巷》诗。又陈维崧《题姚简叔画》诗："红板桥东白石祠，乌衣巷口绿杨枝。"

【说明】

燕子矶二句，一写城外，一写城内；一写秋，一写春，约略道出江宁风致。清圣祖南巡，十一月初一至江宁，初二谒明孝陵，初四出城，驻跸燕子矶。在江宁凡四日。

江南好，虎阜晚秋天。山水总归诗格秀，笙箫恰称语音圆。谁在木兰船。

虎阜：即虎丘，在苏州城外。性德《渌水亭杂识》："虎丘山在吴县西北九里，先名海涌山，高一百三十尺，周二百十丈。遥望平田中一小丘，比入山，则泉石奇诡，应接不暇。"《吴越春秋》："阖闾葬此三日，金精为白虎踞其上，因名虎丘。"性德《与顾梁汾书》："虎阜一拳，依稀灵岫。"

语音圆：苏州方言语音柔润，所谓"吴侬软语"。

木兰船：木兰舟。任昉《述异记》有鲁班刻木兰为舟之传说。施绍莘《梦江南》词："人何处，人在木兰船。"（施词见性德与顾贞观合编之《今词初集》）

【说明】

此阕写苏州。圣祖十月二十六日抵苏州，二十七日游虎丘，谓侍臣曰："向闻吴阊繁盛，今观其风土，大略尚虚华，安佚乐。家鲜盖藏，人情浇薄。"其观感与性德迥异。

又

江南好，真个到梁溪。一幅云林高士画，数行泉石故人题。
还似梦游非。

【笺注】

真个：果真。

梁溪：无锡西门外水名，亦为无锡之代称。

云林：倪瓒，字元镇，号云林居士，元末画家，善绘山水；性
简洁，人称高士。句谓无锡风景如云林画境。

数行句：谓所见泉石多有故人题咏。故人，泛指友人，性德友
人多为江浙名士。

又

江南好，水是二泉清。味永出山那得浊，名高有锡更谁争。
何必让中泠。

5

【笺注】

二泉：在无锡惠山东麓。康熙四年，无锡知县吴兴祚筑二泉亭
于泉侧，吴伟业《惠山二泉亭，为无锡吴邑侯赋》诗："九龙山畔
二泉亭，水迭名标陆羽经。治行吴公今第一，此泉应足胜中泠。"
程穆衡笺："九龙山在常州府城北，自孤陈山至此凡九岭，故名。

其在无锡者曰惠山。第二泉，源出惠山石穴，陆羽品天下水，味此其第二，故名。又曰陆子泉。"

出山：杜甫《佳人》诗："在山泉水清，出山泉水浊。"

有锡：《常州图经》："惠山之侧有锡山，其山出锡。古谣云：有锡兵，天下争；无锡宁，天下清。"杜文澜《古谣谚》引陆羽《慧山寺记》："慧山，古华山也。山东峰当周秦间，大产铅锡，故名锡山。汉兴，锡方殚，故创无锡县。王莽时锡复出，改县名曰有锡。至孝顺之世，锡果竭，顺帝更为无锡县。"

中泠：中泠泉，在镇江金山下，今已湮。王十朋《东坡诗集注·游金山寺》诗注引程缜曰："扬子江有中泠水，为天下点茶第一。"

【说明】

以上二阕写无锡。二泉一阕尤存深意。杜诗《佳人》"在山出山"句，仇兆鳌注："谓守正清而改节浊也。"性德友人多前明旧人，纷纷"出山"入仕清朝，词因反杜诗意而用之。南巡十月二十七日夜抵无锡，二十八日圣祖观惠山，日晡启程至丹阳，在无锡不足一日。

又

江南好，佳丽数维扬。自是琼花偏得月，那应金粉不兼香。谁与话清凉。

【笺注】

佳丽句：王士禄《八声甘州》"扬州作"词："醉馀惆怅绝，

是从来、佳丽说扬州。"性德《平山堂》诗:"欲问六朝佳丽地,此间占绝广陵秋。"维扬,《尚书·禹贡》"淮海惟扬州",上古"维""惟"互用。后人以维扬指代扬州。

琼花:扬州名花。周密《齐东野语》:"扬州后土祠琼花,天下无二本。绝类聚八仙,色微黄而有香。其后宦者陈源命园丁取孙枝,移接聚八仙根上,遂活,然香色大减。后土之花已薪,而人间所有者,特当时接本,仿佛似之耳。"王士禛《香祖笔记》:"世言琼花,天下惟扬州蕃厘观一株。"

偏得月:扬州月色向为人称赏。徐凝《忆扬州》诗:"天下三分明月夜,二分无赖是扬州。"

金粉:谓菊。欧阳修《渔家傲》词:"惟有东篱黄菊盛,遗金粉。"柳永《甘草子》词:"叶剪红绡,砌菊遗金粉。"

【说明】

此阕写扬州。结句以问语出之,似颇寂寞。清圣祖至扬州,仅十月二十二日停留半日,登览蜀冈栖灵寺、平山堂及天宁寺。

又

江南好,铁瓮古南徐。立马江山千里目,射蛟风雨百灵趋。北顾更踟蹰。

【笺注】

铁瓮:铁瓮城,古润州(即京口,今镇江)子城,深狭而坚。杜牧《润州二首》诗自注:"润州城,孙权筑,号为铁瓮。"王令《忆润州葛使君》诗:"金山寺近尘埃绝,铁瓮城深气象雄。"

南徐：南朝宋元嘉八年，在京口置南徐州，辖晋陵、南东海二郡。

立马句：此句纪实。山，指金山，在镇江东北长江中（今已与南岸相连）。性德《金山赋》："天子乃……泛楼船于中流，遂登兹山，驻跸而骋望焉。于是南眺江路，百川争赴……北眷海门，万壑竞奔……是日也，皇情既畅，天颜有喜，爰亲展宸翰……题以'江天一览'，永宠光于山寺。时某以小臣，幸得备虎贲之执戟，隶宿卫于钩陈……稽首而献颂曰：圣德备矣巡万方，鸾旂羽葆纷蔽江。蛟龙为驾鼋鼍梁，陟彼金山瞰大荒。"立马，完颜亮诗："提兵百万西湖上，立马吴山第一峰。"（见岳珂《桯史》）千里目，王之涣《登鹳雀楼》诗："欲穷千里目，更上一层楼。"

射蛟：《汉书·武帝纪》："（元封）五年冬，行南巡狩……自浔阳浮江，亲射蛟江中，获之。"此喻康熙帝南巡临江之武威。又，圣祖曾自云："朕甲子年（按即康熙二十三年）南巡，由江宁登舟，趣金山寺，至黄天荡，风大作，时众皆惧而下篷，朕独令满挂船篷，截风而行，仡立船头射江豚，略不经意。"（《康熙起居注》四十五年十月初六）据此，词云"射蛟"，亦近写实。

百灵：诸方神灵。宋之问《扈从登封告成应制》诗："百灵无后至，万国竞前驱。"柳宗元《王京兆贺雨表》："圣谟广远，驱百灵以从风；神化劳行，滋五稼而流泽。"

北顾：北固山，又称北顾山。在镇江东北，三面临江，为眺望江北之佳地，梁武帝称为"京口壮观"。《世说新语·言语》："荀中郎在京口，登北固望海，云：虽未睹三山，便自使人有凌云意。"

踌躇：状留连难舍之辞。性德《江南杂诗》："最是销魂难别处，扬州风月润州山。"

又

江南好，一片妙高云。砚北峰峦米外史，屏间楼阁李将军。金碧蠹斜曛。

【笺注】

妙高：金山极顶有宋僧所建晒经台，名妙高台，峰亦名妙高峰。妙高本为须弥山，金山多佛寺，因袭用。妙高云，谓佛家慈云。性德《圣驾临江恭赋》诗："却上妙高台，悠悠天水碧。"

砚北：南唐后主得名砚逾尺，砚周有三十六峰，皆大如手指，称砚山。砚后归宋书画家米芾。米芾筑宅于镇江府治东南（甘露寺下傍江处），宅地即以砚易得。南宋绍定间，米氏故居归岳珂，珂即其地筑园，名砚山园。事见《悦生随钞》及《明一统志》。词云砚北，即砚山园之北。

米外史：米芾，字元章，别署海岳外史。善书画，所绘山水，多以点染而成，人称"米点山水"。

屏间楼阁：似是指屏间所绘之楼阁，但亦可理解为透过屏纱所见之金山佛寺建筑。清圣祖《南巡笔记》："金山孤峦隐岫，屹立大江中，飞阁流丹，金碧照灼。"性德《金山赋》："其中则有绀宇栉比，丹楼鳞集。高台崔巍而孤耸，虚亭弘厂而双立。登殿则绚烂丹青，瞻像则辉煌金碧。"

李将军：李思训，唐宗室，绘画用青绿金碧重色，称金碧山水，呈盛世富丽之象。开元间官左武卫大将军，人称李将军。其子李昭道，亦善绘事，称小李将军。

以上二阕写镇江。圣祖南巡，十月二十三日自仪真渡江抵镇江，二十四日游金山、焦山，午后启行。另"一片妙高云"阕显然曾受宋琬《浪淘沙》"扬子江中流望金山北面"词影响，宋词载纳兰性德与顾贞观同编之《今词初集》。词云："谁削玉嶙峋。千尺云根。蛟龙深护海西门。金碧楼台青黛树，小李将军。哀雁落纷纷。唤起江豚。钟声两岸客边闻。登览不如遥望好，倒影斜曛。"

又

江南好，何处异京华。香散翠帘多在水，绿残红叶胜于花。无事避风沙。

【笺注】

香散句：白居易《阶下莲》诗："花开香散入帘风。"

无事：无须。

【说明】

比照京华，写初至南中之感会。

又

昏鸦尽，小立恨因谁。急雪乍翻香阁絮，轻风吹到胆瓶梅。心字已成灰。

【笺注】

急雪句：此用谢道韫故事。《晋书·列女传》："王凝之妻谢氏，字道韫，聪识有才辩。尝内集，俄而雪骤下，叔父安曰：何所似也？安兄子朗曰：散盐空中差可拟。道韫曰：未若柳絮因风起。安大悦。"香阁，闺阁。

胆瓶梅：朱敦儒《绛都春》"梅花"词："便须折取，归来胆瓶顿了。"

心字：即心字形薰香，今称盘香。褚人获《坚瓠四集》："心字香，外国以花酿香，作心字，焚之。"邹显吉《望海潮》词："叹篆香心字，灰冷难留。"

又

新来好，唱得虎头词。一片冷香惟有梦，十分清瘦更无诗。标格早梅知。

【笺注】

新来：新近、近来之意。

虎头：晋画家顾恺之，小字虎头。此借指顾贞观，二人不仅同姓，且同是无锡人。

冷香：梅之清香。高观国《金人捧露盘》"梅花"词："冷香梦，吹上南枝。"

标格：风节、风格。陈善《扪虱新话》："诗有格有韵，格高似梅花，韵胜似海棠花。"王彦泓《题徐云闲故姬遗照》："天然标格早梅边。"

11

【说明】

顾贞观《浣溪沙》"梅"词："物外幽情世外姿。冻云深护最高枝。小楼风月独醒时。　　一片冷香惟有梦，十分清瘦更无诗。待他移影说相思。"顾词作于康熙十七年（或十八年）冬，除夕时寄抵性德手。此词为收得顾词后作。参见《凤凰台上忆吹箫》"除夕得梁汾闽中信，因赋"阕之"笺注"及"说明"。

江城子　咏史

湿云全压数峰低。影凄迷。望中疑。非雾非烟，神女欲来时。若问生涯原是梦，除梦里，没人知。

【校订】

袁刻、汪刻本无副题。

【笺注】

湿云：李贺《巫山高》诗："古祠近月蟾桂寒，椒花坠红湿云间。"范成大《巫山高》诗："湿云不收烟雨霏。"

数峰：谓巫山。陆游《入蜀记》："巫山峰峦上入霄汉，然十二峰不可悉见。所见八九峰，惟神女峰最为纤丽奇峭，宜为仙真所托。"

望中疑：杜甫《咏怀古迹》诗："最是楚宫俱泯灭，舟人指点到今疑。"又龚鼎孳《长相思》词："望中疑，梦中疑。"

非雾非烟：彭孙遹《莺啼序》词："非雾非烟，眉山两点慵扫。"

神女：即巫山神女。

若问生涯原是梦：杜甫《咏怀古迹》诗："云雨荒台岂梦思。"李商隐《无题》诗："神女生涯原是梦。"

【说明】

此阕本宋玉《高唐赋》，咏神女阳台事，无关史事。副题作"咏史"，殊不可解。袁刻、汪刻本不取副题，或缘于此。

如梦令

正是辘轳金井。满砌落花红冷。蓦地一相逢，心事眼波难定。谁省。谁省。从此簟纹灯影。

【笺注】

辘轳：井上汲水之具，摇动有声。汲水多在清晨，故诗词中多用辘轳声为清晨意象。周邦彦《蝶恋花》词："更漏将阑，辘轳牵金井。"

蓦地一相逢：彭孙遹《醉春风》词："蓦地相逢乍，三五团圆夜。"

心事眼波难定：谓难晓对方有情与否。韩偓《偶见背面是夕兼梦》诗："眼波向我无端艳，心火因君特地燃。"又王彦泓《戏和子荆春闺》诗："懒得闲行懒得眠，眼波心事暗相牵。"

从此簟纹灯影：簟，竹席。此句写萦怀难眠之状。苏轼《南堂》诗："扫地焚香闭阁眠，簟纹如水帐如烟。"杜甫《大云寺赞公房》诗："灯影照无睡，心清闻妙香。"

又

黄叶青苔归路。屦粉衣香何处。消息竟沈沈，今夜相思几许。秋雨。秋雨。一半因风吹去。

【校订】

"黄叶青苔归路。屦粉衣香何处"《词汇》作"木叶纷纷归路，残月晓风何处"。

"竟沈沈"汪刻本作"半沈沈"；"沈沈"《词汇》作"浮沈"。

"因风"《词汇》作"西风"。

【笺注】

屦粉：龙辅《女红馀志》："无瑕屦墙之内皆衬以沉香，谓之生香屦。"《说文解字》："屦，履中荐也。"屦粉，即履荐（屦墙）中所衬之沈香屑。陈维崧《多丽》词："今朝三月逢三，映一行、水边粉屦，立几簇、桥上红衫。"

衣香：《海录碎事》："汉武梦李夫人遗衡芜香，觉而衣枕香三日不散。"元稹《会真诗》："衣香犹染麝。"

沈沈：音讯杳绝。韩偓《长信宫》诗："天上梦魂何杳杳，宫中消息太沈沈。"

秋雨句：此用朱彝尊词成句。朱氏《转应曲》词："秋雨。秋雨。一半回风吹去。晚凉依旧庭隅。此夜愁人睡无。无睡。无睡。红蜡也飘秋泪。"

【辑评】

陈廷焯曰：容若词深得五代之妙。如此阕及下《酒泉子》一

阕，尤为神似。(《云韶集》十五)

又

纤月黄昏庭院。语密翻教醉浅。知否那人心，旧恨新欢相
半。谁见。谁见。珊枕泪痕红泫。

【笺注】

　　旧恨新欢：欧阳修《渔家傲》词："一别经年今始见，新欢往
恨知何限。"

　　珊枕：珊瑚枕。李绅《长门怨》诗："珊瑚枕上千行泪，不是
思君是恨君。"王彦泓《金缕曲》词："珊枕梦，乍惊醒。"

【说明】

　　三首《如梦令》，词意仿佛，内容相关，或作于同时。其用朱
彝尊成句，或有关朱氏者。"纤月"一阕见载于《今词初集》，则
作期不晚于康熙十七年。

采桑子

彤霞久绝飞琼字，人在谁边。人在谁边。今夜玉清眠不眠。
　　香消被冷残灯灭，静数秋天。静数秋天。又误心期到
下弦。

15

【校订】

　　上片"彤霞"汪刻本作"彤云"。

彤霞：道家传说，仙人居所有彤霞翳护。曹唐《小游仙》诗：
"红草青林日半斜，闲乘小凤出彤霞。"

飞琼：女仙名。《太平广记》卷七十引《逸史》："瑶台有仙女
三百馀人，皆处大屋。内一人云是许飞琼，曰：不欲世间人知有我
也。"字，指书信。

玉清：道教三清之一，仙境名。徐凝《和嵩阳客月夜忆上清
人》："瑶池月胜嵩阳月，人在玉清眠不眠。"又，女仙名。李冘
《独异志》、张读《宣室志》都有玉清故事。

香消被冷：李清照《念奴娇》词："被冷香销新睡觉，不许愁
人不起。"

心期：心愿。晏几道《采桑子》词："夜痕记尽窗间月，曾误
心期。"

【说明】

此阕多用道家传说，以咏所思之人。近人多揣测其本事，皆无
确凭。

又

谁翻乐府凄凉曲，风也萧萧。雨也萧萧。瘦尽灯花又一宵。

不知何事萦怀抱，醒也无聊。醉也无聊。梦也何曾到
谢桥。

【校订】

下片"何事"《草堂嗣响》作"何处"。

【笺注】

翻乐府：指填词。翻，按曲调作歌词；乐府，代指词。

瘦尽句：曹溶《采桑子》词："忆弄诗瓢，落尽灯花又一宵。"
又吴绮《南乡子》词："瘦尽灯花红不语。"

梦也何曾到谢桥：晏几道《鹧鸪天》词："梦魂惯得无拘检，
又踏杨花过谢桥。"古人常称所恋之人为谢娘，称其所居为谢家、
谢桥。

【辑评】

谭莹曰：容若词固自哀感顽艳，有令人不忍卒读者。至如
《采桑子》句云"瘦尽灯花又一宵"，《浣溪沙》句云"生怜瘦
减一分花"，《浪淘沙》句云"红影湿幽窗，瘦尽春光"等，窃
谓《词苑丛谈》称沈江东嘲毛稚黄有"三瘦"之目，固当以移
赠容若耳。（粤雅堂本《饮水集》跋）

陈廷焯曰：凄凄切切，不忍卒读（谓"无聊"以下三句）。
（《云韶集》十五）

陈廷焯又曰：哀婉沉著。（《词则·别调集》评语）

又

严宵拥絮频惊起，扑面霜空。斜汉朦胧。冷逼毡帷火不红。

香篝翠被浑闲事，回首西风。何处疏钟。一穟灯花似
梦中。

【校订】

《瑶华集》、《词雅》有副题"丁零词"。

上片"严宵"底本作"严霜",与下句"扑面霜空"句重,从汪刻本改"宵"字。

下片"西风"《词雅》作"东风"。

"何处疏钟"《瑶华集》、《词雅》、汪刻本作"数尽残钟"。

【笺注】

严宵:寒夜。王逸《楚辞注》:"风霜壮谓之严。"

斜汉:指银河。秋日银河斜向西南。

冷逼句:杨万里《霰》诗:"寒声带雨山难白,冷气侵人火失红。"毡帷,即毡帐,北方游牧民族用作居室,此为军旅所用。梁简文帝《妾薄命》诗:"王嫱貌本绝,踉跄入毡帷。"

香篝:薰笼。周邦彦《花犯》词:"香篝薰素被。"

穟:同穗。王彦泓《洞仙歌》词:"打窗风急,闪一灯红穗。"

【说明】

此词《瑶华集》有副题作"丁零词",当有据。所记则当为塞北较遥远处,非近边可拟。性德秋日向北远行仅一次,即康熙二十一年觇梭龙(今黑龙江一带),词即作于是役。参见后《蝶恋花》"尽日惊风吹木叶"词之"说明"。

又

那能寂寞芳菲节,欲话生平。夜已三更。一阕悲歌泪暗零。

须知秋叶春花促,点鬓星星。遇酒须倾。莫问千秋万岁名。

【笺注】

芳菲节：春天花木繁盛时节。欧阳修《玉楼春》词："洛阳正值芳菲节，秾艳清香相间发。"

星星：形容鬓边杂生白发。左思《白发赋》："星星白发，生于鬓垂。"

遇酒二句：阮籍《咏怀诗》之十五："千秋万岁后，荣名安所之。"又李白《行路难》："且乐生前一杯酒，何须身后千载名。"

【说明】

康熙二十三年九月，性德《致顾贞观书》："弟比来从事鞍马间，益觉疲顿。发已种种，而执笔如昔，从前壮志，都已隳尽。昔人言'身后名不如生前一杯酒'，此言大是。"书中消斫情绪，与此词相仿佛，词之作期，盖与《致顾贞观书》相近。

又

冷香萦遍红桥梦，梦觉城笳。月上桃花。雨歇春寒燕子家。

箜篌别后谁能鼓，肠断天涯。暗损韶华。一缕茶烟透碧纱。

【校订】

上片"城笳"《昭代词选》作"闻鸦"。

【笺注】

箜篌：弹拨乐器。据《旧唐书·乐志》，有卧箜篌、竖箜篌，一为七弦，一为二十三弦。卢仝《楼上女儿曲》："谁家女儿楼上头，卷却罗袖弹箜篌。相思弦断情不断，落花纷纷心欲穿。"后用作思妇怀人之象征。

【说明】

康熙十一年秋，严绳孙离无锡，北上进京。十二年春，与性德在京相识，遂订交。绳孙北上途中作《风入松》词云："别时不敢分明语，蹙春山、暗损韶华。"性德此词用严绳孙词句。绳孙在京，又有《减字木兰花》词云："华灯影里，才饮香醪吾醉矣。试问梅花，春在红桥第几家。"性德词首句"红桥"，亦自严词出。盖词作于与严绳孙相交未久，聊慰其思乡之绪耳。此词见于《今词初集》，可证其作期在康熙十六年前。

【辑评】

陈廷焯曰：凄艳入神（谓上片）。凄绝（谓"肠断"三句）。（《云韶集》十五）

又 九日

深秋绝塞谁相忆，木叶萧萧。乡路迢迢。六曲屏山和梦遥。

佳时倍惜风光别，不为登高。只觉魂销。南雁归时更寂寥。

【笺注】

九日：九月初九重阳节。

六曲屏山：六扇屏风。龚鼎孳《罗敷媚》词："分明六曲屏山路，那得朦胧。"

登高：旧时有重阳登高之俗。王三聘《古今事物考》："九月九日，九为阳数，而日月并应。俗嘉其名，以为宜于长久，故燕享高会。汉费长房谓桓景作绢囊，盛茱萸悬臂，登高山，饮菊花酒，可消家厄。"

【说明】

性德重阳出塞仅一次，即觇梭龙。此词作于康熙二十一年。

又 咏春雨

嫩烟分染鹅儿柳，一样风丝。似整如欹。才著春寒瘦不支。

凉侵晓梦轻蝉腻，约略红肥。不惜葳蕤。碾取名香作地衣。

采桑子

【校订】

词牌名《百名家词钞》作"罗敷媚"。

副题《百名家词钞》无"咏"字。

【笺注】

嫩烟：喻蒙蒙雨雾。

鹅儿柳：鹅黄色嫩柳。赵孟頫《早春》诗："闲倚阑干看新柳，不知谁为染鹅黄。"

风丝：风中细柳枝。雍陶《天津桥望春》诗："烟柳风丝拂岸斜。"

似整如欹：若直若斜之意。

才著句：高观国《玉楼春》词："只为春寒消瘦损。"

蝉：蝉鬓，喻妇女鬓边散发。

红肥：谓花开盛艳。杜甫《陪郑广文游何将军山林》诗："红绽雨肥梅。"

名香：此指落花。

地衣：地毯。陆游《感昔》诗："尊前不展鸳鸯锦，只就残红作地衣。"

又　塞上咏雪花

非关癖爱轻模样，冷处偏佳。别有根芽。不是人间富贵花。

　谢娘别后谁能惜，飘泊天涯。寒月悲笳。万里西风瀚海沙。

【校订】

词牌名《百名家词钞》作"罗敷媚"。

副题《百名家词钞》无"咏"字。

上片"癖爱"《百名家词钞》作"僻爱"。

【笺注】

轻模样：形容雪花飘飞之态。孙道绚《清平乐》"雪"词："悠悠飏飏，做尽轻模样。"

富贵花：周敦颐《爱莲说》："牡丹，花之富贵者也。"陆游《留樊亭三日，王觉民检详日携酒来饮海棠下，比去，花亦衰矣》诗："何妨海内功名士，共赏人间富贵花。"

谢娘：此指谢道韫，见前《梦江南》"昏鸦尽"词之"笺注"。

瀚海：戈壁沙漠。此泛指塞外之地。

【说明】

性德出塞，与此词中节令相符者有三：康熙十七年十月至十一月，仅及遵化迤北长城边。时性德任侍卫未久，未必以小行而生

22

天涯之叹。另则皆在康熙二十一年。春二月至五月，随驾东巡奉天、吉林，经广宁，逢大雪，旷野如万顷平沙，时在二月杪（据高士奇《东巡日录》）。又秋九月至腊月赴黑龙江觇梭龙。概而言之，词当作于康熙二十一年。

【辑评】

林花榭曰：纳兰容若咏雪花云："冷处偏佳，别有根芽，不是人间富贵花。"综其身世观之，直是自家写照。(《读词小笺》)

又

桃花羞作无情死，感激东风。吹落娇红。飞入闲窗伴懊侬。

谁怜辛苦东阳瘦，也为春慵。不及芙蓉。一片幽情冷处浓。

【校订】

词牌名《百名家词钞》作"罗敷媚。"

下片"幽情"《草堂嗣响》作"幽香"。

【笺注】

懊侬：烦闷。此指烦闷之人。

东阳瘦：用沈约事。沈约于南齐永明末曾任东阳太守，后人即以"沈东阳"称之。《梁书·沈约传》载约与人书云："解衣一卧，支体不复相关。百日数旬，革带常应移孔；以手握臂，率计月小半分。以此推算，岂能支久？"贺铸《满江红》词："谁念东阳销瘦骨，更堪白纻衣衫薄。"

芙蓉：此谓芙蓉镜。段成式《酉阳杂俎续集》："相国李公下第游蜀，遇一老姥，言：郎君明年芙蓉镜下及第。明年，果然状头及第。"康熙十二年，性德以病未与廷试。

一片句：王彦泓《寒词》："个人真与梅花似，一日幽香冷处浓。"

【说明】

康熙十一年，性德举顺天乡试，十二年二月应礼部春闱，中式。三月方殿试，因病未与。词即缘此而作。"桃花"见时令，"懊侬"说心情，下片切病况。《通志堂集》有《幸举礼闱以病未与廷试》诗。

又

海天谁放冰轮满，惆怅离情。莫说离情。但值凉宵总泪零。

只应碧落重相见，那是今生。可奈今生。刚作愁时又忆卿。

【笺注】

那是：犹今之"哪是"、"岂是"。

刚：恰逢，正值。

【说明】

性德妻卢氏卒于康熙十六年五月（据《卢氏墓志铭》）。此词为悼亡之作，故有"碧落重相见"语。据"但值凉宵"句，知作于卢氏卒后数年。另，此词与《琵琶仙》"中秋"词或为同时之作（见该词之"说明"）。

又

明月多情应笑我，笑我如今。辜负春心。独自闲行独自吟。

　　近来怕说当时事，结遍兰襟。月浅灯深。梦里云归何处寻。

【校订】

　　上片"辜负"汪刻本作"孤负"。

【笺注】

　　明月句：苏轼《念奴娇》"赤壁怀古"词："故国神游，多情应笑我，早生华发。"

　　笑我二句：晏几道《采桑子》词："莺花见尽当时事，应笑如今，一寸愁心。"

　　兰襟：称美女性之衣衫。元好问《泛舟大明湖》诗："兰襟郁郁散芳泽，罗袜盈盈见微步。"晏几道《采桑子》词："结遍兰襟，遗恨重寻，弦断相如绿绮琴。"

　　月浅二句：晏几道《清平乐》词："梦云归处难寻，微凉暗入香襟。犹恨那回庭院，依前月浅灯深。"

【说明】

　　此阕多用晏几道语意，当为写情之作。

又

拨灯书尽红笺也，依旧无聊。玉漏迢迢。梦里寒花隔玉箫。

几竿修竹三更雨，叶叶萧萧。分付秋潮。莫误双鱼到谢桥。

【校订】

词牌名《百名家词钞》作"罗敷媚"。

【笺注】

红笺：红色笺纸。晏殊《清平乐》词："红笺小字，说尽平生意。"

玉漏：漏壶，古计时器。秦观《南歌子》词："玉漏迢迢尽，银潢淡淡横。"

寒花：菊花。薛涛《九日遇雨》诗："茱萸秋节佳期阻，金菊寒花满院香。" 玉箫：司空曙《送王尊师归湖州》诗："玉箫遥听隔花微。"

秋潮：王彦泓《错认》诗："夜视可怜明似月，秋期只愿信如潮。"

双鱼：书信。《古乐府》："尺素如残雪，结成双鲤鱼。要知心中事，看取腹中书。"元稹《酬乐天书后三韵》："渐觉此生都是梦，不能将泪滴双鱼。"

又

凉生露气湘弦润，暗滴花梢。簾影谁摇。燕蹴风丝上柳条。

舞鸥镜匣开频掩，檀粉慵调。朝泪如潮。昨夜香衾觉梦遥。

【校订】

词牌名《百名家词钞》作"罗敷媚"。

下片"舞鸥"张刻、袁刻、汪刻本作"舞馀";"开"袁刻本作"闲"。

"香衾"《昭代词选》、汪刻本作"香轻"。

【笺注】

湘弦:琴瑟之弦,此代指琴瑟。

燕蹴句:张炎《南浦》词:"溪燕蹴游丝。"

舞鸥:镜背镌刻的装饰。据《太平御览》引范泰《鸾鸟诗序》,有人偶获鸾鸟,鸟不鸣,后以镜映之,"鸾睹影感契,慨焉悲鸣,哀响中霄,一奋而绝。"刘敬叔《异苑》载有类似故事,唯鸟为山鸡,"鉴形而舞,不知止,遂乏死"。后人即以鸾或山鸡图案镌为镜饰。另公孙乘《月赋》有"鸥鸡舞于兰渚"句。此词杂糅数典而用之。

檀粉:浅赭色眉粉,化妆品。沈自南《艺林汇考》引《画谱》:"七十二色有檀色,浅赭也,与妇人晕眉。"另《花间集》有"钿昏檀粉泪纵横"句。

【说明】

此首以女性口吻出之,盖拟思妇之辞。

又

土花曾染湘娥黛,铅泪难消。清韵谁敲。不是犀椎是凤翘。

只应长伴端溪紫,割取秋潮。鹦鹉偷教。方响前头见玉箫。

土花：此指器物上的锈蚀斑迹。梅尧臣《古镜》诗："古镜得荒冢，土花全未磨。"

湘娥黛：湘娥谓舜妃娥皇、女英。张华《博物志》："舜崩，二妃啼，以涕挥竹，竹尽斑。"黛，女子画眉之物，色青。此指黑色斑痕。

铅泪：李贺《金铜仙人辞汉歌》："空将汉月出宫门，忆君清泪如铅水。"此亦指斑渍。

犀椎：犀角制小槌，一称响犀，打击乐器，为方响之一种。辞出苏鹗《杜阳杂编》："犀椎即响犀也，凡物有声，乃响应其中焉。"苏轼《浣溪沙》词："犀椎玉版奏凉州。"

凤翘：凤形首饰。周邦彦《南乡子》词："不道有人潜看着，从教，掉下鬟心与凤翘。"

端溪紫：端溪紫石砚。李贺《青花紫石砚歌》："端州石工巧如神，踏天磨刀割紫云。"

割取秋潮：谓所咏之物色碧如秋水。李商隐《房中曲》："枕是龙宫石，割得秋波色。"

鹦鹉偷教：《渊鉴类函·鸟部》引《青林诗话》："蔡确贬新州，侍儿名琵琶者随之。有鹦鹉甚慧，公每叩响板，鹦鹉传呼琵琶。"偷教，偷学之意。

方响：萧奭《永宪录》："方响，上圆下方，以铜为之，磬属也。"

【说明】

此为咏物词。所咏为一金石故物，疑为玉枕或古镜。

又

白衣裳凭朱阑立，凉月趖西。点鬓霜微。岁晏知君归不归。

　　残更目断传书雁，尺素还稀。一味相思。准拟相看似旧时。

【笺注】

　　白衣句：王彦泓《寒词》："况复此宵兼雪月，白衣裳凭赤栏干。"

　　趖：读如梭，原意为缓行，习惯多指日月运行偏西。

　　传书雁：用苏武雁足系书故事。

　　尺素：亦指书信，古人书信写在一尺见方的素绢上，故名。另见前《采桑子》"拨灯书尽红笺也"之"笺注"。

　　准拟句：唐刘得仁《悲老宫人》诗："曾缘玉貌君王宠，准拟人看似旧时。"晏几道《采桑子》词："秋来更觉销魂苦，小字还稀。坐想行思，怎得相看似旧时。"

【说明】

　　是阕为怀念南方友人之作。

又

谢家庭院残更立，燕宿雕梁。月度银墙。不辨花丛那辨香。

　　此情已自成追忆，零落鸳鸯。雨歇微凉。十一年前梦一场。

【笺注】

谢家：谢家、谢桥、谢娘诸辞，俱源于谢道韫典故，含意每有别。元稹《遣悲怀》诗云："谢公最小偏怜女，嫁与黔娄百事乖。"后亦以谢家谓岳丈家。张泌《寄人》诗："别梦依依到谢家，小廊回合曲栏斜。"

银墙：粉墙。

不辨句：元稹《杂忆》诗："寒轻夜浅绕回廊，不辨花丛暗辨香。"明末王彦泓《和孝仪看灯》诗袭用元诗云："欲换明妆自忖量，莫教难认暗衣裳。忽然省得钟情句，不辨花丛却辨香。"

此情句：李商隐《锦瑟》诗："此情可待成追忆，只是当时已惘然。"

十一年句：吴文英《夜合花》词："十年一梦凄凉。"

【说明】

元稹《杂忆》诗，乃悼亡妻之作。李商隐《锦瑟》诗，虽多聚讼，论者亦太半作悼亡视之（性德文友朱彝尊亦持是解）。此阕多用元、李成句，又有"零落鸳鸯"辞，则为悼亡词无疑。近人徐裕昆或持异说云："此盖生诀之情，非死别之恨。惟其事迹，则今殊不可考。仅《赁庑剩笔》中尝云纳兰眷一女，绝色也，有婚姻之约。旋此女入宫，顿成陌路。容若愁思郁结，誓必一见，了此宿因。会遭国丧，喇嘛每日应内宫唪经，容若贿通喇嘛，披袈裟，居然入宫，果得一见彼姝。而宫禁森严，竟如汉武帝重见李夫人故事，始终无由通一词，怅然而出。词或咏其事也。"此说诡异近小说家言，且《赁庑剩笔》晚出，原不足据。惟顾贞观《弹指词》亦有《采桑子》云："分明抹丽开时候，琴静东厢。天样红墙，只隔花枝不隔香。　　檀痕约枕双心字，睡损鸳鸯。孤负新凉，淡月疏棂梦一场。"张任政《纳兰性德年谱》云:"观上二首,咏事则一,句意又多相似,如谓容若词为悼亡妻之作,则闺阁中事。岂梁汾所得言之?"按《饮水》、《弹指》二集中,同调同韵悼亡之作,原不止此二阕,其解详见《金缕曲》"亡妇忌日有感"词之"说明"。歇拍云"十一年前梦一场",据《卢氏墓志铭》,卢氏归性德在康熙十三年,依虚数,十一年后为康熙二十三年。词之作期当在此年。

又

而今才道当时错,心绪凄迷。红泪偷垂。满眼春风百事非。

情知此后来无计,强说欢期。一别如斯。落尽梨花月又西。

【校订】

上片"才道"《昭代词选》作"谁道"。

【笺注】

而今句:晏几道《醉落魄》词:"心心口口长恨昨,分飞容易当时错。"又刘克庄《忆秦娥》词:"古来成败难描模,而今却悔当时错。"

红泪:美人泪。王嘉《拾遗记》:"魏文帝所爱美人,姓薛名灵芸,常山人也。灵芸闻别父母,歔欷累日,泪下沾衣。至升车就路之时,以玉唾壶承泪,壶则红色。及至京师,壶中泪凝如血。帝改灵芸之名曰夜来。"

满眼句:李贺《三月》诗:"东方风来满眼春,花城柳暗愁杀人。"

落尽句：梅尧臣《苏幕遮》词："落尽梨花春又了，满地残
阳，翠色和烟老。"

【辑评】

梁启超云：哀乐无常，情感热烈到十二分，刻画到十二分。
（《中国韵文里头所表现的情绪》）

台城路　洗妆台怀古

六宫佳丽谁曾见，层台尚临芳渚。露脚斜飞，虹腰欲断，
荷叶未收残雨。添妆何处。试问取雕笼，雪衣分付。一镜
空蒙，鸳鸯拂破白苹去。　　相传内家结束，有帕装孤稳，
靴缝女古。冷艳全消，苍苔玉匣，翻出十眉遗谱。人间朝
暮。看胭粉亭西，几堆尘土。只有花铃，缩风深夜语。

【校订】

词牌名汪刻本作"齐天乐"。

副题《词雅》作"辽后洗妆台"。

【笺注】

洗妆台：即传闻所云辽后梳妆台，遗址在北京北海琼华岛。征
诸史实，琼华岛妆台实为金章宗为李宸妃所筑，与辽无涉。陶宗
仪《南村辍耕录》、蒋一葵《尧山堂外纪》等书皆有考证。元迺贤
作《妆台》诗，即咏金李宸妃事。至明代李梦阳《秋怀》诗，乃
云"苑西辽后洗妆楼，槛外方湖静不流"，已误为辽事。性德友人
高士奇撰《金鳌退食笔记》，亦详辨其误。然性德及同时文人同题

之作，俱咏辽后事，实明知其误，为作诗而将误就误而已。词中述及之宫苑名称，则大多为元故宫之物，大率取自《南村辍耕录》及萧绚《元故宫遗录》之类旧籍。辽后，谓辽道宗懿德皇后萧观音，其事详见《于中好》"咏史"词之"笺注"。

层台：《元故宫遗录》："出掖门，皆丛林，中起小山，仿佛仙岛。山上复为层台，回阑邃阁，高出空中。"

临芳渚：王勃《滕王阁》诗："滕王高阁临江渚。"

露脚斜飞：露脚，露滴。李贺《李凭箜篌引》诗："吴质不眠倚桂树，露脚斜飞湿寒兔。"

虹腰：虹形屈曲，因称虹腰。吴文英《喜迁莺》词："向虹腰、时送斜阳凝伫。"

荷叶：谓太液池中荷。按以上三句之"露"、"虹"、"荷叶"皆有双关意。高士奇和性德同题《台城路》词自注："梳妆台旧有玉虹、金露亭及荷叶殿。"《南村辍耕录》："广寒殿在山顶……金露亭在广寒殿东……玉虹亭在广寒殿西……荷叶殿在方壶前。"

雕笼：祢衡《鹦鹉赋》："闭以雕笼，剪其翅羽。"

雪衣：白鹦鹉。郑处诲《明皇杂录》："开元中，岭南献白鹦鹉，养之宫中。岁久，颇聪慧，洞晓言词。上及贵妃皆呼为雪衣女。授以词臣诗篇，数遍便可讽诵。"

一镜句：谓太液池水。迺贤《妆台》诗："野菊金钿小，秋潭玉镜清。"

内家结束：辽臣耶律乙辛陷害懿德皇后，曾假后名伪作《十香词》，其中有"青丝七尺长，挽作内家妆"之句。内家，宫廷；结束，装饰打扮。又《草堂诗馀》载无名氏《忆秦娥》词："翠翘金凤，内家妆束。"

帕装二句：周春《辽诗话》引王鼎《焚椒录》："后姿容端丽，

为萧氏首。宫中为语曰：'孤稳压帕女古靴，菩萨唤作耨斡么。'盖以玉饰首，以金饰足，以观音作皇后也。"据《辽史·国语解》，孤稳，玉；女古，金；耨斡么，母后。俱为契丹语译音。

玉匣：妆镜匣。庾信《咏镜》诗："玉匣聊开镜。"何逊《咏照镜》诗："玉匣开鉴形。"

十眉：张泌《妆楼记》："明皇幸蜀，令画工作十眉图，横云、斜月皆其名。"明杨慎《丹铅续录》列有十眉名目。

胭粉亭：高士奇《金鳌退食笔记》："荷叶殿在方壶前，三间方顶；胭粉亭在荷叶殿西，后妃添妆之所也。"

尘土：辛弃疾《摸鱼儿》词："君不见、玉环飞燕皆尘土，闲愁最苦。"

花铃：塔铃。塔檐悬铃，皆为镂空，因称花铃。陈维崧同题之作有"塔铃声悄"句，曹贞吉同题作有"窣堵波高，雨淋铃急"句，高士奇同题作有"依稀听梵语"句（梵语谓梵铃声）。毛奇龄《西河诗话》："辽后梳妆台址在琼华岛，即今白塔寺址是也。"又苏轼《大风留金山两日》诗："塔上一铃独自语。"

【说明】

《台城路》"咏妆台"，倡和之作甚多，陈维崧、朱彝尊、曹贞吉、高士奇等皆有之。其作期当不早于鸿博名士齐集都下之时，即康熙十七年。又诸人之作皆述及秋季景物。按，琼岛原无寺，"本朝顺治八年，毁山之亭殿，立塔建寺"，方得有铃声。康熙十八年七月二十八日"地震，白塔颓坏"，"二十年重建，加庄严焉"（引自高士奇《金鳌退食笔记》），然二十年七月朱彝尊典江南乡试，二十一年五月陈维崧卒，故词之作期，唯在康熙十七年。

又　上元

阑珊火树鱼龙舞，望中宝钗楼远。鞯鞨馀红，琉璃剩碧，待嘱花归缓缓。寒轻漏浅。正乍敛烟霏，陨星如箭。旧事惊心，一双莲影藕丝断。　　莫恨流年逝水，恨销残蝶粉，韶光忒贱。细语吹香，暗尘笼鬓，都逐晓风零乱。阑干敲遍。问簾底纤纤，甚时重见。不解相思，月华今夜满。

台城路

【校订】

词牌名《昭代词选》、汪刻本作"齐天乐"。

下片"逝水"汪刻本作"似水"。

【笺注】

上元：正月十五日，即元宵节。有元夜观灯之俗。

阑珊句：火树，谓灯，叠灯如树。王仁裕《开元天宝遗事》："韩国夫人置百枝灯树，高八十尺，竖之高山上，元夜点之，百里皆见，光明夺目。"苏味道《观灯》诗："火树银花合，星桥铁锁开。"辛弃疾《青玉案》"元夕"词："那人却在，灯火阑珊处。"鱼龙舞，舞鱼灯或龙灯。或以为《汉书·西域传》所云"漫衍鱼龙角抵之戏"。辛弃疾《青玉案》："凤箫声动，玉壶光转，一夜鱼龙舞。"

宝钗楼：原为唐宋时咸阳旗亭，此泛指京中楼阁。蒋捷《女冠子》"元夕"词："春风飞到，宝钗楼上，一片笙箫，琉璃光射。"

鞯鞨二句：高士奇《天禄识馀》："鞯鞨，国名，古肃慎地也。

35

产宝石大如巨栗，中国人谓之鞑鞨。"《旧唐书·肃宗纪》："楚州刺史崔侁献定国宝石十三枚……七曰红鞑鞨，大如巨栗，赤如樱桃。"碧琉璃为绿色玉石。二句写灯火已残。

花归缓缓：苏轼《陌上花诗引》："游九仙山，闻里中儿歌《陌上花》，父老言：吴越王妃每岁春必归临安，王以书遗妃曰：陌上花开，可缓缓归矣。吴人用其语为歌。"姜夔《鹧鸪天》词："沙河塘上春寒浅，看了游人缓缓归。"

陨星：谓烟火。辛弃疾《青玉案》"元夕"词："东风夜放花千树，更吹落、星如雨。"

藕丝断：郭钰《秋塘曲》："鸳鸯相逐低回翔，藕丝易断愁心肠。"

蝶粉：见后《朝中措》"蜀弦秦柱不关情"词之"笺注"。

韶光忒贱：汤显祖《牡丹亭·惊梦》："雨丝风片，烟波画船，锦屏人忒看的这韶光贱。"

晓风：崔涯《杂嘲》诗"寒鸦鼓翼纱窗外，已觉恩情逐晓风。"顾贞观《望梅》"中秋"词："怕佩声钗影，俱逐晓风零乱。"

阑干句：周邦彦《感皇恩》词："绮窗依旧，敲遍阑干谁应。"

纤纤：喻女子足。辛弃疾《念奴娇》词："闻道绮陌东头，行人曾见，帘底纤纤月。"

月华句：范仲淹《御街行》词："年年今夜，月华如练，长是人千里。"

【说明】

"旧事惊心"，用语颇重，非徒衍敷故实。"莲影"、"帘底"句，则必涉情事。既问"甚时重见"，尚有期企之盼，所谓相思，当为在世之人。据《太平广记》卷二七五载，有少女名却要，与男子约会而不赴。明人王彦泓有诗咏其事云："风光瞥去销魂在，赢得惊心也胜无。"性德于彦泓诗极稔熟，其"惊心"辞即自王诗出。据此，可约略揣知性德此词隐事。

又　塞外七夕

白狼河北秋偏早，星桥又迎河鼓。清漏频移，微云欲湿，正是金风玉露。两眉愁聚。待归踏榆花，那时才诉。只恐重逢，明明相视更无语。　　人间别离无数，向瓜果筵前，碧天凝伫。连理千花，相思一叶，毕竟随风何处。羁栖良苦。算未抵空房，冷香啼曙。今夜天孙，笑人愁似许。

台城路

【校订】

词牌名《昭代词选》、汪刻本作"齐天乐"。

下片"向瓜果筵前"袁刻本作"向堆筵瓜果"。

【笺注】

白狼河：《水经注》："辽水又右，会白狼水；水出右北平白狼县。"《清史稿·地理志》直隶朝阳府："建昌，东有布祐图山，汉白狼山，白狼水出焉，今曰大凌河。"沈佺期《古意呈补阙乔知之》诗："白狼河北音书断，丹凤城南秋夜长。"

星桥：即鹊桥。李清照《行香子》词："星桥鹊驾，经年才见，想离情别恨无穷。"

河鼓：星名，古谓之黄姑。《尔雅》谓河鼓即牵牛。又《史记·天官书》张守节《正义》："河鼓三星，在牵牛北，自昔传牵牛织女七月七日相见，此星也。"

清漏三句：李商隐《辛未七夕》诗："由来碧落银河畔，可要金风玉露时。清漏渐移相望久，微云未接过来迟。"

两眉愁聚：柳永《甘草子》词："中酒残妆慵整顿，聚两眉离恨。"

榆花：曹唐《织女怀牛郎》诗："欲将心就仙郎说，借问榆花早晚秋。"

人间句：秦观《鹊桥仙》词："金风玉露一相逢，便胜却人间无数。"

瓜果筵：《荆楚岁时记》："七夕，妇人结彩缕穿七孔针，陈瓜果于庭中以乞巧。有喜子网于瓜上则以为符应。"

连理句：用唐明皇、杨贵妃事。白居易《长恨歌》："七月七日长生殿，夜半无人私语时。在天愿作比翼鸟，在地愿为连理枝。"

羁栖句：言旅人怀思。

空房句：言闺人念远。

天孙：织女星。《史记·天官书》司马贞《索隐》："织女，天孙也。"

笑人：参见后第五卷《浣溪沙》"已惯天涯莫浪愁"阕之"笺注"。

【说明】

性德七夕居塞外凡二，皆随扈往古北口外避暑。一为康熙二十二年，一为二十三年。然两行皆未至大凌河地，词云白狼河，泛指边塞河流而已。检《康熙起居注》，二十二年七月初七，驻跸鼐流河边；二十三年七夕，驻跸松林。则词之作期，或在康熙二十二年。

【辑评】

谭献曰：逼真北宋慢词。（《箧中词》评语）

朱庸斋曰：纳兰以小令之法为长调，故其长调气格薄弱。即如其《台城路》"塞外七夕"词，谭献评曰"逼真北宋慢词"，其实距周、秦之作何止以道里计。近人每惜其"享年不永，力量未充"，未能臻于"沉著浑至"之境，其实纳兰长处正以凄惋清丽动人，何必定以"沉著"律之也。（《分春馆词话》三）

玉连环影

何处。几叶萧萧雨。湿尽檐花，花底人无语。掩屏山。玉炉寒。谁见两眉愁聚倚阑干。

【校订】

《瑶华集》有副题"雨"。

【笺注】

玉炉：玉薰笼。孙光宪《生查子》词："玉炉寒，香烬灭，还似君恩歇。"

谁见句：萧纲《赋乐名得箜篌》诗："欲知心不平，君看黛眉聚。"

【说明】

此词见收康熙十七年刊《清平初选后集》，当作于康熙十五年前后。

洛阳春 雪

密洒征鞍无数。冥迷远树。乱山重叠杳难分，似五里、蒙蒙雾。　惆怅琐窗深处。湿花轻絮。当时悠飔得人怜，也都是、浓香助。

【校订】

　词牌名汪刻本作"一络索。"

【笺注】

　五里句：梁元帝《咏雾》诗："五里生远雾，三晨暗城阃。"

　悠飔：见前《采桑子》"塞上咏雪花"阕之"笺注"。

【说明】

　康熙二十一年春，性德扈驾东巡。高士奇《东巡日录》："三月己未，告祭永陵（在今辽宁新宾县西）。大雪弥天，七十里中，岫嶂嵯峨，溪涧曲折，深林密树，四会纷迎，映带层峦，一里一转。复有崖岫横亘，岭头雪霏云罩，登降殊观，恍如洪谷子《关山飞雪图》也。"所记与此词境酷肖。

谒金门

风丝袅。水浸碧天清晓。一镜湿云青未了。雨晴春草草。
　梦里轻螺谁扫。帘外落花红小。独睡起来情悄悄。寄愁何处好。

【笺注】

　水浸句：欧阳修《蝶恋花》词："水浸碧天风皱浪，菱花荇蔓随双桨。"

　青未了：杜甫《望岳》诗："岱宗夫如何，齐鲁青未了。"

草草：匆促之意。晁补之《金凤钩》词："春辞我，向何处。怪草草、夜来风雨。"

轻螺谁扫：轻螺，淡画之眉。螺，螺子黛，一种眉笔。扫，描画之意。

红小：齐己《春日感怀》诗："落苔红小樱桃熟，侵井青纤燕麦长。"

寄愁：李白《王昌龄左迁龙标遥寄》诗："我寄愁心与明月，随风直到夜郎西。"

【辑评】

陈廷焯曰："草草"二字妙甚。婉约（谓"独睡"以下二句）。（《云韶集》十五）

四和香

麦浪翻晴风飐柳。已过伤春候。因甚为他成僝僽。毕竟是、春迤逗。　　红药阑边携素手。暖语浓于酒。盼到园花铺似绣。却更比、春前瘦。

【校订】

词牌名汪刻本作"四犯令"。

上片"迤逗"袁刻、汪刻本作"拖逗"。

下片"盼到园花铺似绣"，底本夺一"园"字，依律此句当七字，据袁、汪二刻本补。

【笺注】

候：时节、时令。

偞偢：烦恼，愁苦。周紫芝《宴桃源》词：“宽尽沈郎衣，方寸不禁偞偢。”

迤逗：引逗。

红药句：赵长卿《长相思》词：“药阑东，药阑西，记得当时素手携，弯弯月似眉。”

海棠月　瓶梅

重檐淡月浑如水。浸寒香、一片小窗里。双鱼冻合，似曾伴、个人无寐。横眸处，索笑而今已矣。　　与谁更拥灯前髻。乍横斜、疏影疑飞坠。铜瓶小注，休教近、麝炉烟气。酬伊也，几点夜深清泪。

【校订】

词牌名《昭代词选》、汪刻本作“月上海棠”。

【笺注】

寒香：谓梅。罗隐《梅花》诗：“愁怜粉艳飘歌席，静爱寒香扑酒尊。”

双鱼冻合：双鱼，砚名。叶越《端溪砚谱》：“砚之形制，曰风字，曰凤池，曰合欢，曰玉台，曰双鱼。”冻合，谓砚底、砚盖冻结在一起。

索笑：杜甫《舍弟观赴蓝田取妻子到江陵喜寄》诗：“巡檐索共梅花笑，冷蕊疏枝半不禁。”吴绮《风流子》“西湖”词：“空记寻香梅市，索笑桃门。”

灯前髻：旧题汉伶玄《赵飞燕外传》附《伶玄自叙》：“通德

占袖，顾视烛影，以手拥髻，凄然泣下。""拥髻"后常用作夫妇灯下相聚之典。刘辰翁《宝鼎现》词："又说向灯前拥髻，暗滴鲛珠坠。"

横斜疏影：林逋《山园小梅》诗："疏影横斜水清浅，暗香浮动月黄昏。"

铜瓶：杨万里《庆长叔招饮》诗："急雪穿帘绕蜡灯，梅花微笑古铜瓶。"

麝炉：古有麝香不宜于花之说。《苕溪渔隐丛话》："少游《春日》云'海棠花发麝香眠'，语固佳矣，第恐无此理。《香谱》云'香中尤忌麝。'唐郑注赴河中，姬妾百馀尽骑，香气数里，逆于人鼻。是岁，自京兆至河中，所过瓜尽一蒂不获。然则海棠花下岂应麝香可眠乎？"又梅玄龙嗅麝香而亡事，是梅花忌麝的另一说法，可参见《太平御览·香部》。

烟气：王铚《默记》："江南大将获李后主宠姬者，见灯则闭目云'烟气'，易以蜡烛，亦闭目云'烟气愈甚'。"王彦泓《寒词》自注："瓶花畏香，故嫌相逼。"

【说明】

词用"索笑"、"拥髻"诸典，盖追思亡妻之作。

金菊对芙蓉　上元

金鸭消香，银虬泻水，谁家夜笛飞声。正上林雪霁，鸳瓦晶莹。鱼龙舞罢香车杳，剩尊前、袖掩吴绫。狂游似梦，而今空记，密约烧灯。　　追念往事难凭。叹火树星桥，回首飘零。但九逵烟月，依旧笼明。楚天一带惊烽火，问今宵、可照江城。小窗残酒，阑珊灯地，别自关情。

上片"夜笛"《瑶华集》、袁刻、汪刻本作"玉笛"。

"鱼龙舞罢香车杳"《瑶华集》作"凤箫声动鱼龙舞"；"剩尊前、袖掩吴绫"作"遍天街、月影如冰"；"掩"字汪刻本作"拥"。

"狂游似"《瑶华集》作"幽欢疑"；"空记"作"犹记"；"密约"作"嫩约"。

下片"飘零"《瑶华集》作"堪惊"；"楚天一带惊烽火，问今宵、可照江城"作"锦江烽火连三月，与蟾光、同照神京"；"别自关情"作"红泪偷零"。

【笺注】

金鸭：鸭形铜香炉。瞿汝稷《指月录》："金鸭香销锦绣帏，笙歌丛里醉扶归。"

银虬：银漏壶之滴水龙头。

谁家句：李白《春夜洛城闻笛》诗："谁家玉笛暗飞声，散入春风满洛城。"

上林：秦汉皇家苑囿，此指清宫苑。

鸳甃：鸳瓦砌成之井壁。

吴绫：吴中产之薄绫。汤式《一枝花》套曲："价重如齐纨鲁缟，名高似蜀锦吴绫。"

密约句：烧灯，即点灯，元宵节又称烧灯节。蒋捷《绛都春》词："归时记约烧灯夜。"

九逵：京城大道。《三辅黄图》："长安城面三门，四面十二门，皆通达九逵，以相经纬。"何逊《轻薄篇》："长安九逵上，青槐荫道植。"

卷一

44

楚天句：烽火，谓三藩之乱。吴三桂等三藩自康熙十二年叛乱后，大江以南及川陕相继沦于战火，至作此词时，乱尚未靖。

江城：指湖南江华县城，详见本词之"说明"。

灯炧：灯烛。

【说明】

此阕为上元怀远之作，所念为好友张纯修。张纯修，字见阳，康熙十八年秋离京，赴湖南江华县任。见阳临行，性德曾以诗赠别，有"楚国连烽火，深知作吏难"句。此词曾经修改，《瑶华集》犹存其初稿面目，作期可据以考定。"楚天一带"以下二句，《瑶华集》作"锦江烽火连三月，与蟾光、同照神京"。按，锦江，为四川成都，康熙十九年正月初四，勇略将军赵良栋收复成都，消息至京，方及上元，与词之原句恰切，故此词为康熙十九年正月作。词初非赠张者，至同年四月二十一日，作书寄张（即寄张见阳第二十九手简，见附录），并寄词，因改若干字句，以切寄友之旨。张纯修，详见后《菊花新》词之"笺注"。

点绛唇

一种蛾眉，下弦不似初弦好。庾郎未老。何事伤心早。

素壁斜辉，竹影横窗扫。空房悄。乌啼欲晓。又下西楼了。

【校订】

汪刻本有副题"对月"。

【笺注】

一种句：一种，犹一样。蛾眉，喻残月。

初弦：上弦月。上弦月近于团圞，故下弦月不及也。

庾郎：庾信。信暮年作《愁赋》、《伤心赋》。

【说明】

由"伤心早"、"空房悄"等句，词似作于卢氏初逝未久。

又　咏风兰

别样幽芬，更无浓艳催开处。凌波欲去。且为东风住。

忒煞萧疏，争奈秋如许。还留取。冷香半缕。第一湘江雨。

【校订】

副题张刻本作"题见阳画兰"。

下片"争奈"汪刻本作"怎耐"。

【笺注】

风兰：一种兰花，花白色，吊置观赏。

凌波：曹植《洛神赋》："凌波微步，罗袜生尘。"

忒煞：太，过分。

【说明】

据张纯修刻本副题"题见阳画兰"，及词中"第一湘江雨"句，此亦为投寄张见阳之作。康熙十八年，纳兰性德与张纯修相别未久，曾致书云："沅湘以南，古称清绝，美人香草，犹有存焉者乎！长短句固骚之苗裔也，暇日当制小词奉寄。"（致见阳第二十八通手简，见本书附录）此作即寄赠之词，当作于康熙十八年秋，见阳南行后不久。见阳既见此词，乃有和作，其词为《点绛唇》"咏兰，和容若韵"："弱影疏香，乍开犹带湘江雨。随风拂处。似供骚人语。　九畹亲移，倩作琴书侣。清如许。纫来几缕。结佩相朝暮。"另，曹寅《楝亭集》有《墨兰歌》，歌序云："见阳每画兰，必书容若词。"其歌中云："潇湘第一岂凡情，别样萧疏墨有声。可怜侧帽楼中客，不在薰炉烟外听。"歌中若干字句，俱出自此词。时性德物故已久，见阳、曹寅诸人犹顾念不已，其情谊深切可见。

又　寄南海梁药亭

一帽征尘，留君不住从君去。片帆何处。南浦沈香雨。　回首风流，紫竹村边住。孤鸿语。三生定许。可是梁鸿侣。

【笺注】

梁药亭：梁佩兰（一六二九——一七〇五），字芝五，号药亭。广东南海县人，顺治十四年举人。以诗名，与屈大均、陈恭尹并称岭南三大家。有《六莹堂集》。

留君句：蔡伸《踏莎行》词："百计留君，留君不住。留君不住君须去。"

南浦：江淹《别赋》："送君南浦，伤如之何。"

沈香：《晋书·良吏传》载吴隐之有清节，为广州刺史。"后至自番禺，其妻刘氏藏沈香一斤，隐之见之，遂投于湖亭之水。"

后人因称其投香之处为沈香浦，地在今广东南海琵琶洲。

紫竹村：未详。朱彝尊《送梁孝廉佩兰还南海》诗云："马甲柱脆红螺肥，榕阴一亩竹十围。"紫竹村或为南海一地名。

孤鸿：苏轼《卜算子》："时见幽人独往来，飘缈孤鸿影。"

三生：佛家语，前生、今生、来生是为三生。

梁鸿：《后汉书·逸民传》："梁鸿，字伯鸾，家贫而尚节介，博览无不通，而不为章句。入霸陵山中，以耕织为业，咏诗书，弹琴以自娱。"

【说明】

梁佩兰《六莹堂二集》卷五《寄延儿》诗序："予自辛酉冬底入北，迨明年壬戌二月始至都下……已而燕山秋老，满地鹰风……将驾吴船，泛月清淮，采莼笠泽矣。维时身留吴下……"据知梁氏离京在壬戌即康熙二十一年秋。词云"留君不住"，"片帆何处"，是乍别未久之作，词当作于康熙二十一年内。另，梁氏宦情颇汲汲，与屈大均志节不类，性德以梁鸿比之，实不侔。

又 黄花城早望

五夜光寒，照来积雪平于栈。西风何限。自起披衣看。

对此茫茫，不觉成长叹。何时旦。晓星欲散。飞起平沙雁。

【笺注】

黄花城：在今北京怀柔县北长城内侧，古为重要关戍之一。《新五代史》云："唐时黄花戍，以扼契丹，戍兵常自耕食，惟衣絮岁给幽州。"《日下旧闻考》云："京东至山海关，西至黄花镇，为关塞者二百一十二。"蒋一葵《长安客话》云："黄花镇直天寿山之后。"（天寿山，即明十三陵北山）其他书籍如《春明梦馀录》、《天府广记》、《凤台祗谒笔记》等记载均同，唯或称城、或称镇而已。新旧地图如《皇朝舆地通考》、《中国历史地图集》，图示亦同。今寻常可见之北京地图，仍标有此处。旧注以为山西山阴县之黄花城，且据以判断词作于康熙二十二年圣祖赴五台山时，实误。检《康熙起居注》，赴五台经涿州、完县、阜平，原不取道山阴。

五夜：五更。《文选》陆倕《新刻漏铭》："六日不辨，五夜不分。"李善注引卫宏《汉旧仪》："昼夜漏起，省中用火，中黄门持五夜。五夜者，甲夜、乙夜、丙夜、丁夜、戊夜也。"

积雪：祖咏《望蓟门》诗："万里寒光生积雪。"

栈：木栅栏。

对此茫茫：《世说新语·言语》："见此茫茫，不觉百端交集。"

何时旦：《史记·邹阳列传》集解引宁戚《饭牛歌》："从昏饭牛薄夜半，长夜曼曼何时旦。"

【说明】

旧注以为此阕为随扈五台之作，实误。地望不切之外，时令亦不合。圣祖赴五台在康熙二十二年九月，即拟"积雪平栈"，冀中气候当不至严寒若此。圣祖可能经黄花城之行，唯二十二年、二十三年两次赴古北口，然皆在夏令，亦与词境不合，故此词必非随扈之作。性德任侍卫，曾司牧马之职，此或为赴边放牧时所作。栈，或即圈马栏。

【辑评】

唐圭璋曰：不假雕琢，自见荒漠之境，苦寒之情，令人慷慨生

49

哀。（《纳兰容若评传》）

又

小院新凉，晚来顿觉罗衫薄。不成孤酌。形影空酬酢。

萧寺怜君，别绪应萧索。西风恶。夕阳吹角。一阵槐花落。

【笺注】

　　形影句：谓独自一人，唯影相伴。李密《陈情表》："茕茕孑立，形影相吊。"

　　夕阳吹角：陆游《浣溪沙》词："夕阳吹角最关情。"

　　槐花句：戴叔伦《送车参军江陵》诗："槐花落尽柳阴清，萧索凉天楚客情。"

【说明】

　　此阕缘姜宸英作。姜宸英，字西溟，浙江慈溪人。康熙十二年结识性德，时姜已四十七岁。康熙十七年，西溟重入京，冀得鸿博荐，未果。性德馆之于德胜门北千佛寺，多所轸助。词有"新凉"、"槐花"句，当作于康熙十八年夏末秋初。关于姜宸英事，参看后《金缕曲》"慰西溟"词之"笺注"及"说明"。此调陈维崧有和韵词，但原唱并非赠陈之作。陈维崧康熙十七年入京，居宋德宜宅中，未居寺庙。

浣溪沙

消息谁传到拒霜。两行斜雁碧天长。晚秋风景倍凄凉。

银蒜押帘人寂寂，玉钗敲竹信茫茫。黄花开也近重阳。

【校订】

　　词牌名汪刻本作"浣沙溪"，下同。

　　"敲竹"汪刻本作"敲烛"。

【笺注】

　　拒霜：木芙蓉之异名。李时珍《本草纲目·木三》："木芙蓉八月始开，故名拒霜。"

　　银蒜：银质帘坠，形略如蒜，用以押帘。苏轼《哨遍》词："银蒜押帘，珠幕云垂地。"

　　玉钗敲竹：高适《听张立本女吟诗》："自把玉钗敲砌竹，清歌一曲月如霜。"又王彦泓《即事》诗："玉钗敲竹立旁皇，孤负楼心几夜凉。"

　　银蒜二句：孙光宪《浣溪沙》词："春梦未成愁寂寂，佳期难会信茫茫。"

【辑评】

　　吴世昌曰：此必有相知名"菊"者为此词所属意，惜其本事已不可考。（《词林新话》卷五）

又

雨歇梧桐泪乍收。遣怀翻自忆从头。摘花销恨旧风流。

簾影碧桃人已去，屐痕苍藓径空留。两眉何处月如钩。

【笺注】

销恨：《开元天宝遗事·销恨花》："明皇于禁苑中，初有千叶桃盛开，帝与贵妃日逐宴于树下。帝曰：'不独萱草忘忧，此花亦能销恨。'"王士禄《浣溪沙》词："莫将销恨唤名花。"

屐痕句：朱松《芦槛》诗："未辨松窗眠渌浦，且将屐齿印苍苔。"

月如钩：李煜《乌夜啼》词："无言独上西楼，月如钩。"

又

欲问江梅瘦几分。只看愁损翠罗裙。麝篝衾冷惜馀熏。

可耐暮寒长倚竹，便教春好不开门。枇杷花底校书人。

【校订】

下片"可耐"汪刻本作"可奈"。

"花底"袁刻、汪刻本作"花下"。

"校书人"之"校"字底本作"较"，从汪刻本改作"校"。

【笺注】

江梅句：范成大《梅谱》："江梅，或谓之野梅，凡山间水滨荒寒清绝之趣，皆此本也。花稍小而疏瘦有韵，香最清。"程垓《摊破江城子》词："一夜无眠连晓角，人瘦也，比梅花、瘦几分。"叶梦得《临江仙》词："学士园林人不到，传声欲问江梅。"

麝篝：薰笼。馀熏，同"馀薰"。

倚竹句：杜甫《佳人》诗："天寒翠袖薄，日暮倚修竹。"

枇杷句：王建《寄蜀中薛涛校书》诗："万里桥边女校书，枇杷花里闭门居。"《全唐诗·薛涛小传》："薛涛，字洪度。本长安良家女，随父宦，流落蜀中，遂入乐籍。辨慧工诗，有林下风致。韦皋镇蜀，召令侍酒赋诗，称为女校书。"

【说明】

性德《致顾贞观手简》云："又闻琴川沈姓有女颇佳，亦望吾哥略为留意。"又云："吾哥所识天海风涛之人，未审可以晤对否？沦落之馀，方欲葬身柔乡，不知得如鄙人之愿否耳。"所言沈姓女，即沈宛。宛能诗词，有《选梦词》。据"天海风涛"句，知沈氏本江南女校书一流人物。致顾贞观手简作于康熙二十三年，此词或缘沈氏作，则亦为二十三年词。沈后归性德。参见后同调"十八年来堕世间"阕"吹花嚼蕊"条之"笺注"及该词之"说明"。

53

<h2 style="text-align:center">又</h2>

泪浥红笺第几行。唤人娇鸟怕开窗。那能闲过好时光。

屏障厌看金碧画，罗衣不奈水沈香。遍翻眉谱只寻常。

　　上片"那能"《昭代词选》、汪刻本作"那更"。

　　下片"金碧画"张刻本、《昭代词选》作"金碧尽"。

【笺注】

　　泪浥句：欧阳修《洞仙歌令》词："拟写相思寄归信，未写了，泪成行，早满香笺。"又《南乡子》词："泪浥红腮不记行。"

　　好时光：唐明皇《好时光》词："彼此当年少，莫负好时光。"

　　水沈香：又称沉水香。《本草纲目·木一》："沉香木之心节置水则沉，故名沉水，亦曰水沉。"冯贽《云仙杂记》："染衣用沈香水。"周邦彦《浣溪沙》词："衣篝尽日水沉微。"

　　眉谱：女子画眉图样。杨慎《丹铅续录》有关于《十眉图》的记载。

又

残雪凝辉冷画屏。落梅横笛已三更。更无人处月胧明。

　　我是人间惆怅客，知君何事泪纵横。断肠声里忆平生。

【笺注】

　　冷画屏：杜牧《秋夕》诗："红烛秋光冷画屏。"

　　落梅横笛：落梅，古笛曲名。《乐府杂录》："笛，杂曲也，有《落梅花》曲。"李白《司马将军歌》："向月楼中吹落梅。"

　　更无句：更，犹云"绝"。李商隐《王十二兄与畏之员外相访见招小饮》诗："更无人处帘垂地。"

　　断肠声：李商隐《赠歌妓》诗："断肠声里唱阳关。"

又

睡起惺忪强自支。绿倾蝉鬓下帘时。夜来愁损小腰肢。

　远信不归空伫望，幽期细数却参差。更兼何事耐寻思。

【笺注】

　绿倾蝉鬓：苏轼《浣溪沙》"春情"词："朝来何事绿鬟倾"。

　伫望：凝望，等候之意。

　参差：蹉跎，错过之意。李商隐《樱桃花下》诗："他日未开今日谢，嘉辰长短是参差。"

又

十里湖光载酒游。青帘低映白苹洲。西风听彻采菱讴。

　沙岸有时双袖拥，画船何处一竿收。归来无语晚妆楼。

【笺注】

　采菱：《楚辞·招魂》王逸注："采菱，楚人歌曲也。"《古今乐录》："江南弄共七曲，第五曲采菱。"张耒《多丽》词："采菱新唱最堪听。"

【说明】

　此阕写苏州无锡间见闻，作于康熙二十三年十月底。采菱虽似稍迟，然同时作诗云："棹女红妆映茜衣，吴歌清切傍斜晖。"采菱讴，谓吴歌而已。参看下阕"脂粉塘空遍绿苔"词之"说明"。

又

脂粉塘空遍绿苔。掠泥营垒燕相催。妒他飞去却飞回。

一骑近从梅里过，片帆遥自藕溪来。博山香烬未全灰。

【笺注】

脂粉塘：任昉《述异记》："吴故宫有香水溪，俗云西施浴处，又呼为脂粉塘，至今馨香。"

营垒：筑巢。阮逸女《鱼游春水》词："燕子归来寻旧垒。"

梅里：《史记·吴太伯世家》张守节《正义》："太伯居梅里，在常州无锡县东南六十里。"

藕溪：今或称洋溪，在无锡西。

博山：博山炉，香炉。《西京杂记》："长安巧工丁缓者……作九层博山香炉，镂为奇禽怪兽，穷诸灵异，皆自然运动。"徐𤏡《徐氏笔精》："博山炉，上有盖，如山形，番烟缠绕，不相离也。"李白《杨叛儿》诗："博山炉中沈香火，双咽一气凌紫霞。"

【说明】

此阕与上阕"十里湖光载酒游"作于同时。南巡扈驾似难独自出行，惟偶患病，方得片刻栖迟自适。性德有《病中过锡山》诗二首，可为此二阕词注脚。其一云："润州山尽路漫漫，天入蓉湖漾碧澜。彩鹢风樯连塔影，飞鸿云阵度峰峦。泉烹绿茗徐蠲渴，酒泛青瓷渐却寒。久爱虎头三绝誉，今来仍向画中看。"其二云："棹女红妆映茜衣，吴歌清切傍斜晖。林花刺眼篷窗入，药里关心

蜡屐违。藕荡波光思澹永，碧山岚气望霏微。细莎斜竹吟还倦，绣
岭停云有梦依。"词云"妒他飞去却飞回"，盖燕可依留从容，人
却须一骑匆匆，未能尽其徘徊慨慕之情。

又

五月江南麦已稀。黄梅时节雨霏微。闲看燕子教雏飞。

一水浓阴如罨画，数峰无恙又晴晖。湔裙谁独上渔矶。

【校订】

下片结句"湔裙"底本作"溅裙"，今从袁刻、汪刻本改作
"湔裙"。

【笺注】

黄梅句：《岁华纪丽》："麦秋梅雨。"罗隐《寄进士卢休》
诗："麦秋梅雨遍江东。"赵师秀《约客》诗："黄梅时节家家
雨。"

罨画：《丹青总录·订讹》："画家有罨画，杂彩色画也。"

湔裙句：杜台卿《玉烛宝典》："元日至于月晦，民并为醵食，
渡水，士女悉湔裳、酹酒于水湄，以度厄。"后泛指水畔洗衣。梁
简文帝《和人渡水》诗："婉娩新上头，湔裙出乐游。"

【说明】

容若五月未尝往江南，词非写实。顾贞观《弹指词》有《画
堂春》一阕，其首句云"湔裙独上小渔矶"，与容若此调末句约略
相同。两词刻画景致亦相类，疑同为题画之作。

浣溪沙

57

又　西郊冯氏园看海棠，因忆香严词有感

谁道飘零不可怜。旧游时节好花天。断肠人去自今年。

　一片晕红才著雨，几丝柔绿乍和烟。倩魂销尽夕阳前。

【校订】

　底本无副题，此据汪刻本补。

　上片结句"今"字下汪刻本有双行小字校"经"。

　下片"才著"汪刻本作"疑著"。

　"几丝柔绿乍和烟"汪刻本作"晚风吹掠鬓云偏"，又有双行小字校"几丝柔柳乍和烟"，将底本"绿"字作"柳"；"乍"字《草堂嗣响》作"又"。

【笺注】

　西郊冯氏园：明万历时大珰冯保之园林，在北京阜成门外。

　香严词：龚鼎孳寓所有"香严斋"，其词集初称《香严词》，后定本名《定山堂诗馀》。

　谁道句：龚鼎孳《菩萨蛮》"西郊海棠已放，风复大作，对花怅然"词："那禁风似箭，更打残花片。莫便踏花归，留他缓缓飞。"

　旧游时节：龚鼎孳在京，叠年往冯氏园看海棠，今集中存其西郊海棠词四阕。

　人去：谓龚氏已卒。据董迁《龚芝麓年谱》："康熙十二年癸丑，公五十九岁。春，奉命典会试，得韩菼等一百五十八人。九月

十二日卒于京邸。"

晕红：《妆台记》："美人妆面，既傅粉，复以胭脂调匀掌中，施之两颊，浓者为酒晕妆，浅者为桃花妆。"

著雨：王雱《倦寻芳》词："海棠著雨胭脂透。"

和烟：和，合；指柳丝笼罩于烟雨中。郑谷《小桃》诗："和烟和雨遮敷水，映竹映村连灞桥。"

【说明】

龚鼎孳（一六一五——一六七三），字孝升，号芝麓，合肥人。入清，官至左都御史、刑部尚书。有《定山堂集》，附词四卷。其词风格多样，辞采清丽，推一代作手。康熙十二年，龚任会试主试官，容若出其门下。是年秋，芝麓即卒。京西冯氏园海棠，为清初游览名胜，龚氏叠年往访，作词多首。其中《菩萨蛮》一首云："年年岁岁花间坐，今来却向花间卧。卧倚璧人肩，人花并可怜。"所谓"璧人"，盖指陪游青年男子张韶九。张韶九，云间人，容貌姣好，为同郡文士宋征舆（字直方，又字辕文，顺治四年进士，官至都察院左副都御史）所璧昵。明清间文人有好男宠之风，如陈其年与徐紫云、宋直方与张韶九，俱为著例。康熙六年，直方卒，韶九流落京中，乃依栖于龚芝麓门下。康熙八年春，龚氏偕韶九游摩诃庵杏花下，作《菩萨蛮》词云："蔚蓝一片山初染，粉红花底看人面。玉笛怕花飞，花残人不归。　　当时花下客，把酒斜阳立。今日对斜阳，与花同断肠。"即感宋、张旧事而作（参见王昶《西崦山人词话》卷三、《全清词·顺康卷》一一四二页）。性德此作与龚词措辞用意多有相关，且自言"因忆香严词有感"，则此作亦或有关韶九事也。"谁道飘零不可怜"阕之意蕴，近人屡为揣测，兹拈出直方、韶九情事，庶或为论者启一思路。又，容若词风，尝深得芝麓意指，此为显例。词当作于龚氏卒后；徐釚《词苑

【辑评】

徐釚曰：《侧帽词》"西郊冯氏园看海棠"《浣溪沙》，盖忆《香严词》有感作也。王俨斋（按即王鸿绪）以为柔情一缕，能令九转肠回，虽"山抹微云"君不能道也。（《词苑丛谈》五）

张任政曰：容若此词，似不胜重来之感。（《纳兰性德年谱》）

又　咏五更，和湘真韵

微晕娇花湿欲流。簟纹灯影一生愁。梦回疑在远山楼。

　　残月暗窥金屈戍，软风徐荡玉簾钩。待听邻女唤梳头。

【笺注】

副题：明末陈子龙《湘真阁词》有《浣溪沙》"五更"一阕。

远山楼：汤显祖《紫钗记》中"泣玉"一折，写女子在远山楼怀思久仕不归的丈夫，云："则他远山楼上费精神，旧模样直恁翠眉颦。"此借指女子居处。王彦泓《梦游》诗："绣被鄂君仍眺赏，篷窗新署远山楼。"

屈戍：门上搭环。《南村辍耕录》："今人家窗户设铰具，或铁或铜，名曰环纽。北方谓之屈戍。"按，今晋北犹称环纽为屈戍。朱彝尊《菩萨蛮》："重重金屈戍，门掩黄昏月。"

【辑评】

陈廷焯曰：秀绝矣，亦自凄绝（上片）。结句从旁面生情。（《云韶集》十五）

陈廷焯又曰：调和意远，似此真不愧大雅矣，古今艳词亦不多见也。惜全篇平平。（《词则·闲情集》）

又

伏雨朝寒愁不胜。那能还傍杏花行。去年高摘斗轻盈。

漫惹炉烟双袖紫，空将酒晕一衫青。人间何处问多情。

【校订】

纳兰性德存世时，于其词每有改订。遂至一词而字句或有异同，并传于世。《瑶华集》所收，多不一于《通志堂集》，即由此。然有异同之作，原为一阕，不必视为两作，录其异词入校记即可。汪刻本得此词异稿为"酒醒香消愁不胜"云云，遂与此词分作二首计，实不必。本编仍视作一首，并以汪刻另首入校。

"伏雨朝寒"汪刻本另首作"酒醒香销"。

"那能还傍杏花行"汪刻本另首作"如何更向落花行"。

"漫惹炉烟双袖紫，空将酒晕一衫青"汪刻本另首作"夜雨几番销瘦了，繁华如梦总无凭"。

【笺注】

伏雨：连绵雨。杜甫《秋雨叹》诗"阑风伏雨秋纷纷"句，仇注引赵子栎曰："阑珊之风，沉伏之雨，言其风雨不已也。"朝寒：彭孙遹《阮郎归》词："几回欲去又消停，朝寒不自胜。"

去年句：吴伟业《浣溪沙》词："摘花高处赌身轻。"

酒晕：见前同调"谁道飘零不可怜"阕之"笺注"。

【说明】

据汪刻本另首小注，此词见于顾刻《饮水词》，则词之作期不晚于康熙十六年。

<h2 style="text-align:center">又</h2>

五字诗中目乍成。尽教残福折书生。手挼裙带那时情。

别后心期和梦杳，年来憔悴与愁并。夕阳依旧小窗明。

【笺注】

五字句：王彦泓《有赠》诗："矜严时已逗风情，五字诗中目乍成。"目成，屈原《九歌·少司命》："满堂兮美人，忽独与余兮目成。"蒋骥注："以目定情也。"

尽教句：王彦泓《梦游》诗："相对只消香共茗，半宵残福折书生。"

手挼裙带：挼，握。曹唐《小游仙》诗："玉女暗来花下立，手挼裙带问昭王。"薛昭蕴《小重山》词："手挼裙带绕阶行。"

<h2 style="text-align:center">又</h2>

欲寄愁心朔雁边。西风浊酒惨离颜。黄花时节碧云天。

古戍烽烟迷斥堠，夕阳村落解鞍鞯。不知征战几人还。

【校订】

上片"离颜"《草堂嗣响》、汪刻本作"离筵"。

【笺注】

欲寄句：李白《王昌龄左迁龙标遥寄》诗："我寄愁心与明月，随风直到夜郎西。"

浊酒：范仲淹《渔家傲》词："浊酒一杯家万里。"

黄花句：王实甫《西厢记》："碧云天，黄花地，西风紧，北雁南飞。"

斥堠：觇瞭敌情之工事。

不知句：王翰《凉州词》："醉卧沙场君莫笑，古来征战几人回。"

<h2 style="text-align:center">又</h2>

记绾长条欲别难。盈盈自此隔银湾。便无风雪也摧残。

青雀几时裁锦字，玉虫连夜剪春幡。不禁辛苦况相关。

【校订】

《瑶华集》有副题"欲别"。

上片"记绾"《瑶华集》作"折得"；"自此"作"从此"；"便无风雪也摧残"作"天将离恨老朱颜。"

下片"裁锦字"《瑶华集》作"传锦字"；"玉虫连夜"作"绿窗前夜"；"不禁"作"愁他"；"况相关"作"梦相关"。

【笺注】

记绾句：古人送别有折杨柳相赠之俗。张乔《寄维扬故人》："离别河边绾柳条，千山万水玉人遥。"李商隐《离亭赋得折杨柳》："人世死前惟有别，春风争拟惜长条。"

63

盈盈句：银湾，银河。《鸡跖集》："许洞谓银河为银湾。"《古诗十九首》之十："迢迢牵牛星，皎皎河汉女。盈盈一水间，脉脉不得语"。朱彝尊《风入松》词："怅迢迢、路断银湾。"

青雀：青鸟。班固《汉武故事》："有青鸟从西方来，集殿前。上问东方朔，朔对曰：西王母暮必降尊像……有顷，王母至。"后以青雀、青鸟借指信使。李商隐《汉宫词》："青雀西飞竟未回，君王长在集灵台。"

锦字：犹言书信。前秦窦滔妻尝织锦为《璇玑图诗》以寄滔。顾敻《浣溪沙》词："青鸟不来传锦字，瑶姬何处锁兰房。"

玉虫：灯花。范成大《客中呈幼度》诗："今朝合有家书到，昨夜灯花缀玉虫。"

春幡：旧俗，立春日，妇女剪缯绢为小幡，或簪家人之头，或缀花枝之下，称春幡。

又

谁念西风独自凉。萧萧黄叶闭疏窗。沈思往事立残阳。

　被酒莫惊春睡重，赌书消得泼茶香。当时只道是寻常。

【笺注】

谁念句：秦观《减字木兰花》词："天涯旧恨，独自凄凉人不问。"

沈思句：李珣《浣溪沙》词："暗思何事立残阳。"

被酒句：被酒，指醉酒。程垓《愁倚阑》词："昨夜酒多春睡重，莫惊他。"

赌书句：李清照《金石录后序》："余性偶强记，每饭罢，坐归来堂烹茶，指堆积书史，言某事在某书某卷第几叶第几行，以中否角胜负，为饮茶先后。中即举杯大笑，至茶倾覆怀中，反不得饮而起。"

【辑评】

况周颐曰："被酒莫惊春睡重"云云，亦复工于写情，视此微嫌词费矣。又：即东甫《眼儿媚》句意，酒中茶半，前事伶俜，皆梦痕耳。（《蕙风词话》卷一、二）

吴世昌曰：容若《浣溪沙》云云，上结沉思往事，下联即述往事，故歇拍有"当时"云云。赌书句用易安《金石录后序》中故事，知此首亦悼亡之作。（《词林新话》卷五）

又

十八年来堕世间。吹花嚼蕊弄冰弦。多情情寄阿谁边。

　　紫玉钗斜灯影背，红绵粉冷枕函偏。相看好处却无言。

【校订】

下片"枕函偏"汪刻本作"枕函边"。

【笺注】

十八年句：李商隐《曼倩辞》："十八年来堕世间，瑶池归梦碧桃闲。"

吹花嚼蕊：李商隐《柳枝诗序》："柳枝，洛中里娘也……生十七年，涂妆绾髻未尝竟。已复起去，吹叶嚼蕊，调丝擪管，作天海风涛之曲，幽忆怨断之音。……余从昆让山，比柳枝居为近。他日春曾阴，让山下马柳枝南柳下，咏余《燕台诗》。柳枝惊问：'谁人有此？谁人为是？'让山谓曰：'此吾里中少年叔耳。'柳枝手断长带，结让山为赠叔乞诗。明日，余比马出其巷，柳枝丫鬟毕妆，抱立扇下，风障一袖，指曰：'若叔是？后三日，邻当去湔裙水上，以博山香待，与郎俱过。'余诺之。会所友有偕当诣京师者，戏盗余卧装以先，不果留。"按，此序中之柳枝，乃歌妓也。

冰弦：琴弦。据《太真外传》，拘弥国琵琶弦，为冰蚕丝所制。

紫玉句：紫玉钗，辞出蒋防《霍小玉传》。又尤侗《李益杀霍小玉判》："紫玉钗落去谁家，工人流涕。"灯影背，汤显祖《紫钗记》："烛花无赖，背银缸、暗擘瑶钗。"

红绵：周邦彦《蝶恋花》词："泪花落枕红绵冷。"

枕函：古以木或瓷制枕，中空可藏物，因称枕函。

相看句：汤显祖《牡丹亭·惊梦》："相看俨然，好处相逢无一言。"

【说明】

此阕似为沈宛作，参见前同调"欲问江梅瘦几分"阕之"说明"。"吹花嚼蕊"、"天海风涛"，皆切沈宛身份。另，"十八年"、"紫玉钗"语皆见于唐传奇蒋防撰《霍小玉传》，"红绵"句情境亦与小玉故事仿佛。小玉，亦歌女也，以词为沈宛而作，庶当无误。康熙二十三年岁杪，顾贞观作伐，沈宛至京，归性德为姜，词即作于此时。又，汤显祖《紫钗记》传奇亦演霍小玉故事，故词句又化用《紫钗记》曲文。性德藏书中有《紫钗记》，见《谦牧堂书目》。

【辑评】

况周颐曰：《饮水词》有云"吹花嚼蕊弄冰弦"，又云"乌丝

阑纸娇红篆"。容若短调，轻清婉丽，诚如其自道所云。（《蕙风词话》卷五）

又

莲漏三声烛半条。杏花微雨湿红绡。那将红豆记无聊。

　春色已看浓似酒，归期安得信如潮。离魂入夜倩谁招。

浣
溪
沙

【校订】

　上片"红绡"《国朝词综》、汪刻本作"轻绡"。

　"记无聊"汪刻本作"寄无聊"。

【笺注】

　莲漏：莲花形漏器。李肇《国史补》以为僧慧远所制。

　杏花句：韩偓《寒食夜有寄》诗："云薄月昏寒食夜，隔帘微雨杏花香。"

　那将句：红豆为相思之象征。古时妇女有怀远人，则手拈红豆，以为可以使远人念闺中。此句故反用之。记，惦念之意。韩偓《玉合》诗："罗囊绣两鸳鸯，玉合雕双鸂鶒。中有兰膏积红豆，每回拈著长相忆。"

　春色句：陈旅《题黄鹂海棠图》诗："上林春色浓于酒。"

　信如潮：潮来有时，称潮信。王彦泓《错认》诗："夜视可怜明似月，秋期只愿信如潮。"

　离魂：唐传奇有陈玄佑《离魂记》，言倩娘与王宙相爱慕，宙远行，倩娘魂遂夜半离体与偕。

又

身向云山那畔行。北风吹断马嘶声。深秋远塞若为情。

一抹晚烟荒戍垒，半竿斜日旧关城。古今幽恨几时平。

【笺注】

若为情：犹言何以为情。李珣《定风波》词："帘外烟和月满庭，此时闲坐若为情。"

【说明】

"身向云山那畔行"，实自其自撰《长相思》之"身向榆关那畔行"出，惟前次为春，此则深秋而已。"旧关城"仍为榆关，否则"古今幽恨"四字不称。此阕盖有明清易代之感慨在焉。其作期，当为康熙二十一年觇梭龙时。

又　大觉寺

燕垒空梁画壁寒。诸天花雨散幽关。篆香清梵有无间。

蛱蝶乍从帘影度，樱桃半是鸟衔残。此时相对一忘言。

【笺注】

大觉寺：京中有大觉寺数处，最著者在西郊旸台山，为清初名胜。性德所游，当为其中一处。旧注以为大觉寺在河北满城，并以词系于康熙十八年三月，圣祖往保定行围打猎时，似误。按是年行围，仅及保定东白洋淀周边，未至满城。

燕垒空梁：薛道衡《昔昔盐》诗："暗牖悬蛛网，空梁落燕泥。"

画壁：韩愈《山石》诗："僧言古壁佛画好，以火来照所见稀。"

诸天：佛教以神界众神位为诸天，亦指护法众天神。

花雨：据《仁王经·序品》载，佛既说法，诸天共赞其功德，散花如雨。李白《寻山僧不遇》诗："香云遍山起，花雨从天来。"

幽关：寺居僻邃之地，悄怆少人，因称幽关。全句言寺院中野花散漫。

篆香：焚香之烟弯环，称篆烟，其气味称篆香。

清梵：诵经之声。全句写僧稀寺冷。

樱桃句：王维《敕赐百官樱桃》诗："总是寝园春荐后，非关御苑鸟衔残。"

忘言：陶渊明《饮酒》诗："此中有真意，欲辨已忘言。"

又 古北口

杨柳千条送马蹄。北来征雁旧南飞。客中谁与换春衣。

终古闲情归落照，一春幽梦逐游丝。信回刚道别多时。

【校订】

上片"旧南飞"袁刻本作"向南飞"。

【笺注】

古北口：京北长城关隘之一。孙承泽《天府广记》："古北口在密云县东北一百二十里，两崖壁立，中有路仅容一车。下有涧，巨石磊块，凡四十五里。"

杨柳千条：沈佺期《望春宫》诗："杨柳千条花欲绽。"

北来句：句谓今日北来雁，正是旧时（去年）南飞者。

换春衣：陆游《闻雁》诗："过尽梅花把酒稀，熏笼香冷换春衣。"

一春幽梦：李雯《浪淘沙》词："一春幽梦绿萍间。"

刚道：只说。

【说明】

性德初充侍卫，曾司马曹，此调或口外牧马时作。清圣祖往古北口，一为康熙二十二年，一为二十三年，皆为避暑。起程皆在旧历五月末，早过换春衣之季，故此词非扈从之作。家中来信，只道别久思念，于诗人之闲情幽梦，却浑然无所知。见信虽少慰藉，终有怅焉。

【辑评】

陈廷焯曰：情景兼胜。（《云韶集》十五）

又

凤髻抛残秋草生。高梧湿月冷无声。当时七夕记深盟。

信得羽衣传钿合，悔教罗袜葬倾城。人间空唱雨淋铃。

【校订】

上片"高"字下汪刻本有双行小字校"官"。

"记深盟"汪刻本作"有深盟"。

下片"葬倾城"汪刻本作"送倾城"。

【笺注】

凤髻句:《新唐书·五行志》:"杨贵妃常以假鬓为首饰,时人为之语曰:'义髻抛河里,黄裙逐水流。'"又杜牧《为人题赠》:"和簪抛凤髻,将泪入鸳衾。"此合二典用之。秋草,白居易《长恨歌》:"西宫南内多秋草,落叶满阶红不扫。"

高梧句:《长恨歌》:"秋雨梧桐叶落时。"姜夔《扬州慢》词:"波心荡、冷月无声。"

当时句:乐史《太真外传》:"妃徐而言曰:昔天宝十载,侍辇避暑骊山宫。秋七月,牵牛织女相见之夕,上凭肩而望,因仰天感牛女事,密相誓心:愿世世为夫妇。言毕,执手各鸣咽,此独君王知之耳。"李商隐《马嵬》诗:"此日六军同驻马,当时七夕笑牵牛。"

信得句:羽衣,谓道士。陈鸿《长恨歌传》:"上诏高力士潜搜外宫,得弘农杨玄琰女,上甚悦。定情之夕,授金钗钿合以固之。……适有道士自蜀来,知上心念杨妃,自言有李少君之术,玄宗大喜。方士乃竭其术以索之。久之,玉妃出,揖方士,问皇帝安否。言讫,悯然,指碧衣取金钿钗合,各析其半,授使者曰:为我谢太上皇,谨献是物寻旧好也。"

罗袜:杨妃之袜。《太真外传》:"妃子死日,马嵬媪得锦袎袜一双,相传过客一玩百钱,前后获钱无数。"

雨淋铃:郑处诲《明皇杂录补遗》:"明皇既幸蜀,西南行初入斜谷。属霖雨涉旬,于栈道中闻铃,音与山相应。上既悼念贵妃,采其声为《雨霖铃》曲,以寄恨焉。其曲今传于法部。"

【说明】

此阕为感怀唐明皇、杨贵妃事作。

又

败叶填溪水已冰。夕阳犹照短长亭。何年废寺失题名。

倚马客临碑上字，斗鸡人拨佛前灯。净消尘土礼金经。

【校订】

上片"何年"汪刻本作"行来"。

下片"倚马"汪刻本作"驻马"。

"净消尘土礼金经"汪刻本作"劳劳尘世几时醒"。

【笺注】

短长亭：古驿道记程筑亭，供行人歇息。《白孔六帖》："十里一长亭，五里一短亭。"

失题名：谓无榜额，已失废寺之名。

斗鸡句：用唐贾昌事。唐玄宗好斗鸡，两宫之间设斗鸡坊。贾昌七岁，通鸟语，驯鸡如神，玄宗任为五百小儿长。金帛之赐，日至其家。昌父死，天子赐葬器，乘传洛阳道。天下号为神鸡童，时人歌云：生儿不用识文字，斗鸡走马胜读书。贾家小儿年十三，富贵荣华代不如。席宠四十年，恩泽不渝。天宝间，安史乱起，玄宗奔蜀，昌变姓名，依于佛舍。家为兵掠，一物无存。大历间，依资圣寺僧，读释经，渐通文字，了达经义。昼汲水灌竹，夜正观于禅室。日食粥一杯，卧草席。事见陈鸿《东城老父传》。

金经：佛经。

【说明】

词末"净消"一句，汪本作"劳劳尘世几时醒"更见警策，当为容若改定本。词境衰煞，且有"斗鸡人拨佛前灯"语，而出自贵公子容若之口，落差悬绝，尤觉悚然。"君本春人而多秋思"（梁佩兰评性德语），可于此得证。

又　庚申除夜

收取闲心冷处浓。舞裙犹忆柘枝红。谁家刻烛待春风。

竹叶樽空翻彩燕，九枝灯炕颤金虫。风流端合倚天公。

【校订】

上片"收取"下汪刻本有双行小字校"净扫"。

下片"颤金虫"张刻、袁刻本作"鹓金虫"。

【笺注】

副题：庚申，康熙十九年（一六八〇）。除夜，除夕之夜，犹今言"大年三十晚上"。参见卷四《凤凰台上忆吹箫》"守岁"阕之"笺注"。

收取句：王彦泓《寒词》："个人真与梅花似，一日幽香冷处浓。"

柘枝：柘枝舞，盛行于唐代。郭茂倩《乐府诗集·舞曲歌辞》："似是戎夷之舞。按今舞人衣冠类蛮服，疑出南蛮诸国也。"俞琰《席上腐谈》："向见官伎舞柘枝，戴一红物，体长而头尖，俨如角形，想即是今之罟姑也。"红，谓舞冠之色。

刻烛：刻标志于蜡烛，以计时。韩偓《妒媒》诗："已嫌刻烛春宵短，最恨鸣珂晓鼓催。"

竹叶：酒名，或指酒为绿色。白居易《钱湖州李苏州以酒寄到》诗："倾如竹叶盈尊绿，饮作桃花面上红。"葛立方《韵语阳秋》："酒以绿为贵者，乐天所谓'倾如竹叶盈尊绿'是也。"

彩燕：立春日饰物。宗懔《荆楚岁时记》："立春日悉剪彩为燕以戴之，帖'宜春'二字。"方岳《立春》诗："彩燕双簪翡翠翘，巧裁银胜试春韶。"

九枝灯：古灯具，一干九枝，各托一盏，称九枝灯。李商隐诗中喜用此辞，如"如何一柱观，不碍九枝灯"、"九枝灯檠夜珠圆"等。性德词喜用义山语。

金虫：首饰，李贺《恼公》诗："陂陀梳碧凤，腰袅带金虫。"王琦汇解："以金作蝴蝶、蜻蜓等物形而缀之钗上者。"

天公：南卓《羯鼓录》载，春日，唐明皇击羯鼓催开柳杏之花，"笑谓嫔御曰：此一事不唤我作天公可乎？"（参见后《菩萨蛮》"催花未歇花奴鼓"词之"笺注"）是句似云富贵风流皆为皇恩赋与。

又

万里阴山万里沙。谁将绿鬓斗霜华。年来强半在天涯。

　　魂梦不离金屈戌，画图亲展玉鸦叉。生怜瘦减一分花。

【校订】

《瑶华集》有副题"塞外"。

上片"绿鬓"《国朝词综》作"绿发"。

下片"亲展"《瑶华集》作"重展"。

【笺注】

　　阴山：今阴山、燕山至大兴安岭诸山脉之总名。《汉书·匈奴传》："北边塞至辽东外，有阴山，东西千馀里。"

　　玉鸦叉：画叉，张挂书画所用。郭若虚《图画见闻志》："张文懿性喜书画，爱护尤勤。每张画，必先施帘幕，画叉以白玉为之。"

　　生怜句：生，甚，最。《牡丹亭·写真》："春梦暗随三月景，晓寒瘦减一分花。"

【说明】

　　康熙二十一年二月至五月，纳兰性德随扈吉林；九月至腊月，又奉使梭龙，与"强半在天涯"句合。梭龙遥远，与"万里阴山"句合。自梭龙归，倩人绘《楞伽出塞图》，此阕有"画图亲展"句，当为题图之作。参见后《太常引》　"自题小照"词之"说明"。

【辑评】

　　陈廷焯曰：一片凄感（谓"年来"句）。笔笔凄艳，是容若本色（谓"生怜"句）。（《云韶集》十五）

又

　　肠断斑骓去未还。绣屏深锁凤箫寒。一春幽梦有无间。

　　逗雨疏花浓淡改，关心芳草浅深难。不成风月转摧残。

【校订】

　　下片"芳草"底本原作"芳字"，似通实不切。上句相对之辞为"疏花"，以"疏花"对"芳草"，甚当。从袁刻、汪刻本改。

【笺注】

斑骓：杂色马。李商隐《对雪》诗："关河冻合东西路，肠断斑骓送陆郎。"

凤箫：排箫，比竹为之，参差如凤翼。辛弃疾《江神子》词："绣阁香浓，深锁凤箫声。"

逗雨：李贺《李凭箜篌引》诗："石破天惊逗秋雨。"

芳草：《楚辞·招隐士》："王孙游兮不归，芳草生兮萋萋。"

【说明】

此阕与前同调之"古北口"一阕对看，颇有意味。一为行人思家中，一为家中思行人；共有"一春幽梦"，一逐游丝，一在有无间，虽云念远，实乃自惜之甚，其为继室官氏欤？二词似作于同时。

又

容易浓香近画屏。繁枝影著半窗横。风波狭路倍怜卿。

未接语言犹怅望，才通商略已誊腾。只嫌今夜月偏明。

【校订】

下片"嫌"字下汪刻本双行小字校"言"。

【笺注】

风波句：王彦泓《代所思别后》诗："风波狭路惊团扇，风月空庭泣浣衣。"

未接句：王彦泓《和端己韵》诗："未接语言当面笑，暂同行坐夙生缘。"

才通句：王彦泓《赋得别梦依依到谢家》诗："今日眼波微动处，半通商略半矜持。"瞢腾，原指神志不清，此谓紧张无措状。

又

抛却无端恨转长。慈云稽首返生香。妙莲花说试推详。

但是有情皆满愿，更从何处著思量。篆烟残烛并回肠。

浣溪沙

【笺注】

慈云：佛家语，喻佛心慈怀广被世界。梁简文帝《大法颂》："慈云吐泽，法雨垂凉。"

稽首：跪拜之礼，头至手，而手至地。

返生香：东方朔《海内十洲记》："聚窟洲：神鸟山，山多大树，与枫木相类，而花叶香闻数百里，名为返魂树。伐其木根心，于玉釜中煮取汁，更微火煎如黑饧状，令可丸之，名曰惊精香，或名之为返生香。死者在地，闻香气乃却活，不复亡也。"

妙莲花：《妙法莲华经》，即《法华经》，佛教经典。

但是句：王彦泓《和于氏诸子秋词》："但是有情皆满愿，妙莲花说不荒唐。"

【说明】

77

汪刻本此阕排在同调之"大觉寺"一首后，似皆在大觉寺题内。推其内容，亦相符。据"返生香"句，知作于其妻卢氏卒后，时约在康熙十七年或略前。

又　小兀喇

桦屋鱼衣柳作城。蛟龙鳞动浪花腥。飞扬应逐海东青。

犹记当年军垒迹，不知何处梵钟声。莫将兴废话分明。

【笺注】

小兀喇：即吉林乌拉，在今吉林省吉林市松花江畔。萨英额《吉林外纪》："吉林乌拉始为满洲虞猎之地，顺治十五年，因防俄罗斯，造战船于此，名曰船厂。后置省会，移驻将军，改名吉林乌拉。国语：吉林，沿也；乌拉，江也。"杨大瓢《柳边纪略》："船厂即小兀拉，南临混同江，东西北三面旧有木城。"又有大乌拉，据高士奇《东巡日录》，在船厂下游八十馀里，称布特哈乌拉或打牲乌拉。在今永吉县乌拉乡。

桦屋鱼衣：黑龙江流域民族旧俗，以桦木、桦树皮筑屋，以鱼皮制衣。《北史·室韦传》即有"衣以鱼皮"、"桦皮盖屋"之说，《大金国志》亦云"女真部其居多倚山谷，联木为栅或以板与桦皮为墙壁"。清初东北犹存此俗。西清《黑龙江外纪》："呼伦贝尔、布特哈以穹庐为室，冬用毡氆，夏用桦皮。"乾隆帝《周斐诗序》："周斐，桦皮房也。桦皮厚盈寸许，取以为室，覆可代瓦，费不劳而工省，满洲旧风也。"吴桭臣《宁古塔纪略》："呼儿喀、黑斤、非牙哈，总名乌稽鞑子，又名鱼皮鞑子，因其衣鱼皮，食鱼肉为生。其所衣鱼皮极软熟，可染。"高士奇《东巡日录·附录》："海滨有鱼名'打不害'，肉疏而皮厚，长数尺。每春涨，溯乌龙江而上，入山溪间，乌稽人取其肉为脯，裁其皮以衣，无冬夏袭焉。日光映之，五色若文锦。"日人间宫林藏于嘉庆十三年（一八〇八年，日本德川幕府时期）七月由库页岛深入黑龙江下游一带，其所见当地人"其衣服亦多用兽、鱼皮制作"，居室则用"方木制成……房顶用树皮覆盖"（见《东鞑纪行》）。

柳作城：植柳如墙，外掘壕堑，以障内外。此亦东北古俗，一般称柳边或柳条边。其施用颇广，不限一端。明筑柳边，以为边防；清初继之，用防蒙古。又沿吉林至布特哈植柳，以截流人，并禁采参打牲。河北围场周围亦为柳边，以范围皇家猎地。又有沿城镇边施之者，用如城墙。

蛟龙：指松花江中大鱼。清圣祖东巡作《松花江放船歌》云："松花江，江水清，乘流直下蛟龙惊。"

海东青：东北产名贵猎鹰。《满洲源流考·物产》："海东青，羽族之最鸷者。有黑龙江海东青，身小而健，其飞极高，能擒天鹅，搏兔亦俊于鹰鹘。"《宁古塔纪略》："鹰第一等名海东青，能捉天鹅，一日能飞二千里。"《黑龙江外纪》："海青，一名海东青，身小而健捷异常。见鹰隼以翼搏击，大者力能制鹿。"

犹记句：性德先世为海西女真，居吉林松花江流域。明廷置海西卫，海西诸部间屡有杀伐。至成化间，海西诸部始相继南迁于辽河流域。"当年军垒"，当为海西遗迹。

【说明】

康熙二十一年春，以三藩平定，圣祖东巡。告祭福陵、昭陵，并至乌拉行围。性德随扈，其见闻观感多摅于诗词。高士奇《东巡日录》详记此行情况，兹摘数则：

三月甲戌（按为二十六日）：驻跸乌喇鸡陵（按即吉林乌拉），又因造船于此，故曰船厂。江即松花江，满言松阿喇乌拉者是也。

乙亥：冒雨登舟，溯松花江顺流而下，风急浪涌，江流有声。驻跸大乌喇虞村，去船厂八十馀里。山多黑松林，结松子甚巨。土产人参，水出北珠，江有鲟鱼，禽有鹰鹃、海东青之属。乌稽人间有以大鱼皮为衣者。

词所谓"莫将兴废话分明"，亦非泛言。盖海西与建州同为女真部落，而海西竟亡于建州。今重临旧地，或主或奴，亦不得言也。圣祖于斯作《松花江放船歌》云："松花江，江水清，夜来雨过春涛生。浪花叠锦绣縠明，彩帆画鹢随风轻。箫韶小奏中流鸣，苍岩翠壁两岸横。旌旄映水翻朱缨，云霞万里开澄泓。"其感奋之情自大不同。

又 姜女祠

海色残阳影断霓。寒涛日夜女郎祠。翠钿尘网上蛛丝。

澄海楼高空极目，望夫石在且留题。六王如梦祖龙非。

【笺注】

姜女祠：孟姜女庙，在山海关附近。《清一统志·永平府》："姜女祠在临榆县东南并海里许。祠前土丘为姜女坟，傍有望夫石。俗传姜女为杞梁妻，始皇时因哭其夫而崩长城。"

翠钿：祠有孟姜女塑像。今像甚朴拙，亦无翠钿，已与三百年前不同。

澄海楼：《清一统志：永平府》："澄海楼，在临榆南宁海城上，前临大海。明兵部主事王致中建。"高士奇《东巡日录》："将入山海关，过欢喜岭。澄海楼在关西八里许。"

望夫石：祠内一兀岩，高丈许，镌"望夫石"三字。

六王句：六王，指战国时齐、楚、燕、韩、赵、魏六国之王。祖龙，谓秦始皇。《史记·秦始皇本纪》："今年祖龙死。"裴骃《集解》："祖，始也；龙，人君象，谓始皇也。"

【说明】

此阕亦康熙二十一年东巡时作。据高士奇《东巡日录》，至姜女祠在二月辛丑（二十三日），且详记姜女祠事。返程于四月丁未（三十日）过山海关，则仅提及澄海楼。大约游姜女祠、澄海楼在一往一返间。末句乃后人"换了人间"意，意在称颂新朝，未必为消极之叹。

又

旋拂轻容写洛神。须知浅笑是深颦。十分天与可怜春。

掩抑薄寒施软障，抱持纤影藉芳茵。未能无意下香尘。

【校订】

上片"颦"字下汪刻本双行小字校"嚬"。

【笺注】

轻容：《类苑》："轻容，无花薄纱也。"此指用于绘画之素绢。

洛神：洛水女神，曹植《洛神赋》曾极写其姿容妙曼。此藉指所绘女子。

十分句：范成大《宿东寺》诗："素娥有意十分春。"

掩抑二句：谓图中绘有帷障，美人立落花中。掩抑，阻御；

藉，践，立。

香尘句：美人行过，有香气随之，称香尘。温庭筠《莲花》诗：
"应为洛神波上袜，至今莲蕊有香尘。"下香尘，谓挟香尘而下。

【说明】

此为咏美人图而作。"未能无意"是有意也，语涉轻佻，所绘
必风流故事中之人物。又自首句知非古画，乃当时友朋中善绘事
者为之。

又

十二红帘窣地深。才移划袜又沈吟。晚晴天气惜轻阴。

珠袚佩囊三合字，宝钗拢鬓两分心。定缘何事湿兰襟。

【笺注】

十二红帘：吴文英《喜迁莺》词："万顷素云遮断，十二红帘
钩处。"

窣：垂。刘致君《谒金门》词："帘半窣，四座绿围红簇。"

划袜：只穿袜而不著鞋。李煜《菩萨蛮》词："划袜步香阶，
手提金缕鞋。"

珠袚：杜甫《丽人行》："珠压腰袚稳称身。"蔡梦弼注："腰
袚，即今之裙带也。"李贺《感讽六首》之五："腰袚佩珠断，灰
蝶生阴松。"萧贡诗："腰素轻盈珠袚稳。"

三合字：香囊成双，女子自留其一，一赠所欢。囊表绣字，字
各半，双囊合则字显。三合字，原绣三字，囊各半。高观国《思
佳客》词："同心罗帕轻藏素，合字香囊半影金。"

两分心：未字女儿梳双髻，自中分之，左右各一。沈自南《艺林汇考》："晏小山词云'双螺未学同心结'，双螺，盖当时角妓未破瓜时发饰之名。"张萱《疑耀》："今江南女儿未破瓜者，额前发缚一把子，晏小山词'双螺'，即把子也。"

又 红桥怀古，和王阮亭韵

无恙年年汴水流。一声水调短亭秋。旧时明月照扬州。

曾是长堤牵锦缆，绿杨清瘦至今愁。玉钩斜路近迷楼。

【校订】

下片"曾是长堤牵锦缆"汪刻本作"惆怅绛河何处去"。

"至今"汪刻本作"绾离"。

"玉钩斜路近迷楼"汪刻本作"至今鼓吹竹西楼"。

【笺注】

副题：红桥，在扬州城西。王士禛《红桥游记》："出镇淮门，循河西北行，林木尽处，有桥，宛然如垂虹下饮于涧，又如丽人靓妆祛服，流照明镜中，所谓虹桥也。桥四面皆人家荷塘，六七月间，菡萏作花，香闻数里，青帘白舫，络绎如织，良谓胜游矣。"王阮亭，即王士禛（一六三四———一七一一），字贻上，号阮亭，又号渔洋山人。顺治十七年至康熙三年，任扬州推官。康熙元年夏，阮亭曾与袁于令、杜浚、陈允衡、陈维崧等游红桥，并赋《浣溪沙》三章。性德于康熙二十三年随驾南巡方至扬州，亦赋此《浣溪沙》一阕，并用阮亭红桥词第一首之韵。

汴水：大运河自荥阳至盱眙，连接黄河与淮河段，称汴渠，又称汴水。白居易《长相思》词："汴水流，泗水流，流到瓜洲古渡头。"

水调：胡震亨《唐音癸签·乐通》："《海录碎事》云隋炀帝开汴河，自造《水调》。按，《水调》及《新水调》，并商调曲也。唐曲凡十一叠，前五叠为歌，后六叠入破。"贺铸《采桑子》词："谁家水调声声怨，黄叶西风。"

旧时句：扬州明月为诗家习用意象，有关诗句不胜枚举。如杜牧《扬州》诗"谁家歌水调，明月满扬州"；徐凝《忆扬州》诗"天下三分明月夜，二分无赖是扬州"；钱谦益《抵广陵》诗"旧时明月空在眼，新愁水调欲沾衣"等等。

曾是句：长堤，即隋堤。隋炀帝沿通济渠、邗沟筑堤植柳，后人称隋堤。佚名《开河记》："炀帝龙舟既成，泛江沿淮而下。于吴越间取民间女年十五六岁者五百人，谓之殿脚女，至于龙舟御楫。即每船用彩缆十条，每条用殿脚女十人，嫩羊十口，令殿脚女与羊相间而行，牵之。"杜牧《汴河怀古》诗："锦缆龙舟隋炀帝，平台复道汉梁王。"

绿杨：指隋堤杨柳。《开河记》："炀帝欲至广陵，时恐盛暑，虞世基请用垂柳栽于汴渠两堤上。诏：民间有柳一株，赏一缣。百姓竞献之。帝御笔赐垂柳姓杨，曰杨柳也。"

玉钩斜：在扬州西，传说为隋炀帝葬宫女处。

迷楼：隋炀帝所建楼，在扬州西北郊。冯贽《南部烟花记》："迷楼凡役夫数万，经岁而成。楼阁高下，轩窗掩映，幽房曲室，玉阑朱楯，互相连属。帝大喜，顾左右曰：使真仙游其中，亦当自迷也，可目之曰迷楼。"

风流子　秋郊即事

平原草枯矣，重阳后，黄叶树骚骚。记玉勒青丝，落花时
节，曾逢拾翠，忽忆吹箫。今来是，烧痕残碧尽，霜影乱
红凋。秋水映空，寒烟如织，皂雕飞处，天惨云高。

人生须行乐，君知否，容易两鬓萧萧。自与东君作别，划
地无聊。算功名何许，此身博得，短衣射虎，沽酒西郊。
便向夕阳影里，倚马挥毫。

【校订】

　　副题《今词初集》、《古今词选》作"秋尽友人邀猎"；《草堂
嗣响》无副题；《昭代词选》、汪刻本作"秋郊射猎。"

　　上片"忽忆"底本原作"忽听"，依律当仄，据《草堂嗣响》、
《昭代词选》、汪刻本改。

　　下片"东君"《今词初集》、《清平初选后集》、《昭代词选》、
汪刻本作"东风"。

　　"何许"《昭代词选》、汪刻本作"何似"。

　　"此身"《昭代词选》、汪刻本作"等闲"。

【笺注】

　　骚骚：风吹树声。

　　玉勒青丝：马勒与缰绳。庾信《华林园马射赋》："控玉勒而
摇星，跨金鞍而动月。"王僧孺《古意》："青丝控燕马，紫艾饰
吴刀。"

拾翠：原指拾翠鸟之羽为头饰，后借指游春女子。曹植《洛神赋》："或采明珠，或拾翠羽。"郑谷《省试春草碧色诗偶赋》："想得寻花径，应迷拾翠人。"

烧痕：原野经火烧过之痕迹。李昌祺《过吴门》诗："岁岁春深烧痕绿。"烧，读去声。

天惨：日色暗淡。庾信《小园赋》："风骚骚而树急，天惨惨而云低。"

人生句：杨恽《报孙会宗书》："人生行乐耳，须富贵何时。"

东君：司春之神。辛弃疾《满江红》"暮春"词："可恨东君，把春去、春来无迹。"

划地：只是、总是之意。

短衣句：杜甫《曲江》诗："短衣匹马随李广，看射猛虎终残年。"

倚马句：《世说新语·文学》："桓宣武北征，袁宏时从，被责免官。会须露布文，唤袁倚马前令作，手不辍笔，俄得七纸，殊可观。"

【说明】

此为行猎词。词收于《今词初集》，属早期作品。又有"自与东君作别，划地无聊"及"功名何许"句，当为康熙十五年中进士后，未与馆选，被迫赋闲时作。

【辑评】

田茂遇曰：豪情云举，想见秋岗盘马时。（《清平初选后集》九）

况周颐曰：意境虽不甚深，风骨渐能骞举，视短调为有进。更进，庶几沉著矣。歇拍"便向夕阳"云云，嫌平易无远致。（《蕙风词话》卷五）

画堂春

一生一代一双人。争教两处销魂。相思相望不相亲。天为谁春。　　浆向蓝桥易乞，药成碧海难奔。若容相访饮牛津。相对忘贫。

【笺注】

　　一生句：骆宾王《代女道士王灵妃赠道士李荣》诗："相怜相念倍相亲，一生一代一双人。"

　　争教句：杜安世《诉衷情》词："梦兰憔悴，掷果凄凉，两处消魂。"

　　相思句：王勃《寒夜怀友杂体》诗："故人故情怀故宴，相望相思不相见。"李白《相逢行》诗："相见不相亲，不如不相见。"

　　蓝桥：用裴航遇云英故事。秀才裴航道经蓝桥驿，乞浆于老妪。妪使其女云英擎一瓯与之。裴见云英，欲厚币纳娶，妪云：有神仙遗灵药，须玉杵臼捣之；倘得玉杵臼，即予聘。航访得杵臼，为妪捣药百日，遂娶云英，并成仙。事见裴铏《传奇》。

　　碧海：李商隐《嫦娥》诗："嫦娥应悔偷灵药，碧海青天夜夜心。"

　　饮牛津：据张华《博物志》载，有人于八月乘浮槎至天河，见一丈夫牵牛饮渚次，此丈夫即牵牛星宿。后即以饮牛津谓天河。刘筠《戊申七夕》："浙浙风微素月新，鹊桥横绝饮牛津。"

【说明】

此阕写恋人在天，欲访而无由。近人苏雪林以为：此恋人为"入宫女子"，"浆向蓝桥易乞"似说恋人未入宫前结为夫妇是很容易的；"药成碧海"则用李义山诗，似说恋人入宫，等于嫦娥奔月，便难再回人间；李义山身入离宫与宫嫔恋爱，有《海客》一绝，纳兰容若与入宫恋人相会，也用此典，居然与义山暗合（见《清代男女两大词人恋史的研究》，载于旧武大《武汉大学文哲季刊》一卷三号）。按，苏雪林考诗人恋史，多傅会；义山《海客》诗，亦非恋诗。"入宫女子"云云，姑妄听之而已。实际上，人既在天上，即言不在人间，解作悼亡之作，最近事实。

蝶恋花

辛苦最怜天上月。一昔如环，昔昔都成玦。若似月轮终皎洁。不辞冰雪为卿热。　　无那尘缘容易绝。燕子依然，软踏帘钩说。唱罢秋坟愁未歇。春丛认取双栖蝶。

【校订】

上片"都成"汪刻本作"长如"。

"若似"汪刻本作"但似"。

下片"无那尘缘"汪刻本作"无奈钟情"。

【笺注】

昔：同夕。《庄子·天运》："蚊虻噆肤，则通昔不寐矣。"郭庆藩集释："昔，犹夕。"

玦：有缺口之玉璧，此指缺月。

若似句：江淹《感春冰》诗："冰雪徒皎洁，此焉空守贞。"王彦泓《和孝仪看灯》诗："可怜心似清霄月，皎洁随郎处处游。"李商隐《蝶》诗："并应伤皎洁，频近雪中来。"

燕子句：李贺《贾公闾贵婿曲》："燕语踏帘钩，日虹屏中碧。"

秋坟：李贺《秋来》诗："秋坟鬼唱鲍家诗，恨血千年土中碧。"

春丛句：《山堂肆考》："俗传大蝶必成双，乃梁山伯、祝英台之魂，又韩凭夫妇之魂。"李商隐《蜂》诗："青陵粉蝶休离恨，长定相逢二月中。"

【说明】

此为悼亡词。性德妻卢氏卒于康熙十六年五月三十日，十七年七月二十八日葬京师西北郊皂荚屯。《卢氏墓志铭》云："（容若）于其没也，悼亡之吟不少，知己之恨尤深。"此阕为悼亡之一。殆为康熙十六年或十七年作。

【辑评】

唐圭璋曰：此亦悼亡之词。"若似"两句，极写浓情，与柳词"衣带渐宽"同合风骚之旨。"一昔"句可见尘缘之短，怀感之深。末二句生死不渝，情尤真挚。（《纳兰容若评传》）

又

眼底风光留不住。和暖和香，又上雕鞍去。欲倩烟丝遮别路。垂杨那是相思树。　　惆怅玉颜成间阻。何事东风，不作繁华主。断带依然留乞句。斑骓一系无寻处。

眼底句：辛弃疾《蝶恋花》"饯范南伯知县归京口"词："眼底风光留不住，烟波万顷春江橹。"

和暖句：王彦泓《骊歌二叠》诗："怜君辜负晓衾寒，和暖和香上马鞍。"

相思树：左思《吴都赋》："楠榴之木，相思之树。"李善注："相思，大树也……其实如珊瑚，历年不变。"

断带句：见前《浣溪沙》"十八年来堕世间"阕"吹花嚼蕊"条之"笺注"引李商隐《柳枝诗序》。

又 散花楼送客

城上清笳城下杵。秋尽离人，此际心偏苦。刀尺又催天又暮。一声吹冷蒹葭浦。　　把酒留君君不住。莫被寒云，遮断君行处。行宿黄茅山店路。夕阳村社迎神鼓。

【校订】

副题张刻本作"送见阳南行"。

【笺注】

散花楼：未悉，当是京中一酒楼。

刀尺句：杜甫《秋兴》诗："寒衣处处催刀尺，白帝城高急暮砧。"

蒹葭：刘禹锡《武陵书怀》诗："露变蒹葭浦，星悬橘柚树。"

【说明】

据张刻本副题，此阕亦为送张见阳赴江华任之作，时在康熙十八年秋。

又

准拟春来消寂寞。愁雨愁风，翻把春担阁。不为伤春情绪恶。为怜镜里颜非昨。　　毕竟春光谁领略。九陌缁尘，抵死遮云壑。若得寻春终遂约。不成长负东君诺。

【笺注】

　　九陌句：九陌谓京都大路，缁尘为灰尘。谢朓《酬王晋安》诗："谁能久京洛，缁尘染素衣。"此以九陌缁尘喻种种琐务。

　　云壑：此喻指脱离世俗氛围之山林清净地或隐居之所。孔稚圭《北山移文》："诱我松桂，欺我云壑。"戴叔伦《送万户曹之任便归旧隐》诗："拟归云壑去，聊寄宦名中。"

又

又到绿杨曾折处。不语垂鞭，踏遍清秋路。衰草连天无意绪。雁声远向萧关去。　　不恨天涯行役苦。只恨西风，吹梦成今古。明日客程还几许。沾衣况是新寒雨。

【笺注】

　　不语句：温庭筠《赠知音》诗："不语垂鞭上柳堤。"

　　踏遍句：李贺《马诗》："何当金络脑，快走踏清秋。"

　　萧关：古关名，《汉书》卷五四颜师古注云"在上郡北"。

蝶
恋
花

91

行役：《周礼·地官》贾公彦疏："行谓巡狩，役谓役作。"《诗·魏风·陟岵》："予子行役，夙夜无已。"

只恨句：龚鼎孳《浪淘沙》词："西风吹梦上妆台。"

【说明】

语境甚落漠，不似扈跸之作。盖为康熙二十一年秋往觇梭龙途中所咏。是年春，随驾至奉天；秋，再出榆关。"又到"云云即谓此。萧关，谓雁南去而已，非实指。

【辑评】

陈廷焯曰：情景兼胜，亦有笔力（谓上片）。一味凄感（谓下片）。（《云韶集》十五）

又

萧瑟兰成看老去。为怕多情，不作怜花句。阁泪倚花愁不语。暗香飘尽知何处。　　重到旧时明月路。袖口香寒，心比秋莲苦。休说生生花里住。惜花人去花无主。

【笺注】

兰成：庾信小字。陆龟蒙《小名录》："庾信幼而俊迈，聪敏绝伦，有天竺僧呼信为兰成，因以为小字。"杜甫《咏怀古迹》："庾信平生最萧瑟，暮年诗赋动江关。"

阁泪：含泪。宋佚名《鹧鸪天》词："阁泪汪汪不敢垂。"

袖口句：晏几道《西江月》词："醉帽檐头风细，征衫袖口香寒。"

心比句：高观国《喜迁莺》词："香锁雾肩，心似秋莲苦。"

生生：世世代代。

惜花句：辛弃疾《定风波》"赋杜鹃花"词："毕竟花开谁作主，记取，大都花属惜花人。"

【辑评】

谭献曰：势纵语咽，凄淡无聊，延巳、六一而后，仅见湘真。（《箧中词》评）

又

露下庭柯蝉响歇。纱碧如烟，烟里玲珑月。并著香肩无可说。樱桃暗解丁香结。　　笑卷轻衫鱼子缬。试扑流萤，惊起双栖蝶。瘦断玉腰沾粉叶。人生那不相思绝。

【校订】

词牌名《百名家词钞》作"鹊踏枝"。

汪刻本有副题"夏夜"。

上片"暗解"汪刻本作"暗吐"。

【笺注】

玲珑：明彻貌。李白《玉阶怨》诗："却下水晶簾，玲珑望秋月。"

樱桃句：樱桃，孟棨《本事诗》："白尚书姬人樊素善歌，妓人小蛮善舞。尝为诗曰：樱桃樊素口，杨柳小蛮腰。"后以喻女子口唇。丁香结，据《本草拾遗》，丁香结蕾未坼，触击则顺理而解绽。后以喻愁绪郁结。如李珣《河传》词有"愁肠岂异丁香结"之句。排释愁思，则称"解"，如王安石《出定力院作》诗"殷勤为解丁香结，放出枝间自在春"。全句写郁思渐消，终至开颜。

鱼子缬：缬，绞缬，一种特殊的织物染色法，今称扎染。《韵会》："缬，系也，谓系缯染成文也。"《通鉴》"唐贞元三年"胡三省注："撮彩以线结之，而后染色，既染则解其结，凡结处皆元白，馀则入染色矣。其色斑斓，谓之缬。"绞缬名目多见于诗歌中，鱼子缬、醉眼缬、撮晕缬等等，多以纹样图案为名。段成式《嘲飞卿》诗："醉袂几侵鱼子缬。"

玉腰：谓蝶。陶谷《清异录》："温庭筠尝得一句云'蜜官金翼使'，遍干知识，无人可属。久之，自联其下曰'花贼玉腰奴'，予以为道尽蜂蝶。"

又 出塞

今古河山无定据。画角声中，牧马频来去。满目荒凉谁可语。西风吹老丹枫树。　　从前幽怨应无数。铁马金戈，青冢黄昏路。一往情深深几许。深山夕照深秋雨。

【校订】

词牌名《百名家词钞》作"鹊踏枝"。

上片"定据"汪刻本作"定数"。

下片"从前幽怨应无数"语句失谐。吴世昌云"通体俱佳，唯换头'从前幽怨'不叶，可倒为'幽怨从前'"（《词林新话》）。然则"无"字又不叶矣。此句《百名家词钞》作"幽怨从前应不数"；袁刻、汪刻本作"幽怨从前何处诉"。

【笺注】

无定据：无凭准。宋佚名《青玉案》词："造化小儿无定据，翻来覆去，倒横直竖，眼前都如许。"

画角：徐广《车服仪制》："角，本出羌，欲以惊中国之马也。"

牧马：贾谊《过秦论》："胡人不敢南下而牧马。"唐无名氏《胡笳曲》："汉家自失李将军，单于公然来牧马。"句谓北方民族曾多次南下进入中原。

青冢句：青冢，俗名昭君坟，在今内蒙古呼和浩特市南郊。杜甫《咏怀古迹》："一去紫台连朔漠，独留青冢向黄昏。"仇兆鳌注引《归州图经》："边地多白草，昭君冢独青。"此泛指边地。

一往句：《世说新语·任诞》："桓子野每闻清歌，辄唤奈何，谢公闻之曰：子野可谓一往有深情。"

【说明】

性德一生，未曾至青冢。或以为作于随扈往五台山时，亦不确。清圣祖自京往五台取径完县、阜平，原未出塞；五台距青冢犹远不相及。词之作期，尚难取定。

【辑评】

吴世昌曰：此首通体俱佳，唯换头"从前幽怨"不叶，可倒为"幽怨从前"。(《词林新话》)

又

尽日惊风吹木叶。极目嵯峨，一丈天山雪。去去丁零愁不绝。那堪客里还伤别。　　若道客愁容易辍。除是朱颜，不共春销歇。一纸乡书和泪摺。红闺此夜团圞月。

《瑶华集》有副题"十月望日与经岩叔别"。

下片"乡书"汪刻本作"寄书"。

【笺注】

极目嵯峨：沈约《昭君辞》："衔涕试南望，关山郁嵯峨。"

一丈天山雪：李端《雨雪曲》："天山一丈雪，杂雨夜霏霏。"

丁零：汉代匈奴属国，地在匈奴之北。详见本阕之"说明"。

一纸句：孟郊《闻夜啼赠刘正元》诗："愁人独有夜灯见，一纸乡书泪滴穿。"

【说明】

此阕为觇梭龙途中作。梭龙，亦写作唆龙，通作索伦，清初东北民族名，亦藉指其地域，大略在今科尔沁迤北至黑龙江流域。康熙初，俄罗斯（时称罗刹、老枪）侵扰我黑龙江，清圣祖为固边计，拟予反击。康熙二十一年遣副都统郎谈及侍卫等往索伦觇边事情实，性德亦往行。有关记载详何秋涛编《朔方备乘》卷五《平定罗刹方略》。据《清通典》述"俄罗斯秦时为浑庾、屈射、丁灵诸国"，盖清初人阇于知识，误以俄罗斯为丁灵（零）之裔。词中之天山，亦藉指东北边地之山。《瑶华集》此词有副题"十月望日与经岩叔别"。按，经岩叔，名经纶，姚江人，善绘仕女，《图绘宝鉴续纂》略载其行事。经纶尝作客明珠家，为性德临萧云从《九歌图》。性德使索伦，经纶随行。《通志堂集》另有《唆龙与经岩叔夜话》诗，诗有云："草白霜气空，沙黄月色死。哀鸿失其群，冻翮飞不起。"尚非大寒景象，计其程，或在旧历九月杪十月初。依此词，则知经岩叔于十月中旬先行返京，因有"客里还伤别"、托捎家书之语。

河传

春残。红怨。掩双环。微雨花间昼闲。无言暗将红泪弹。
阑珊。香销轻梦还。　　斜倚画屏思往事。皆不是。空作
相思字。记当时。垂柳丝。花枝。满庭胡蝶儿。

【校订】

《瑶华集》有副题"春暮"。

上片"春残。红怨"《今词初集》、《词汇》、《瑶华集》作"春
暮。如雾";《百名家词钞》、袁刻、汪刻本作"春浅。红怨"。

"双环"《词汇》作"双镮"。

"微雨"《今词初集》、《词汇》、《瑶华集》作"语影"。

"无言暗将"《今词初集》、《词汇》、《瑶华集》作"背人
偷将"。

【笺注】

双环:门环。

皆不是:皆不遂意。

相思字:韦应物《效何水部》诗:"及覆相思字,中有故
人心。"辛弃疾《满江红》词:"相思字,空盈幅。相思意,何
时足。"

【说明】

此词见于《今词初集》,为康熙十五年以前之作。

河渎神

凉月转雕阑。萧萧木叶声乾。银灯飘落琐窗闲。枕屏几叠秋山。　　朔风吹透青缣被。药炉火暖初沸。清漏沈沈无寐。为伊判得憔悴。

【笺注】

　　萧萧句：孟郊《戏赠无本》诗："长安秋声干，木叶相号悲。"又柳永《倾杯》词："空阶下、木叶飘零，飒飒声干。"

　　青缣被：白居易《冬夜与钱员外同直禁中》诗："连铺青缣被，对置通中枕。"

　　药炉句：王彦泓《述妇病怀》诗："无奈药炉初欲沸。"

　　为伊句：判得，拼得。柳永《凤栖梧》词："衣带渐宽终不悔，为伊消得人憔悴。"

又

风紧雁行高。无边落木萧萧。楚天魂梦与香消。青山暮暮朝朝。　　断续凉云来一缕。飘堕几丝灵雨。今夜冷红浦溆。鸳鸯栖向何处。

【校订】

　　下片"浦溆"张刻本作"浦淑"。

　　"栖向"《昭代词选》作"飞向"。

【笺注】

灵雨：据《后汉书·郑弘传》，郑弘为淮阳太守，政宽人和，致行春天旱，有灵雨随车而降。后遂以灵雨为称颂地方官典故。

冷红：秋花。

浦溆：湘楚间称水边为浦溆。

【说明】

此词用语多及湘楚，殆为寄张见阳词。见阳任江华令，因有"灵雨"之辞。"鸳鸯"云云，则颇涉调侃，据知见阳为携眷南行。词当作于康熙十八年秋见阳离京后不久。

落花时

夕阳谁唤下楼梯。一握香荑。回头忍笑阶前立，总无语，也依依。　　笺书直恁无凭据，休说相思。劝伊好向红窗醉，须莫及，落花时。

【校订】

词牌名下汪刻本有双行小字校"好花时"。

上片"依依"汪刻本作"相宜"。

下片"笺书"汪刻本作"相思"。

【笺注】

香荑：女子柔嫩之手指。《诗·卫风·硕人》有"手如柔荑"句。柔荑原为草之嫩芽。柳永《塞孤》词："相见了、执柔荑，幽会处、偎香雪。"吴文英《点绛唇》："一握柔葱，香染榴巾汗。"刘永济解说："柔葱，手指也。"（见《微睇室说词》）

直恁：竟然如此。

饮水词笺校卷二

金缕曲 赠梁汾

德也狂生耳。偶然间、缁尘京国，乌衣门第。有酒惟浇赵州土，谁会成生此意。不信道、遂成知己。青眼高歌俱未老，向樽前、拭尽英雄泪。君不见，月如水。　　共君此夜须沉醉。且由他、蛾眉谣诼，古今同忌。身世悠悠何足问，冷笑置之而已。寻思起、从头翻悔。一日心期千劫在，后身缘、恐结他生里。然诺重，君须记。

【校订】

词牌名《今词初集》、《古今词选》、《昭代词选》作"贺新郎"。

副题《今词初集》作"赠顾梁汾杵香小影"。

上片"缁尘"《百名家词钞》作"缁城"。

"遂成"袁刻、汪刻本作"竟逢。"

"青眼高歌"汪刻本有双行小字校"痛饮狂歌。"

下片"共君"汪刻本有双行小字校"与君"。

"后身"《昭代词选》作"后生"。

【笺注】

梁汾：顾贞观（一六三七——一七一四），字华封（一写作华峰），号梁汾，无锡人。康熙五年举顺天乡试，擢内国史院典籍。康熙十年返里，退出仕途。康熙十五年再度入京，结识纳兰性德，情好日密，成忘年契友。梁汾重道义，笃友情，与性德及吴兆骞生死情谊最为人称道。梁汾有《弹指词》。

德：作者自谓。

缁尘：见前《蝶恋花》"准拟春来消寂寞"阕之"笺注"。又陆机《为顾彦先赠妇》诗："京洛多风尘，素衣化为缁。"吕延济注："言尘染衣黑也。"

乌衣：即乌衣巷，在南京，东晋时为王、谢贵家居住。乌衣门第谓贵族门第。

有酒句：李贺《浩歌》："买丝绣作平原君，有酒惟浇赵州土。"战国时赵国平原君喜宾客，有门客数千。

会：知，理解之意。

成生：性德原名成德，故自称成生。

不信道：道，竟。言乍逢知己，竟不敢自信之情。

青眼：据《晋书·阮籍传》，籍能为青白眼，见礼俗之士，以白眼对之，见良朋高士，则用青眼。杜甫《短歌行赠王郎司直》："王郎酒酣拔剑斫地歌莫哀，我能拔尔抑塞磊落之奇才……青眼高歌望吾子，眼中之人吾老矣。"

俱未老：作此词时，性德二十二岁；梁汾生于明崇祯十年（一六三七），方四十岁。

向尊前句：张榘《贺新凉》词："髀肉未消仪舌在，向尊前、莫洒英雄泪。"

月如水：曹操《短歌行》："明明如月，何时可掇？"又曰："我有嘉宾，鼓瑟吹笙。"此暗用其意，喻知交相遇。

蛾眉谣诼：屈原《离骚》："众女嫉余之蛾眉兮，谣诼谓余以善淫。"性德与梁汾交，时有讥忌之者。梁汾和作《金缕曲》"酬容若见赠次原韵"词云："且住为佳耳。任相猜、驰笺紫阁，曳裾朱第。不是世人皆欲杀，争显怜才真意。"可略见其情实。

悠悠：李商隐《夕阳楼》诗："欲问孤鸿向何处，不知身世自悠悠。"

翻悔：是年性德成进士，俟得馆选，乃不可得，其职司久不获定，颇沮恼，因生赴考之悔意。辛弃疾《临江仙》词："六十三年无限事，从头悔恨难追。"

心期：以心相许，约为知己。

千劫：犹言永恒。佛家以天地一成一毁为一劫。高彦休《唐阙史》："儒谓之世，释谓之劫。"

后身缘：谓来世之情。白居易《答元微之》："垂老休吟花月句，恐君更结后身缘。"

恐：估测之辞，犹今云或许、或可。

然诺重：然诺，承诺。重，郑重。《新唐书·哥舒翰传》："家富于财，任侠重然诺。"

【说明】

顾贞观和词有附跋云："岁丙辰，容若年二十二，乃一见即恨识余之晚。阅数日，填此阕为余题照，极感其意，而私讶他生再结，殊不祥，何意为乙丑五月之谶也。"可证此词作于康熙十五年初识梁汾之时。词之副题，《今词初集》作"赠顾梁汾题杶香小影"，毛际可和词及徐釚撰《词苑丛谈》则作"题顾梁汾侧帽投壶图"，实同为一图。梁汾赴京前，作《梅影》词自咏其图，有"缓却标题，留些位置”语，图固无定题；又有“侧帽轻衫，风韵依然”句，知图中梁汾作侧帽状。容若此调为成名之作，词出，乐师竞相传钞，称之为“侧帽词”。同年，性德初刊其词集，即以“侧帽词”名之。

【辑评】

徐釚曰：金粟顾梁汾舍人风神俊朗，大似过江人物。画《侧帽投壶图》，长白成容若题《贺新郎》（即《金缕曲》）一阕于其上云云，词旨嵚崎磊落，不啻坡老稼轩。都下竞相传写，于是教坊歌曲间无不知有“侧帽词”者。（《词苑丛谈》五）

郭麐曰：容若专工小令，慢词间一为之，惟题梁汾杵香小影“德也狂生耳”一首，最为跌宕。（《灵芬馆词话》二）

谢章铤曰：纳兰容若深于情者也，固不必刻画《花间》，俎豆《兰畹》，而一声《河满》，辄令人怅惘欲涕。情致与《弹指》最近，故两人遂成莫逆。其中赠梁汾《贺新凉》、《大酺》诸阕，念念以来生相订交，情至此，非金石所能比坚。嗟乎！若容若者，所谓翩翩浊世佳公子矣。（《赌棋山庄全集·词话》七）

傅庚生曰：其率真无饰，至令人惊绝。率真则疏快而不滞，不滞则见赋于天者，可以显现而无遗，生香天色，此其是已。（《中国文学欣赏举隅》十七）

又　姜西溟言别，赋此赠之

谁复留君住。叹人生、几番离合，便成迟暮。最忆西窗同剪烛，却话家山夜雨。不道只、暂时相聚。滚滚长江萧萧木，送遥天、白雁哀鸣去。黄叶下，秋如许。　　曰归因甚添愁绪。料强如、冷烟寒月，栖迟梵宇。一事伤心君落魄，两鬓飘萧未遇。有解忆、长安儿女。裘敝入门空太息，信古来、才命真相负。身世恨，共谁语。

金缕曲

【校订】

副题《百名家词钞》、《古今词选》、汪刻本无"姜"字。

"滚滚"底本作"衮衮"，此据《古今词选》改。

下片"料强如"，底本原作"料强似"，《百名家词钞》、《古今词选》作"料强如"。依律末字当用平声，"如"字胜。因据《百名家词钞》改。

【笺注】

姜西溟：姜宸英（一六二八——一六九九），字西溟，号湛园，浙江慈溪人。栖迟京中多年，不得志。康熙十八年拟受荐鸿博，因故失期而罢。中康熙三十六年进士，年已七十。后二年，充顺天乡试副主考官，以物论纷纭被劾，下狱病卒。著作多种，后人辑为《姜先生全集》。康熙十二年，经徐乾学介绍，与性德相识。徐寻南归，姜亦随去。康熙十七年返京，性德为筹生计，馆之于千佛寺。十八年秋，以母丧回南。康熙二十年辛酉十二月，再度来京。

迟暮：屈原《离骚》："惟草木之零落兮，恐美人之迟暮。"

最忆二句：李商隐《夜雨寄北》诗："君问归期未有期，巴山夜雨涨秋池。何当共剪西窗烛，却话巴山夜雨时。"

不道：不料。

暂时：西溟至京方一年。

105

滚滚句：杜甫《登高》诗："无边落木萧萧下，不尽长江滚滚来。"

白雁：彭乘《墨客挥犀》："北方有白雁，秋深则来，白雁至则霜降。"唐彦谦《留别》诗："白雁啼残芦叶秋。"

梵宇：寺庙。时西溟居千佛寺。

一事：谓西溟年逾半百而无科名、无官职事。

未遇：不得志。

有解句：杜甫《月夜》诗："遥怜小儿女，未解忆长安。"

裘敝：用苏秦事。《战国策·秦策》："苏秦始将连横说秦王，书十上而说不行，黑貂之裘敝，黄金百斤尽。"

才命句：李商隐《有感》诗："古来才命两相妨。"

【说明】

此词有严绳孙和作，副题为"送西溟奔母丧南归次韵"，词中有"废尽蓼莪诗句"语，可证此调为送姜丁内艰之作，作于康熙十八年秋。

又　简梁汾

洒尽无端泪。莫因他、琼楼寂寞，误来人世。信道痴儿多厚福，谁遣偏生明慧。莫更著、浮名相累。仕宦何妨如断梗，只那将、声影供群吠。天欲问，且休矣。　　情深我自判憔悴。转丁宁、香怜易爇，玉怜轻碎。羡杀软红尘里客，一味醉生梦死。歌与哭、任猜何意。绝塞生还吴季子，算眼前、此外皆闲事。知我者，梁汾耳。

【校订】

副题汪刻本作"简梁汾，时方为吴汉槎作归计。"

上片"偏生"《昭代词选》作"天生"。

"莫更著"袁刻本作"孰更著"；汪刻本作"就更著"，下有双行小字校"谁更著"。

下片"判"《昭代词选》、汪刻本作"拼";袁刻本作"拌"。

"易爇"张刻本作"易热"。

【笺注】

琼楼:此特指雪后寺观。据顾贞观寄吴兆骞《金缕曲》"以词代柬"词题注:"丙辰冬,寓京师千佛寺冰雪中。"

仕宦句:康熙五年起,梁汾任内国史院典籍;康熙十年,忽因"病"罢归。十五年再次入京,经徐乾学介绍与性德相识。据此句,梁汾似无再仕之意。

声影句:成语"一犬吠影,百犬吠声"。梁汾出入明珠府第,时必有以"投靠权门"讥忌之者。时性德父明珠宠遇日隆,任吏部尚书。

天欲句:即前赠梁汾《金缕曲》词中"冷笑置之而已"意。

软红尘:都市飞尘。卢祖皋《鱼游春水》词:"软红尘里鸣鞭镫,拾翠丛中句伴侣。"性德《致张见阳书》第二十八简:"鄙性爱闲,近苦鹿鹿,东华软红尘,只应埋没慧男子锦心绣肠。仆本疏慵,那能堪此。"

任猜:任他人猜测,与"声影犬吠"句相照应。

绝塞句:吴季子,春秋时吴国贤公子季札,封于延陵,人称延陵季子。此代指吴兆骞。吴兆骞(一六三一——一六八四),字汉槎,吴江人。以顺治十四年江南科场案,流放宁古塔(今黑龙江宁安县)。后得顾贞观、纳兰性德等人救助,始于康熙二十年放还。著有《秋笳集》。至性德作此词时,流徙塞外已十八年。汉槎与梁汾为故交,梁汾因求性德援手。梁汾于丙辰冬作《金缕曲》二章寄汉槎,性德见之,遂允为救助。科场案事,详见孟森《心史论丛·科场案》。

【说明】

此词作于顾梁汾寄吴汉槎《金缕曲》二章之后，约在康熙十五年岁杪或新岁之初。上半阕写梁汾，多示慰敬；下半阕写自己，详述情分志趣。成、顾之交，时实有以鄙俗意猜测攻讦者，故语多涉及。梁汾结识性德，原基于道义学问，观性德营救汉槎事，尤可见证。为一诺之重，性德终致汉槎生入榆关。夏承焘先生云："考顺治丁酉科场案时，容若才三龄，己亥汉槎出关，容若才五岁，盖与汉槎素未谋面，亦未有一字往复，特以梁汾气类之感，必欲拯其生还。今诵其《金缕曲》'简梁汾'，所谓'绝塞生还吴季子，算眼前、此外皆闲事。知我者，梁汾耳'，其一往情深如此。"性德《祭汉槎》文亦云："自我昔年，邂逅梁溪（按，梁溪在无锡，代指梁汾），子有死友，非此而谁。金缕一章，声与泣随，我誓返子，实由此词。"顾、成交谊之古道热肠，真可昭后世矣。容若又与梁汾共编《今词初集》、《全唐诗选》，多得切磋之乐。容若既亡数年，梁汾在江宁作诗赠曹寅云："我亦生来澹荡人，卧游四壁常多暇。萧统楼开昔见招，陈蕃榻在今重借。展图忽忆蕊香幢（容若斋名），梦里红香吹暗麝。"所谓"萧统楼开"，即谓当年与成德共操选业事。康熙二十九年，梁汾专程赴京，往容若坟前一哭，曾有诗云："缁城便来亦便去，芙蓉锷挂旧游处。"自注："余一展容若墓即拟出都"。其死生情分如斯，当年之群吠自不足道。（引夏承焘先生语，见《顾贞观寄吴汉槎金缕曲徵事》一文；引顾贞观诗，见顾撰《楚颂亭诗》。）

108

又　寄梁汾

木落吴江矣。正萧条、西风南雁，碧云千里。落魄江湖还载酒，一种悲凉滋味。重回首、莫弹酸泪。不是天公教弃置，是南华、误却方城尉。飘泊处，谁相慰。　　别来我亦伤孤寄。更那堪、冰霜摧折，壮怀都废。天远难穷劳望眼，欲上高楼还已。君莫恨、埋愁无地。秋雨秋花关塞冷，且殷勤、好作加餐计。人岂得，长无谓。

【校订】

上片"南华"《百名家词钞》、袁刻、汪刻本作"才华"。

下片"伤孤寄"《百名家词钞》作"多憔悴"。

"摧折"《昭代词选》作"摧挫"。

【笺注】

木落句：崔信明诗残句："枫落吴江冷。"吴江，即吴淞江，此指顾贞观原籍无锡。

落魄句：杜牧《遣怀》诗："落魄江湖载酒行，楚腰纤细掌中轻。"

南华句：《南华》即《南华经》，《庄子》别名。《新唐书·艺文志》："天宝元年，诏号《庄子》为《南华真经》。"方城尉，用唐诗人温庭筠事。辛文房《唐才子传·温庭筠》："（庭筠）举进士，数上又不第，出入令狐相国（按为令狐绹）书馆中。绹又尝问玉条脱事，对以出《南华经》，且曰：'非僻书，相国燮理之暇，亦宜览古。'讥绹无学，由是渐疏之。自伤曰：'因知此恨人多积，悔读南华第二篇'。后谪方城尉。庭筠之官，文士诗人争赋诗祖饯，惟纪唐夫曰：'凤凰诏下虽沾命，鹦鹉才高却累身。'庭筠仕终国子助教，竟流落而死。"

天远句：辛弃疾《满江红》词："天远难穷休久望，楼高欲下还重倚。"

加餐：劝增进饮食。《后汉书·桓荣传》："愿君慎疾加餐，重爱玉体。"又彭孙遹《菩萨蛮》词："寄语好加餐，春来风雨寒。"

人岂句：谓当有所作为。李商隐《无题》诗："人生岂得长无谓，怀古思乡共白头。"

【说明】

顾梁汾与成德结识近十年间，至少有四年秋季在南，即康熙十七年、二十年、二十一年、二十二年。另二十三年九月底之前亦在南，词之作期难以骤定。观性德二十三年九月二十七日致梁汾简（以前尝误作致严绳孙简），有"从前壮志，都已蹉尽"语，与此词中"冰霜摧折，壮怀都废"意仿佛；"秋雨秋花关塞冷"句，则合梁汾即将北上进京事；书中又云"中秋后曾与大恩僧舍以一函相寄"，词或即随僧舍函寄出。暂无确凭，姑系于此。

又　再赠梁汾，用秋水轩旧韵

酒浼青衫卷。尽从前、风流京兆，闲情未遣。江左知名今廿载，枯树泪痕休泫。摇落尽、玉蛾金茧。多少殷勤红叶句，御沟深、不似天河浅。空省识，画图展。　　高才自古难通显。枉教他、堵墙落笔，凌云书扁。入洛游梁重到处，骇看村庄吠犬。独憔悴、斯人不免。衮衮门前题凤客，竟居然、润色朝家典。凭触忌，舌难翦。

【校订】

副题《昭代词选》无"旧"字。

【笺注】

秋水轩旧韵：秋水轩，孙承泽（北海、退谷）之旧宅，在京师正阳门之西，背城临河，疏柳兼葭，有"都市濠梁"之称。孙氏由明入清，曾官左都御史，经史诗文俱佳，在南北文人中辈分又较长，其秋水轩遂成文人聚集之所。康熙十年，周在浚（字雪客，周亮工之子）借居轩中，一时名士咸至，日日啸咏为乐，计有曹尔堪、龚鼎孳、梁清标、徐倬、陈维岳、曹贞吉、汪懋麟等。曹尔堪首唱"翦"字韵《贺新郎》，遂至诸子和作叠凑，周在浚辑录为《秋水轩倡和词》一书，共收二十六家，一百七十六阕。其中龚鼎孳、徐倬和作最多，都达二十二首。此后大江南北继有和之者，为清初词坛之盛事。有关记载见汪懋麟《秋水轩诗集序》、曹尔堪《秋水轩倡和词纪略》、王士禄《秋水轩倡和词题词》等文。性德未与秋水轩事，仅用其"翦"字韵，因称旧韵。

酒涴句：涴，浸渍。吴文英《恋绣衾》词："少年骄马西风冷，旧青衫，犹涴酒痕。"

风流京兆：《汉书·张敞传》："敞又为妇画眉，长安中传张京兆眉妩。有司以奏敞，上问之，对曰：臣闻闺房之内，夫妇之私，有过于画眉者。"孙鲂《柳枝词》："不知天意风流处，要与佳人学画眉。"张孝祥《丑奴儿》词："画眉京兆风流甚。"

江左：江东。魏禧《日录·杂说》："江东称江左，何也？曰：自江北视之，江东在左。"

枯树：庾信《枯树赋》："桓大司马闻而叹曰：昔年种柳，依依汉南，今看摇落，凄怆江潭。"《世说新语·言语》："桓公北征经金城，见前为琅邪时种柳皆已十围，慨然曰：'木犹如此，人何以堪！'攀枝执条，泫然流泪。"

玉蛾金茧：谓杨花柳絮。吴绮《柳含烟》"咏柳"词："江南路，柳丝垂，多少齐梁旧事，玉蛾金茧只菲菲，挂斜晖。"

红叶：此用"红叶题诗"故事，有关记载甚多，兹移录《云溪友议》："卢渥舍人应举之岁，偶临御沟，见一红叶，叶上乃有一绝句，诗曰：'流水何太急，深宫尽日闲。殷勤谢红叶，好去到人间。'置于巾箱。及宣宗既省宫人，初下诏，许从百官司吏。渥任范阳，获其退宫人，睹红叶而吁嗟久之，曰：当时偶题随流，不谓郎君收藏巾箧。验其书迹，无不讶焉。"

御沟句：词用红叶诗故事，实与其事无关。推其意，乃言欲在朝中所办之事，其难甚于登天。深，即天意难测之意。

空省句：杜甫《咏怀古迹》诗："画图省识春风面，环佩空归月夜魂。"据《西京杂记》："元帝后宫既多，不得常见，乃使画工图形，案图召幸之。诸宫人皆赂画工，独王嫱不肯，遂不得见。匈奴入朝，求美人为阏氏，于是上案图，以昭君行。及去，召见，貌为后宫第一，帝悔之。"此句谓朝廷未能明察，致以非罪误却人才。

堵墙落笔：杜甫《莫相疑行》诗："忆献三赋蓬莱宫，自怪一日声烜赫。集贤学士如堵墙，观我落笔中书堂。往时文彩动人主，今日饥寒趋路旁。"是句谓才人因同列见嫉，致人主恩不得终。

凌云书扁：《晋书·王献之传》："太元中，新起太极殿，安（按指谢安）欲使献之题榜，而难言之，试谓曰：'魏时凌云殿榜未题，而匠者误订之，不可下，乃使韦仲将悬凳书之。比讫，须鬓尽白，才馀气息。还语子弟，宜绝此法。'献之揣知其旨，正色曰：'仲将，魏之大臣，宁有此事！使其若此，有以知魏德之不长。'安遂不之逼。"是句谓人才不得敬重，用非其道。

入洛游梁：《三国志·陆逊传》注引《陆机别传》："晋太康末，俱入洛，司徒张华一见而奇之，遂为之延誉，荐之诸公。"

《汉书·枚乘传》:"乘久为大国上宾,复游梁,梁客皆善属辞赋,乘尤高。"

独憔句:杜甫《梦李白》诗:"冠盖满京华,斯人独憔悴。"

题凤客:据《世说新语·简傲》载,吕安颇轻嵇喜,至嵇门,"题门上作'鳳'字而去,喜不觉,犹以为欣。故作'鳳'字,'凡鸟'也"。

朝家典:朝廷典册文书。

凭触句:谓直言触忌之性不改。

【说明】

此阕深怜梁汾高才不遇,流落不偶,又遭谗小排斥。词之作期,与前同调之"德也狂生耳"一首约略同时而稍后,在康熙十六年春梁汾南归之前。梁汾《梅影》词:"入洛愁馀,游梁倦极,可惜逢卿憔悴。"容若"入洛游梁",即出顾词。

【辑评】

唐圭璋曰:当时满汉之界甚严,居朝中,颇有不学无术之满人,而高才若西溟、梁汾诸人,反沉沦于下。于是容若既怜友人之落魄,复愤当朝之措施失当。观其《金缕曲》云:"衮衮门前题凤客,竟居然、润色朝家典。凭触忌,舌难剪。"此种愤世之情,竟毫无顾忌,慷慨直陈,而为友之真诚,尤可景仰。(《纳兰容若评传》)

又

生怕芳樽满。到更深、迷离醉影,残灯相伴。依旧回廊新月在,不定竹声撩乱。问愁与、春宵长短。人比疏花还寂寞,任红蕤、落尽应难管。向梦里,闻低唤。　　此情拟倩东风浣。奈吹来、馀香病酒，旋添一半。惜别江郎浑易瘦，更著轻寒轻暖。忆絮语、纵横茗椀。滴滴西窗红蜡泪，那时肠、早为而今断。任角枕，倚孤馆。

【校订】

上片"迷离"《词汇》作"曹腾"。

"问愁与""愁"字下汪刻本双行小字校"谁"。

"人比疏花还寂寞"《今词初集》、《古今词选》、《词汇》、《昭代词选》、汪刻本作"燕子楼空弦索冷"。

"任红蘂、落尽应难管"《今词初集》、《古今词选》、《词汇》作"任梨花、落尽无人管"；《昭代词选》作"便梨花、落尽无人管"。

"向梦里，闻低唤"《今词初集》、《古今词选》、《词汇》、《昭代词选》、汪刻本作"谁领略，真真唤"；《词雅》作"向梦里，闲低唤"。

下片"拟倩"《词汇》、《昭代词选》作"拟向"。

"旋添"《今词初集》、《古今词选》、《词汇》、《昭代词选》作"还添"。

"江郎浑易瘦"《今词初集》、《古今词选》、《词汇》、《昭代词选》、汪刻本作"江淹消瘦了"。

"更著"《今词初集》、《古今词选》、汪刻本作"怎耐"；《词汇》、《昭代词选》作"怎奈"。

"任角枕"底本原作"任枕角"，今据《今词初集》、《词汇》、《昭代词选》、袁刻、汪刻本改作"任角枕"。

【笺注】

生怕句：骆宾王《别李峤》诗："芳樽徒自满，别恨转难胜。"又钱惟演《木兰花》词："今日芳樽惟恐浅。"

红蕤：花萼。王筠《安石榴》诗："素茎表朱实，绿叶厕红蕤。"

向梦句：王彦泓《满江红》词："无端梦觉低声唤。"

馀香句：蔡松年《尉迟杯》词："觉情随、晓马东风，病酒馀香相伴。"

旋：即时，骤。

江郎：江淹，著有《别赋》。

轻寒轻暖：阮逸女《花心动》词："乍雨乍晴，轻暖轻寒，渐近赏花时节。"

纵横句：用李清照、赵明诚赌书泼茶事，见前《浣溪沙》"谁念西风独自凉"阕之"笺注"。

角枕：《诗·唐风·葛生》："角枕粲兮，锦衾烂兮。"

【说明】

此词初见《今词初集》，字句与《通志堂集》多异文，看"校订"即可知。然此词所怀何人，甚至是男是女，读《通志堂集》本，似欠明晰。看《今词初集》之异文，则可爽然。"燕子楼空弦索冷"，"谁领略，真真唤"之辞，皆切恋人亡逝事，可知此词原为悼亡之作。然卢氏卒于康熙十六年夏，词有"春宵长短"句，词之作期，须在康熙十七年春。此词又见《古今词汇》。《古今词汇》刊于康熙十八年，亦可证必为十七年所作。《今词初集》有康熙十六年十二月鲁超序，今人每以为刊于十六年，且以十六年为收词下限，据此词，则可知其收词尚及康熙十七年。又陈维崧于康熙十七年冬至前一夕致吴汉槎书云："弟近偶尔为诗馀，又与容若成子有《词选》一书，盖继华峰而从事者。"据此可知《今词初集》编刊之曲折。盖康熙十六年梁汾南还时，已携初选稿，然未即付刻。次年陈维崧至京，踵事增华，增益初选之稿。细觇陈氏"有《词选》一书"语，乃编讫口气，因可定《今词初集》乃成德、梁汾、其年三人先后编成。鲁超序在康熙十六年十二月，先成；截稿在十七年冬；刊成则须在十八年矣。《今词初集》与卓氏《古今词汇》收此词之字句少有歧异，原因即在此。以古书序跋署时判断刊行时间或收载作品时限，往往有误，此亦一例。

又　<small>慰西溟</small>

何事添凄咽。但由他、天公簸弄，莫教磨涅。失意每多如意少，终古几人称屈。须知道、福因才折。独卧藜床看北斗，背高城、玉笛吹成血。听谯鼓，二更彻。　　丈夫未肯因人热。且乘闲、五湖料理，扁舟一叶。泪似秋霖挥不尽，洒向野田黄蝶。须不羡、承明班列。马迹车尘忙未了，任西风、吹冷长安月。又萧寺，花如雪。

【笺注】

天公句：谓姜宸英以荐不及期，失却应博学鸿儒试之机遇。全祖望《姜先生宸英墓表》："圣祖仁皇帝润色鸿业，留心文学，先生之名遂达宸听，尝呼先生之字曰：姜西溟古文当今作者。于是京师之人来求文者户外恒满。会征博学鸿儒，东南人望首及先生。掌院学士昆山叶公（按指叶方蔼）与长洲韩公（按指韩菼）相约，连名上荐。而叶公适以宣召入禁中，浃月既出，则已无及矣。翰林新城王公（按指王士禛）叹曰：其命也夫！"

磨涅：喻受摧折。《论语·阳货》："不曰坚乎，磨而不磷；不

曰白乎，涅而不缁。"林希逸《代陈玄谢启》："磨涅岂无，恪守磷
缁之训。"

　　几人：犹今言"多少人"，言其极多。

　　藜床：陋床，庾信《小园赋》："管宁藜床，虽穿而可坐。"古
诗文中每指贫寒高士之床榻。

　　背高城句：西溟挂单千佛寺，寺近京城北城墙。

　　因人热：藉人之力。《东观汉记·梁鸿传》："比舍先炊，已，
呼鸿及热釜炊。鸿曰：童子鸿不因人热者也。灭灶更燃之。"徐釚
《满江红》词："世态何须防面冷，丈夫原不因人热。"

　　五湖句：谓放弃功名，归于林下。《国语·越语》记范蠡助勾
践灭吴功成，遂"乘轻舟以浮于五湖。"陈子昂《感遇》诗："谁
见鸱夷子，扁舟去五湖。"参见卷五《浣溪沙》"寄严荪友"阕之
"笺注"。

　　承明句：承明庐，汉承明殿旁室，供侍臣值宿。后以入承明为
在朝做官典故。应璩《百一诗》："问我何功德，三入承明庐。"班
列，朝班行列，此谓朝官。

　　花如雪句：严绳孙《金缕曲》"赠西溟次容若韵"词："烂醉
绿槐双影畔，照伤心、一片琳宫月。归梦冷，逐回雪。""回雪"
指随风旋舞的槐花。性德词与严氏和作同时，"花如雪"亦谓槐
花。范云《别诗》："昔去雪如花，今来花如雪。"

【说明】

　　此阕与《点绛唇》"小院新凉"一阕约略为同时之作。时姜西
溟暂寓千佛寺，以鸿博举荐不及期，颇沮丧，性德以词慰之。同时
友人如严绳孙、秦松龄等皆次容若韵赋《金缕曲》示慰。关于西
溟举荐误期事，除全祖望文外，更有当事人韩菼为西溟《湛园未
定稿》所撰之《序》，《序》所记略同于全氏文，惟"文敏（按谓

叶方蔼）宣入禁中，待之两月不得出，急独呈吏部，已后期矣"
数句，知韩曾独自呈报。按：试博学鸿儒事，下诏在康熙十七年正
月，与试举子大多于夏秋间至京，十一月起，朝廷供给食宿。西溟
因未得荐，生计无着，赖性德周济，权居千佛寺，方稍释其困。后
西溟《祭性德文》有云"于午未间，我蹶而穷，百忧萃止，是时
归兄，馆我萧寺"，即谓此节。鸿博于康熙十八年三月考试，三至
五月陆续予中试者以职衔。荣枯咫尺，是夏为西溟最伤数奇之时，
此词因多方劝慰之。然西溟功名心至死不衰，性德"五湖料理"
之说，绝非西溟所愿。鸿博之题荐，有漏夜赶往者，亦有人宁死不
受征召，如顾炎武、黄宗羲、李颙，俱是坚卧不出，准备以绝食就
死抗争，幸得廷臣斡旋，方免了麻烦。又有山西傅山（青主），被
人抬了来京，抵死不肯与试，最后免试授官，青主既不受官亦不
谢恩。西溟好友严绳孙虽然与试，不完卷而退场，原不望中，最后
终授一检讨。秦松龄中试并授检讨，但和此词中有"牢笼豪杰"
语，道破清廷用心。与以上诸人相比，西溟胸怀远不及矣。

【辑评】

　　郭则沄曰：容若慰西溟《金缕曲》亦极沉痛，直语语打入西
溟心坎，自是世间有数文字。（《清词玉屑》一）

又　亡妇忌日有感

此恨何时已。滴空阶、寒更雨歇，葬花天气。三载悠悠魂
梦杳，是梦久应醒矣。料也觉、人间无味。不及夜台尘土
隔，冷清清、一片埋愁地。钗钿约，竟抛弃。　　重泉若
有双鱼寄。好知他、年来苦乐，与谁相倚。我自终宵成转

侧，忍听湘弦重理。待结个、他生知己。还怕两人俱薄命，
再缘悭、剩月零风里。清泪尽，纸灰起。

【校订】

词牌名《草堂嗣响》作"贺新郎"。

副题《草堂嗣响》无"有感"二字。

上片"滴空阶、寒更雨歇"《草堂嗣响》作"滴寒更、空阶
雨歇"。

"竟抛弃"袁刻本作"定抛弃"。

下片"相倚"《草堂嗣响》作"同倚"。

"俱薄命"汪刻本作"都薄命"。

【笺注】

亡妇忌日：叶舒崇撰《纳腊室卢氏墓志铭》云："夫人卢氏，
年十八归余同年生成德。康熙十六年五月三十日卒，春秋二十
有一。"

此恨句：李之仪《卜算子》词："此水几时休，此恨何时已。"

滴空阶：何逊《临行与故游夜别》诗："夜雨滴空阶，晓灯暗
离室。"

葬花句：彭孙遹《忆王孙》词："不归家，风雨年年葬落花。"

夜台：坟墓，阴间。黄滔《马嵬》诗："夜台若使香魂在，应
作烟花出陇头。"

埋愁：《后汉书·仲长统传》："寄愁天上，埋忧地下。"元好
问《杂著》诗："埋愁不著重泉底，尽向人间种白头"。

钗钿约：用唐明皇、杨贵妃爱情故事，见前《浣溪沙》"凤髻
抛残秋草生"词之"笺注"。

忍听句：妻死习称断弦，再娶曰续弦。"重理"即谓续娶。

性德续娶官氏之时日无考，读此句，作此词时似尚未续娶。忍，岂忍。

还怕二句：晏几道《木兰花》词："欲将恩爱结来生，只恐来生缘又短。"

剩月零风：顾贞观《唐多令》词："双泪滴花丛，一身惊断蓬，尽当年、剩月零风。"

纸灰：焚化纸钱之灰。高翥《清明》诗："纸灰飞作白蝴蝶，泪血染成红杜鹃。"

【说明】

据"三载悠悠"句，知此阕作于康熙十九年五月三十日。顾贞观《弹指词》亦有《金缕曲》"悼亡"一阕，词云："好梦而今已。被东风、猛教吹断，药炉烟气。纵使倾城还再得，宿昔风流尽矣。须转忆、半生愁味。十二楼寒双鬓薄，遍人间、无此伤心地。钗钿约，悔轻弃。　茫茫碧落音谁寄。更何年、香阶划袜，夜阑同倚。珍重韦郎多病后，百感消除无计。那只为、个人知己。依约竹声新月下，旧江山、一片啼鹃里。鸡塞杳，玉笙起。"此词与容若词同调、同题、同韵，显为同时和作。卷一《采桑子》"谢家庭院残更立"阕，梁汾亦有和作。近人张任政云："闺阁中事，岂梁汾所得言之？"似诧愕不得其解。实则言涉他人闺阁之诗古已有之，于生者有所谓"代赠"，于逝者有所谓"代悼亡"。明清之际，作诗为他人悼亡乃为文人一时习尚。如王彦泓《疑云集》有《为文始悼亡》诗；李良年有"为尤悔庵悼亡"《一丛花》词；朱彝尊则有"和梁尚书伤逝作"《凤凰台上忆吹箫》词。如此作品，数不胜数，惟代人发哀，难得其真情而已。容若词一往情深，血泪交融，真切动人；梁汾词则有"倾城再得"、"香阶划袜"诸句，非止轻俗，尤见唐突，岂容若所忍言。关于和友人悼亡诗，虽为当时习尚，然亦有非议之者。如朱慎即云："友人妇死，而涕泗交颐，岂为识嫌疑者哉！"（见性德同时人张潮撰《友声》丁集）今学者钱锺书更讥之为"借面吊丧，与之委蛇"，"替人垂泪，无病而呻"，古之寻常事，固有难以理解者。

【辑评】

唐圭璋曰：柔肠九转，凄然欲绝。（《纳兰容若评传》）

钱仲联曰：有人物活动，更突出主观抒情，极哀怨之致，这一阕可为代表。（《清词三百首》）

又

疏影临书卷。带霜华、高高下下，粉脂都遣。别是幽情嫌妩媚，红烛啼痕休泫。趁皓月、光浮冰茧。恰与花神供写照，任泼来、淡墨无深浅。持素障，夜中展。　　残缸掩过看逾显。相对处、芙蓉玉绽，鹤翎银扁。但得白衣时慰藉，一任浮云苍犬。尘土隔、软红偷免。帘幙西风人不寐，恁清光、肯惜鹣裘典。休便把，落英翦。

【笺注】

冰茧：喻纸洁白。王嘉《拾遗记》载有冰蚕，后即用以称美蚕茧为冰茧。凡丝制品如素绢、琴弦及素纸亦称冰茧。常衮《晚秋集贤院即事》诗："墨润冰文茧，香销蠹字鱼。"

花神：高启《梅花》诗："几看孤影低回处，只道花神夜出游。"

残缸：残灯。

芙蓉句：谓绽开之花洁白如玉。

鹤翎句：鹤翎，喻细长之白色花萼。王建《于主簿厅看花》诗："小叶稠枝粉压摧，暖风吹动鹤翎开。"扁，薄。句谓薄而细长之花瓣洁白如银。又，菊花有品种名曰鹤翎。

白衣：送酒人，代指酒。《续晋阳秋》："陶潜九日无酒，出篱边怅望之，见白衣人至，乃王弘送酒使也。即使就酌，醉而后归。"李峤《菊》诗："黄华今日晚，无复白衣来。"刘辰翁《霜天晓角》"九日"词："多谢白衣迢递。吾病矣，不能醉。"

一任句：杜甫《可叹》诗："天上浮云如白衣，须臾忽变如苍狗。"

软红：喻俗世浮华。高观国《烛影摇红》词："行乐京华，软红不断香尘喷。"

鹔袰：即鹔鹴袰。《西京杂记》："司马相如初与卓文君还成都，居贫愁懑，以所著鹔鹴袰就市人阳昌贳酒与文君为欢。"彭孙遹《虞美人》第二体词："垆头肯典霜袰否，归取文君酒。"

【说明】

此为秋夜赏菊词。苑中白花盛开，空中皓月朗照，于花月交映之际，帘幕低垂之时，清赏无寐，自是雅人高致。性德友人徐倬有同调"鬝"字韵"灯下菊影"词，时和者甚众，疑容若此阕亦和徐氏之作。

踏莎美人　清明

拾翠归迟，踏青期近。香笺小叠邻姬讯。樱桃花谢已清明。何事绿鬟斜亸宝钗横。　　浅黛双弯，柔肠几寸。不堪更惹其他恨。晓窗窥梦有流莺。也觉个侬憔悴可怜生。

【校订】

下片"其他"袁刻、汪刻本作"青春"。

"也觉"汪刻本作"也说"。

【笺注】

拾翠：指妇女游春，详见卷一《风流子》"秋郊即事"词之"笺注"。彭孙遹《哨遍》词："拾翠年时，踏青节候。"

踏青：清明前后郊游称踏青。吴融《闲居有作》诗："踏青堤上烟多绿，拾翠江边月更明。"

香笺句：香笺小叠，谓女子所寄信件。韩偓《偶见》诗："小叠红笺书恨字。"朱淑真《约游春不去》诗："邻姬约我踏青游。"

嚲：垂。欧阳修《阮郎归》词："翠鬟斜嚲语声低。"

个侬：古口语，犹言"那人"。

红窗月

燕归花谢，早因循、又过清明。是一般风景，两样心情。犹记碧桃影里誓三生。　乌丝阑纸娇红篆，历历春星。道休孤密约，鉴取深盟。语罢一丝香露湿银屏。

123

【校订】

上片"燕归花谢"汪刻本作"梦阑酒醒"；"又过"作"过了"；"风景"作"心事"；"心情"作"愁情"；"碧桃"作"回廊"；"三生"作"生生"。

下片"乌丝阑纸娇红篆"汪刻本作"金钗钿盒当时赠"。

"春星"下汪刻本有双行小字校"青星"。

"鉴取"《草堂嗣响》作"系取"。

"香露"汪刻本作"清露"。

【笺注】

因循句：王雾《倦寻芳》词："算韶光、又因循过了，清明时候。"

碧桃句：据《续青琐高议》，鲁敢与女子西真"复入一洞，碧桃艳杏，香凝如雾。西真曰：他日与君人间还，双栖于此"。三生，谓前生、今生、来生。此句疑为写实。

乌丝阑：笺纸有线格，称丝阑，乌丝阑即黑色线格。篆，指印章。

历历：清晰貌。《古诗十九首》："众星何历历。"

道休句：参见前《浣溪沙》"凤髻抛残秋草生"阕之"笺注"。

南歌子

翠袖凝寒薄，簾衣入夜空。病容扶起月明中。惹得一丝残篆、旧薰笼。　　暗觉欢期过，遥知别恨同。疏花已是不禁风。那更夜深清露、湿愁红。

【校订】

下片"已是"《草堂嗣响》作"已自"。

【笺注】

簾衣句：簾衣，即簾；簾以隔内外，因称衣。空，谓月夜室内暗，院中明，人在室内，视帘外景物如无阻。施绍莘《忆秦娥》词："霜花暗缀帘衣薄。"

清露：鹿虔扆《临江仙》词："清露泣香红。"

又

暖护樱桃蕊，寒翻蛱蝶翎。东风吹绿渐冥冥。不信一生憔悴、伴啼莺。　　素影飘残月，香丝拂绮棂。百花迢递玉钗声。索向绿窗寻梦、寄馀生。

南
歌
子

【校订】

下片"绮棂"《昭代词选》作"倚棂"。

【笺注】

寒翻句：李煜《临江仙》词："樱桃落尽春归去，蝶翻轻粉双飞。"

冥冥：幽深貌。张籍《猛虎行》："南山北山树冥冥。"

香丝：柳丝。白居易《池边》诗："柳老香丝宛，荷新钿扇圆。"绮棂：琐窗。

【说明】

以上《南歌子》二首，当作于康熙十六年卢氏去世时。前首尚在扶持，后阕已成绝望。据《卢氏墓志铭》，卢氏产后成疾，终至不起。

【辑评】

陈廷焯曰："不信"二字真妙，真有情人语。凄艳欲绝（谓下片）。（《云韶集》十五）

朱庸斋曰：尤善心理刻画。先写暖、寒之于物的感受不同，写出春天之特征。"冥冥"暗示春去无踪。过片后写梦醒情景，末句作尽语，然已非欧、晏之法矣。（《分春馆词话》三）

又　古戍

古戍饥乌集，荒城野雉飞。何年劫火剩残灰。试看英雄碧血、满龙堆。　　玉帐空分垒，金笳已罢吹。东风回首尽成非，不道兴亡命也、岂人为。

【笺注】

荒城句：刘禹锡《荆门道怀古》诗："马嘶古道行人歇，麦秀空城野雉飞。"

何年句：慧皎《高僧传·竺法兰》："昔汉武穿昆明池底，得黑灰，问东方朔，朔云：不知，可问西域胡人。后法兰既至，众人追而问之，兰曰：世界终尽，劫火洞烧，此灰是也"。后人以劫火指兵火。

龙堆：即白龙堆，汉代西域地名。汉后诗文中所用，皆虚指北方边徼外沙漠，非实指。

玉帐：将帅之军帐。李商隐《重有感》诗："玉帐牙旗得上游，安危须共主君忧。"

东风句：李煜《虞美人》词："小楼昨夜又东风，故国不堪回首月明中。"

不道句：《国语·晋语》："范成子曰：国之存亡，天命也。"扬雄《法言》："命者，天之命也，非人为也；人为不为命。"又干宝《晋武帝革命论》：“帝王之兴，必俟天命。苟有代谢，非人事也。”

【说明】

有“龙堆”辞，必作于塞外；有“东风”辞，必作于春季。“兴亡”句用意甚深，必切当时实事。是阕必为康熙二十一年春东巡时作。高士奇《东巡日录》：“三月丁巳（初九），銮舆发盛京，过抚顺。旧堡败垒，榛莽中居人十馀家，与鬼伥为邻。抚顺在奉天府东北八十馀里，前朝版图尽于此矣。”有如此背景，方称此词。四月十二，东巡过性德祖居叶赫城之墟，则“英雄碧血”、“东风回首”，更觉字字千钧。

【辑评】

叶恭绰曰：纳兰容若风流文采几冠当时，其好与诸名流纳交，余以为别有气类之感，以其上代金台石部固为后金所殄灭也。余昔诵其词，有“兴亡命也岂人为”句而憬然。（《解佩令》“题吴观岱贯华阁图”词序）

一络索

过尽遥山如画。短衣匹马。萧萧落木不胜秋，莫回首、斜阳下。　　别是柔肠萦挂。待归才罢。却愁拥髻向灯前，说不尽、离人话。

【校订】

词牌名《昭代词选》作“一落索”；《草堂嗣响》作“洛阳春”。上片“落木”《草堂嗣响》作“木落”。

短衣句：杜甫《曲江三章》诗："短衣匹马随李广，看射猛虎终残年"。

拥髻：参见卷一《海棠月》"瓶梅"词之"笺注"。

【说明】

既云"短衣匹马"，自非扈从之作；"柔肠萦挂"者，亦未必卢氏。词或作于康熙二十一年秋觇梭龙时。

又

野火拂云微绿。西风夜哭。苍茫雁翅列秋空，忆写向、屏山曲。　　山海几经翻覆。女墙斜矗。看来费尽祖龙心，毕竟为、谁家筑。

【校订】

词牌名《草堂嗣响》作"洛阳春"。

《草堂嗣响》有副题"塞上"；汪刻本有副题"长城"。

【笺注】

野火句：《列子·天瑞》："人血之为野火。"《战国策·楚策》："野火之起也若云蜺。"绿，青色。

西风句：吴伟业《送友人出塞》诗："鱼海萧条万里霜，西风一哭断人肠。"哭，形容风声凄厉。

屏山句：谓雁列秋空景象如屏风所绘。

翻覆：谓兴亡更替。沈炼《答陆官保书》："然则必待天地翻覆而后为变耶？"

女墙：城墙上部有垛口之短墙；此指长城。

【说明】

　　上片一、三两句写日间所见，第二句写夜间所闻，故作交错，遂成迷离。前三句景致开阔无际，第四句忽又凝入小小屏山。伸缩驰策极灵动，时空变化全无挂碍，妥帖浑成，不着痕迹。姜白石"小窗横幅"之句，未可独擅于前。此阕与前一首似作于同一行旅。

赤枣子

惊晓漏，护春眠。格外娇慵只自怜。寄语酿花风日好，绿窗来与上琴弦。

【校订】

　　"惊晓漏，护春眠"《瑶华集》作"听夜雨，护朝眠"。

　　"格外"《瑶华集》作"端的"。

　　"只自怜"《瑶华集》作"也自怜"。

　　"来与"《瑶华集》作"来看"。

【笺注】

　　酿花：催花开放。吴潜《江城子》词："正春妍，酿花天。"

　　绿窗句：赵光远《咏手》诗："捻玉搓琼软复圆，绿窗谁见上琴弦。"

眼儿媚

林下闺房世罕俦。偕隐足风流。今来忍见，鹤孤华表，人远罗浮。　　　中年定不禁哀乐，其奈忆曾游。浣花微雨，采菱斜日，欲去还留。

【笺注】

林下闺房：《世说新语·贤媛》："谢遏绝重其姊，张玄常称其妹，欲以敌之。有济尼者，并游张谢二家，人问其优劣，答曰：王夫人（按谓谢遏姊道蕴）神情散朗，故有林下风气；顾家妇（按谓张玄之妹）清心玉映，自是闺房之秀。"

偕隐：夫妇相偕隐居。

鹤孤句：《搜神后记》："丁令威，本辽东人，学道于灵虚山。后化鹤归辽，集城门华表柱。徘徊空中而言曰：有鸟有鸟丁令威，去家千年今始归，城郭如故人民非。"此言人已故去。

罗浮：山名，在广东省。柳宗元《龙城录》："赵师雄迁罗浮日，暮憩于松林间，见一女人，淡妆素服，与语，芳香袭人，相与饮醉。寝起视，乃在大梅花树下，有翠羽啾嘈，相顾月落参横，惆怅而已。"

中年句：《世说新语·言语》："谢太傅语王右军曰：中年伤于哀乐，与亲友别，辄作数日恶。"

浣花句：言微雨洗涤花树，此与下句均为写实景，非用典。

欲去还留：黄公度《浣溪沙》词："欲去还留无限思，轻匀淡抹不成妆。"

【说明】

偶至旧日同游之地，物是人非，不禁怀想，所谓"一般风景，两样心情"。不忍触旧痛，故曰"欲去"；不能忘旧情，故曰"还留"。作词时，卢氏已逝去多年，词中有"中年"二字，殆三十岁欤？

又　咏红姑娘

骚屑西风弄晚寒。翠袖倚阑干。霞绡裹处，樱唇微绽，鞈鞨红殷。　　故宫事往凭谁问，无恙是朱颜。玉壔争采，玉钗争插，至正年间。

【校订】

"骚屑西风弄晚寒"张刻本作"西风骚屑弄轻寒"。

【笺注】

副题：红姑娘，草本植物。今张家口至内蒙古多见，仍名红姑娘。旧时京中庭院内亦有种植者。高一二尺，开白花，结果圆形，大如算珠，果外笼薄翅。果熟时或为黄色，或为红色，可食，亦入药。萧洵《元故宫遗录》："金殿前有野果名姑娘，外垂绛囊，中空，有桃子如丹珠，味甜酸可食，盈盈绕砌，与翠草同芳，亦自可爱。"元曲中有咏红姑娘者，性德与严绳孙皆有"咏红姑娘"《眼儿媚》词，同咏元故宫事。"娘"字京音读若"蔫儿"。

骚屑：风声。刘向《九叹》："风骚屑以摇木兮。"

翠袖句：红姑娘之拟人写法。

霞绡：形容浆果外之翅状花萼。

樱唇二句：形容红色珠果自薄翅中微微露出。

鞈鞨：红宝石，见前《台城路》"上元"词之"笺注"。

故宫：指元故宫。

玉壔二句：想像元宫中宫女争采争戴红姑娘之情事。

至正：元顺帝年号（一三四一——一三六八）。

131

【说明】

红姑娘，学名酸浆草，又有称洛神珠、灯笼草者，野草而已。果虽曰可食，其实苦涩不适于口，儿童偶或吮吸，更多作玩物视之，以晶圆红润，又有薄壳为可爱也。词云"争采"、"争插"，皆诗家想像过甚之辞。性德与严绳孙相识于康熙十二年，词或作于相交未久，盖为早期之作。

又　中元夜有感

手写香台金字经。惟愿结来生。莲花漏转，杨枝露滴，想鉴微诚。　　欲知奉倩神伤极，凭诉与秋擎。西风不管，一池萍水，几点荷灯。

【校订】

"手写香台金字经"张刻本作"香台手自写金经"。

【笺注】

副题：中元，旧历七月十五日为中元节，僧寺作盂兰盆会，民俗有祭祀亡故亲人活动。

香台：指佛堂。

金字经：佛经。王铚《默记》："李后主手书金字《心经》一卷，赐其宫人乔氏。乔氏后入（宋）太宗禁中。闻后主薨，自内廷出经舍相国寺西塔，以资荐。且自书于后云：故李氏国主宫人乔氏，伏遇国主百日，谨舍昔时赐妾所书《般若心经》一卷，在相国寺西塔院，伏愿弥勒尊前持一花而见佛。乔氏书在经后，字整洁而词甚怆惋。"又，满州贵家有为亡人被幨或棺表书写金字佛经之俗，王公大臣去世，朝廷往往赐以呢或绫印金色梵字的陀罗经被（参见《啸亭续录》卷一）。近人溥儒（心畬）母死，停棺广化寺，棺凡漆十三道，每漆一道，儒必往恭楷金粉书经殆遍。盖于亡人书金字经有传统矣。

莲花二句：莲花漏转，原谓时光推移；杨枝则谓洁齿之齿木，此二语皆双关佛教。莲花为佛门妙法，《莲花经》为佛门经典，莲花界为佛地，莲花台为佛坐具。杨枝水则为佛家所云起死回生、万物复苏之甘露。

奉倩：三国魏人荀粲，字奉倩。妻病逝，"不哭而神伤"，年馀亦死，年仅二十九岁。事载《三国志·荀恽传》裴注，又见《世说新语·惑溺》刘孝标注。

秋擎：秋灯。擎同檠，灯柱或灯台。

一池句：苏轼《水龙吟》"杨花"词："晓来雨过，遗踪何在，一池萍碎。"

荷灯：一称河灯。旧俗，中元节制荷花形小灯，中燃小烛，浮于水面，以祀鬼。吴长元《宸垣志略》："每岁中元建盂兰盆会，放荷灯以数千计。南至瀛台，北绕万岁山而回，为苑中盛事。"

【说明】

此阕为中元夜思念卢氏之作，作期当在卢氏过世未久，约为康熙十六或十七年。

又　咏梅

莫把琼花比淡妆。谁似白霓裳。别样清幽，自然标格，莫近东墙。　　冰肌玉骨天分付，兼付与凄凉。可怜遥夜，冷烟和月，疏影横窗。

【校订】

"莫把琼花比淡妆"张刻本作"莫将琼蕊比残妆"。

【笺注】

淡妆：指梅花。欧阳修《渔家傲》词："仙格淡妆天与丽，谁可比。"另见同调"林下闺房世罕俦"阕之"笺注"引《龙城录》。

白霓裳：《楚辞·九歌·东君》："青云衣兮白霓裳。"又刘秉忠《春深》诗："梨花乱舞白霓裳。"

自然标格：柳永《满江红》词："就中有、天真妖丽，自然标格。"

东墙：宋玉《登徒子好色赋》："天下之佳人，莫若楚国，楚国之丽者，莫若臣里，臣里之美者，莫若臣东家之子……然此女登墙窥臣三年，至今犹未许也。"后有"东墙窥宋"成语。此借喻梅花之美丽。"莫近东墙"，有防窥视意。

冰肌句：李之仪《蝶恋花》词："玉骨冰肌天所赋，似与神仙，来作烟霞侣。"又苏轼《西江月》词："玉骨那愁瘴雾，冰姿自有仙风。"

付与凄凉：柳永《彩云归》词："朝欢暮散，被多情，付与凄凉。"又，赵鼎《蝶恋花》词："年少凄凉天付与。"

疏影句：汪藻《点绛唇》词："起来搔首，梅影横窗瘦。"

【说明】

是阕咏白梅。北地天寒，原不产梅，清宫盆梅，皆自江南三织造贡来。昔有旗员，自江南移得梅树，来京培植，为之搭芦棚，升炭火，终不发花，未几枯死。近世张伯驹（丛碧）先生，贵盛公子，居北京展春园内，所植种种名贵梅花皆自暖洞出。高士奇

《金鳌退食笔记》载："每岁正月进梅花，十一月十二月进早梅、蜡瓣梅，又有香片梅，古干槎牙，开红白二色，安放懋勤殿。"张英《内廷应制集》有《南书房盆中白梅盛作花》诗。性德所见之梅，定是盆梅，若非宫中所见，则贡梅或有颁赐王公贵臣者。

【辑评】

唐圭璋曰："别样清幽，自然标格，莫近东墙"，则就花之神情描写而隐有寄托者，皆一面写花，一面自道也。（《纳兰容若评传》）

又

独倚春寒掩夕扉。清露泣铢衣。玉箫吹梦，金钗划影，悔不同携。　刻残红烛曾相待，旧事总依稀。料应遗恨，月中教去，花底催归。

【校订】

首句"独倚"下汪刻本有双行小字校"依约"；"掩"字下校"敛"。"夕扉"汪刻本作"夕霖"。

"清露泣"下汪刻本双行小字校"露上五"。

"钗划"汪刻本双行小字校"觞酹"。上片结句"同"字汪刻本双行小字校"重"。

下片"刻残红烛曾相待，旧事总依稀"下汪刻本有双行小字校"闲思往事曾相待，央及小风吹"；接下"遗"字下校"同"。

【笺注】

铢衣：《长阿含经》："忉利天衣重六铢，炎摩天衣重三铢，兜率天衣重三铢半，化乐天衣重一铢，他化自在天衣重半铢。"后以铢衣指仙衣，或以喻衣裙之极轻。按，古二十四铢为一两，古一两约今半两。朱澜《百字令》："雾湿铢衣，香消罗袖。"

刻残红烛：刻烛计时。见前《浣溪沙》"收取闲心冷处浓"阕之"笺注"。

【说明】

此阕乃怀人之作，所怀之人关涉作者早年情事，词中"玉箫吹梦，金钗划影"、"月中教去，花底催归"诸句，都是写实，并非引用古典，即所谓"今典"。这些今典，恐怕只有作者和所怀之人方可解得。

又

重见星娥碧海槎。忍笑却盘鸦。寻常多少，月明风细，今夜偏佳。　　休笼彩笔闲书字，街鼓已三挝。烟丝欲袅，露光微泫，春在桃花。

【校订】

首句"碧海槎"，底本原作"碧海查。"张刻、汪刻本作"碧海槎"，《国朝词综》、袁刻本作"碧海楂"。此依张刻、汪刻本改。

【笺注】

重见句：星娥，织女。李商隐《海客》诗："海客乘槎上紫氛，星娥罢织一相闻。"槎，木筏。张华《博物志》载："旧说云：天河与海通，近世有人居海滨者，年年八月有浮槎去。"碧海，参见前《画堂春》词之"笺注"。

盘鸦：女子梳头，又指发髻。李贺《美人梳头歌》："纤手却盘老鸦色，翠滑宝钗簪不得。"梅尧臣《次韵和酬永叔》："公家八九妹，鬓发如盘鸦。"

休笼句：赵光远《咏手》诗："慢笼彩笔闲书字。"

街鼓：更鼓，多设于谯楼。

挝：击鼓。

露光句：周邦彦《荔枝香》词："夜来寒浸酒席，露微泫，舄履初会，香泽方薰。"周词写男女暂聚，容若词亦同。

荷叶杯

簾卷落花如雪。烟月。谁在小红亭。玉钗敲竹乍闻声。风影略分明。　　化作彩云飞去。何处。不隔枕函边。一声将息晓寒天。肠断又今年。

【校订】

下片"晓寒天"《今词初集》、《古今词选》、《词汇》作"晓霜天"。

"今年"《昭代词选》作"经年"。

【笺注】

玉钗句：见前《浣溪沙》"消息谁传到拒霜"阕之"笺注。"

风影：陈后主《自君之出矣》诗："思君若风影，来去不曾停。"

化作句：李白《宫中行乐词》："只愁歌舞散，化作彩云飞。"

将息：劝人休息，保重。谢逸《柳梢青》词："尊前忍听，一声将息。"

【说明】

是阕见于《今词初集》，当作于康熙十七年。后阕同调之"知己一人谁是"亦同时之作。

又

知己一人谁是。已矣。赢得误他生。有情终古似无情。别语悔分明。　　莫道芳时易度。朝暮。珍重好花天。为伊指点再来缘。疏雨洗遗钿。

【校订】

上片"有情"汪刻本作"多情"。

"别语悔分明"汪刻本作"莫问醉耶醒"。

下片"莫道芳时易度"汪刻本作"未是看来如雾"。

"珍重"汪刻本作"将息"。

【笺注】

知己句：朱彝尊《百字令》："滔滔天下，不知知己谁是。"

有情句：柳永《清平乐》词："多情争似无情。"

别语句：洪咨夔《清平乐》词："烟浦花桥如梦里，犹记倚楼别语。"

再来缘：再世之缘。此用玉箫事。《绿窗新话》："韦皋未仕时，寓姜使君门馆，待之甚厚，赠小青衣曰玉箫，美而艳。乃与玉箫约，七年复来相取，因留玉指环。皋衍期不至，玉箫绝食而卒。后皋镇蜀，时祖山人有少翁之术，能致逝者精魄形见。见玉箫曰：旬日便当托生，后十二年，再为侍妾。后因诞日，东川卢尚书献歌姬为寿，年十二，名玉箫。遽呼之，宛然旧人，中指有玉环隐起焉。"

【说明】

　　康熙十七年七月，卢氏葬京西北郊皂荚屯。叶舒崇撰《卢氏墓志铭》有"于其没也，（成德）悼亡之吟不少，知己之恨尤深"之句，叶氏似曾见此词。

梅梢雪　元夜月蚀

星球映彻。一痕微褪梅梢雪。紫姑待话经年别。窃药心灰，慵把菱花揭。　　踏歌才起清钲歇。扇纨仍似秋期洁。天公毕竟风流绝。教看蛾眉，特放些时缺。

【校订】

　　词牌名汪刻本作"一斛珠"。

【笺注】

　　副题：元夜，正月十五元宵节之夜。词作于康熙二十年元夜，参见"说明"。

　　星球：灯球或焰火。高士奇《金鳌退食笔记》："癸亥元夜，于五龙亭前施放烟火。坐观星球万道，火树千重。"按，三藩平定后，京师每岁元夕皆施放焰火。

　　紫姑：《荆楚岁时记》："正月十五日，其夕迎紫姑，以卜将来蚕桑并占众事。"刘敬叔《异苑》："世有紫姑神，古来相传，云是人家妾，为大妇所嫉，正月十五日感激而死。故世人以其日作其形，夜于厕间或猪栏边迎之。"欧阳修《蓦山溪》词："应卜紫姑神，问归期，相思望断。"

窃药：用李商隐《嫦娥》诗意，详见前《画堂春》词之"笺注"。

菱花：谓妆镜。韩偓《闺怨》诗："时光潜去暗凄凉，懒对菱花晕晓妆。"

踏歌：《通鉴·则天后圣历元年》胡三省注："踏歌者，连手而歌，踏地以为节。"

清钲歇：钲，打击乐器，锣之一种。《古今事物考》："《黄帝内传》曰：'玄女请帝铸钲铳。'今铜锣，其遗事也。"旧俗以为月蚀为天狗食月，家家鸣钲击镜以吓天狗。歇，则云月已复圆，不再鸣金。

扇纨：扇谓团扇，纨谓素绢，喻月色皎洁。班婕妤《怨歌行》："新裂齐纨素，皎洁如霜雪。裁成合欢扇，团团似明月。"

【说明】

词调名一般称"一斛珠"，性德词第二句有"梅梢雪"三字，因用以为调名。陈维崧有《宝鼎现》词，小序云："甲辰元夕……是岁元夜月蚀。"甲辰是康熙三年（公元一六六四）。据沙罗周期计算，甲辰后的另一次元夜月蚀，当在康熙二十年辛酉（公元一六八一）。与性德同时之尤侗、查慎行均有"辛酉元夕月蚀"诗。

木兰花令 拟古决绝词

人生若只如初见。何事秋风悲画扇。等闲变却故人心，却道故心人易变。　　骊山语罢清宵半。泪雨零铃终不怨。

何如薄幸锦衣郎，比翼连枝当日愿。

【校订】

词牌名，汪刻本无"令"字。

副题，汪刻本作"拟古决绝词，柬友"。

上片"心人"汪刻本作"人心"。

下片"语罢"，底本原作"雨罢"，与下句"泪雨"重字，显然欠妥，此据汪刻本改"语罢"。

【笺注】

副题：《乐府诗集》已有元稹《决绝词》，所以本题有"拟古"二字。决绝，断绝交情，永不再见。《宋书·乐志》引《白头吟》："闻君有两意，故来相决绝。"

何事句：班婕妤《怨歌行》："裁成合欢扇，团团似明月。出入君怀袖，动摇微风发。常恐秋节至，凉飙夺炎热。弃捐箧笥中，恩情中道绝。"

等闲二句：谢朓《同王主簿怨情》诗："平生一顾重，夙昔千金贱。故人心尚永，故心人不见。"

骊山句：见前《浣溪沙》"凤髻抛残秋草生"阕之"笺注"。

【说明】

汪刻本此阕副题有"柬友"二字，友人为谁，未得其考。

长相思

山一程。水一程。身向榆关那畔行。夜深千帐灯。

风一更。雪一更。聒碎乡心梦不成。故园无此声。

【校订】

《草堂嗣响》有副题"出塞"。

【笺注】

榆关：即山海关，古名榆关，明代改今名。

聒：嘈杂扰人。柳永《爪茉莉》词："残蝉噪晚，甚聒得人心欲碎。"

故园：谓京师。

【说明】

康熙二十一年早春，性德随扈东巡，词作于往山海关途中。高士奇《东巡日录》："二月丙申（十八日），驻跸丰润县城西。是夜云黑无月，周庐幕火，望若繁星也。"又："二月丁未（二十九日），东风作寒，急雨催暮，夜更变雪。驻跸广宁县羊肠河东。"盖此词上片所写乃二月十八日情形，下片所写乃二月二十九日情形。

【辑评】

王国维曰：明月照积雪、大江流日夜、澄江静如练、山气日夕佳、落日照大旗、中天悬明月、大漠孤烟直、长河落日圆，此等境界可谓千古壮观。求之于词，则纳兰容若塞上之作，如《长相思》"夜深千帐灯"，《如梦令》"万帐穹庐人醉，星影摇摇欲坠"差近之。（《人间词话》，滕咸惠校注本）

唐圭璋曰：《花间》有句云"红纱一点灯"，此言"夜深千帐灯"，境界一大一小，然各极其妙。（《纳兰容若评传》）

142

朝中措

蜀弦秦柱不关情。尽日掩云屏。已惜轻翎退粉，更嫌弱絮为萍。　　东风多事，馀寒吹散，烘暖微醒。看尽一簾红雨，为谁亲系花铃。

【校订】

《瑶华集》有副题"春暮"。

上片"已惜"《瑶华集》作"只惜"；"弱絮"作"飞絮"。

【笺注】

蜀弦秦柱：指琴和瑟。汉蜀郡司马相如善操琴，筝相传为秦蒙恬所造（《隋书·乐志》）。李白《长相思》诗："赵瑟初停凤凰柱，蜀琴欲奏鸳鸯弦。"又唐彦谦《汉代》诗："别随秦柱促，愁为蜀弦幺。"柱，架琴弦之柱码。

云屏：云母屏风。李商隐《龙池》诗："龙池赐酒敞云屏，羯鼓声高众乐停。"

轻翎退粉：轻翎，蝶翅。罗大经《鹤林玉露》："《道藏经》云，蝶交则粉退，蜂交则黄退。"

絮为萍：絮，杨柳之花。《群芳谱》："萍，一名水花。春初始生，杨花入水所化。"

红雨：喻落花。李贺《将进酒》诗："桃花乱落如红雨。"史肃《杂诗》："一簾红雨枕书眠。"

花铃：即护花铃。《开元天宝遗事》："天宝初，宁王日侍，好声乐。至春时，于后园中纫红丝为绳，密缀金铃，系于花梢之上，每有鸟鹊集，则令园吏掣铃索以惊之，盖惜花之故也。"

寻芳草　萧寺记梦

客夜怎生过。梦相伴、绮窗吟和。薄嗔佯笑道，若不是恁凄凉，肯来么。　　来去苦匆匆，准拟待、晓钟敲破。乍偎人、一闪灯花堕。却对著、瑠璃火。

饮水词笺校　卷二

【校订】

上片"吟和"汪刻本作"冷和"。

"薄嗔"汪刻本作"薄瞋"。

"瑠璃火"底本原作"瑠琉火"，据张刻、汪刻、袁刻本改"琉"作"璃"。

【笺注】

瑠璃火：佛寺供佛用的琉璃灯。

【说明】

据"薄嗔"、"偎人"语，知所梦为亡妻。卢氏既丧，一年馀始葬。旧习，其柩应暂厝寺庙。视"肯来么"三字，副题所云"萧寺"，即卢氏厝灵之庙宇。词作于康熙十七年七月之前。参见后《望江南》"宿双林禅院"阕之"说明"。

遐方怨

欹角枕，掩红窗。梦到江南，伊家博山沉水香。浣裙归晚坐思量。轻烟笼浅黛，月茫茫。

144

【校订】

"浣裙"汪刻本作"湔裙"。

"浅黛"汪刻本作"翠黛"。

【笺注】

角枕：见前《金缕曲》"生怕芳尊满"阕之"笺注"。

博山：博山炉。见前《浣溪沙》"脂粉塘空遍绿苔"阕之"笺注"。

沉水香：即沉香，薰香料。嵇含《南方草木状》："交趾有蜜香树，欲取香，伐之，经年，其根干枝节，各有别色也。木心与节坚黑，沉水者为沉香。"《乐府诗集·杨叛儿》："欢作沉水香，侬作博山炉。"

浣裙：别本异文作"湔裙"，见前《浣溪沙》"五月江南麦已稀"阕之"笺注"。

浅黛：远山之色。

【说明】

此阕似赠沈宛之作。

秋千索　渌水亭春望

垆边唤酒双鬟亚。春已到、卖花帘下。一道香尘碎绿苹，看白袷、亲调马。　　烟丝宛宛愁萦挂。剩几笔、晚晴图画。半枕芙蕖压浪眠，教费尽、莺儿话。

145

【校订】

词牌名《百名家词钞》作"拨香灰"。

上片"唤酒"汪刻本作"换酒"。

下片"教费"袁刻本作"听不"。

【笺注】

渌水亭：性德家园亭，在北京什刹后海北岸。性德另有《渌水亭》诗云："野色湖光两不分，碧云万顷变黄云。分明一幅江村画，着个闲亭挂夕曛。"

垆边句：垆，酒垆。辛延年《羽林郎》诗："胡姬年十五，春日独当垆。双鬟何窈窕，一世良所无。"亚，通"压"，将熟酒自酒槽中压出之意，罗隐《江南曲》诗："水国多愁又有情，夜槽压酒银船满。"此指为客人斟酒。李白《金陵酒肆留别》诗："吴姬压酒唤客尝。"

白袷：白色夹衣。

调马：驯马。调，调习而使之知人意。李端《赠郭驸马》诗："新开金埒看调马。"

宛宛：柔细貌。陆羽《小苑春望宫池柳色》诗："宛宛如丝柳，含黄一望新。"

晚晴句：吴融《富春》诗："水送山迎入富春，一川如画晚晴新。"

教费句：王安石《清平乐》词："留春不住，费尽莺儿语。"

【说明】

此词有孙致弥和作，词之作期可据以考知。孙氏《枨左堂集》词三载《拨香灰》"容若侍中索和楞伽山人韵"词："流莺并坐花枝亚，帘影动、合欢窗下。绿绣笙囊紫玉箫，称鹿爪、调弦马。

宣和宫裱崔徽挂，恰侧畔、有人如画。几许伤春梦雨愁，都付与、鹦哥话。"性德与孙氏词皆写晚春初夏景色。孙氏词副题称性德为"侍中"，词必作于性德任侍卫之后，即康熙十七年秋之后。考孙氏行迹，惟康熙十八年及二十四年春在京。又孙词有"流莺并坐"、"恰侧畔、有人如画"等语，乃写性德纳沈宛后情景，因而此词当作于康熙二十四年（一六八五）。

又

药阑携手销魂侣。争不记、看承人处。除向东风诉此情，奈竟日、春无语。　　悠扬扑尽风前絮。又百五、韶光难住。满地梨花似去年，却多了、廉纤雨。

【校订】

词牌名《瑶华集》、《词雅》作"拨香灰"。

《瑶华集》有副题"无题"。

《国朝词综》有副题"渌水亭春望"，未选上一首。

汪刻本与上一首联题，此首为第一首，副题亦移于此。

上片"争不记"《瑶华集》、《昭代词选》、《词雅》作"怎不记"。

"春无语"《草堂嗣响》作"花无语"。

下片"风前絮"《草堂嗣响》作"春前絮"。

"梨花"《草堂嗣响》作"梨云"。

"却多了"《瑶华集》、《昭代词选》、《词雅》作"只多了"。

【笺注】

药阑：芍药阑，又泛指花药之栏，宋人王楙《野客丛书》有考证。赵长卿《长相思》词："药阑东，药阑西，记得当时素手携。"

争：犹"怎"。

看承：护持，照顾。吴淑姬《祝英台近》词："曲曲屏山，温温沈水，都是旧看承人处。"

百五：冬至日至清明节，共一百零五日，因称清明为百五。彭孙遹《鹊桥仙》"清明"词："韶光百五禁烟时，又过了、几番花候。"《燕京岁时记》："清明即寒食，又曰禁烟节。"

满地句：刘方平《春怨》诗："梨花满地不开门。"

廉纤雨：细雨。晏几道《生查子》词："无端轻薄云，暗作廉纤雨。"

【辑评】

陈廷焯曰：悲惋。曰似去年，已不胜物是人非之感，再加以廉纤雨，有心人何以为情也。（《云韶集》十五）

又

游丝断续东风弱。浑无语、半垂簾幙。茜袖谁招曲槛边，弄一缕、秋千索。　　惜花人共残春薄。春欲尽、纤腰如削。新月才堪照独愁，却又照、梨花落。

【校订】

词牌名《瑶华集》作"拨香灰"。

《瑶华集》有副题"春闺"。

上片"浑无语"张刻本、《国朝词综》无"浑"字；《瑶华集》、《昭代词选》、袁刻、汪刻本作"悄无语"。

"茜袖"《瑶华集》、《昭代词选》、汪刻本作"红袖"。

"弄一缕"《瑶华集》、汪刻本作"飐一缕"；《昭代词选》作"怪一缕"。

下片"春薄"《瑶华集》、《昭代词选》作"阳薄"。

【笺注】

茜：绛红色。

【辑评】

谢章铤曰：毛稚黄尝自度曲名《拨香灰》，其句法字数与《忆王孙》俱同，但平仄稍异。容若《渌水亭春望》即填此调，因其中有"飏一缕、秋千索"句，故自名《秋千索》。（《赌棋山庄词话》七）

茶瓶儿

杨花糁径樱桃落。绿阴下、晴波燕掠。好景成担阁。秋千背倚，风态宛如昨。　　可惜春来总萧索。人瘦损、纸鸢风恶。多少芳笺约。青鸾去也，谁与劝孤酌。

【笺注】

杨花糁径：糁，洒落。杜甫《绝句漫兴》："糁径杨花铺白毡。"潘汾《贺新郎》词："芳草王孙知何处，惟有杨花糁径。"

秋千句：李商隐《无题》诗："十五泣春风，背面秋千下。"陈子龙《醉花阴》词："一缕博山庭院内，人在秋千背。"

纸鸢：陈沂《询刍录》："纸鸢又名风鸢，初，五代汉李邺于宫中作纸鸢，引线乘风为戏，后于鸢首以竹为笛，使风入作声如筝鸣，俗呼风筝。"顾贞观《浣溪沙》词："悠扬灯影纸鸢风。"

青鸾：李白《凤凰曲》诗："青鸾不独去，更有携手人。"

好事近

簾外五更风，消受晓寒时节。刚剩秋衾一半，拥透簾残月。
争教清泪不成冰，好处便轻别。拟把伤离情绪，待晓寒重说。

【笺注】

簾外句：宋无名氏《浪淘沙》词："簾外五更风，吹梦无踪。"

透簾：温庭筠《宿城南亡友别墅》诗："还似昔年残梦里，透簾斜月独闻莺。"

【辑评】

陈廷焯曰：淋漓沈痛（下片）。（《云韶集》十五）

又

何路向家园，历历残山剩水。都把一春冷淡，到麦秋天气。
料应重发隔年花，莫问花前事。纵使东风依旧，怕红颜不似。

【笺注】

残山剩水：范成大《万景楼》诗："残山剩水不知数，一一当楼供胜绝。"

料应句：马令《南唐书·昭惠周后传》："（后主）又尝与后移植梅花于瑶光殿之西，及花时，后已殂，因成诗见意……云：失却烟花主，东风自不知。清香更何用，犹发去年枝。"

　　首句言行役在外，第二句言沿途所经为战后荒残之地，第三、四句言一春未归，已至春尽夏初之时。康熙二十年二至五月，性德扈从至遵化、科尔沁；康熙二十一年二至五月，又随驾至吉林，均与词境相合。

又

马首望青山，零落繁华如此。再向断烟衰草，认薛碑题字。休寻折戟话当年，只洒悲秋泪。斜日十三陵下，过新丰猎骑。

好事近

【校订】

　　上片"认薛碑"《草堂嗣响》作"觅薛碑"。

【笺注】

　　薛碑：韩维《遗吴冲卿大飨碑文》诗："世变文字异，岁久苔薛蚀。"顾贞观《忆秦娥》词："双崖碧，古今多少，薛碑题迹。"

　　折戟：杜牧《赤壁》诗："折戟沈沙铁未消，自将磨洗认前朝。"

　　十三陵：明陵，在北京昌平天寿山，葬明成祖而后十三帝。

　　新丰：王维《观猎》诗："风劲角弓鸣，将军猎渭城。……忽过新丰市，还归细柳营。"新丰，汉县名，在陕西临潼境。汉高祖迁故乡丰邑民居此，因名新丰。

151

【说明】

　　性德与友朋多次往游十三陵，此调未必为扈从之作。

太常引 自题小照

西风乍起峭寒生。惊雁避移营。千里暮云平。休回首、长
亭短亭。　　无穷山色，无边往事，一例冷清清。试倩玉
箫声。唤千古、英雄梦醒。

【校订】

　　《草堂嗣响》、《昭代词选》无副题。

【笺注】

　　千里句：王维《观猎》诗："回看射雕处，千里暮云平。"

　　无穷二句：向子諲《秦楼月》词："无边烟水，无穷山色。"

【说明】

　　吴雯《莲洋集》有《题楞伽出塞图》诗："出关塞草白，立马
心独伤。秋风吹雁影，天际正茫茫。岂念衣裳薄，还惊鬓发苍。金
闺千里月，中夜拂流黄。"此调副题所云"小照"，即《楞伽出塞
图》。图为性德康熙二十一年秋远赴梭龙而绘，作者不详，图今存
否亦未详。姜宸英撰《纳腊君墓表》云："二十一年八月使觇唆龙
羌，归时从奚囊倾方寸札出之，叠数十纸，细行书，皆填词若诗。
虽形色枯槁不自知，反遍示客，资笑乐。"此词当即奚囊中物，既
归，图成，乃以之题照。姜宸英亦有《题容若出塞图》诗二首，
第二首云："奉使曾经葱岭回，节毛暗落白龙堆。新词烂漫谁收
得，更与辛勤渡海来。"亦可证题图乃返回后事。

又

晚来风起撼花铃。人在碧山亭。愁里不堪听。那更杂、泉声雨声。　　无凭踪迹，无聊心绪，谁说与多情。梦也不分明。又何必、催教梦醒。

【校订】

《国朝词综》有副题"自题小照"，未选上一首。

上片"撼花铃"《昭代词选》作"护花铃"。

"泉声"《草堂嗣响》作"风声"。

【笺注】

花铃：见前《朝中措》"蜀弦秦柱不关情"词之"笺注"。

梦也句：张泌《寄人》诗："倚柱寻思倍惆怅，一场春梦不分明。"

【说明】

既有"护花铃"，必非山野旅途之作；然又云"泉声"，亦非京中府第可有，惟京郊西山别墅，方可当之。吴长元《宸垣识略》云渌水亭在玉泉山，必有所据。以此词作于玉泉山墅园，词中景物皆可获解。按，明珠府有渌水亭，为亭名，但不能排除其墅园亦有亭名渌水。盖此为满人旧俗，清宫殿名亦多重见于圆明园、承德避暑山庄。晚清恭亲王奕䜣，其府邸居室名乐道堂，紫禁城西掖廷有乐道堂（疑为其出生地），而其墓地阳宅亦建有乐道堂。

153

【辑评】

陈廷焯曰：只"那更"七字，便是情景兼到。真达人语（谓"梦也"以下二句）。（《云韶集》十五）

陈廷焯又曰：容若《饮水词》，在国初亦推作手，较《东白堂词》（佟世南撰）似更闲雅。然意境不深厚，措词亦浅显。《太常引》云"梦也不分明，又何必催教梦醒"，亦颇凄警，然意境已落第二乘。（《白雨斋词话》三）

陈廷焯又曰：凄切语，亦是放达语。（《词则·别调集》评语）

张德瀛曰：容若《太常引》词云："梦也不分明，又何必催教梦醒。"竹垞《沁园春》词云："沈吟久，怕重来不见，见又魂消。"二词缠绵往复，郭子玄何必减庾子嵩。（《词微》六）

转应曲

明月。明月。曾照个人离别。玉壶红泪相偎。还似当年夜来。来夜。来夜。肯把清辉重借。

【校订】

词牌名汪刻本作"调笑令"。

"相偎"张刻本作"相猥"。

【笺注】

明月句：冯延巳《三台令》词："明月，明月，照得离人愁绝。"

夜来：魏文帝宫中美人，即薛灵芸，魏文帝为改名夜来。参见前《采桑子》"而今才道当时错"阕之"笺注"。

山花子

林下荒苔道韫家。生怜玉骨委尘沙。愁向风前无处说，数
归鸦。　　半世浮萍随逝水，一宵冷雨葬名花。魂似柳绵
吹欲碎，绕天涯。

【校订】

　　词牌名汪刻本作"摊破浣溪沙"，下同。

　　上片"尘沙"《草堂嗣响》作"泥沙"。

　　下片"魂似"汪刻本作"魂是"。

【笺注】

　　林下句：道韫即谢道韫。见前《梦江南》"昏鸦尽"阕、《眼
儿媚》"林下闺房世罕俦"阕之"笺注"。

　　数归鸦：辛弃疾《玉蝴蝶》词："佳人何处，数尽归鸦。"

　　一宵句：韩偓《哭花》诗："若是有情争不哭，夜来风雨葬
西施。"

　　魂似句：顾夐《虞美人》词："教人魂梦逐杨花，绕天涯。"

又

昨夜浓香分外宜。天将妍暖护双栖。桦烛影微红玉软，燕
钗垂。　　几为愁多翻自笑，那逢欢极却含啼。央及莲花
清漏滴，莫相催。

昨夜浓香：徐钒《减字木兰花》词：“昨夜浓香似梦中。”

桦烛：《本草集解》：“桦木生辽东及西北诸地，其皮厚而轻虚软柔，以皮卷蜡可以烛照。”苏轼《至真州再和》诗：“小院檀槽闹，空庭桦烛烟。”

红玉：据《西京杂记》载，汉成帝后赵飞燕“色如红玉”。萨都剌《洞房曲》：“美人骨醉红玉软，满眼春酣扶不起。”

燕钗：钗首琢有燕形之玉钗。据郭宪《洞冥记》，神女赠汉成帝玉钗，后化作白燕飞去。宫人因仿其形制钗，称玉燕钗。古女子新婚有簪燕钗之俗，以祈求生育。性德《端午帖子》：“钗名玉燕，两两斜飞。”

【说明】

此阕似为新婚之作。

又

风絮飘残已化萍。泥莲刚倩藕丝萦。珍重别拈香一瓣，记前生。　　人到情多情转薄，而今真个悔多情。又到断肠回首处，泪偷零。

【笺注】

风絮句：见前《朝中措》“蜀弦秦柱不关情”词之“笺注”。

瓣：薰炉中所焚香，一粒或一片称一瓣。后一炷香亦称一瓣。

人到句：性德有闲章，镌“自伤情多”四字。

【说明】

此阕为亡妻作。"记前生",殆以约来世。疑词作于卢氏忌辰。

又

欲话心情梦已阑。镜中依约见春山。方悔从前真草草,等闲看。　　环佩只应归月下,钿钗何意寄人间。多少滴残红蜡泪。几时干。

山花子

【校订】

上片"欲话"汪刻本作"欲语"。

【笺注】

梦已阑:辛弃疾《南乡子》词:"别后两眉尖,欲说还休梦已阑。"

春山:女子眉之美称。吴昌龄《端正好》曲:"秋波两点真,春山八字分。"

方悔句:彭孙遹《卜算子》词:"草草百年身,悔杀从前错。"

环佩句:杜甫《咏怀古迹》诗:"画图省识春风面,环佩空归夜月魂。"

钿钗句:见前《浣溪沙》"凤髻抛残秋草生"阕之"笺注"。

多少句:温庭筠《更漏子》词:"玉炉香,红蜡泪。"李商隐《无题》诗:"蜡炬成灰泪始干。"

157

【说明】

此阕亦为亡妻作,疑与前首作于同时。

又

小立红桥柳半垂。越罗裙飏缕金衣。采得石榴双叶子，欲贻谁。　　便是有情当落日，只应无伴送斜晖。寄语东风休著力，不禁吹。

【校订】
　　上片"贻谁"张刻、袁刻、汪刻本作"遗谁"。
　　下片"落日"汪刻本作"落月"。

【笺注】
　　越罗：浙东所产之罗，为著名丝织品。韦庄《诉衷情》："越罗香暗销，坠花翘。"
　　缕金衣：犹金缕衣。顾夐《荷叶杯》词："菊冷露微微，看看湿透缕金衣。"
　　采得句：陈师道《西江月》"咏石榴"词："凭将双叶寄相思。"王彦泓《无绪》诗："空寄石榴双叶子，隔簾消息正沈沈。"
　　不禁：经受不得。禁，平声。

菩萨蛮

窗前桃蕊娇如倦。东风泪洗胭脂面。人在小红楼。离情唱石州。　　夜来双燕宿。灯背屏腰绿。香尽雨阑珊。薄衾寒不寒。

《国朝词综》有副题"过张见阳山居赋赠",系将张刻本《菩萨蛮》第一首词题误植。

上片"窗前"《百名家词钞》、汪刻本作"窗间"。

【笺注】

窗前桃蕊:温庭筠《春暮宴罢寄宋寿先辈》诗:"窗间桃蕊宿妆在。"

东风句:李雯《菩萨蛮》词:"蔷薇未洗胭脂雨。"

人在句:施枢《摸鱼儿》词:"人在小红楼,朱帘半卷,香注玉壶露。"

石州:乐府商调曲名,《乐府诗集》载其辞,有"自从君去远巡边,终日罗帷独自眠"句。李商隐《代赠》诗:"东南日出照高楼,楼上离人唱石州。"

绿:黑、暗之意。李商隐《饮席戏赠同舍》诗:"兰回旧蕊缘屏绿。"

山花子　菩萨蛮

又

朔风吹散三更雪。倩魂犹恋桃花月。梦好莫催醒。由他好处行。　　无端听画角。枕畔红冰薄。塞马一声嘶。残星拂大旗。

【笺注】

桃花月:喻指梦境中温柔旖旎之地。

好处:美好之境地。

红冰：王仁裕《开元天宝遗事》："杨贵妃初承恩诏，与父母相别，泣涕登车。时天寒，泪结为红冰。"彭孙遹《蝶恋花》词："十二屏山湘水净，香蓊枕畔红冰凝。"

又

问君何事轻离别。一年能几团圆月。杨柳乍如丝。故园春尽时。　　春归归不得。两桨松花隔。旧事逐寒潮。啼鹃恨未消。

【校订】

《瑶华集》有副题"大兀剌"。

上片"问君"《瑶华集》作"人生"。

"能几"《瑶华集》作"几度"；"圆"汪刻本作"圂"。

下片"不得"《昭代词选》作"未得"。

"松花隔"《瑶华集》作"空滩黑"；接下"旧事逐"作"急雨下"；"啼鹃"作"精灵"。

【笺注】

杨柳句：沈约《杂诗》"春咏"："杨柳乱如丝，绮罗不自持。"又温庭筠《菩萨蛮》词："杨柳又如丝，驿桥春雨时。"

松花：松花江。

旧事句：康熙初东北流人张缙彦《宁古塔山水记》云："有大乌喇者，每遇阴雨，多闻鬼哭。则中夜狂沸铁马金戈之声，如万马奔腾，盖尝系灭国古战场也。"

啼鹃句：传说，蜀主杜宇失其位，死，魂化杜鹃，夜啼达旦，血渍草木。顾况《子规》诗："杜宇冤亡积有时，年年啼血动人悲。"虞集《送王君实御史》诗："鹃啼剑阁我思归。"

【说明】

《瑶华集》此阕有副题"大兀剌"，知作于康熙二十一年春扈从东巡时。据高士奇《东巡日录》，"三月丙子（二十八日），驻跸大乌喇虞村，是日已立夏矣"，至四月初三，方起程。词中"旧事"、"啼鹃"句，显然与性德先世事有关。明万历四十七年（一六一九）海西女真叶赫部贝勒金台什败于清太祖努尔哈赤，被太祖缢死，叶赫遂亡。金台什即性德曾祖。东巡经祖籍旧地，时距叶赫之亡仅六十馀年而已，往事历历，因生感慨。疑前同调之"朔风吹散三更雪"一阕亦扈驾东巡时作。

【辑评】

陈廷焯曰："杨柳乍如丝，故园春尽时"，亦凄婉，亦闲丽，颇似飞卿语。惜通篇不称。（《白雨斋词话》三）

吴梅曰："杨柳乍如丝，故园春尽时"，凄婉闲丽，较"驿桥春雨"更进一层。（《词学通论》九）

又　为陈其年题照

乌丝曲倩红儿谱。萧然半壁惊秋雨。曲罢鬓鬟偏。风姿真可怜。　　须髯浑似戟。时作簪花剧。背立讶卿卿。知卿无那情。

【笺注】

陈其年：陈维崧（一六二五——一六八二），字其年，号迦陵，

161

江南宜兴人。康熙十八年试博学鸿儒，列一等，授翰林院检讨。康熙二十一年五月病卒于京师。其年为陈贞慧之子，词与骈文推一代作手，词尤杰出。其《湖海楼词》存词一千六百馀阕。其年康熙十七年入京，结识性德。性德所题，为《迦陵填词图》，粤僧大汕绘。图绘其年倚书坐席，拈髯持笔，旁蕉叶上坐一女郎，手撅洞箫，膝横琵琶。画有题字云："岁在戊午闰三月廿四日，为其翁维摩传神，释汕。"一九八五年华东师范大学《词学》第三辑有刊本图片。

乌丝：其年词初刊名《乌丝词》，约刻于康熙八年。

红儿：唐代名妓，事载罗虬《比红儿诗序》。后泛指歌女。张先《熙州慢》词："持酒更听，红儿肉声长调。"尤侗《浣溪沙》"题陈其年小影"词："乌丝阑写懊侬歌，红儿解唱定风波。"

惊秋雨：李贺《李凭箜篌引》："石破天惊逗秋雨。"此喻乐声高亢。

髻鬟偏：岑参《醉戏窦子美人》诗："宿妆娇羞偏髻鬟。"

须髯句：须，胡须。蒋永修《陈检讨迦陵先生传》："其年少清癯，冠而于思，须侵淫及颧准，天下学士大夫号为陈髯。"《南史·褚彦回传》："山阴公主谓彦回曰：卿须髯似戟，何无丈夫气。"

簪花剧：戴花为戏。

无那：犹"无限"。李煜《一斛珠》词："绣床斜凭娇无那。"

【说明】

词作于康熙十七年。性德初与其年交往颇频，至康熙二十一年元夕，犹会于花间草堂。然其年卒，性德未为作一字，似交不终。另，近人缪荃孙有此阕钞本，与此本字句多乖（见李勖《饮水词笺》，又见张任政撰《纳兰性德年谱》），缪氏所出必有自，兹钞附于下，词云："乌丝词付红儿谱。洞箫按出霓裳舞。舞罢髻鬟偏。风姿真可怜。　　倾城与名士。千古风流事。低语属卿卿。知卿无那情。"

又　宿滦河

玉绳斜转疑清晓。凄凄月白渔阳道。星影漾寒沙。微茫织浪花。　　金笳鸣故垒。唤起人难睡。无数紫鸳鸯。共嫌今夜凉。

菩萨蛮

【校订】

上片"月白"袁刻本作"白月"。

【笺注】

滦河：在今河北省。郑侨生修康熙《遵化州志》卷二："滦河，又名滦江，州东七十里，源出塞外。"

玉绳：星名，在北斗之斗柄三星北。王夫之《薑斋诗话》："有代字法，诗赋用之，如月曰望舒，星曰玉绳之类。"苏轼《洞仙歌》词："夜已三更，金波淡、玉绳低转。"

渔阳：秦、汉、唐皆设渔阳郡，辖地大略在今京津冀一带。

星影句：韦庄《江城子》词："角声呜咽，星斗渐微茫。"朱彝尊《满江红》"塞上咏苇"词："寒沙摇漾，乱山无主。"

无数句：徐延寿《南州行》诗："河头浣衣处，无数紫鸳鸯。"紫鸳鸯，水鸟名，即鸂鶒，形大于鸳鸯，多紫色，好雌雄并游。

【说明】

清圣祖谒遵化孝陵，多经滦河。此阕为性德秋冬间随谒之作。

163

检《康熙实录》及《康熙起居注》，明言曾驻跸滦河岸者二次，一为康熙十七年十月二十、二十二日，一为康熙二十年十一月三十日。当以十七年十月更合词境节令。

又

荒鸡再咽天难晓。星榆落尽秋将老。毡幕绕牛羊。敲冰饮酪浆。　　山程兼水宿。漏点清钲续。正是梦回时。拥衾无限思。

【校订】

《瑶华集》有副题"水驿"。

下片"兼"《瑶华集》作"寻"；"梦回"作"晚香"；"拥衾"作"临风"。

【笺注】

荒鸡：鸡鸣于三更以前称荒鸡。史惟圆《念奴娇》词："荒鸡夜叫，迢迢梦魂飞越。"

星榆：繁星。《玉台新咏·古乐府·陇西行》："天上何所有，历历种白榆。"王初《即夕》诗："风幌凉生白袷衣，星榆才乱绛河低。"

敲冰句：迺贤《塞上五曲》："倚岸敲冰饮橐驼。"酪，乳制品，多以马乳为之。乌孙公主《歌诗》："肉为食兮酪为浆。"

钲：击打乐器，军中巡夜用。

【说明】

晚秋时节，竟冷至敲冰，近边当不至此。唯康熙二十一年秋往觇梭龙，极北苦寒，或有冰雪。

又

新寒中酒敲窗雨。残香细袅秋情绪。才道莫伤神。青衫湿
一痕。　　　无聊成独卧。弹指韶光过。记得别伊时。桃花
柳万丝。

【校订】

《清平初选后集》有副题"新寒"。

上片"细袅"《今词初集》、《清平初选后集》、《词汇》、《昭
代词选》、汪刻本作"细学"。

"才道莫伤神"《今词初集》、《清平初选后集》、《词汇》、《昭
代词选》、汪刻本作"端的是怀人"，"湿一"《今词初集》、《清平
初选后集》、《词汇》、《昭代词选》、汪刻本作"有泪"。

下片"无聊成独卧，弹指韶光过"《今词初集》、《清平初选
后集》、《词汇》、《昭代词选》、汪刻本作"相思不似醉，闷拥
孤衾睡"。

【笺注】

新寒句：吴文英《风入松》词："料峭春寒中酒，交加晓梦
啼莺。"

残香句：袅，香烟萦回状。萧贡《拟回文》诗："纱笼月影斜
窗碧，细篆香萦半幌风。"

青衫句：白居易《琵琶行》："江州司马青衫湿。"

【说明】

此阕见载于《今词初集》，为康熙十七年以前之作。《今词初集》"才道莫伤神"句作"端的是怀人"，可证为怀友之作。康熙十五年八月初六性德《致严绳孙书》云："别后光阴，不觉已四越月，重来之约，应成空谈。明年四月十七，算吾咏'正是去年今日别君时'也。"同时又有《暮春别严四荪友》诗云："可怜暮春候，病中别故人。莺啼花乱落，风吹成锦茵。"词云"记得别伊时，桃花柳万丝"，与书、诗皆切，故此词当为怀严绳孙作，作于康熙十五年夏秋之际，或即随书以寄（成德有关书简见本书附录）。

又

白日惊飙冬已半。解鞍正值昏鸦乱。冰合大河流。茫茫一片愁。　　烧痕空极望。鼓角高城上。明日近长安。客心愁未阑。

【校订】

上片"白日惊飙冬已半"袁刻、汪刻本作"惊飙掠地冬将半"。

【笺注】

惊飙：暴风。殷仲文《解尚书表》："惊飙拂野，林无静柯。"

冰合：合，封。李贺《北中寒》诗："黄河冰合鱼龙死。"

烧痕：见前《风流子》"秋郊即事"词之"笺注"。

鼓角句：白居易《祭杜宵兴》诗："城头传鼓角，灯下整衣冠。"

长安：借指京师（北京）。

客心句：谢朓《暂使下都夜发新林至京邑》诗："大江流日夜，客心悲未央。"

【说明】

此阕当作于康熙二十三年冬南巡返程中。十一月初九至十一日，自清河至宿迁，圣祖巡查河工，沿黄河行。十二日始折入山东境。词上片云"冬已半"、"大河流"皆属写实。然"冰合"似为夸张，清初黄河自江苏入海，河工险段俱在淮安府界，尚不至大冷。

又

萧萧几叶风兼雨。离人偏识长更苦。欹枕数秋天。蟾蜍早下弦。　　夜寒惊被薄。泪与灯花落。无处不伤心。轻尘在玉琴。

【校订】

《古今词选》"离人"作"愁人"；"长更苦"作"愁滋味"；末句作"风吹壁上琴。"

【笺注】

长更：更，读平声，为更点之更。人不寐，天未明，遂显更长。

蟾蜍：谓月。《淮南子·精神训》："月中有蟾蜍。"

泪与句：花仲胤妻《伊川令》"寄外"词："教奴独自守空房，

泪珠与灯花共落。"

玉琴句：温庭筠《题李处士幽居》诗："瑶琴寂历拂轻尘。"又周邦彦《玉楼春》词："玉琴虚下伤心泪，只有文君知曲意。"

又 回文

雾窗寒对遥天暮。暮天遥对寒窗雾。花落正啼鸦。鸦啼正落花。　　袖罗垂影瘦。瘦影垂罗袖。风翦一丝红。红丝一翦风。

【笺注】

　　回文：诗体，常见有三式：一、逐句回读，称"就句回"，即如此阕；二、全首回读，即先将全诗从头读至尾，再从尾读至头，称"通体回"，多见于五、七言绝句；三、诗虽只能正读，但书写盘曲回环，如苏若兰《回文璇玑图》诗，书作层层相套之圆环，须从中央读起，然后逐层外读，一层左旋，一层右旋，直至读毕，所谓"从中央周四角"。

又

催花未歇花奴鼓。酒醒已见残红舞。不忍覆馀觞。临风泪数行。　　粉香看又别。空剩当时月。月也异当时。凄清照鬓丝。

【校订】

此词与后据《昭代词选》补"梦回酒醒"一阕差近，只"月也异当时"一句全同，其馀或换韵脚，或换文辞，汪刻本作两调。

下片"又别"汪刻本作"欲别"。

【笺注】

催花：南卓《羯鼓录》："尝遇二月初，小殿内廷柳杏将吐，（明皇）睹而叹曰：对此景物。岂得不为他判断之乎？高力士遣取羯鼓，上旋命之临轩纵击一曲，曲名《春光好》，神思自得，及顾柳杏，皆已发坼。上指而笑谓嫔御曰：此一事不唤我作天公可乎？"唐寅《花月吟》："月中漫击催花鼓，花下轻传弄月箫。"

花奴：唐汝南王李琎小字花奴，琎善击羯鼓。《羯鼓录》："（玄宗）谓内宫曰：速召花奴将羯鼓来，为我解秽。"

覆：翻倒酒杯，指饮酒。鲍照《秋夜》诗："愿君剪众念，且共覆前觞。"

【说明】

此阕与后同调之"梦回酒醒三通鼓"阕初或为一词，然改易处甚多，竟如另作，本编因视为二阕，并收之。作期当在康熙十六年前后，参见卷五《菩萨蛮》"梦回酒醒三通鼓"阕之"说明"。

又

惜春春去惊新燠。粉融轻汗红绵扑。妆罢只思眠。江南四月天。　　绿阴帘半揭。此景清幽绝。行度竹林风。单衫杏子红。

《清平初选后集》有副题"初夏"。

上片"惜春春去惊新燠"《清平初选后集》、《昭代词选》、汪刻本作"淡花瘦玉轻妆束"。

"红绵"《清平初选后集》作"红襟"。

【笺注】

惜春句：曹溶《浣溪沙》词："惜春春去又今年。"

粉融句：白居易《和梦游春》诗："朱唇素指匀，粉汗红绵扑。"

行度句：祖咏《宴吴王宅》诗："砌分池水岸，窗度竹林风。"

单衫句：古乐府《西洲曲》："单衫杏子红，双鬓鸦雏色。"

【说明】

此词见于《清平初选后集》（康熙十七年刊），当作于康熙十六年前，时性德未曾去过江南，疑为题画之作。

又

榛荆满眼山城路。征鸿不为愁人住。何处是长安。湿云吹雨寒。　　丝丝心欲碎。应是悲秋泪。泪向客中多。归时又奈何。

【笺注】

住：停歇。

何处句：辛弃疾《菩萨蛮》词："东北是长安，可怜无数山。"（据汲古阁影宋钞本《稼轩词甲乙丙丁集》）

丝丝：谓细雨。

又

春云吹散湘簾雨。絮粘蝴蝶飞还住。人在玉楼中。楼高四面风。　柳烟丝一把。暝色笼鸳瓦。休近小阑干。夕阳无限山。

【校订】
　下片"休近"《昭代词选》作"休问"。
【笺注】
　楼高句：《懊侬歌》："欢少四面风，趋使侬颠倒。"冯延巳《鹊踏枝》词："楼上春山寒四面。"

又

晓寒瘦著西南月。丁丁漏箭馀香咽。春已十分宜。东风无是非。　蜀魂羞顾影。玉照斜红冷。谁唱后庭花。新年忆旧家。

【笺注】
　瘦：谓弦月。
　丁丁：漏滴声。方干《陪李郎中夜宴》诗："丁丁寒漏滴声稀。"
　蜀魂：杜鹃鸟。见前同调"问君何事轻离别"词之"笺注"。
　玉照：张镃《玉照堂品梅记》："淳熙己巳，得苑圃于南湖之滨，有古梅数十，增取西湖北山红梅合三百馀本，筑堂数间，花时居宿其中，环洁辉映，夜如对月，因名曰玉照。"

谁唱句；杜牧《泊秦淮》诗："商女不知亡国恨，隔江犹唱后庭花。"

【说明】

此阕甚为可疑。置胜明遗老集中，恐不能辨识。

又

为春憔悴留春住。那禁半霎催归雨。深巷卖樱桃。雨馀红更娇。　　黄昏清泪阁。忍便花飘泊。消得一声莺。东风三月情。

【校订】

下片"忍便"纳兰性德手迹并《百名家词钞》作"忍共"。

"东风"《昭代词选》作"春风"。

【笺注】

阁：含泪。范成大《八场坪闻猿》诗："行人举头双泪阁。"

忍：岂忍之意。

便：便教、便让之意。

消得：经得，刘克庄《清平乐》词："消得几多风露，变教人世清凉。"

【说明】

此词手迹尚存，为书赠高士奇者。高士奇与性德为文字交，但这是在他任内廷供奉之前，之后则"夙兴夜寝，此兴渐阑"（高氏

《清吟堂词序》)。按，高士奇入内廷在康熙十六年，比性德充侍卫略早。此词作期当不晚于康熙十七年。

【辑评】

顾随曰："深巷卖樱桃，雨馀红更娇"，最易引起人爱好是鲜，而最不耐久也是鲜。如果藕、鲜菱，实际没有什么可吃，没有回甘。耐咀嚼非有成人思想不可。纳兰除去伤感之外，没有一点什么，除去鲜，没有一点回甘。新鲜是好的，同时还要晓得苍秀。（《驼庵诗话》）

林花榭曰："深巷卖樱桃，雨馀红更娇"，尤起人一片遐思。（《读词小笺》）

菩萨蛮

又

隔花才歇廉纤雨。一声弹指浑无语。梁燕自双归。长条脉脉垂。　　小屏山色远。妆薄铅华浅。独自立瑶阶。透寒金缕鞋。

【校订】

上片"一声"《百名家词钞》作"一身"。

【笺注】

弹指：《翻译名义集》：《僧祇》云："二十瞬为一弹指。"此状写寂寥抑郁之态。

脉脉：依依若有情状。杜牧《题桃花夫人庙》诗："细腰宫里露桃新，脉脉无言几度春。"

小屏句：温庭筠《春日》诗："屏上吴山远，楼中朔管悲。"

铅华：铅粉，妇女化妆品。曹植《洛神赋》："芳泽无加，铅华弗御。"

透寒句：《西厢记》："立苍苔、将绣鞋儿冰透。"

【说明】

此为拟思妇词，意近温飞卿同调诸词境。所谓纳兰词逼真花间遗意者，殆指此类作品。

又

黄云紫塞三千里。女墙西畔啼乌起。落日万山寒。萧萧猎马还。　　笳声听不得。入夜空城黑。秋梦不归家。残灯落碎花。

【笺注】

黄云：边塞之云。北边多沙尘飞扬，因称黄云。杜甫《佐还山后寄》："山晚黄云合，归时恐路迷。"仇兆鳌注："塞云多黄，故公诗云。"又孟郊《感怀》诗："登高望寒原，黄云郁峥嵘。"

紫塞：长城。崔豹《古今注》："秦筑长城，土色皆紫，汉塞亦然，故称紫塞焉。"

萧萧：马嘶声。《诗·小雅·车攻》："萧萧马鸣，悠悠旆旌。"

残灯句：戎昱《桂州腊夜》诗："晓角分残漏，孤灯落碎花。"

又

飘蓬只逐惊飙转。行人过尽烟光远。立马认河流。茂陵风雨秋。　　　寂寥行殿锁。梵呗琉璃火。塞雁与宫鸦。山深日易斜。

【笺注】

认河流：辨流向以定方位。

茂陵：汉武帝刘彻陵，在陕西兴平境。诗文中用指前朝帝王陵墓。此指明十三陵。李贺《金铜仙人辞汉歌》："茂陵刘郎秋风客。"

寂寥句：李商隐《旧顿》诗："犹锁平时旧行殿，尽无宫户有宫鸦。"

梵呗：唪经声。

【说明】

此阕作于昌平明十三陵附近。

菩
萨
蛮

又

晶帘一片伤心白。云鬟香雾成遥隔。无语问添衣。桐阴月已西。　　　西风鸣络纬。不许愁人睡。只是去年秋。如何泪欲流。

175

【校订】

下片"西风"《昭代词选》作"秋风"。

【笺注】

伤心：极言之辞，伤心白即极白。如杜甫诗"清江锦石伤心丽"、李白词"寒山一带伤心碧"，皆此类。

云鬟句：杜甫《月夜》诗："香雾云鬟湿，清辉玉臂寒。"

络纬：蟋蟀，一云为纺织娘。

只是句：言秋色与去年相同。

【说明】

去年秋时人尚在，今年秋时，风景不殊，人已云亡。词当为康熙十六年秋之作。

又 寄梁汾苕中

知君此际情萧索。黄芦苦竹孤舟泊。烟白酒旗青。水村鱼市晴。　　柂楼今夕梦。脉脉春寒送。直过画眉桥。钱塘江上潮。

【校订】

副题汪刻本作"寄顾梁汾苕中"，多一"顾"字。

【笺注】

苕中：浙江湖州有苕溪，因称湖州一带为"苕中"或"苕上"。

黄芦句：白居易《琵琶行》："黄芦苦竹绕宅生。"又周邦彦《满庭芳》词："凭阑久，黄芦苦竹，疑泛九江船。"

水村句：王禹偁《点绛唇》词："水村渔市，一缕孤烟细。"

柂楼：船尾柂工蔽身之楼，此谓船中居宿。

画眉桥：顾贞观《踏莎美人》词："双鱼好托夜来潮，此信拆看，应傍画眉桥。"自注："桥在平望，俗传画眉鸟过其下即不能巧啭；舟人至此，必携以登陆云。"平望，在江苏吴江县南运河边。

【说明】

康熙二十一年秋，性德作《送沈进士尔燝归吴兴》诗云："无限江湖兴，因君寄虎头。"自注："时梁汾在苕上。"沈湖州乌程人，二十一年九月初四考中进士，旋即归里。其时，性德正有往觇梭龙之命。此词之作期，当在康熙二十二年春。

【辑评】

陈廷焯曰：画景（谓上片末二句）。笔致秀绝而语特凝炼（谓下片末二句）。（《云韶集》十五）

又　回文

客中愁损催寒夕。夕寒催损愁中客。门掩月黄昏。昏黄月掩门。　　翠衾孤拥醉。醉拥孤衾翠。醒莫更多情。情多更莫醒。

【笺注】

门掩二句：朱彝尊《菩萨蛮》"长山客山回文"："门掩乍黄昏，昏黄乍掩门。"

177

又　回文

研笺银粉残煤画。画煤残粉银笺研。清夜一灯明。明灯一夜清。　　片花惊宿燕。燕宿惊花片。亲自梦归人。人归梦自亲。

【笺注】

砑笺：压印有图纹之花笺。

银粉：砑笺颜料。

残煤：残墨。

又

乌丝画作回纹纸。香煤暗蚀藏头字。筝雁十三双。输他作一行。　　相看仍似客。但道休相忆。索性不还家。落残红杏花。

【笺注】

乌丝：此指印有墨线阑之笺纸。

画作回文：回文，见前同调"回文（雾窗寒对遥天暮）"之"笺注"所述第三种回文体。因须回环书写，故称"画"。前秦窦滔妻苏若兰曾作《回文璇玑图》诗寄夫，后因以代指妻信为回文锦书。

香煤：有二解：妇女之眉笔；点燃之香火。皆可通。

藏头：诗体名，每句第一字连读可组成话语。此句言，以眉笔或火头蚀去藏头诗之第一字，令读诗者猜测。

筝雁句：筝十三弦，置柱码三列，每列十三码，斜行排列布置如雁行，称雁柱。路德延《小儿》诗："筝推雁柱偏。"又李商隐《昨日》诗："十三弦柱雁行斜。"

输他句：赞作书女子书写极整洁，全无歪斜。

【说明】

性德妻妾惟沈宛擅诗，疑此词为赠沈宛作。康熙二十三年，成、沈结缡，观此词，沈氏似欲于二十四年春间归省江南，性德劝慰之。婚才数月，故"相看似客"；"休相忆"者，谓勿怀江南故家，索性待杏花落尽，再作归计可也。惜乎是夏五月性德溘逝，沈宛终成悲剧。

又

阑风伏雨催寒食。樱桃一夜花狼藉。刚与病相宜。锁窗薰绣衣。　　画眉烦女伴。央及流莺唤。半晌试开奁。娇多直自嫌。

【笺注】

阑风伏雨：见前《浣溪沙》"伏雨朝寒愁不胜"词之"笺注。"

寒食：寒食节。《荆楚岁时记》："去冬节一百五日，即有疾风甚雨，谓之寒食，禁火三日。"寒食禁火之俗初载于《周礼》，其为古老。

刚与二句：天雨衣潮，置炉薰衣；人在病中亦怯寒，喜炉温，故称"刚与"。刚，犹云恰好。

烦：客气语，言须倩女伴代为之。

央及：央求。

直：但，只。言无论如何妆扮，皆自嫌不称其意。

179

【说明】

此类描写女性生活之作，纳兰词中屡见，风格颇近温韦。以容若词比《花间》，即谓此。

【辑评】

周之琦曰：集中屡用"央及"二字，此曲语，非词语也。（郑

文焯原藏张祥河刻本《饮水词》本阕后朱笔识语)

醉桃源

斜风细雨正霏霏。画帘拖地垂。屏山几曲篆香微。闲庭柳
絮飞。　　新绿密，乱红稀。乳莺残日啼。馀寒欲透缕金
衣。落花郎未归。

【校订】

　　词牌名汪刻本作"阮郎归"。

　　上片"篆香"汪刻本作"篆烟"。

　　下片"馀寒"汪刻本作"春寒"。

【笺注】

　　斜风句：张志和《渔歌子》词："斜风细雨不须归。"

　　屏山句：陈子龙《醉落魄》词："几曲屏山，竟日飘香篆。"

昭君怨

深禁好春谁惜。薄暮瑶阶伫立。别院管弦声。不分明。
又是梨花欲谢。绣被春寒今夜。寂寂锁朱门。梦承恩。

【校订】

　　上片"别院"《词雅》作"隔院"。

【笺注】

　　深禁：深宫。宫中称禁中，蔡邕《独断》："天子所居曰禁中，

言门户有禁，非侍御之臣不得入也。"

梦承恩：韦庄《小重山》词："夜寒宫漏永，梦君恩。"

【说明】

"宫怨"为古来诗家之传统题材，此阕亦摹习之作，试与韦庄《小重山》词对看，即知其意象所本。清代宫廷中宫女已是无多，据陆陇其《三鱼堂日记》："今大内之制，使八旗妇女轮入供役，朝入夕出，故宫中女人甚少，不比前朝多蓄怨女。"顺治十五年礼部奏定宫闱女官及宫女人数，总数仅一百五十三人，且其中大多为司灯、司乐、司簿、司食、司彩等工役人员。又《圣祖实录》卷一四四康熙二十九年正月已酉记："今除慈宁宫、宁寿宫外，乾清宫妃嫔以下，使令老媪，洒扫宫女以上，合计止一百三十四人，可谓至少。"此为中国宫廷一大改革，宫怨体诗歌产生之社会背景已渐消失。容若此作，只当以"拟古"视之，并非反映清初现实情事。

饮水词笺校卷三

琵琶仙　中秋

碧海年年，试问取、冰轮为谁圆缺。吹到一片秋香，清辉
了如雪。愁中看、好天良夜，争知道、尽成悲咽。只影而
今，那堪重对，旧时明月。　　花径里、戏捉迷藏，曾惹
下萧萧井梧叶。记否轻纨小扇，又几番凉热。只落得、填
膺百感，总茫茫、不关离别。一任紫玉无情，夜寒吹裂。

【校订】

　　上片"争知道"底本夺"争"字，此据《草堂嗣响》补。依
词律，此句当上三下四；全首百字。

　　下片"戏"字《草堂嗣响》作"几"。

　　"只落"汪刻本作"止落"。

【笺注】

　　碧海：指青天。晁补之《洞仙歌》"泗州中秋"词："青烟幂
处，碧海飞金镜。"

183

冰轮：明月。苏轼《宿九仙山》诗："云峰缺处涌冰轮。"

秋香：秋花，多指桂花，如李贺《金铜仙人辞汉歌》："画栏桂树悬秋香。"但也泛指秋花，如陈普《莲花赋》："惠兰纷其秋香，竹松凌其冬青。"

了：明晰。

好天句：柳永《女冠子》词："相思不得长相聚，好天良夜，无端惹起千愁万绪。"

紫玉：笛，以紫竹制。李白《留赠崔宣城》诗："胡床紫玉笛，却坐青云叫。"

夜寒句：辛弃疾《贺新郎》词："长夜笛，莫吹裂。"

【说明】

此为中秋怀念亡妻之作。《采桑子》"海天谁放冰轮满"阕有"但值凉宵总泪零"句，此阕有"又几番凉热"句，均非卢氏逝去当年口气，疑此二词作于同年，最早应为康熙十八年。此词"争知道、尽成悲咽"句，徐刻《通志堂集》、张刻《饮水诗词集》俱漏刻"争"字，致后诸本皆少一字。汪元治刻《纳兰词》，见此阕不合律，遂疑为性德自度曲。李慈铭《越缦堂日记》评汪刻本云："校雠不精，又指其《琵琶仙》、《秋水》等调为自度曲，盖全不知此事者矣。"此老讥人亦过刻。谢章铤《赌棋山庄词话》卷七云："《琵琶仙》系白石自度腔，容若《中秋》阕即填此调，只第六句比原作少一字。"所论甚是，惜不能知所少为何字。康熙四十八年刊《草堂嗣响》收此调，不缺"争"字，方有全璧存世。

清平乐

凄凄切切。惨淡黄花节。梦里砧声浑未歇。那更乱蛩悲咽。

尘生燕子空楼。抛残弦索床头。一样晓风残月，而今触绪添愁。

【笺注】

黄花节：即重阳节。

砧声：捣衣声。参见后《南乡子》"捣衣"阕之"笺注"。

尘生二句：燕子楼在徐州，唐时张愔爱妓关盼盼尝居此。此借指亡妻生前居室。周邦彦《解连环》词："燕子楼空，暗尘锁，一床弦索。"

晓风残月：柳永《雨霖铃》词："今宵酒醒何处，杨柳岸、晓风残月。"

【说明】

此为悼亡词，似为卢氏卒年重阳之作。

【辑评】

林花榭曰：凄楚绝似易安，置之《漱玉集》中，亦无逊色（谓上片）。（《读词小笺》）

又　上元月蚀

瑶华映阙。烘散蒙墀雪。比似寻常清景别。第一团圆时节。

影娥忽泛初弦。分辉借与宫莲。七宝修成合璧，重轮岁岁中天。

【校订】

上片"团圆"汪刻本作"团圝"。

【笺注】

副题：康熙二十年元宵节月蚀。参见前《梅椅雪》词"说明"。

瑶华：美玉，此代指月。《抱朴子·勖学》："瑶华不琢，则耀夜之景不发。"

蓂墀：蓂，蓂荚；墀，宫殿之台阶。《孙氏瑞应图》曰："蓂荚者，叶圆而五色，一名历荚。十五叶，日生一叶，从朔至望毕。从十六毁一叶，至晦而尽。月小则一叶卷而不落。圣明之瑞也，人君德合乾坤则生。"《春秋运斗枢》曰："老人星临国则蓂荚生。"《孝经援神契》曰："王者德至于地则蓂荚生。"徐整《正历》曰："蓂荚者，瑞草也。"《风俗通》云："古太平，蓂荚生阶。"《白虎通》云："王者考历得其分度，则蓂生于阶。"蓂墀，则谓生有蓂荚之玉阶，有颂圣意。

清景：月夜之景。苏轼《永遇乐》词："明月如霜，好风似水，清景无限。"

第一：一岁中的第一次月圆。

影娥：汉武帝宫中有影娥池，使宫人乘舟玩月影。

初弦：谓新月。

宫莲：宫灯。《东观奏记》："上将命令狐绹为相，夜半幸含春亭召对，尽蜡烛一炬方许归学士院。乃赐金莲花烛送之，院吏忽见，惊报院中曰驾来。俄而赵公至，吏谓赵公曰：金莲花乃引驾烛，学士用之，莫折是否。顷刻而闻傅说之命。"

七宝句：古传月由七宝合成，段成式《西阳杂俎·天咫》："君知月乃七宝合成乎，月势如丸，其影日烁其凸处也，常有八万二千户修之。"七宝，七种宝物，说法不一，大略为金银宝石等物。合璧，完璧。

重轮：日月之外又现光圈一二重，称重轮，古以为祥瑞之象。唐张说有《月重轮颂》。

【说明】

此阕与前《梅梢雪》"元夜月蚀"作于同时。词一味颂圣，毫无个性，不及《梅梢雪》有情趣。

又

烟轻雨小。望里青难了。一缕断虹垂树杪。又是乱山残照。

凭高目断征途。暮云千里平芜。日夜河流东下，锦书应托双鱼。

【笺注】

青难了：难了，不尽。杜甫《望岳》诗："岱宗夫如何，齐鲁青未了。"

凭高目断：目断，犹望断。晏殊《诉衷情》词："凭高目断，鸿雁来时，无限思量。"

暮云句：王维《观猎》诗："千里暮云平。"

又

孤花片叶。断送清秋节。寂寂绣屏香篆灭。暗里朱颜消歇。

谁怜散髻吹笙。天涯芳草关情。懊恼隔帘幽梦，半床花月纵横。

《瑶华集》、汪刻本有副题"秋思"。

上片"孤花片叶"《瑶华集》、《昭代词选》、汪刻本作"凉云万叶"。

下片"散髩"《瑶华集》、《昭代词选》、汪刻本作"照影"。

"半床"袁刻本作"半窗"。

【笺注】

寂寂句：韦庄《应天长》词："寂寞绣屏香一炷。"

暗里句：钱惟演《木兰花》词："鸾镜朱颜惊暗换。"

谁怜句：皇甫松《梦江南》词："双髩坐吹笙。"

懊恼句：秦观《八六子》词："夜月一簾幽梦，春风十里柔情。"

又

麝烟深漾。人拥缑笙氅。新恨暗随新月长。不辨眉尖心上。

六花斜扑疏簾。地衣红锦轻沾。记取暖香如梦，耐他一晌寒严。

【校订】

末句"寒严"底本原作"寒岩"，此据汪刻本改。

【笺注】

缑笙氅：刘向《列仙传》："王子乔者，好吹笙。曰：告我家七月七日待我于缑氏山颠。至时，果乘白鹤，驻山头，举手谢时人，数日而去。"后因称白色外套为鹤氅或缑笙氅。此以借指丧服。

不辨句：范仲淹《御街行》词："都来此事，眉间心上，无计相回避。"

六花：雪花。梅尧臣《十五日雪》诗："寒令夺春令，六花侵百花。"

地衣：地毯。李煜《浣溪沙》词："红锦地衣随步皱。"

寒严：寒甚，寒气浓重。顾贞观《凤凰台上忆吹箫》词："愁来也，玉肌生粟，一晌寒严。"（据《瑶华集》卷十）

【说明】

此阕似与后之《望江南》"宿双林禅院"词境相类。

又

将愁不去。秋色行难住。六曲屏山深院宇。日日风风雨雨。

雨晴篱菊初香。人言此日重阳。回首凉云暮叶，黄昏无限思量。

【校订】

《草堂嗣响》有副题"重九"。

【笺注】

将愁不去：辛弃疾《祝英台近》词："是他春带愁来，春归何处，却不解、带将愁去。"

189

又

青陵蝶梦。倒挂怜幺凤。退粉收香情一种。栖傍玉钗偷共。

惝惝镜阁飞蛾。谁传锦字秋河。莲子依然隐雾，菱花暗惜横波。

【校订】

下片"暗惜"《昭代词选》、汪刻本作"偷惜"。

【笺注】

青陵句：李商隐《青陵台》诗："青陵台畔日光斜，万古贞魂倚暮霞。莫讶韩凭为蛱蝶，等闲飞上别枝花。"青陵，即青陵台，在河南封丘县境。李冗《独异志》："宋康王以韩朋妻美而夺之，使朋筑青陵台，然后杀之。其妻请临丧，遂投身而死。"又《太平寰宇记》亦记此事，记韩朋妻云："妻腐其衣，与王登台，自投台下，左右揽之，着手化为蝶。"李商隐《蜂》诗："青陵粉蝶休离恨，长定相逢二月中。"

倒挂句：苏轼《西江月》词："海仙时遣探芳丛，倒挂绿毛幺凤。"自注："岭南珍禽，有倒挂子，绿毛红嘴，如鹦鹉而小。"

收香：《名物通》："倒挂，即绿毛幺凤，性极驯，好集美人钗上。日闻好香，则收藏尾翼间，夜则张翼以放香。"

惝惝句：李商隐《镜槛》诗："斜门穿戏蝶，小阁钻飞蛾。"

莲子句：《乐府·子夜歌》："雾露隐芙蓉，见莲不分明。"

横波：喻女子眼神流盼状。傅毅《舞赋》："目流睇而横波。"

又

风鬟雨鬓。偏是来无准。倦倚玉阑看月晕。容易语低香近。

软风吹过窗纱。心期便隔天涯。从此伤春伤别，黄昏只对梨花。

【校订】

上片"玉阑"底本原作"玉兰"，此据《百名家词钞》、《国朝词综》、袁刻、汪刻本改。

下片"软风"袁刻本作"轻风"。

"吹过"底本原作"吹遍"，此据《百名家词钞》、《昭代词选》、《国朝词综》、《词雅》、汪刻本改。

【笺注】

风鬟雨鬓：李朝威《柳毅传》："见大王爱女牧羊于野，风鬟雨鬓，所不忍视。"李清照《永遇乐》词："如今憔悴，风鬟雾鬓，怕见夜间出去。"

容易句：晏几道《清平乐》词："勾引行人添别恨，因是语低香近。"

从此句：李商隐《杜司勋》："刻意伤春复伤别，人间惟有杜司勋。"

【辑评】

陈廷焯曰：婉丽（谓"容易"句）。"便"字、"从此"二字中有多少沈痛。（《云韶集》十五）

又 弹琴峡题壁

191

泠泠彻夜。谁是知音者。如梦前朝何处也。一曲边愁难写。

极天关塞云中。人随落雁西风。唤取红巾翠袖，莫教泪洒英雄。

【校订】

下片"落雁"汪刻本作"雁落"。

"红巾"底本原作"红襟",此据汪刻本校字改。

【笺注】

副题:孙承泽《天府广记》:"居庸关在府北一百二十里,有龙虎台在关南口,中有峡曰弹琴峡,水声在石罅间,响如弹琴,故名。"缪荃孙《云自在庵随笔》:"居庸关附近石刻弹琴峡三字,为重熙八年李宗江题。"(按,重熙为辽兴宗年号。)

泠泠:水声,陆机《招隐诗》:"山溜何泠泠,飞泉漱鸣玉。"又琴声,朱熹《次秀野韵题卧龙庵》诗:"鹍弦寒夜独泠泠。"硕贞观《采桑子》词:"小字香笺,伴过泠泠彻夜泉。"

极天句:居庸关附近长城俱缘山巅而筑,极险峻。杜甫《秋兴》诗:"关塞极天惟鸟道。"

唤取句:辛弃疾《水龙吟》词:"倩何人唤取,红巾翠袖,揾英雄泪。"

又　忆梁汾

才听夜雨。便觉秋如许。绕砌蛩螀人不语。有梦转愁无据。

乱山千叠横江。忆君游倦何方。知否小窗红烛,照人此夜凄凉。

【校订】

下片"小窗"《百名家词钞》作"绿窗"。

【笺注】

　　蛩蛰：蟋蟀与寒蝉。姜夔《白石道人诗说》："悲如蛩蛰曰吟。"

　　有梦句：欧阳修《青玉案》词："相思难表，梦魂无据，惟有归来是。"

　　游倦：倦于行旅。

又

塞鸿去矣。锦字何时寄。记得灯前佯忍泪。却问明朝行未。

　　别来几度如珪。飘零落叶成堆。一种晓寒残梦，凄凉毕竟因谁。

【笺注】

　　记得句：韦庄《女冠子》词："别君时，忍泪佯低面，含羞半敛眉。"

　　如珪：江淹《别赋》："秋露如珠，秋月如珪。……与子之别，思心徘徊。"珪以喻缺月。

【说明】

　　疑此阕及上阕作于同时，皆为寄梁汾词。词中"锦字"、"灯前"等语，诗家亦多用于怀友。"几度如珪"，谓分别数月。

一丛花　咏并蒂莲

阑珊玉佩罢霓裳。相对绾红妆。藕丝风送凌波去，又低头、软语商量。一种情深，十分心苦，脉脉背斜阳。　　色香空尽转生香。明月小银塘。桃根桃叶终相守，伴殷勤、双宿鸳鸯。菰米漂残，沈云乍黑，同梦寄潇湘。

【校订】

副题《词雅》无"咏"字。

上片"斜阳"《百名家词钞》、《词雅》作"夕阳"。

下片"沈云"《百名家词钞》、《词雅》作"枕云"。

【笺注】

霓裳：即《霓裳羽衣曲》，唐舞曲名。据乐史《太真外传》，唐玄宗梦游月宫，有仙女舞此曲，玄宗密记之，遂传人间。实则此曲为河西乐曲，传入中原。唐又有舞曲《凌波曲》，后诗家每混淆二曲，以《霓裳》为描写水生花卉如水仙、荷花之典故。吴文英《秋思》"荷塘"词："怕一曲霓裳未终，催去骖凤翼。"

凌波：曹植《洛神赋》："凌波微步，罗袜生尘。"郑处诲《明皇杂录》："玄宗梦凌波池中龙女，制《凌波曲》。"

软语句：史达祖《双双燕》词："又软语商量不定。"

心苦：辛弃疾《卜算子》"荷花"词："根底藕丝长，花里莲心苦。"

脉脉句：温庭筠《梦江南》词："斜晖脉脉水悠悠。"

色香句：顾贞观《小重山》词："色香空尽转难忘。"

桃根句：张敦颐《六朝事迹类编》："桃叶者，晋王献之爱妾名也，其妹曰桃根。"此以二桃姊妹喻并蒂莲花。党怀英《双头牡丹》诗："水南水北何曾见，桃叶桃根本自仙。"

鸳鸯句：中国古民俗，每以莲花、鸳鸯关连，喻相连相伴意，诗歌绘画皆然。如姜夔《念奴娇》"荷花"词"记来时，尝与鸳鸯为侣",张炎《绿意》"荷叶"词"鸳鸯密语同倾盖"等等。

菰米二句:杜甫《秋兴》诗:"波漂菰米沈云黑,露冷莲房坠粉红。"

【说明】

顾贞观、严绳孙、秦松龄皆有《一丛花》"咏并蒂莲"词,当为同时倡和之作。顾、秦、严同时在京过夏,唯康熙十九、二十年。

菊花新　用韵送张见阳令江华

愁绝行人天易暮。行向鹧鸪声里住。渺渺洞庭波,木叶下、楚天何处。　　折残杨柳应无数。趁离亭笛声吹度。有几个征鸿,相伴也、送君南去。

【校订】

副题《草堂嗣响》、汪刻本无"用韵"二字。

下片"吹度"《草堂嗣响》、汪刻本作"催度"。

【笺注】

副题:张纯修(一六四七——一七〇六),字子安,号见阳,一号敬斋,河北丰润人。隶汉军正白旗,贡生。康熙十八年令湖南江华,约康熙二十六年迁扬州府同知,康熙三十二年升庐州知府。在扬州时为性德刻《饮水诗词集》,并在《序》中称容若为异姓昆弟。见阳工书画篆刻,富收藏,有诗集。用韵,用宋人张先同调词之韵。

渺渺句:《楚辞·九歌》:"袅袅兮秋风,洞庭波兮木叶下。"

离亭:郑谷《淮上与友人别》诗:"数声风笛离亭晚,君向潇湘我向秦。"

【说明】

　　是阕作于康熙十八年秋。

淡黄柳　咏柳

　　三眠未歇。乍到秋时节。一树斜阳蝉更咽。曾绾灞陵离别。絮已为萍风卷叶。空凄切。　　长条莫轻折。苏小恨、倩他说。尽飘零、游冶章台客。红板桥空，湔裙人去，依旧晓风残月。

【校订】

　　《草堂嗣响》无副题。

　　下片"湔裙"底本原作"溅裙"，此据《草堂嗣响》、袁刻、汪刻本改。

【笺注】

　　三眠：柽柳（人柳）别称三眠柳。《三辅故事》："汉苑中有柳状如人形，号曰人柳，一日三眠三起。"《本草》："柽柳，释名赤柽、垂丝柳、人柳、三眠柳、观音柳。"李商隐《江之嫣赋》："不比苑中人柳，终朝剩得三眠。"

　　一树句：李商隐《柳》诗："如何肯到清秋日，已带斜阳又带蝉。"

　　曾绾句：李白《忆秦娥》词："年年柳色，灞陵伤别。"刘禹锡《杨柳枝》："唯有垂杨绾别离。"《三辅黄图·桥》："霸桥，在长安东，跨水作桥。汉人送客至此桥，折柳赠别。"

长条句：寇准《阳关引》词："青青杨柳，又是轻攀折。"

苏小句：苏小小，南齐时钱塘名妓。白居易《杭州春望》诗："柳色春藏苏小家。"温庭筠《杨柳枝》："苏小门前柳万条。"

章台：汉长安街名。唐韩翃有姬柳氏，有艳名。韩归籍省亲，柳留长安，会安史乱起，柳为尼。韩不得柳氏音讯，因作诗寄柳云："章台柳，章台柳，昔日依依今在否。纵使长条似旧垂，亦应攀折他人手。"事见许尧佐《柳氏传》。后亦以章台指冶游之地。晏几道《鹧鸪天》词："新掷果，旧分钗，冶游音信隔章台。"

红板句：白居易《杨柳枝》："红板江桥青酒旗，馆娃宫暖日斜时。可怜雨歇东风定，万树千条各自垂。"

湔裙：参见前《浣溪沙》"十八年来堕世间"阕"吹花嚼蕊"条之"笺注"。

依旧句：柳永《雨霖铃》词："杨柳岸、晓风残月。"

满宫花

盼天涯，芳讯绝。莫是故情全歇。朦胧寒月影微黄，情更薄于寒月。　　麝烟销，兰烬灭。多少怨眉愁睫。芙蓉莲子待分明，莫向暗中磨折。

【笺注】

兰烬：燃尽之烛花。李贺《恼公》诗"蜡泪垂兰烬"王琦注："谓烛之馀烬状似兰心也。"

芙蓉句：《乐府·子夜歌》："雾露隐芙蓉，见莲不分明。"

洞仙歌　咏黄葵

铅华不御，看道家妆就。问取旁人入时否。为孤情澹韵，判不宜春，矜标格、开向晚秋时候。　　无端轻薄雨，滴损檀心，小叠宫罗镇长皱。何必诉凄清，为爱秋光，被几日、西风吹瘦。便零落、蜂黄也休嫌，且对倚斜阳，倦倎红袖。

【校订】

　　煞拍"倦倎"，底本作"胜倎"，此据汪刻本改。

【笺注】

　　黄葵：秋葵，俗称羊角豆，一年生草本；花黄色，生于主枝叶腋间。

　　铅华句：曹植《洛神赋》："芳泽无加，铅华弗御。"又李隆基《题梅妃画真》诗："忆昔娇妃在紫宸，铅华不御得天真。"

　　道家妆：《拾遗记》："刘向于成帝之末，校书天禄阁，专精覃思。夜有老人，着黄衣，植青藜杖，登阁而进。向请问姓名，云：我是太乙之精。"后黄衣遂为道士服色。韩愈《华山女》诗："黄衣道士亦讲说，座下寥落如明星。"晏殊《菩萨蛮》词："秋花最是黄葵好，天然嫩态迎秋早。染得道家衣，淡妆梳洗时。"

　　入时：合乎时尚。朱庆馀《近试上张水部》诗："妆罢低声问夫婿，画眉深浅入时无。"

　　无端句：晏几道《生查子》词："无端轻薄云，暗作廉纤雨。"

　　檀心：浅红色花心。苏轼《黄葵》诗："檀心自成晕，翠叶森有芒。"

小叠句：范成大《菊谱》："叠罗黄，状如小金黄，花叶尖瘦，如剪罗縠。"镇长，尽长，总长。皱，谓花瓣多襞褶。

唐多令 雨夜

丝雨织红茵。苔阶压绣纹。是年年、肠断黄昏。到眼芳菲都惹恨，那更说，塞垣春。　　萧飒不堪闻。残妆拥夜分。为梨花、深掩重门。梦向金微山下去，才识路，又移军。

【校订】

上片"那更说"《草堂嗣响》作"那更识"。

【笺注】

为梨花二句：戴叔伦《春怨》诗："金鸭香消欲断魂，梨花春雨掩重门。"

梦向二句：张仲素《秋闺曲》："梦里分明见关塞，不知何路向金微。"又："欲寄征人问消息，居延城外又移军。"金微山，今阿尔泰山。

【说明】

此为拟闺怨词，以思妇口吻写成。"金微"云云，用唐人张仲素诗典而已。稍认真读此词，必不至以为性德曾往金微山。

秋水 听雨

谁道破愁须仗酒，酒醒后，心翻碎。正香销翠被，隔簾惊听，那又是、点点丝丝和泪。忆蕻烛、幽窗小憩。娇梦垂成，频唤觉、一眠秋水。　　依旧乱蛩声里，短檠明灭，怎教人睡。想几年踪迹，过头风浪，只消受、一段横波花底。向拥髻、灯前提起。甚日还来，同领略、夜雨空阶滋味。

【校订】

副题《草堂嗣响》作"雨夜"。

上片"仗"字汪刻本双行小字校"是"。

"翻碎"底本原作"翻醉"，此据《草堂嗣响》改。

"幽窗"《草堂嗣响》作"西窗"。

下片"想几年踪迹"《草堂嗣响》无"想"字；"空阶滋味"作"空阶那滋味"，多一"那"字。

【笺注】

谁道句：赵长卿《南乡子》词："谁道破愁须仗酒，君看，酒到愁多破亦难。"

横波：见前《清平乐》"青陵蝶梦"阕之"笺注"。

拥髻句：刘辰翁《宝鼎现》词："又说向灯前拥髻，暗滴鲛珠坠。"

夜雨句：何逊《临行与故游夜别》诗："夜雨滴空阶，晓灯暗离室。"

虞美人

峰高独石当头起。影落双溪水。马嘶人语各西东。行到断

崖无路小桥通。　　朔鸿过尽归期杳。人向征鞍老。又将
丝泪湿斜阳。回首十三陵树暮云黄。

【校订】

《草堂嗣响》有副题"昌平道中"。

上片"峰高独石"汪刻本作"高峰独石"，又有双行小字校
"峰高则为。"

"影落"汪刻本作"冻合"。

下片"归期"汪刻本作"音书"。

"人向征鞍老"汪刻本作"客里年华悄"。

"湿斜阳"《草堂嗣响》作"洒斜阳"。

"回首"汪刻本作"多少"；"暮"作"乱"。

【笺注】

马嘶句：言队伍于山间分道而行，隔岭遥闻人马之声。

丝泪：鲍照《代陆平原君子有所思行》诗："丝泪毁金骨。"

【说明】

此非扈从词，亦非郊游词，疑与性德曾司马监有关。与性德同
时之博尔都《送随羲文奉使监牧口北》诗云："玉垒云深堆苜蓿，
银蹄秋老破风霜。居庸翠涌千峰秀，定有题诗贮锦囊。"可知京北
昌平一带为监牧之地。容若词所记，正在同一地区。参见前《点
绛唇》"黄花城早望"阕之"说明"。

又

黄昏又听城头角。病起心情恶。药炉初沸短檠青。无那残

香半缕恼多情。　　多情自古原多病。清镜怜清影。一声弹指泪如丝。央及东风休遣玉人知。

【校订】

上片"半缕"《昭代词选》作"半穗"。

【笺注】

青：谓灯焰。赵长卿《念奴娇》词："檠短灯青。"

多情句：柳永词残句："多情到了多病。"张元幹《十月桃》词："有多情多病文园，醉里凭阑。"

清影：谓清癯之身影。

泪如丝：张率《白纻歌辞》："流叹不寝泪如丝。"

又　为梁汾赋

凭君料理花间课。莫负当初我。眼看鸡犬上天梯。黄九自招秦七共泥犁。　　瘦狂那似痴肥好。判任痴肥笑。笑他多病与长贫。不及诸公衮衮向风尘。

【校订】

底本原无副题，此据汪刻本补。

下片"衮衮向"汪刻本作"健饭走"。

【笺注】

凭君句：指顾贞观回南刊刻《今词初集》及《饮水词》事。花间，《花间集》，赵承祚编唐五代词集。

鸡犬：葛洪《神仙传·淮南王》："八公乃取鼎煮药，使王服之。骨肉近三百馀人，同日升天。鸡犬舐药器者，亦同飞去。"李商隐《玉山》诗："此中兼有上天梯。"

黄九句：黄九，黄庭坚；秦七，秦观，并为北宋词人。秦词婉约，黄词绮艳，因以秦七黄九并称。《苕溪渔隐丛话》："陈师道曰：今代词手，惟秦七黄九耳，唐诸人不逮也。"泥犁，佛家语，意为地狱。《苕溪渔隐丛话》："《冷斋夜话》云：法云秀老，关西人，面目严冷，能以礼折人。黄鲁直（庭坚字鲁直）作艳语，人争传之，秀呵曰：公艳语荡天下淫心，恐生泥犁耳。鲁直颔应之。苕溪渔隐曰：余读鲁直所作晏叔原《小山集序》云：余少时间作乐府，以使酒玩世。道人法秀独罪余以笔墨劝淫，于我法中当下犁舌之狱；特未见叔原之作邪？观鲁直此语，似有憾于法秀。"此句言与梁汾不求显达，共耽于词，虽堕泥犁而不悔。

瘦狂二句：《南史·沈昭略传》："尝醉，逢王景文子约，张目视之曰：'汝是王约耶？何乃肥而痴。'约曰：'汝沈昭略耶？何乃瘦而狂。'昭略抚掌大笑曰：'瘦已胜肥，狂又胜痴。'"

笑他句："多病"性德自谓，"长贫"谓梁汾。

不及句：杜甫《醉时歌》："诸公衮衮登台省，广文先生官独冷。"

【说明】

康熙十五年，性德初识梁汾，共编《今词初集》。十六年，梁汾携初编稿本南归，谋镌刊。十七年，下诏举荐博学鸿词，有欲荐梁汾者，梁汾力辞。同年春，以严绳孙建议，梁汾欲与吴绮共编《饮水词》，性德遂以此词答之，使付剞劂。梁汾董理刻词事，终致刊成。词中"鸡犬上天"、"诸公衮衮"皆指钻营鸿博者。据"眼看"句，词当作于鸿博名士齐集京师之时。又按，作词而不畏"堕泥犁"，比性德略早之词人沈雄亦云："泥犁中尽如我辈，便无俗物败人意。"（《古今词话》卷下）与性德意略近。然沈氏为放达语，意轻；性德则为决绝语，乃人生追求之郑重抉择，寄意极重。

又

绿阴簾外梧桐影。玉虎牵金井。怕听啼鴂出簾迟。恰到年年今日两相思。　　凄凉满地红心草。此恨谁知道。待将幽忆寄新词。分付芭蕉风定月斜时。

【笺注】

　　玉虎：辘轳。李商隐《无题》诗："玉虎牵丝汲井回。"

　　怕听句：张炎《高阳台》词："莫开簾，怕见飞花，怕听啼鹃。"

　　红心草：沈亚之《异梦录》："姚合曰：吾友王炎者，夕梦游吴，侍吴王久。闻宫中出輦，言葬西施。王悼悲不止，立诏词客作挽歌。炎遂应教，诗曰：西望吴王国，云书凤字牌。连江起珠帐，择水葬金钗。满地红心草，三层碧玉阶。春风无处所，凄恨不胜怀。词进，王甚嘉之。"

【说明】

　　词用"红心草"典，知为悼亡之作。词云"年年"，作期当不早于康熙十八年。"今日"，必为纪念之期，婚日、忌日、葬日，或为其一。

又

风灭炉烟残炧冷。相伴惟孤影。判教狼藉醉清尊。为问世

间醒眼是何人。　　难逢易散花间酒。饮罢空搔首。闲愁
总付醉来眠。只恐醒时依旧到尊前。

【校订】

上片"风灭炉烟残她冷"袁刻、汪刻本作"残灯风灭炉
烟冷"。

"狼藉"张刻本作"浪藉"。

【笺注】

为问句：《楚辞·渔父》："举世皆浊我独清，众人皆醉我
独醒。"

又

春情只到梨花薄。片片催零落。夕阳何事近黄昏。不道人
间犹有未招魂。　　银笺别记当时句。密绾同心苣。为伊
判作梦中人。长向画图清夜唤真真。

【校订】

上片"夕阳"《昭代词选》、汪刻本作"斜阳"。

下片"别记"底本原作"别梦"，此据袁刻、汪刻本改。

"当时句"《昭代词选》作"当时寄"。

"密绾同心苣"《昭代词选》作"珍重郎来意"。

"为伊判作"《昭代词选》作"郎今亦是"。

"长向画图清夜"《昭代词选》作"还向画图影里"。"长"汪
刻本作"索"；"清夜"作"影里"。

【笺注】

夕阳句：李商隐《乐游原》诗："夕阳无限好，只是近黄昏。"

未招魂：杜甫《返照》诗："南方实有未招魂。"

同心苣：犹同心结，有苣状花结，以示爱情。沈约《少年新婚为之咏诗》："锦履并花枝，绣带同心苣。"牛峤《菩萨蛮》词："窗寒天欲曙，犹结同心苣。"

长向句：杜荀鹤《松窗杂记》："唐进士赵颜于画工处得一软障，图一妇人甚丽。颜谓画工曰：世无其人也，如可令生，余愿纳为妾。画工曰：余神画也，此亦有名，曰真真。呼其名百日，昼夜不歇，即必应之，应则以百家彩灰酒灌之，必活。颜如其言，遂呼之百日，果活，步下言笑如常。"范成大《戏题赵从善两画轴》诗："情知别有真真在，试与千呼万唤看。"严绳孙《望江南》词："怀袖泪痕悲灼灼，画图身影唤真真。"

【说明】

此亦怀亡妻之作。卢氏卒于康熙十六年五月三十日，梨花期已过，词至早当作于康熙十七年。

又

206

曲阑深处重相见。匀泪偎人颤。凄凉别后两应同。最是不胜清怨月明中。　　半生已分孤眠过。山枕檀痕涴。忆来何事最销魂。第一折枝花样画罗裙。

【校订】

下片"最销魂"《昭代词选》作"不消魂"。

【笺注】

匀泪句：匀，拭。李煜《菩萨蛮》词："画堂南畔见，一晌偎人颤。"

最是句：钱起《归雁》诗："二十五弦弹夜月，不胜清怨却飞来。"

分：料想。

檀痕：泪痕。

又

彩云易向秋空散。燕子怜长叹。几番离合总无因。赢得一回僝僽一回亲。　　归鸿旧约霜前至。可寄香笺字。不如前事不思量。且枕红蕤欹侧看斜阳。

【笺注】

彩云句：白居易《简简吟》："彩云易散琉璃脆。"此喻相爱之人容易分离。

燕子句：李商隐《无题四首》："归来展转到五更，梁间燕子闻长叹。"

归鸿：回信。句言前已有约，于秋间相会。

红蕤：谓枕。张读《宣室志》载玉清宫有红蕤枕。此借指绣枕。陈维崧《贺新郎》词："红蕤枕畔，泪花轻飐。"

欹侧：侧卧。

【说明】

以恋人口吻作寄友诗，亦诗家常伎。此阕实为寄顾贞观词。性德康熙二十三年春寄顾贞观书云"杪夏新秋，准期握手"，即词"旧约霜前至"事；词"几番离合"句，亦与梁汾曾数度南返合。词或二十三年春随书以寄。

又

银床淅沥青梧老。屧粉秋蛩扫。采香行处蹙连钱。拾得翠翘何恨不能言。　　回廊一寸相思地。落月成孤倚。背灯和月就花阴。已是十年踪迹十年心。

【笺注】

　　银床：井栏。佚名《河中石刻诗》："井梧花落尽，一半在银床。"

　　屧粉：见前《如梦令》"黄叶青苔归路"阕之"笺注"。

　　采香：范成大《吴郡志·古迹》："采香径，在香山之傍小溪也。吴王种香于香山，使美人泛舟于溪以采香。"此指女子旧日经行处。

　　连钱：谓苔痕。文徵明《三宿岩》诗："春苔蚀雨翠连钱。"此句谓所爱之人旧日经行处已结满苔痕，久无人迹。

　　翠翘：玉首饰，状若翠羽。温庭筠《经旧游》诗："坏墙经雨苍苔遍，拾得当时旧翠翘。"

　　回廊句：李商隐《无题四首》："春心莫共花争发，一寸相思一寸灰。"

　　已是句：高观国《玉楼春》词："十年春事十年心，怕说湔裙当日事。"

拾得翠翘而不能言者，盖以新人在侧。与卢氏结缡在康熙十三年，据"十年踪迹"句，词作于康熙二十二年。

潇湘雨　送西溟归慈溪

长安一夜雨，便添了、几分秋色。奈此际萧条，无端又听，渭城风笛。咫尺层城留不住，久相忘、到此偏相忆。依依白露丹枫，渐行渐远，天涯南北。　　凄寂。黔娄当日事，总名士、如何消得。只皂帽蹇驴，西风残照，倦游踪迹。廿载江南犹落拓，叹一人、知己终难觅。君须爱酒能诗，鉴湖无恙，一蓑一笠。

【笺注】

副题：见前《金缕曲》"姜西溟言别，赋此赠之"阕之"笺注"。

渭城句：王维有《渭城曲》，乃送别之诗。郑谷《淮上与友人别》诗："数声风笛离亭晚。"

层城：《淮南子·地形训》有"层城九重"语，后即以层城指京城。陈子昂《感遇》诗："宫女多怨旷，层城闭蛾眉。"

渐行句：李煜《清平乐》词："离恨恰如春草，更行更远还生。"又欧阳修《玉楼春》词："渐行渐远渐无书，水阔鱼沈何处问。"

黔娄：齐人，不肯出仕，家贫，死时衾不蔽体。事见皇甫谧《高士传》。陶渊明《咏贫士》诗："安贫守贱者，自古有黔娄。"

倦游：厌烦游宦求仕。

一人知己：《三国志·虞翻传》裴注引《翻别传》："使天下一人知己者，足以不恨。"

鉴湖：在绍兴，唐贺知章曾居之。

一蓑句：谓隐居生活，王质《浣溪沙》词："一蓑一笠任孤舟。"

【说明】

康熙十八年，西溟丁内艰回籍。时西溟已年逾五十，故性德婉劝其放弃出仕之求。然西溟终身追逐仕禄不衰，康熙二十年冬，即又返回京师。至康熙三十六年，方中进士，时年已七十。旋即以顺天乡试案下狱，瘐毙牢中。朱彝尊《书姜编修手书帖子后》曾记云："吾友慈溪姜西溟，予尝劝其罢试乡闱，西溟怒不答也。平生不食豕，兼恶人食豕，一日予戏语之曰：假有人注乡贡进士榜，蒸豕一样，曰：食之则以淡墨书子名，子其食之乎？西溟笑曰：非马肝也。年七十，果以第三人及第。《楚辞》所云年既老而不衰者矣。"性德诸友，西溟最少见识。

雨中花　送徐艺初归昆山

天外孤帆云外树。看又是、春随人去。水驿灯昏，关城月落，不算凄凉处。　　计程应惜天涯暮。打叠起、伤心无数。中坐波涛，眼前冷暖，多少人难语。

【校订】

副题袁刻本无"徐"字。

【笺注】

副题：徐树谷，字艺初，昆山人。徐乾学长子，康熙二十四年进士。

天外句：徐钒《画屏秋色》词："天外归帆，天际归云。"

看又句：吴文英《忆旧游》词："送人犹未苦，苦送春随人去天涯。"

水驿句：姜夔《解连环》词："水驿灯昏，又见在曲屏近底。"

中坐句：李贺《申胡子觱篥歌》："心事如波涛，中坐时时惊。"

【说明】

徐树谷为徐乾学长公子，性德卒，树谷曾为作挽诗。此词或为慰其落第而作。郭则沄《十朝诗乘》卷四云："健庵（即徐乾学）为纳兰容若师，容若事之甚谨。其得罪，则明珠党构之。……王横云（鸿绪）、高江村（士奇）皆与徐氏有连，横云且出健庵门，亦构之甚力。……甲子京兆试，健庵子侄皆取中，以磨勘兴大狱，则江村所为。"郭书晚出，庶或有据，则此词乃作于康熙二十三年。

临江仙

丝雨如尘云著水，嫣香碎拾吴宫。百花冷暖避东风。酷怜娇易散，燕子学偎红。　　人说病宜随月减，恹恹却与春同。可能留蝶抱花丛。不成双梦影，翻笑杏梁空。

211

【校订】

上片"碎拾"汪刻本作"碎入"。

"吴宫"张刻本作"吴官"。

【笺注】

嫣香：花或花瓣。李贺《南园》诗："可怜日暮嫣香落，嫁与东风不用媒。"

吴宫：李白《登金陵凤凰台》诗："吴宫花草埋幽径。"另参看前《虞美人》"银床淅沥青梧老"阕"采香"条之"笺注"。

百花句：李商隐《无题》诗："相见时难别亦难，东风无力百花残。"

恹恹句：刘兼《春昼醉眠》诗："处处落花春寂寂，时时中酒病恹恹。"

不成句：李德裕《鸳鸯篇》："双影相伴，双心莫违。"

杏梁：文杏屋梁。元好问《贞燕诗》："杏梁双宿双飞。"

又

长记碧纱窗外语，秋风吹送归鸦。片帆从此寄天涯。一灯新睡觉，思梦月初斜。　　便是欲归归未得，不如燕子还家。春云春水带轻霞。画船人似月，细雨落杨花。

【校订】

《瑶华集》有副题"无题"。

上片"碧纱窗"《今词初集》、《词汇》、《瑶华集》、《词雅》作"曲阑干"。

"秋风吹送归鸦"《今词初集》、《词汇》、《瑶华集》、《词雅》作"西风吹逗窗纱"。

"新睡觉"《百名家词钞》作"初睡觉"。

【笺注】

春云句：高观国《霜天晓角》词："春云粉色，春水和云湿。"

画船句：韦庄《菩萨蛮》词："垆边人似月，皓腕凝双雪。"

【说明】

此词见于《今词初集》，作期当不晚于康熙十七年。词为送人南还之作，所送何人，难以确考。

又 塞上得家报云秋海棠开矣，赋此

六曲阑干三夜雨，倩谁护取娇慵。可怜寂寞粉墙东。已分裙衩绿，犹裹泪绡红。　曾记鬓边斜落下，半床凉月惺忪。旧欢如在梦魂中。自然肠欲断，何必更秋风。

【校订】

副题《草堂嗣响》只作"海棠"二字。

上片"三夜雨"《词雅》作"三伏雨"。

【笺注】

曾记二句：王彦泓《临行阿琐欲尽写前诗》："可记鬓边花落下，半身凉月靠阑干。"

旧欢句：温庭筠《更漏子》词："春欲暮，思无穷，旧欢如梦中。"

自然句：《嫏嬛记》："昔有妇人思所欢不见，辄涕泣，恒洒泪于北墙之下。后洒处生草，其花甚媚，色如妇面，其叶正绿反红，秋开，名曰断肠花，又名八月春，即今秋海棠也。"

　　秋海棠八月花，性德扈从巡边近于花期者，唯康熙二十三年五月十九至八月十五，词或作于此时。

又　谢饷樱桃

　　绿叶成阴春尽也，守宫偏护星星。留将颜色慰多情。分明千点泪，贮作玉壶冰。　　独卧文园方病渴，强拈红豆酬卿。感卿珍重报流莺。惜花须自爱，休只为花疼。

【笺注】

　　绿叶句：杜牧《叹花》诗："自恨寻芳到已迟，往年曾见未开时。如今风摆花狼藉，绿叶成阴子满枝。"计有功《唐诗纪事》："牧佐宣城幕，得垂髫者十馀岁。后十四年，牧刺湖州，其人已嫁生子矣。乃怅而为诗云云。"

　　守宫：蜥蜴类动物。张华《博物志》四"戏术"："蜥蜴或名蝘蜓，以器养之，食以朱砂，体尽赤。所食满七斤，治捣万杵，点女人肢体，终身不灭。唯房室事则灭，故号守宫。"此以守宫言樱桃红若朱砂。

　　星星：喻樱桃小而晶明。又，同"猩猩"，指猩猩之血，浓红色，喻樱桃之色泽。皮日休《重题蔷薇》诗："浓似猩猩初染就。"

　　颜色：《吴氏本草》："樱桃味甘，主调中，益脾气，令人好颜色，美志气。"

　　玉壶冰：鲍照《代白头吟》："清如玉壶冰。"王昌龄《芙蓉楼送辛渐》诗："一片冰心在玉壶。"另参见前《采桑子》"而今才道当时错”阕“红泪”条之“笺注”。

文园：汉司马相如曾任孝文园令，患消渴疾（中医病名，即糖尿病，口渴消瘦为主要症状），称病闲居。后文人多以文园自称，且以文园病渴指文人患病。李东阳《走笔次成国病中见寄》诗："嗟予亦抱文园渴，漫倚高歌到夕阳。"

流莺：《礼记·月令》郑玄注："含桃，樱桃也。"《淮南子·时则训》高诱注："含桃，莺所含食，故言含桃。"李商隐《百果嘲樱桃》诗："流莺犹故在，争得讳含来。"

【说明】

苏雪林论性德与宫女相恋，此词为主要证据。其云词写恋人赠容若以"内府樱桃"，守宫典故惟宫女可用，恋人为宫女"万无疑义"。实此词非为恋情之作，词"绿叶成阴"句，除见时令，亦暗用杜牧《叹花》诗意，有"误期"之事。自唐以后，新科进士例以樱桃宴客，盖榜放之际，恰樱桃成熟之时；王定保《唐摭言》有"新进士尤重樱桃宴"之说，沿及明清，此俗犹存。此词亦当与"科举"有关。词又有"独卧文园"句，示性德方患病。以"误期"、"科举"、"患病"三事联想，稍知性德生平者，皆可知其所云，乃康熙十二年因病未与廷试事。康熙十一年壬子，性德中顺天乡试举人；十二年癸丑二月，应礼部会试中式。三月方廷试，忽患病，致失期。性德颇抱憾，尝作《幸举礼闱以病未与廷试》诗，诗云："漳滨强对新红杏，一夜东风感旧知。"所谓"强对"，即由成于会试而失于廷试，人虽称为进士，而终觉勉强。当此之时，人饷以樱桃，显有且贺且慰之意。饷者为谁？此"饷"字已见消息。《太平御览》引《唐书》曰："太宗将致樱桃于郧公，称'奉'，则以尊；言'赐'，又以卑。问之虞监，曰：昔梁帝遗齐巴陵王，称'饷'。遂从之。"可见"饷"乃尊长馈少者之言，度性德诸社会关系，身份情谊合于饷樱者，惟有一人，即徐乾学。乾学为性德乡试主考，性德为其门生；初以必成进士期之，孰料竟因病失于垂成，因饷樱桃，示已以进士视之，见亦贺亦慰之情。性德此阕，即缘此而作。"绿叶成阴"句，言误期之憾，并切时令。"守宫"以下二句，写樱桃，又点出"护"、"慰"字。"分明"二句，言误期伤心之同时，亦言昨岁得列门下，全无夤缘阿私，用"一片冰心在玉壶"意，兼双方而言之。"独卧"句，言病；"强拈"句，言以词致谢；"感卿"句，用李义山诗。李《百果嘲樱桃》诗云："珠实虽先熟，琼莩纵早开。流莺犹故在，争得饷含来。"李诗原为讥诮裴思谦之作，据《全唐诗话》，裴缘仇士良关节及第，李诗"流莺"二句，以"流莺"暗指仇士良，"含来"谓裴登第乃仇氏使成，非由自试得中。性德则反用其意，于乾学之关切深示感激。末二句以花自喻，劝徐于"惜花"、"疼花"之际，尤要"自爱"。"自爱"二字，浅而言之，劝徐亦须保重其身；深而言之，师友情虽深，终须有原则，暗示徐慎用选士之权。故此句用意极重，最见性德品格。后若干年，徐乾学操纵选政，终致物议沸腾，其有负性德敬爱之意远矣。苏雪林之说，夏承焘先生曾以"甚傅会"三字评之，的为灼见。另，或疑性德不当称徐氏为"卿"。按赠人诗常将正事隐起，表面专咏情事，使人自己去领会。所以最好一线到底，不露些许马脚，是之谓"有比无赋"体（纪昀语）。如李商隐的许多"无题"诗、朱庆馀《近试上张水部》诗均属此类。朱诗云："妆罢低声问夫婿，画眉深浅入时无。""夫婿"为表面情事语，并非张籍真为朱氏"夫婿"。性德词称"卿"，亦即所托情事语，非谓徐氏为"卿"。又，或以为樱桃为帝王所赐，而由宫女分送臣下，性德作此词以谢分送之宫女。按，既为帝王所赐，则当致谢帝王，无致谢他人之理。且臣下谓皇帝所赠，只可称"赐"，绝无称"饷"之可能。

又　卢龙大树

雨打风吹都似此，将军一去谁怜。画图曾见绿阴圆。旧时遗镟地，今日种瓜田。　　系马南枝犹在否，萧萧欲下长川。九秋黄叶五更烟。只应摇落尽，不必问当年。

【校订】

上片"曾见"汪刻本作"曾记"。

下片"只应"汪刻本作"止应"。

【笺注】

卢龙：清直隶县名，今河北卢龙县。

雨打句：辛弃疾《永遇乐》词："风流总被雨打风吹去。"

将军句：用后汉冯异事。《后汉书·冯异传》："异为人谦退不伐，每所止舍，诸将并坐论功，异常独屏树下，军中号曰大树将军。军士皆言愿属大树将军，光武以此多之。"庾信《哀江南赋》："将军一去，大树飘零。"

画图句：据此句，性德似曾见《大树将军图卷》。

旧时句：卢龙近山海关，明清易代之际为战场。

摇落：宋玉《九辩》："萧瑟兮草木摇落而变衰。"

217

【说明】

是阕为康熙二十一年秋赴梭龙途中作。所咏"将军"当为明清易代之际人物。同时尤侗有《金人捧露盘》"卢龙怀古"词云"出长安，临绝塞，是卢龙。想榆关血战英雄，南山射虎将军"，又云"问当年、人安在，流水咽、古城空"，词境与容若词颇类，所涉史事或亦相同。又顾炎武有诗《玉田道中》亦为同一题材。与容若所咏或为同一人物。

又　寒柳

飞絮飞花何处是，层冰积雪摧残。疏疏一树五更寒。爱他明月好，憔悴也相关。　　最是繁丝摇落后，转教人忆春山。湔裙梦断续应难。西风多少恨，吹不散眉弯。

【笺注】

层冰句：《楚辞·招魂》："层冰峨峨，积雪千里。"

春山：女子之眉。此由柳叶如眉思及所怀之人。

湔裙：《北齐书·窦泰传》："窦泰，字世宁，大安捍殊人也。初，泰母期而不产，大惧。有巫曰：渡河湔裙，产子必易。泰母从之，俄而生泰。"此句言卢氏死于难产。

【辑评】

杨希闵曰：托驿柳以寓意，其音凄唳，荡气回肠。（《词轨》七）

陈廷焯曰：明月无私，令人叹息（谓上片末二句）。情词兼胜（谓下片末二句）。（《云韶集》十五）

陈廷焯又曰：容若《饮水词》，才力不足，合者得五代人凄婉之意。余最爱其《临江仙》"寒柳"词云："疏疏一树五更寒，爱他明月好，憔悴也相关。"言中有物，几令人感激涕零。容若词亦以此篇为压卷。（《白雨斋词话》八）

陈廷焯又曰：缠绵沈着，似此真可伯仲小山，颉颃永叔。（《词

则·大雅集》五)

吴梅曰：容若小令，凄惋不可卒读。顾梁汾、陈其年皆低首交称之。究其所诣，洵足追美南唐二主，清初小令之工，无有过于容若者矣。同时有佟世南《东白堂词》，较容若略逊，而意境之深厚，措词之显豁，亦可与容若相勒。然如《临江仙》"寒柳"、《天仙子》"渌水亭秋夜"、《酒泉子》"荼蘼谢后作"，非容若不能作也。（《词学通论》）

吴世昌曰：亦峰（按即陈廷焯）以容若为"才力不足"，可见有眼无珠。（《词林新话》五）

又

夜来带得些儿雪，冻云一树垂垂。东风回首不胜悲。叶干丝未尽，未死只颦眉。　　可忆红泥亭子外，纤腰舞困因谁。如今寂寞待人归。明年依旧绿，知否系斑骓。

【校订】

上片"夜来带得些儿雪"袁刻、汪刻本作"带得些儿前夜雪"。

【笺注】

东风句：赵鼎《鹧鸪天》："回首东风泪满衣。"

颦眉：形容垂落之柳叶。骆宾王《王昭君》诗："古镜菱花暗，愁眉柳叶颦。"

纤腰：喻柳枝。

斑骓：代指游荡在外的男子。

诸本皆以此阕排"寒柳"阕后，疑为同时同题之作。

又 寄严苏友

别后闲情何所寄，初莺早雁相思。如今憔悴异当时。飘零心事，残月落花知。　　生小不知江上路，分明却到梁溪。匆匆刚欲话分携。香消梦冷，窗白一声鸡。

【校订】

上片"闲情"《昭代词选》作"相思"。

【笺注】

副题：严绳孙（一六二三——一七〇三），字苏友，号藕荡渔人。江南无锡人。康熙十八年，以布衣应博学鸿词试，授检讨，累官至中允，康熙二十四年四月谢病归。与性德相识于康熙十二年。绳孙善书画，有《秋水词》。

初莺早雁：萧子显《自序》："早雁初莺，开花落叶。"

梁溪：在无锡，此代指无锡。

【说明】

康熙十五年夏至十七年夏，苏友在无锡。据"如今憔悴"句，示卢氏已亡，则词当作于十六年夏至十七年春间。

【辑评】

傅庚生曰：仙品、鬼才，何由判耶？试别举他例以明之。温飞卿《商山早行》"鸡声茅店月，人迹板桥霜"云云，吟哦之馀，觉有清清洒洒之致，是仙品也。纳兰容若《临江仙》"别后闲情何所

寄"云云，寓目之顷，俄有踽踽悸悸之情，是鬼才也。（《中国文学欣赏举隅》十三）

又　永平道中

独客单衾谁念我，晓来凉雨飕飕。缄书欲寄又还休。个侬憔悴，禁得更添愁。　　曾记年年三月病，而今病向深秋。卢龙风景白人头。药炉烟里，支枕听河流。

临江仙

【笺注】

　　永平：清直隶府名，治所在卢龙，辖迁安、抚宁、昌黎、滦州、乐亭、临榆等县。

　　个侬：犹云那人。

　　曾记句：韩偓《春尽日》诗："把酒送春惆怅在，年年三月病恹恹。"

　　河：滦河。

【说明】

　　此阕作于康熙二十一年秋往觇梭龙途中，约与前同调之"卢龙大树"一阕同时。

221

又

点滴芭蕉心欲碎，声声催忆当初。欲眠还展旧时书。鸳鸯小字，犹记手生疏。　　倦眼乍低缃帙乱，重看一半模糊。幽窗冷雨一灯孤。料应情尽，还道有情无。

点滴：雨打芭蕉声。

欲眠三句：王彦泓《湘灵》诗："戏仿曹娥把笔初，描花手法未生疏。沈吟欲作鸳鸯字，羞被郎窥不肯书。"又顾贞观《踏莎美人》词："鸳鸯小字三生语。"

鬓云松令

枕函香，花径漏。依约相逢，絮语黄昏后。时节薄寒人病酒。划地东风，彻夜梨花瘦。　　掩银屏，垂翠袖。何处吹箫，脉脉情微逗。肠断月明红豆蔻。月似当初，人似当初否。

【校订】

词牌名《草堂嗣响》、《词雅》无"令"字；《清平初选后集》、《词汇》、《昭代词选》、汪刻本作"苏幕遮"。

上片"花径"《昭代词选》作"花底"。

"划地东风，彻夜梨花瘦"底本及《清平初选后集》作"划地梨花，彻夜东风瘦"，此据《草堂嗣响》改。

下结二句"月似当初，人似当初否"底本两"初"字原作"时"，此据《草堂嗣响》改。

【笺注】

划地：尽是，谓风全无停歇。

红豆蔻：范成大《桂海虞衡志》："红豆蔻花丛生，叶瘦如碧芦。春末发，初开花先抽一干，有大箨包之。箨解花见，一穗数十蕊，淡红鲜妍如桃杏花色。蕊重则下垂如蒲萄，每蕊心有两瓣相并，词人托兴如比目连理。"

【说明】

此阕见于《今词初集》，语颇轻倩，早年之作，应在康熙十六年前。

【辑评】

张渊懿曰：柔情婉转，无限风姿。（《清平初选后集》六）

又 咏浴

鬓云松，红玉莹。早月多情，送过梨花影。半晌斜钗慵未整。晕入轻潮，刚爱微风醒。　　露华清，人语静。怕被郎窥，移却青鸾镜。罗袜凌波波不定。小扇单衣，可耐星前冷。

【校订】

上片"半晌"底本原作"半饷"，此据汪刻本改。

【笺注】

鬓云：周邦彦《鬓云松令》："鬓云松，眉叶聚。"

红玉：柳永《红窗听》词："如削肌肤红玉莹。"

罗袜句：曹植《洛神赋》："凌波微步，罗袜生尘。"

223

于中好

独背斜阳上小楼。谁家玉笛韵偏幽。一行白雁遥天暮，几点黄花满地秋。　　惊节序，叹沉浮。秾华如梦水东流。人间所事堪惆怅，莫向横塘问旧游。

【校订】

词牌名《昭代词选》、汪刻本作"鹧鸪天"。

上片"斜阳"张刻本、《昭代词选》、汪刻本作"残阳"。

下片"华"《昭代词选》作"花"。

【笺注】

秾华：《诗·召南》："何彼秾矣，唐棣之华。"郑玄笺："兴者，喻王姬颜色之美盛。"朱熹《诗集传》："秾，盛也。"

人间句：曹唐《张硕重寄杜兰香》诗："人间何事堪惆怅，海色西风十二楼。"所事，犹云事事。

横塘：苏州、南京等地皆有横塘，此泛指江南。温庭筠《池塘七夕》诗："一夕横塘似旧游。"

【说明】

此为秋日怀南方友人之作。

又

雁帖寒云次第飞。向南犹自怨归迟。谁能瘦马关山道，又到西风扑鬓时。　　人杳杳，思依依。更无芳树有乌啼。凭将扫黛窗前月，持向今宵照别离。

【校订】

词牌名《瑶华集》、《草堂嗣响》、《昭代词选》、汪刻本作

"鹧鸪天"。

《瑶华集》有副题"离思"。

上片"雁帖"《草堂嗣响》作"雁贴"。

"向南犹自怨归迟"《瑶华集》作"飘零最是柳堪悲";接下"瘦马"作"匹马"。

"西风扑鬓时"《瑶华集》作"残阳雨过时";"鬓"字《草堂嗣响》作"面";"西"字《昭代词选》作"秋"。

下片"人杳杳,思依依。更无芳树有乌啼"《瑶华集》作"魂黯黯,思凄凄。如今悔却一枝栖";接下"凭"作"从"。

"宵"袁刻、汪刻本作"朝"。

【笺注】

帖:同贴。靠近之意。舒亶《虞美人》词:"背飞双燕贴云寒。"

扫黛窗前月:扫黛,画眉。扫黛窗前月,谓妇女居室窗外之月。

于中好

又

别绪如丝睡不成。那堪孤枕梦边城。因听紫塞三更雨,却忆红楼半夜灯。　　书郑重,恨分明。天将愁味酿多情。起来呵手封题处,偏到鸳鸯两字冰。

【校订】

词牌名《草堂嗣响》、《昭代词选》、汪刻本作"鹧鸪天"。

上片"孤枕梦边城"《草堂嗣响》作"孤枕梦难凭";《昭代

词选》作"孤枕枕边城"。

【笺注】

别绪句：梅尧臣《送仲连》诗："别绪如丝乱，欲理还不可。"

梦边城：梦于边城，谓人在边城而有梦。

半夜灯：韩偓《倚醉》诗："静中楼阁深春雨，远处簾笼半夜灯。"

书郑重二句：李商隐《无题》诗："锦长书郑重，眉细恨分明。"

封题：在书札封口处签押。曹唐《织女怀牵牛》诗："封题锦字凝新恨。"

鸳鸯：欧阳修《南歌子》词："笑问鸳鸯两字怎生书。"

【说明】

此阕亦为塞上之作。上片写塞上怀家中，下片写闺中怀远人。

又

谁道阴山行路难。风毛雨血万人欢。松梢露点沾鹰绁，芦叶溪深没马鞍。　　依树歇，映林看。黄羊高宴簇金盘。萧萧一夕霜风紧，却拥貂裘怨早寒。

226

【校订】

词牌名汪刻本作"鹧鸪天"。

上片"鹰绁"底本原作"鹰细"，此据汪刻本改。

【笺注】

阴山：郑侨生《遵化州志》卷二："景忠山，州东六十里，旧名阴山。"

风毛句：班固《两都赋》："风毛雨血，洒野蔽天。"李白《上皇西巡南京歌》："谁道君王行路难，六龙西幸万人欢。"

鹰绁：鹰缰。绁同緤，缰绳。清宫有养鹰房，饲猎鹰。出猎，则驾鹰于臂；逢狐兔，即解绁放鹰。李白《赠新平少年》诗："羁绁韝上鹰。"

黄羊：野羊之一种，群聚，善奔跑，日间不易得，入夜，则喜逐光，猎捕甚易。旧时塞外极多见，二十世纪五十年代后，已绝少。沈自南《艺林汇考》："今陕西近蕃地皆有黄羊，其肉肥美，膏黄厚而不膻。"

金盘：状如盆，内贮酒，众人围而以荻管吸饮，称琐力麻酒。簇：谓人围聚。此为北方民族旧习。

【说明】

此为扈从行猎词，词中描写，多为写实。康熙十七年九月、十月，请圣祖巡行近边，至遵化及景忠山，与此词节令相合。

又

小构园林寂不哗。疏篱曲径仿山家。昼长吟罢风流子，忽听楸枰响碧纱。　　添竹石，伴烟霞。拟凭尊酒慰年华。休嗟髀里今生肉，努力春来自种花。

227

【校订】

词牌名《瑶华集》、汪刻本作"鹧鸪天"。

《瑶华集》有副题"小园"。

上片"昼长"《瑶华集》作"春窗";"忽听楸枰响碧纱"作"一鸡声中日上纱"。

下片"休嗟髀里今生肉"《瑶华集》作"休言筋肉俱驽缓";"努力春来"作"尝向东风"。

【笺注】

小构：谓园林规模结构不大。

山家：山野人家。

楸枰：棋盘。《本草集解》："楸木湿时脆，燥则坚，故谓之良材，宜作棋枰。"

添竹石二句：陈樵《霜岩石室》诗："竹石无心吾所畏，烟霞有疾不须医。"

休嗟句：《三国志·蜀先主传》裴注引《九州春秋》："（刘）备住荆州数年，尝于（刘）表坐起至厕，见髀里肉生，慨然涕流。还坐，表怪问备，备曰：吾常身不离鞍，髀肉皆消。今不复骑，髀里肉生。日月若驰，老将至矣。而功业不建，是以悲耳。"髀肉，大腿内侧肉。

【说明】

性德尝在其宅中筑茅屋，词即缘此事而作。性德致张见阳第一简云："茅屋尚未营成，俟葺补已就，当竭诚邀驾作一日剧谈耳。"筑屋必在康熙十八年见阳南赴江华前。手简后顾梁汾跋语云："卿自见其朱门，贫道如游蓬户——容兄因仆作此语，构此见招。"则又必筑于康熙十六年冬梁汾南还之后。茅屋既成，改称草堂，或花间草堂。草堂落成在康熙十七年内，词即作于堂成之际。

又　十月初四夜风雨，其明日是亡妇生辰

尘满疏帘素带飘。真成暗度可怜宵。几回偷拭青衫泪，忽
傍犀奁见翠翘。　　惟有恨，转无聊。五更依旧落花朝。
衰杨叶尽丝难尽，冷雨凄风打画桥。

【校订】

　　词牌名《草堂嗣响》、汪刻本作"鹧鸪天"。

　　副题"生辰"《草堂嗣响》作"忌辰"，下多"有感"二字。

　　上片"疏帘"《草堂嗣响》作"珠帘"。

　　"偷拭"汪刻本作"偷湿"。

　　下片"凄风打画桥"汪刻本作"西风幂画桥"。

【笺注】

　　真成句：苏轼《临江仙》词："徘徊花上月，空度可怜宵。"

　　犀奁：妇女梳妆匣，以犀角为饰。

　　丝：谐"思"音。

【说明】

　　据"真成"语气，卢氏卒必未久，词即作于康熙十六年。

又

冷露无声夜欲阑。栖鸦不定朔风寒。生憎画鼓楼头急，不
放征人梦里还。　　秋澹澹，月弯弯。无人起向月中看。
明朝匹马相思处，如隔千山与万山。

【校订】

词牌名《昭代词选》、汪刻本作"鹧鸪天"。

上片"生憎画鼓楼头急"下汪刻本有双行小字校"楼头画鼓三通急"。

下片"月中"汪刻本双行小字校"五更"。

"如隔"《昭代词选》、汪刻本作"知隔"。

【笺注】

冷露句：王建《十五夜望月寄杜郎中》诗："冷露无声湿桂花。"

无人句：卢纶《裴给事宅白牡丹》诗："别有玉盘承露冷，无人起向月中看。"

如隔句：岑参《原头送范侍御》诗："别君只有相思梦，遮莫千山与万山。"

又　送梁汾南还，为题小影

握手西风泪不干。年来多在别离间。遥知独听灯前雨，转忆同看雪后山。　　凭寄语，劝加餐。桂花时节约重还。分明小像沈香缕，一片伤心欲画难。

230

【校订】

词牌名《昭代词选》、汪刻本作"鹧鸪天"。

副题《昭代词选》作"送顾梁汾南还"，汪刻本作"送梁汾南还，时方为题小影"。

下片"约重还"《昭代词选》作"定重还"。

"欲画难"《昭代词选》作"画出难"。

【笺注】

凭寄语二句：王彦泓《满江红》词："欲寄语，加餐饭。难嘱咐，鱼和雁。"

分明句：李贺《答赠》诗："沈香熏小像，杨柳伴啼鸦。"按，李诗"小像"本当作"小象，"即象（动物）形熏笼，然李诗讹误已久，遂作"画像"之典。顾贞观《南乡子》词："无计与传神，小像沉香只暗熏。"

一片句：韦庄《金陵图》诗："谁谓伤心画不成。"又元好问《家山归梦图》诗："卷中正有家山在，一片伤心画不成。"

【说明】

康熙十六年十二月十五日性德寄严绳孙书云："华峰在都，相得甚欢，一旦忽欲南去，令人几日心闷。数年之间，何多离别！订在明年八月间来都，若吾哥明春北来则已，否则秋间即促其发轫，亦吾哥之大惠也。"（见本编附录《纳兰性德手简》致严绳孙第四简）据这段话可知：一，作此书时，梁汾在都，准备南归，尚未成行。二，约定明年秋梁汾北返。三，明年严绳孙可能北行。实际上梁汾是在作此书后不久，于康熙十七年正月十七日离京南还的。词即作于梁汾行前。"桂花时节约重还"句，亦与寄严氏书合。十七年夏，绳孙入京，亦与此书合。惟秋间梁汾未践约回京，原因是为避求人举荐鸿博之嫌疑。康熙十六年一年内，春，梁汾在南，约秋季方至京，年底又欲南去，故词有"年来多在别离间"句。性德与梁汾的另外几次离别，皆与此词所写不合。如十六年初梁汾南还，时与性德相识未久，第一次离别，不可称"年来多在别离间"。再如康熙二十年七月梁汾丁内艰南还，或二十一年春南还，时严绳孙在都，

于中好

231

与书中"明春北来"语牴牾。因此，此词作期必为康熙十七年正月。所谓"小影"，乃容若画像，即后梁汾存于无锡惠山贯华阁者。道光间，像毁于火。

南乡子 捣衣

鸳瓦已新霜。欲寄寒衣转自伤。见说征夫容易瘦，端相。梦里回时仔细量。　　支枕怯空房。且拭清砧就月光。已是深秋兼独夜，凄凉。月到西南更断肠。

【笺注】

捣衣：古布多用丝麻织就，松软暄厚，不便裁剪缝纫，故裁纫前须先漂浆，及其半干，捣之使挺括匀整。捣具为一木槌，一石砧。槌长尺许，圆滑如面杖；砧方如棋枰，大小亦如之，一面朝上，光滑洁净。其捣法，先将布叠齐整，荐于砧，妇执槌一端，用力击打，槌杆平行落于布上，非以一端直立捣之。约数十下，再叠布之内层，使之朝外受捣。秋令为制寒衣季节，故每至八月夜，几户户捣衣，砧声四起，古诗多记之。或以捣衣为洗衣，实误。洗衣用捣，多在溪间或河岸，藉水边石为之，非用专门之砧。且洗衣无季节性，不可能有"长安一片月，万户捣衣声"之景象。此词"梦里回时"句，即写妇女捣后方思裁剪之情形。

又 为亡妇题照

泪咽却无声。只向从前悔薄情。凭仗丹青重省识，盈盈。

一片伤心画不成。　　　别语忒分明。午夜鹣鹣梦早醒。卿自早醒侬自梦，更更。泣尽风檐夜雨铃。

【校订】

上片"却无声"袁刻、汪刻本作"更无声"。

"只向"汪刻本作"止向"。

下片"风檐"汪刻本作"风前"。

【笺注】

凭仗句：丹青，此谓画像。省识，此指看画。杜甫《咏怀古迹》："画图省识春风面。"

一片句：高蟾《金陵晚望》诗："世间无限丹青手，一片伤心画不成。"

鹣鹣：《尔雅·释地》："南方有比翼鸟焉，不比不飞，其名谓之鹣鹣。"

泣尽句：李商隐《二月二日》诗："新滩莫悟游人意，更作风檐夜雨声。"

又

飞絮晚悠飏。斜日波纹映画梁。刺绣女儿楼上立，柔肠。爱看晴丝百尺长。　　　风定却闻香。吹落残红在绣床。休堕玉钗惊比翼，双双。共喋苹花绿满塘。

【笺注】

飞絮句：曾觌《诉衷情》词："几番梦回枕上，飞絮恨悠扬。"

唼：水鸟吃食。陆游《过建阳县》诗："闲泛晴波唼绿苹。"

又 柳沟晓发

灯影伴鸣梭。织女依然怨隔河。曙色远连山色起，青螺。回首微茫忆翠蛾。　凄切客中过。料抵秋闺一半多。一世疏狂应为著，横波。作个鸳鸯消得么。

【校订】

副题汪刻本作"御沟晓发"。

下片"料抵"汪刻本作"未抵"。

【笺注】

柳沟：在今北京延庆县八达岭北。《清史稿·地理志》："宣化府延庆州：口四：周四沟堡、四海冶堡、柳沟城、八达岭。"

鸣梭：谓织布。徐彦伯《春闺》诗："裁衣卷纹素，织锦度鸣梭。"

青螺：喻山。刘禹锡《望洞庭》诗："遥望洞庭山水翠，白银盘里一青螺。"

又

何处淬吴钩。一片城荒枕碧流。曾是当年龙战地，飕飕。塞草霜风满地秋。　霸业等闲休。跃马横戈总白头。莫把韶华轻换了，封侯。多少英雄只废丘。

【笺注】

吴钩：兵器。钩，或谓刀，或谓剑。古吴地以善铸兵器著名。诗家以吴钩泛指刀剑。

一片句：李珣《巫山一段云》词："古庙依青嶂，行宫枕碧流。"

龙战：《周易·坤》上六："龙战于野，其血玄黄。"后以喻群雄争夺天下。胡曾《荥阳诗》："当时天下方龙战，谁为将军作檄文。"

【说明】

此为深秋经塞外古战场之作，当作于康熙二十一年往觇梭龙时。

又

烟暖雨初收。落尽繁花小院幽。摘得一双红豆子，低头。说著分携泪暗流。　　人去似春休。厄酒曾将醉石尤。别自有人桃叶渡，扁舟。一种烟波各自愁。

【校订】

《瑶华集》有副题"孤舟"。

上片"烟暖雨初收"《瑶华集》作"风暖雾难收"。

"落尽繁花"《瑶华集》作"燕子归时"。

"说著"《瑶华集》作"忆著"。

下片"厄酒"《瑶华集》作"别酒"。

"别自有人桃叶渡，扁舟"《瑶华集》作"惆怅空江烟浪里，孤舟"。

235

"烟波"《瑶华集》作"相思"。

【笺注】

石尤：石尤风，逆风。《嫏嬛记》引《江湖纪闻》："石尤风者，传闻为石氏女嫁为尤郎妇，情好甚笃。尤为商远行，妻阻之，不从。尤出不归，妻忆之，病亡，临亡长叹曰：'吾恨不能阻其行，以至于此。今凡有商旅远行，吾当作大风为天下妇人阻之。'"后以船遇打头风为石尤风。

桃叶渡：晋王献之有爱妾名桃叶，献之曾送其至秦淮渡口，后因名其地为桃叶渡。地在今南京。辛弃疾《祝英台近》词："宝钗分，桃叶渡，烟柳暗南浦。"

【说明】

此为送友南还词。虽不忍分携，念其家中"别自有人"盼夫归，故惟祷其一路顺风而已。以词中节令看，似作于康熙十五年初夏严荪友南归之际。

鹊桥仙

月华如水，波纹似练，几簇澹烟衰柳。塞鸿一夜尽南飞，谁与问、倚楼人瘦。　　韵拈风絮，录成金石，不是舞裙歌袖。从前负尽扫眉才，又担阁、镜囊重绣。

【校订】

词牌名底本原作"踏莎行"，误。《瑶华集》、汪刻本均作"鹊桥仙"，据改。

《瑶华集》有副题"秋夜"。

【笺注】

韵拈风絮：此用谢道韫事。详见前《梦江南》"昏鸦尽"阕之"笺注"。

录成金石：宋赵明诚撰《金石录》，其妻李清照表上于朝。

扫眉才：称才女。胡曾《寄薛涛》诗："扫眉才子知多少，管领春风总不如。"扫眉，画眉。

镜囊：镜袋。古有怀镜占卜之习。《嫏嬛记》："先觅一古镜，锦囊盛之，诵咒七遍，出听人言，以定吉凶。又闭目信足走七步，开眼照镜，随其所照，以合人言，无不验也。"王建《镜听词》，记一女子以镜占夫归期，并许愿：若夫三日归来，必为镜重绣镜囊（"可中三日得相见，重绣镜囊磨镜面"）。

【说明】

词言及"风絮"、"金石"、"扫眉"诸语，疑为沈宛作。性德妻妾中，唯沈氏堪称才女。宛于康熙二十三年秋九月随顾贞观北上入都，性德方迫于随扈南巡，至十一月底始归。词末句"担阁镜囊"语，拟想沈氏在京等候情形。词应作于此时。

踏莎行

春水鸭头，春山鹦觜。烟丝无力风斜倚。百花时节好逢迎，可怜人掩屏山睡。　　密语移灯，闲情枕臂。从教酝酿孤眠味。春鸿不解讳相思，映窗书破人人字。

237

【校订】

上片"春山"底本原作"春衫"，此据汪刻本改。

"风斜倚"《昭代词选》作"东风倚"。

下片"孤眠味"《昭代词选》作"愁滋味"。

【笺注】

首二句：言水色碧如鸭头，山花红如鹦嘴。苏轼《送别》诗："鸭头春水浓于染。"祢衡《鹦鹉赋》："绀趾丹嘴，绿衣翠衿。"

人人：对亲昵者之称呼。欧阳修《蝶恋花》："忆得前春，有个人人共。"又雁行亦成人字，故睹雁字而思及远人。辛弃疾《寻芳草》词："更也没书来，那堪被、雁儿调戏。道无书，却有书中意，排几个、人人字。"

又 寄见阳

倚柳题笺，当花侧帽。赏心应比驱驰好。错教双鬓受东风，看吹绿影成丝早。　　金殿寒鸦，玉阶春草。就中冷暖和谁道。小楼明月镇长闲。人生何事缁尘老。

【校订】

底本原无副题，此据张刻、袁刻、汪刻本补。

【笺注】

倚柳句：刘过《沁园春》词："傍柳题诗，穿花劝酒。"

侧帽：《周书·独孤信传》："信在秦州，尝因猎日暮驰马入城，其帽微侧，诘旦而吏民有戴帽者，咸慕信而侧帽焉。"晏几道《清平乐》词："侧帽风前花满路。"

赏心：娱心悦志。邵雍《同程郎中父子月陂上闲步吟》："必期快作赏心事。"

金殿句：王建《和胡将军寓直》诗："宫鸦栖定禁枪攒，楼殿深严月色寒。"

玉阶句：王维《杂诗》："愁心视春草，畏向玉阶生。"

【说明】

此阕表达充任侍卫之厌烦情绪，作期在张见阳南赴江华（康熙十八年）之后。

翦湘云 送友

险韵慵拈，新声醉倚。尽历遍情场，懊恼曾记。不道当时肠断事，还较而今得意。向西风、约略数年华，旧心情灰矣。　　正是冷雨秋槐，鬓丝憔悴。又领略愁中，送客滋味。密约重逢知甚日，看取青衫和泪。梦天涯、绕遍尽由人，只尊前迢递。

【校订】

《草堂嗣响》无副题。

上片"灰矣"《草堂嗣响》作"休矣"。

下片"冷雨"《草堂嗣响》作"雨冷"。

"尽由人"《草堂嗣响》作"总由人"。

【笺注】

险韵句：晏几道《六幺令》词："昨夜诗有回文，韵险还慵押。"

新声：新曲子。"翦湘云"为顾贞观自度曲，故称新声。倚：倚调填词。

情场：王彦泓《即事》诗："历尽情场滟滪滩，近来心性耐波澜。"

冷雨秋槐：杨凝《送客入蜀》诗："明朝骑马摇鞭去，秋雨槐花子午关。"

【说明】

"翦湘云"乃梁汾自创词调。此词副题为"送友"，或即为赠梁汾之作。

鹊桥仙 七夕

乞巧楼空，影娥池冷，佳节只供愁叹。丁宁休曝旧罗衣，忆素手、为予缝绽。　　莲粉飘红，菱丝翳碧，仰见明星空烂。亲持钿合梦中来，信天上、人间非幻。

【校订】

上片"佳节只供愁叹"汪刻本作"说著凄凉无算"。

下片"菱丝翳碧"汪刻本作"菱花掩碧"。

"仰见明星空烂"汪刻本作"瘦了当初一半"。

"亲持钿合梦中来"汪刻本作"今生钿盒表予心"。

"信天上"汪刻本作"祝天上"。

"非幻"汪刻本作"相见"。

【笺注】

乞巧楼：孟元老《东京梦华录》："至初六初七日晚，贵家多结彩楼于庭，谓之乞巧楼。"见前《台城路》"塞外七夕"阕之"笺注"。梁辰鱼《普天乐》"咏时序悼亡"曲："羡谁家乞巧楼头，笑声喧玉倚香隈。"

影娥池：用汉武帝宫中事。见前《清平乐》"上元月蚀"阕之"笺注"。

丁宁句：旧时七月初七有曝衣之俗。《初学记》引崔寔《四民月令》："七月七日曝经书及衣裳，不蠹。"

缝绽：缝合，犹言缝衣，非仅指补绽。

莲粉句：杜甫《秋兴》诗："露冷莲房坠粉红。"

菱丝：菱蔓。菱蔓甚长，荡漾水中如丝。

钿合：用唐明皇、杨贵妃故事。见前《浣溪沙》"凤髻抛残秋草生"阕之"笺注"。

天上人间句：白居易《长恨歌》："但教心似金钿坚，天上人间会相见。"

【说明】

词写怀念卢氏之情，作于康熙十七或十八年七夕。

御带花　重九夜

晚秋却胜春天好，情在冷香深处。朱楼六扇小屏山，寂寞几分尘土。虬尾烟销，人梦觉、碎虫零杵。便强说欢娱，总是无聊心绪。　　转忆当年，消受尽，皓腕红荑，嫣然一顾。如今何事，向禅榻茶烟，怕歌愁舞。玉粟寒生，且领略、月明清露。叹此际凄凉，何必更、满城风雨。

【笺注】

冷香：菊、梅等开于秋冬季节之花，皆可称冷香。

六扇小屏山：六折屏风。顾夐《玉楼春》词："曲槛小屏山六扇。"

虬尾：薰炉。毛滂《满庭芳》词："拂香篆，虬尾横斜。"

碎虫句：碎虫谓秋虫鸣叫声稀，零杵谓捣衣声稀。

红萸：茱萸。《太平御览》引《风土记》："茱萸，椒也，九月九日成熟，色赤，可采。世俗以此日折茱萸。费长房云：以插头鬓，云辟恶。"徐积《答李端叔》诗："红萸黄菊花将发，正是诗家得意时。"

禅榻茶烟：杜牧《题禅院》诗："今日鬓丝禅榻畔，茶烟轻飏落花风。"

怕歌句：陆游《朝中措》词："怕歌愁舞懒逢迎。"

玉粟：皮肤因受凉呈粟状。梅鼎祚《玉合记》："绿鬘云散袅金翅，双钏寒生玉粟娇。"

满城风雨：潘大临诗残句："满城风雨近重阳。"

【说明】

此词上片歇拍"便强说欢娱，总是无聊心绪"，较之词律，疑脱一字。性德友人丁炜《紫云词》亦有《御带花》一阕，副题为"重九夜，用侧帽词韵"。若此词果为《侧帽词》中作品，则当作于康熙十五年前。

疏影 芭蕉

湘帘卷处。甚离披翠影，绕檐遮住。小立吹裙，曾伴春慵，掩映绣床金缕。芳心一束浑难展，清泪裹、隔年愁聚。更夜深、细听空阶，雨滴梦回无据。　　正是秋来寂寞，偏声声点点，助人离绪。缝被初寒，宿酒全醒，搅碎乱蛩双杵。西风落尽庭梧叶，还剩得、绿阴如许。想玉人、和露折来，曾写断肠诗句。

【校订】

上片"吹裙"底本原作"吹裾"，此据汪刻本改。

"曾伴"底本原作"常伴"，此据《今词初集》、《瑶华集》改。

"绣床"《今词初集》、汪刻本作"绣妆"。

"清泪裏"汪刻本有双行小字校"裏"作"里"。

"更夜深"《今词初集》、《瑶华集》作"到夜深"。

下片"初寒"《今词初集》、《古今词选》、《瑶华集》作"寒生"；《昭代词选》作"生寒"。

"全醒"《今词初集》、《古今词选》、《瑶华集》作"全消"。

"庭梧叶"《今词初集》、《古今词选》、《瑶华集》作"梧桐叶"。

"和露"《百名家词钞》作"和泪"。

结句"曾写断肠诗句"底本原脱"诗"字，据《谱》、《律》，当作六字句，此据《今词初集》、《古今词选》、《瑶华集》、《昭代词选》、袁刻、汪刻本补。

【笺注】

离披：舒展摇荡貌。

吹裙：李端《拜星月》诗："细雨人不闻，北风吹裙带。"

金缕：金缕衣。

芳心：花心。苏轼《贺新郎》词："芳心千重似束。"钱翊《未展芭蕉》诗："冷烛无烟绿蜡干，芳心犹卷怯春寒。"

难展：李商隐《代赠》诗："芭蕉不展丁香结。"

空阶句：柳永《尾犯》词："夜雨滴空阶，孤馆梦回，情绪萧索。"

声声句：朱淑真《闷怀》诗："芭蕉叶上梧桐雨，点点声声有断肠。"

宿酒：宿醉。白居易《早春即事》诗："眼重朝眠足，头轻宿酒醒。"

双杵：杨慎《丹铅录》："古人捣衣，两女子对立执杵，如舂米然。尝见六朝人画捣衣图，其制如此。"杜甫《夜》诗："新月犹悬双杵鸣。"

曾写句：韦应物《闲居寄诸弟》诗："芭蕉叶上独题诗。"

【说明】

此阕见于《今词初集》，各本异文颇多，当为早期之作。或作于康熙十五年前。沈时栋有《疏影》"芭蕉，步朱竹垞原韵"词，可知《疏影》"芭蕉"词由朱彝尊原倡，性德词亦步朱氏词韵之作。朱氏词见《茶烟阁体物集》。

添字采桑子

闲愁似与斜阳约，红点苍苔。蛱蝶飞回。又是梧桐新绿影，上阶来。　　　天涯望处音尘断，花谢花开。懊恼离怀。空压钿筐金缕绣，合欢鞋。

【校订】

下片"缕绣"汪刻本作"线缕"。

【笺注】

又是句：欧阳修《摸鱼儿》词："梧桐秋院落，一霎雨添新绿。"

空压：闲置。

钿筐：即针线筐箩。

合欢鞋：既指鞋上所绣图案，又指制鞋工艺。图案，谓鞋绣有莲、藕等物；工艺，则为将两鞋帮并齐，依图样同针绣透两帮而缝纳，毕，以刀自两帮间剖开，两鞋帮即有相同之绒状花样，称合欢绣。今民间农家女犹可为之。又，鞋双行双止，永不分离，且鞋音近"谐"，故"凡娶妇之家，先下丝麻鞋一两，取和谐之义"（《中华古今注》卷中）。王涣《惆怅诗》："薄幸檀郎断芳信，惊嗟犹梦合欢鞋。"是句言远人不归，闺中人所制合欢鞋无人穿用，闲置在筐箩中。

望江南　宿双林禅院有感

挑灯坐，坐久忆年时。薄雾笼花娇欲泣，夜深微月下杨枝。催道太眠迟。　　憔悴去，此恨有谁知。天上人间俱怅望，经声佛火两凄迷。未梦已先疑。

【校订】

词牌名《昭代词选》、汪刻本作"忆江南"。

【笺注】

双林禅院：孙承泽《天府广记》三十八《寺庙》："西域双林寺在阜成门外二里沟，万历四年建，佛作西番变相。"《日下旧闻考》九十七《郊坰》："万历四年，西竺南印僧足克戬古尔东入中国，过阜成门外二里沟，见一松盘覆，趺坐其下，默持《陀罗尼咒》，匝月不食。毕常侍奏之，赐松地居焉，赐寺名西域双林寺。"

余棨昌《故都变迁纪略》十："双林寺，明万历初大珰冯保营葬地，造寺曰双林。"双林寺毁于清末，民国时仅存一塔，张恨水曾见之。至上世纪六十年代，塔亦圮尽。按，双林寺地，今为紫竹院公园。

年时：去年。

薄雾句：毛先舒《凤来朝》词："正轻烟薄雾笼花泣，疑太早，又疑雨。"

【说明】

双林禅院即卢氏厝柩之处。全阕皆怀念卢氏，上片忆去年，每逢夜深，妻即催寝；下片言眼前，唯经声佛火而已。前《寻芳草》"萧寺纪梦"一阕，亦作于此寺，时亦相近，盖在康熙十六年卢氏卒后至十七年七月安葬之前。参见前《寻芳草》阕之"说明"。

木兰花慢 立秋夜雨，送梁汾南行

盼银河迢递，惊入夜，转清商。乍西园蝴蝶，轻翻麝粉，暗惹蜂黄。炎凉。等闲瞥眼，甚丝丝、点点搅柔肠。应是登临送客，别离滋味重尝。　　　　疑将。水墨画疏窗。孤影淡潇湘。倩一叶高梧，半条残烛，做尽商量。荷裳。被风暗翦，问今宵、谁与盖鸳鸯。从此羁愁万叠，梦回分付啼螀。

【校订】

下片"画疏窗"《百名家词钞》、《古今词选》、《词雅》、汪刻本作"罨疏窗"；"做尽"《词雅》作"作尽"。

【笺注】

副题：立秋，谓康熙二十年立秋。

清商：秋风。潘岳《悼亡》诗："清商应秋至，溽暑随节阑。"

炎凉：指节候，兼指世态。

瞥眼：犹一瞬。

登临：登山临水。《楚辞·九辩》："憭栗兮若在远行，登山临水兮送将归。"

水墨二句：言窗上雨痕若水墨画成之潇湘景。杜甫《奉先刘少府新画山水障歌》："得非悬圃裂，无乃潇湘翻。"

荷裳：荷叶。韩翃《送客归江州》诗："露湿荷裳已报秋。"

盖鸳鸯：郑谷《莲叶》诗："多谢浣溪人不折，雨中留得盖鸳鸯。"

啼螀：寒蝉。王沂孙《声声慢》词："啼螀门静，落叶阶深，秋声又入吾庐。"

【说明】

康熙二十年夏，吴兆骞入塞事已定，年内即将至京。梁汾原拟与兆骞会于北京，忽得母丧之耗，遂仓卒南归。

饮水词笺校卷四

百字令　废园有感

片红飞减，甚东风不语、只催漂泊。石上胭脂花上露，谁
与画眉商略。碧甃瓶沈，紫钱钗掩，雀踏金铃索。韶华如
梦，为寻好梦担阁。　　又是金粉空梁，定巢燕子，一口
香泥落。欲写华笺凭寄与，多少心情难托。梅豆圆时，柳
绵飘处，失记当初约。斜阳冉冉，断魂分付残角。

【校订】

　　词牌名《瑶华集》、《草堂嗣响》作"念奴娇"。

　　副题《瑶华集》无"有感"二字。

　　上片"甚东风"《瑶华集》作"正东风"；《百名家词钞》作
"任东风"。

　　下片"空梁"《瑶华集》作"梁空"。

　　"一口"《瑶华集》作"一点"；《国朝词综》、汪刻本作

"满地"。

"心情"《瑶华集》作"人情"。

"失记"张刻本、《百名家词钞》、袁刻本作"失寄";《国朝词综》作"空觅"。

"当初约"《瑶华集》、汪刻本作"当时约"。

【笺注】

废园：未悉何园。

胭脂：谓落花。

谁与句：谓画眉之人已无。薛道衡《豫章行》："无复前日画眉人。"

碧甃句：碧瓷，井;瓶，汲水瓶。瓶沈于井，谓井久已无人使用。白居易《井底引银瓶》诗："井底引银瓶，瓶沈簪折知奈何?"李中《经废宅》诗："玉纤素绠知何处，金井梧桐碧甃寒。"

紫钱句：紫钱，苔藓。李贺《过华清宫》诗："云生珠络暗，石断紫钱斜。"句谓旧人遗钗已被紫苔掩没。

金铃索：护花铃之绳索，见前《朝中措》词之"笺注"。

又是三句：化用薛道衡《昔昔盐》"空梁落燕泥"句意。周邦彦《瑞龙吟》词："定巢燕子，归来旧处。"陈亮《虞美人》词："水边台榭燕新归，一口香泥湿带落花飞。"

梅豆：梅子。欧阳修《渔家傲》词："叶间梅子青如豆。"

斜阳句：周邦彦《兰陵王》词："斜阳冉冉春无极。"

【辑评】

周稚圭曰：或言纳兰容若南唐李重光后身也，予谓重光天籁也，恐非人力所及。容若长调多不协律，小令则格高韵远，极缠绵婉约之致，能使残唐坠绪绝而复续。第其品格，殆叔原、方回之亚乎!（《箧中词》评语）

又　宿汉儿村

无情野火，趁西风烧遍、天涯芳草。榆塞重来冰雪里，冷入鬓丝吹老。牧马长嘶，征笳乱动，并入愁怀抱。定知今夕，庾郎瘦损多少。　　便是脑满肠肥，尚难消受此，荒烟落照。何况文园憔悴后，非复酒垆风调。回乐峰寒，受降城远，梦向家山绕。茫茫百感，凭高惟有清啸。

【校订】

　　词牌名《草堂嗣响》、《昭代词选》作"念奴娇"。

　　上片"征笳乱动"，袁刻、汪刻本作"征笳互动"。

　　下片"茫茫"《草堂嗣响》作"迢迢"。

【笺注】

　　汉儿村：在永平府迁安县境，今属河北迁西县。又称汉儿庄、汉儿城，清圣祖谒孝陵巡近边，曾多次经汉儿村。如《康熙起居注》二十一年十月："三十日癸卯，上入龙井关口，驻汉儿庄城西。"又二十二年十一月："二十一日乙未，上入龙井关口，驻跸汉儿城西。"

　　榆塞：榆关，即山海关。山海关、汉儿村俱属永平府，皆为长城关隘。

　　牧马二句：李陵《答苏武书》："胡笳互动，牧马悲鸣。"又吴均《渡易水》诗："日昏笳乱动。"

　　庾郎：庾信。《海录碎事》引庾信《愁赋》："闭门欲驱愁，愁终不肯去；深藏欲避愁，愁已知人处。"

脑满肠肥：《北齐书·琅邪王传》：“琅邪王年少，肠肥脑满，轻为举措。”

　　文园憔悴：以司马相如自喻。参见前《临江仙》“谢饷樱桃”阙之“笺注”。

　　酒垆：酒店。《汉书·食货志》注：“酒家开肆待客，设垆，故以垆名肆。”《史记·司马相如列传》：“买一酒舍沽酒，而令文君当垆。相如身自著犊鼻裈，与保庸杂作，涤器于市中。”李商隐《送崔珏往西川》诗：“卜肆至今多寂寞，酒垆从古擅风流。”

　　回乐二句：李益《夜上受降城闻笛》诗：“回乐峰前沙似雪，受降城外月如霜。”回乐峰，实为回乐烽，唐地名，在今宁夏灵武境；受降城，有三，唐景云中为御突厥而筑，在今内蒙古黄河沿岸。此泛指边塞。

【说明】

　　词云“重来”，即一年中两度至汉儿村。清圣祖惟康熙二十年两度赴遵化沿边，一为三月至五月，一为十一月至十二月。词写冬日至汉儿村事。

又

绿杨飞絮，叹沈沈院落、春归何许。尽日缁尘吹绮陌，迷却梦游归路。世事悠悠，生涯未是，醉眼斜阳暮。伤心怕问，断魂何处金鼓。　　夜来月色如银，和衣独拥，花影疏窗度。脉脉此情谁得识，又道故人别去。细数落花，更阑未睡，别是闲情绪。闻余长叹，西廊惟有鹦鹉。

【校订】

词牌名《瑶华集》作"念奴娇"。

《瑶华集》有副题"寄友"。

上片"绿杨"《瑶华集》作"杨花"。

"院落"《瑶华集》作"庭院";"何许"作"何处"。

"缁尘吹"《瑶华集》作"黄尘飘"。

"未是"《瑶华集》作"泛泛";汪刻本作"非是"。

"断魂"《瑶华集》作"断肠"。

下片"夜来"《瑶华集》作"夜丙"。

"独拥"《瑶华集》作"高卧"。

"疏窗"《瑶华集》作"斜街"。

"闲情绪"《瑶华集》作"愁情绪"。

"闻余"《瑶华集》作"闻人"。

【笺注】

绮陌:京城街道。刘沧《及第后宴曲江》诗:"绮陌香车似水流。"

金鼓:战鼓。此指战事。

细数句:王安石《北山》诗:"细数落花因坐久。"

【说明】

此为送友词。"金鼓"句,当指三藩之乱。词应作于三藩战乱方炽之际。康熙十五年四月严绳孙回南,词之作期,可据以参考。

又

人生能几,总不如休惹、情条恨叶。刚是尊前同一笑,又到别离时节。灯炧挑残，炉烟爇尽，无语空凝咽。一天凉露，芳魂此夜偷接。　　怕见人去楼空，柳枝无恙，犹扫窗间月。无分暗香深处住，悔把兰襟亲结。尚暖檀痕，犹寒翠影，触绪添悲切。愁多成病，此愁知向谁说。

【校订】

词牌名《昭代词选》、汪刻本作"念奴娇"。

上片"总不如休惹、情条恨叶"汪刻本有双行小字校"才一番好梦、烟云无迹。"

"尊前同一笑"汪刻本双行小字校"心情凋落后。"

下片"暗香"张刻、袁刻本作"香香"；《昭代词选》作"和香"。

【笺注】

人生句：韦庄《菩萨蛮》词："遇酒且呵呵，人生能几何。"

情条恨叶：洪瑹《水龙吟》词："念平生多少，情条恨叶，镇长使、芳心困。"

刚是句：王彦泓《续游十二首》："又到尊前一笑同。"

无语句：柳永《雨霖铃》词："执手相看泪眼，竟无语凝咽。"

接：见，会面。史达祖《醉落魄》词："今夜梦魂接。"

沁园春　代悼亡

梦冷蘅芜，却望姗姗，是耶非耶。怅兰膏渍粉，尚留犀合；金泥蹙绣，空掩蝉纱。影弱难持，缘深暂隔，只当离愁滞海涯。归来也，趁星前月底，魂在梨花。　　鸾胶纵续琵琶。问可及、当年萼绿华。但无端摧折，恶经风浪；不如零落，判委尘沙。最忆相看，娇讹道字，手翦银灯自泼茶。今已矣，便帐中重见，那似伊家。

【校订】

汪刻本无副题。

下片"不如"张刻本作"不知"。

【笺注】

梦冷句：王嘉《拾遗记》："汉武帝思怀往者李夫人，息于延凉室，卧梦李夫人授帝蘅芜之香。帝惊起，而香气犹著衣枕，历月不歇。"

却望句：《汉书·外戚传》："上思念李夫人不已，方士齐人少翁言能致其神，乃夜张灯烛，设帷帐，陈酒肉，而令上居他帐。遥望见好女如李夫人之貌，还帷坐而步，而又不得就视。上愈益相思悲感，为作诗曰：'是耶非耶，立而望之，偏何姗姗其来迟。'"

兰膏：润发油。浩虚舟《陶母截发赋》："象栉重理，兰膏旧濡。"

犀合：以犀角为饰之钿盒。

金泥句：金泥，以金屑合胶调作浆状，以涂织物或器皿之用。蹙，刺绣方法之一种，皱缩其线纹，使紧密匀贴。杜甫《丽人行》："绣罗衣裳照暮春，蹙金孔雀银麒麟。"

蝉纱：薄如蝉翼之纱。杨维桢《内人剖瓜词》："美人睡起袒蝉纱。"

鸾胶句：据《海内十洲记》，凤麟洲仙人煮凤喙麟角作胶，能续弓弩已断之弦，名为鸾胶，亦名续弦胶。后多以喻续娶后妻。陶谷《风光好》词："琵琶拨尽相思调，知音少。待得鸾胶续断弦，是何年。"

萼绿华：女仙名，事见《真诰·运象》及《太平广记》五十七。此以喻亡妻。

恶：惮畏。

娇讹句：讹，读字音不准。句言女子读字讹误而撒娇。苏轼《浣溪沙》词："道字娇讹苦未成，未应春阁梦多情。"

泼茶：以沸水冲茶叶，通称沏茶。《续仙传》："主人以汤泼茶"。《太平广记》一八〇："此有茶味，请自泼之。"

帐口句：帐中，见"却望姗姗"句之"笺注"。伊家，犹云"那人"，指亡人。

【说明】

副题"代悼亡"，通志堂本、张纯修本皆有之，必有据。以内容看，远不及《金缕曲》"亡妇忌日有感"之真情动人。惟未悉所代者何人。

又

试望阴山，黯然销魂，无言徘徊。见青峰几簇，去天才尺；黄沙一片，匝地无埃。碎叶城荒，拂云堆远，雕外寒烟惨不开。踟蹰久，忽冰崖转石，万壑惊雷。　　穷边自足秋怀。又何必、平生多恨哉。只凄凉绝塞，蛾眉遗冢；销沈腐草，骏骨空台。北转河流，南横斗柄，略点微霜鬓早衰。君不信，向西风回首，百事堪哀。

【校订】

下片"秋怀"袁刻、汪刻本作"愁怀"。

【笺注】

黯然句：江淹《别赋》："黯然销魂者，唯别而已矣。"

去天句：李白《蜀道难》诗："连峰去天不盈尺。"

匝地：遍地。孔平仲《送登州太守出城马上作》诗："黄沙匝地半和云。"

碎叶二句：碎叶城、拂云堆，皆唐时边塞地名，碎叶城在今吉尔吉斯斯坦，拂云堆在今内蒙古。此泛用以指绝远边地，非实指。

冰崖二句：李白《蜀道难》诗："飞湍瀑流争喧豗，砯崖转石万壑雷。"

秋怀：愁怀。

蛾眉遗冢：谓青冢。杜牧《青冢》诗："青冢前头陇水流，燕支山下暮云秋。蛾眉一坠穷泉路，夜夜孤魂月下愁。"

骏骨空台：用《战国策·燕策》燕昭王故事。昭王求贤不得，郭隗以市马为喻，云有人以五百金市千里马之骨，一年而得千里马者三。昭王遂筑台，置千金于台上，延请天下之士，后人称为黄金台或燕台，遗址在今河北易县。梅尧臣《伤马》诗："空伤骏骨埋，固乏弊帷葬。"吴伟业《夜宿阜昌》诗："草没黄金台，犹忆昭王迎。"

斗柄：北斗七星，玉衡、开阳、瑶光三星为柄。韦应物《拟古》诗："天河横未落，斗柄当西南。"

【说明】

词写秋日远行极边之地，惟康熙二十一年往觇梭龙足以当之。词多用边外古地名，皆非实指。按，古诗词中用地名，每不合于地理，惟取兴到神会，以求词境辽阔高壮。

又 丁巳重阳前三日，梦亡妇淡妆素服，执手哽咽，语多不复能记。但临别有云："衔恨愿为天上月，年年犹得向郎圆。"妇素未工诗，不知何以得此也，觉后感赋

瞬息浮生，薄命如斯，低徊怎忘。记绣榻闲时，并吹红雨；雕阑曲处，同倚斜阳。梦好难留，诗残莫续，赢得更深哭一场。遗容在，只灵飙一转，未许端详。　　重寻碧落茫茫。料短发、朝来定有霜。便人间天上，尘缘未断；春花秋叶，触绪还伤。欲结绸缪，翻惊摇落，两处鸳鸯各自凉。真无奈，把声声檐雨，谱出回肠。

【校订】

小序"临别有云"《草堂嗣响》作"临别时有云"，多一"时"字；"妇素未工诗"作"素未工诗"，夺"妇"字；"何以得此"作"何以有此"，下夺"也觉后"三字。小序后汪刻本溢"长调"二字。

上片"记绣榻闲时"袁刻本作"记绣床倚遍"；汪刻本作"自那番摧折"。

"并吹红雨"汪刻本作"无衫不泪"。

"雕阑曲处，同倚斜阳"汪刻本作"几年恩爱，有梦何妨"；"同倚"袁刻本作"同送"。

"梦好难留，诗残莫续"汪刻本作"最苦啼鹃，频催别鹄"。

"更深"汪刻本作"更阑"。

下片"便人间"汪刻本作"信人间"。

"尘缘"《草堂嗣响》作"情缘"。

"秋叶"汪刻本作"秋月"。

"还伤"汪刻本作"堪伤"。

"摇落"汪刻本作"漂泊"。

"两处鸳鸯各自凉"底本原作"减尽荀衣昨日香",《草堂嗣响》与底本同,只是"昨日"作"旧日"。此据汪刻本改。

"把声声檐雨"底本原作"倩声声邻笛"。此据汪刻本改。

"谱出回肠"汪刻本作"谱入愁乡。"

【笺注】

丁巳:康熙十六年(一六七七)。性德妻卢氏卒于是年五月三十日。

红雨:落花。李贺《将进酒》诗:"况是青春日将暮,桃花乱落如红雨。"又周邦彦《蝶恋花》词:"桃花几度吹红雨。"

灵飙:阴风。此谓梦中人随风消逝。

碧落:天。白居易《长恨歌》:"上穷碧落下黄泉,两处茫茫皆不见。"

绸缪:殷切之情。李陵《与苏武》诗:"独有盈觞酒,与子结绸缪。"

摇落:凋残、零落之意。叶梦得《临江仙》词:"却惊摇落动悲吟。"

回肠:谓悲思。徐陵《与杨仆射书》:"朝千悲而掩泣,夜万绪而回肠;不自知其为生,不自知其为死也。"

东风齐著力

电急流光,天生薄命,有泪如潮。勉为欢谑,到底总无聊。

欲谱频年离恨，言已尽、恨未曾消。凭谁把，一天愁绪，按出琼箫。　　往事水迢迢。窗前月、几番空照魂销。旧欢新梦，雁齿小红桥。最是烧灯时候，宜春髻、酒暖蒲萄。凄凉煞，五枝青玉，风雨飘飘。

【笺注】

电急流光：谓光阴疾如闪电。孙楚《除妇服》诗："时迈不停，日月电流。"蒋捷《一剪梅》词："流光容易把人抛。"

谱：制曲填词。

按：演奏箫笛类乐器。就口言，称吹；就手指言，称按。

雁齿句：雁齿，台阶。庾信《温汤碑》："仍为雁齿之阶。"倪璠注："雁齿，阶级也。"《白帖》："桥有雁齿。"白居易《新春江次》诗："鸭头新绿水，雁齿小红桥。"

烧灯：见前《金菊对芙蓉》词之"笺注"。

宜春髻：妇女春日发式。《荆楚岁时记》："立春之日，悉剪彩为燕，戴之，帖'宜春'二字。"《牡丹亭·惊梦》："你侧著宜春髻子恰凭栏。"

酒暖句：严绳孙《倦寻芳》"送成容若扈从北行"词："笑回头，有葡萄酒暖，当垆如月。"

五枝句：谓五枝灯。《西京杂记》："有青玉五枝灯，高七尺五寸，作蟠螭，以口衔灯。"李颀《王母歌》："为看青玉五枝灯，蟠螭吐火光欲绝。"

摸鱼儿　送座主德清蔡先生

问人生、头白京国，算来何事消得。不如罨画清溪上，蓑笠扁舟一只。人不识。且笑煮、鲈鱼趁著莼丝碧。无端酸鼻。向岐路消魂，征轮驿骑，断雁西风急。　　英雄辈，事业东西南北。临风因甚成泣。酬知有愿频挥手，零雨凄其此日。休太息。须信道、诸公衮衮皆虚掷。年来踪迹。有多少雄心，几番恶梦，泪点霜华织。

【校订】

　　副题：张刻本作"送德清蔡夫子"；汪刻本作"送别德清蔡夫子"。

【笺注】

　　副题：蔡启僔（一六一九——一六八三），字石公，号昆旸，浙江德清人。康熙九年状元，任检讨、日讲起居注官。康熙十一年与徐乾学同放顺天乡试主考。性德为此榜举人，因称蔡为座主。会有劾取副榜不及汉军者，蔡、徐并引咎归里。康熙十五年复官，十六年旋以病还里。其行事详见韩菼撰《蔡检讨墓志铭》。

　　罨画：罨画溪，习称西溪，在浙江长兴县，有花木丛茏之胜。长兴为德清北邻。

　　鲈鱼句：《世说新语·识鉴》："张季鹰辟齐王东曹掾，在洛见秋风起，因思吴中菰菜莼羹、鲈鱼脍，曰：人生贵适意耳，何能羁宦数千里以要名爵。遂命驾便归。"

　　事业句：谓不做官亦可成事业。黄庭坚《同韵和元明兄知命弟九日相忆》诗："早为学问文章误，晚作东西南北人。"

　　零雨句：零雨，细慢之雨。孙楚《征西官属送于陟阳侯作诗》："晨风飘歧路，零雨被秋草。"凄其，凄悲。谢灵运《初发石首城》诗："钦圣若旦暮，怀贤亦凄其。"

　　年来句：柳永《八声甘州》词："叹年来踪迹，何事苦淹留。"

康熙十二年秋，蔡启僔以顺天乡试事罢吏议，引咎南归，性德以此词送之。

又 午日雨眺

涨痕添、半篙柔绿，蒲梢荇叶无数。空濛台榭烟丝暗，白鸟衔鱼欲舞。桥外路。正一派、画船箫鼓中流住。呕哑柔橹。又早拂新荷，沿堤忽转，冲破翠钱雨。 蒹葭渚，不减潇湘深处。霏霏漠漠如雾。滴成一片鲛人泪，也似汨罗投赋。愁难谱。只彩线、香菰脉脉成千古。伤心莫语。记那日旗亭，水嬉散尽，中酒阻风去。

【校订】

上片"空濛台榭烟丝暗"底本原作"台榭空濛烟柳暗"，失律，此据袁刻、汪刻本改。

"桥外路"底本原作"红桥路"，此据袁刻、汪刻本改。

"中流住"张刻本作"中流柱"。

【笺注】

午日：五月初五端午节。

画船箫鼓：唐德宗《九日》诗："中流箫鼓诚堪赏，岂假横汾发棹歌。"

呕哑：摇橹声。李咸用《江行》诗："潇湘无事后，征棹复呕哑。"

翠钱：喻新发萍叶。何尚之《华林清暑殿赋》："网户翠钱，青轩丹墀。"

霏霏句：吴融《春雨》诗："霏霏漠漠暗和春，幂翠凝红色更新。"

鲛人泪：用"鲛人泣珠"故事。郭宪《洞冥记》："乘象入海底取宝，宿于鲛人之舍，得泪珠，则鲛所泣之珠也。"此以喻雨。

汨罗投赋：投，投赠，此谓作赋祭吊。《汉书·贾谊传》："谊既以适去，意不自得，及渡湘水，为赋以吊屈原。其辞曰：'仄闻屈原兮，自湛汨罗。造托湘流兮，敬吊先生。'"又扬雄作《反离骚》，自岷山投诸江流，地既不切，且于屈子忠信殒身有讥议，故不取。

彩线句：彩线，谓百索。韩鄂《岁华纪丽·端午》："百索绕臂，五彩缠筒。"原注："以五彩缕造百索系臂，一名长命缕。"香菰，谓粽。《艺文类聚》四引周处《风土记》："仲夏端五，烹鹜角黍。"注："端，始也，谓五月五日，以菰叶裹黏米。"《古今事物考》："《续齐谐记》曰：屈原五月五日投汨罗江死，楚人哀之，每贮米竹筒投祭。汉建武中，长沙欧回见一人自称三闾大夫，曰：常苦蛟龙所窃，更有惠者，以楝叶塞筒，五彩丝缚之，则蛟龙所惮也。世以菰叶裹黏米，谓之角黍，今粽子是也。"

旗亭：酒肆。

水嬉：水上游戏，歌舞、竞渡之类。

中酒句：顾贞观《风流子》词："阻风中酒，浪迹难招。"

【说明】

此阕写都中午日，多言水上事，约略为什刹海附近风光。

相见欢

微云一抹遥峰。冷溶溶。恰与个人清晓画眉同。　　红蜡泪。青绫被。水沈浓。却向黄茅野店听西风。

【校订】

    词牌名张刻本作"乌夜啼"。

    上片"冷溶溶"《草堂嗣响》作"淡溶溶"。

    下片"却向"汪刻本作"却与"。

【笺注】

    微云句：秦观《满庭芳》词："山抹微云，天连衰草。"

    恰与句：黄庭坚《纪梦》诗："窗中远山是眉黛。"

    青绫：青色丝织品，多用于贵家。庾信《谢赵王赉白罗袍袴启》："永无黄葛之嗟，方见青绫之重。"

    水沈：谓水沈香。见前《浣溪沙》"泪浥红笺第几行"阕之"笺注"。

锦堂春   秋海棠

簾际一痕轻绿，墙阴几簇低花。夜来微雨西风软，无力任欹斜。   仿佛个人睡起，晕红不著铅华。天寒翠袖添凄楚，愁近欲栖鸦。

【校订】

    张刻本接前首，词牌名作"又"。

    底本原无副题，此据张刻、袁刻、汪刻本补。

    上片"簾际一痕轻绿"汪刻本作"簾外淡烟一缕"。

    "西风软"汪刻本作"西风里"。

【笺注】

秋海棠：又名断肠花。参见前《临江仙》"塞上得家报云秋海棠开矣"阕之"笺注"。

仿佛句：惠洪《冷斋夜话》："东坡《海棠》诗云：'只恐夜深花睡去，更烧银烛照红妆。'事见《太真外传》曰：'上皇登沉香亭，召太真。妃于时卯醉未醒，命力士使侍儿持披而至。妃子醉韵残妆，鬘乱钗横，不能再拜。上皇笑曰：岂妃子醉？是海棠睡未足耳。'"按，今本《太真外传》不载此事。

天寒翠袖：杜甫《佳人》诗："天寒翠袖薄，日暮倚修竹。"

忆秦蛾 龙潭口

山重叠。悬崖一线天疑裂。天疑裂。断碑题字，古苔横啮。

风声雷动鸣金铁。阴森潭底蛟龙窟。蛟龙窟。兴亡满眼，旧时明月。

【校订】

词牌名张刻、汪刻本作"忆秦娥"，下同。

【笺注】

龙潭口：在辽宁铁岭县境。贾弘文《铁岭县志》："龙潭口山，城东南五十八里。"明末，当建州女真努尔哈赤兴起之际，龙潭口扼开原以东要冲。据万历时人冯瑷《开原图说》绘《开原疆场总图》，龙潭口东为建州，南为哈达，北为叶赫（首领为性德曾祖金台什、布扬古），西为明开原总兵辖境。有柴河、松山、威远、镇北等堡为开原铁岭屏障。时叶赫附明，龙潭口一带遂成努尔哈赤与明杀伐之战场。《开原图说》云："奴酋日眈眈侧目于开原，处留我人民，掳掠我牛羊，招纳我叛亡，我不能禁也。第士马雕敝，屯堡萧条，孤悬开原，幅员不过七八十里。西备西虏，北戍北关，东虞建夷。三面受敌，终岁清野，犬羊为邻，燕雀处室，守疆圉者，无终岁之计，焉得不惴惴哉！"明兵部主事茅瑞征撰《东夷考略》，即曾记万历四十七年十一月"奴儿哈赤拥众入龙潭口"事，弘旺（胤禩之子）《皇清通志纲要》亦记天命四年十一月太祖"入龙潭口，往开原铁岭地方，筑抚顺城。"

阴森句：龙潭口山以有龙潭得名，潭底蛟龙之传说，亦见载于旧县志。

兴亡句：赵长卿《青玉案》词："满眼兴亡知几许。"

【说明】

康熙二十一年春，清圣祖东巡至大兀剌，于返程中经龙潭口。据高士奇《东巡日录》，四月十三日过叶赫，十四日过威远，十五日至开原，十六日至铁岭，途间行围打猎，故行程较缓。性德游龙潭口，即在此数日内。龙潭口距性德祖居之地不及百里，早年兴亡恩怨记忆犹新，故其慨甚深。过叶赫，想必感慨更甚，然言必触忌，竟亦无词。惟及龙潭口，始赋"天裂"、"兴亡"之句，其旨亦在幽隐难言之间。《东巡日录》曾云："庚寅（十三日），雨中过夜黑（叶赫）河，见梨花一树，惨淡含烟，为赋《南楼令》词一首。夜黑城在北山之隈，砖甃城根，亦有子城，尚馀台殿故址。水草丰美，微有阡陌。太祖高皇帝破之，其地遂墟。"清圣祖是日作《经叶赫故城》诗云："断垒生新草，空城尚野花。翠华今日幸，谷口动鸣笳。"其感奋之情固自与性德不同。

又

春深浅。一痕摇漾青如翦。青如翦。鹭鸶立处，烟芜平远。

  吹开吹谢东风倦。缃桃自惜红颜变。红颜变。兔葵燕麦，重来相见。

【笺注】

  缃桃：即缃核桃，结桃浅红色。陈允平《恋绣衾》词："缃桃红浅柳褪黄。"

  兔葵：刘禹锡《再游玄都观绝句引》："重游玄都，荡然无复一树。唯兔葵燕麦，动摇于春风耳。"兔葵，草名；据《海录碎事》，言"花白茎紫"。

减字木兰花

烛花摇影。冷透疏衾刚欲醒。待不思量。不许孤眠不断肠。

  茫茫碧落。天上人间情一诺。银汉难通。稳耐风波愿始从。

267

【笺注】

  茫茫句：用白居易《长恨歌》句意，见前《沁园春》"瞬息浮生"阕之"笺注"。

  银汉：银河。王昌龄《萧驸马宅花烛歌》："银汉星回一道通。"

稳耐：忍受。稳，意犹忍。欧阳修《桃源忆故人》词："别后寸肠萦损，说与伊争稳。"

又

相逢不语。一朵芙蓉著秋雨。小晕红潮。斜溜鬟心只凤翘。

待将低唤。直为凝情恐人见。欲诉幽怀。转过回阑叩玉钗。

【校订】

《精选国朝诗馀》有副题"离情"。

"一朵"《精选国朝诗馀》作"一抹"。

"小晕"《精选国朝诗馀》作"眉眼"。

"鬟心只"《精选国朝诗馀》作"金钗与"。

"直为凝"《精选国朝诗馀》作"无限疑"。

"幽怀"《精选国朝诗馀》作"情怀"。

煞拍"转过回阑叩玉钗"《精选国朝诗馀》作"选梦凭他到镜台"。

【笺注】

一朵句：吴绡《一斛珠》词："鸾袖动香飞雪绕，烟中一朵芙蓉袅。"

溜：滑动之意。李清照《点绛唇》词："见客入来，袜刬金钗溜。"

鬟心、凤翘：见前《采桑子》"土花曾染湘娥黛"阕之"笺注"。

叩玉钗：张台柱《思帝乡》词："独立花阴下，扣钗儿。"

【说明】

校文所列《精选国朝诗馀》异文，可见此词之初稿面貌。煞拍原作"选梦凭他到镜台"，"选梦"，沈宛之号，并为沈氏词集名，此词必缘沈氏而作。"镜台"亦用晋温峤娶妇典故，正切容若纳沈氏为妾事。沈宛自江南来京师，成、沈结缡，在康熙二十三、二十四年交岁之际，词之作期，大略可知。

又

从教铁石。每见花开成惜惜。泪点难消。滴损苍烟玉一条。

怜伊太冷。添个纸窗疏竹影。记取相思。环佩归来月上时。

【校订】

下片"月上时"汪刻本作"月下时"。

【笺注】

从：同"纵"，纵然之意。

铁石：皮日休《桃花赋》："余尝慕宋广平（按指宋璟）之为相，贞姿劲质，刚态毅状，疑其铁肠石心，不解吐婉媚辞。然睹其文而有《梅花赋》，清便富艳，得南朝徐庾体，殊不类其为人也。"张邦基《墨庄漫录》："人疑宋开府铁石心肠，及为《梅花赋》，清艳殆不类其为人。"《西厢记》："便是铁石人，铁石人也动心。"

惜惜：怜惜。

滴颣句：顾贞观《采桑子》词："滴破苍烟，小字香笺，伴过泠泠彻夜录。"张谓《早梅》诗："一树寒梅白玉条。"

环佩句：姜夔《疏影》词："想佩环月夜归来，化作此花幽独。"

【说明】

据"添个"句，知为题画词，画当为梅花图。

又

断魂无据。万水千山何处去。没个音书。尽日东风上绿除。

故冠春好。寄语落花须自扫。莫更伤春。同是恹恹多病人。

【校订】

下片"莫更"袁刻本作"莫恨"。

【笺注】

断魂二句：韦庄《木兰花》词："千山万水不曾行，魂梦欲教何处觅。"

除：庭院之台阶。

又 新月

晚妆欲罢。更把纤眉临镜画。准待分明。和雨和烟两不胜。

莫教星替。守取团圆终必遂。此夜红楼。天上人间一样愁。

【笺注】

星替：李商隐《李夫人》诗："惭愧白茅人，月没教星替。"按，李商隐妻王氏卒，柳仲郢作伐，欲以营妓张懿仙嫁李，李却之，因赋《李夫人》诗辞谢。"月没"喻王氏之卒，"教星替"，则指仲郢拟以张氏归之。性德此句，亦寓不肯再娶之意。

守取：等待。

红楼：天上仙人之居所，指亡妻所在之处。

【说明】

词上片写新月，新月如眉，遂思及亡妻。下片示无心再娶，幻想与亡妻尚有再见之日。揆性德诸词，继娶官氏似非主动，且至少在卢氏卒三年之后。前一阕有"稳耐风波愿始从"句，亦与此阕"守取团圆终必遂"之意相同。

海棠春

落红片片浑如雾。不教更觅桃源路。香径晚风寒，月在花飞处。　　蔷薇影暗空凝伫。任碧飐、轻衫萦住。惊起早栖鸦，飞过秋千去。

271

【校订】

下片"凝伫"底本原作"凝贮"，此据张刻、袁刻、汪刻本改。

【笺注】

桃源路：桃源事有二典，一为武陵人入桃源事，出陶渊明《桃花源记》；一为刘晨、阮肇入天台桃源洞事，出刘义庆《幽明录》。诗家每混用之，此句亦如是。

碧岨：谓花枝随风摇动。

少年游

算来好景只如斯。惟许有情知。寻常风月，等闲谈笑，称意即相宜。　　十年青鸟音尘断，往事不胜思。一钩残照，半簾飞絮，总是恼人时。

【笺注】

青鸟：李璟《摊破浣溪沙》词："青鸟不传云外信，丁香空结雨中愁。"参见前《浣溪沙》"记缩长条欲别难"词"青雀"条之"笺注"。

【辑评】

林花榭曰：纳兰容若《少年游》云："寻常风月，等闲谈笑，称意即相宜。"《鹧鸪天》云："休嗟髀里今生肉，努力春来自种花。"皆是真情流露语。（《读词小笺》）

大酺　寄梁汾

只一炉烟，一窗月，断送朱颜如许。韶光犹在眼，怪无端吹上，几分尘土。手捻残枝，沈吟往事，浑似前生无据。鳞鸿凭谁寄，想天涯只影，凄风苦雨。便研损吴绫，啼沾蜀纸，有谁同赋。　　当时不是错，好花月、合受天公妒。准拟倩、春归燕子，说与从头，争教他、会人言语。万一离魂遇，偏梦被、冷香萦住。刚听得、城头鼓。相思何益，待把来生祝取。慧业相同一处。

【校订】

少年游 大酺

《今词初集》无副题。

首句"只"《今词初集》、《昭代词选》、汪刻本作"怎"。

"朱颜"《昭代词选》作"朱弦"。

"韶光"《今词初集》、《昭代词选》、汪刻本作"韶华"。

"凄风"《昭代词选》作"西风"。

下片"准拟"《今词初集》、《昭代词选》、汪刻本作"只索"。

"听得"《今词初集》、《昭代词选》作"听着"。

【笺注】

手捻三句：白居易《临水坐》诗："手把杨枝临水坐，闲思往事似前身。"徐铉《送王监丞之历阳》诗："青襟空皓首，往事似前生。"此三句言，结识梁汾，极为投合，疑为前生旧友。

鳞鸿：犹鱼雁，谓书信。

研损句：研，碾压，使致密光亮。《朱子语类》八七："方未经布时，先研其缕。"研绫，经研制之薄绫，用以书写。方千里《醉桃源》词："良宵相对一灯青，相思写研绫。"

蜀纸：犹蜀笺。自唐以后，蜀纸以精美著称。周邦彦《塞翁吟》词："有蜀纸，堪凭寄恨，等今夜，洒血书词。"

当时句：康熙十年，梁汾丁外艰，服阕赴补，任内国史院典籍。不久，移疾归。实为受人倾排失官。

会人句：宋徽宗《燕山亭》词："这双燕，何曾会人言语。"

冷香句：邓肃《长相思令》："醉卧幽亭不掩扉，冷香寻梦归。"

273

来生句：此句即《金缕曲》"赠梁汾"词"后身缘恐结他生里"意。

慧业：佛徒谓佛教为慧业，文人称文学创作亦为慧业，此用后义。《宋书·谢灵运传》："太守孟𫖮事佛精恳，而为灵运所轻。尝谓𫖮曰：'得道应须慧业文人，生天当在灵运前，成佛必在灵运后。'"

【说明】

此阕见于《今词初集》。康熙十六年春，梁汾南归，词当作于梁汾既归之后。词中"天公妒"，亦即《金缕曲》"古今同忌"意，全词情致皆与《金缕曲》相似。性德逝后，梁汾有《望海潮》词云："品题真负当年，倩泪痕和酒，滴醒长眠。香令还家，粉郎依旧，知他一笑幽泉。慧业定生天。怕柔肠侠骨，难忘人间。莫更多情，漫劳天上葬神仙。"乃怀性德之作，犹念"慧业"之句，凄怆万般。

【辑评】

谢章铤曰：纳兰容若深于情者也。固不必刻画花间，俎豆兰畹，而一声河满，辄令人怅惘欲涕。情致与弹指最近，故两人遂成莫逆。读两家短调，觉阮亭脱胎温、李犹费拟议。其中赠寄梁汾《贺新郎》、《大酺》诸阕，念念以来生相订，交情至此，非金石所能比坚。（《赌棋山庄词话》卷七）

满庭芳　题元人芦洲聚雁图

似有猿啼，更无渔唱，依稀落尽丹枫。湿云影里，点点宿宾鸿。占断沙洲寂寞，寒潮上、一抹烟笼。全不似，半江瑟瑟，相映半江红。　　楚天秋欲尽，荻花吹处，竟日冥濛。近黄陵祠庙，莫采芙蓉。我欲行吟去也，应难问、骚客遗踪。湘灵杳，一尊遥酹，还欲认青峰。

【校订】

下片"遥酹"张刻本作"遥酬"。

【笺注】

芦洲聚雁图：元末明初人朱芾绘。朱芾，字孟辨，华亭人，善绘芦雁，极潇湘烟水之致。副题虽云"元人"，但朱芾画这幅画时已入明。画现藏台北故宫博物院。《芦洲聚雁图》一度归性德，原画左下角钤有容若藏印。严绳孙亦曾为题《南浦》词一阕。

宾鸿：雁。语本《礼记·月令》："鸿雁来宾。"

占断句：苏轼《卜算子》词："拣尽寒枝不肯栖，寂寞沙洲冷。"

半江句：白居易《暮江吟》："一道残阳铺水中，半江瑟瑟半江红。"

黄陵祠：舜妃娥皇、女英之庙，亦称二妃庙，在湖南湘阴县。《水经注·湘水》："湖水西流，径二妃庙南，世谓之黄陵庙。"尤侗《艮斋杂说》："湘阴黄陵庙，刘表所建，以祀舜二妃。"

芙蓉：荷花。黄陵庙在湖南，湖南又称"芙蓉国"，因有此句。

我欲三句：用屈原事。行吟，《楚辞·渔父》："屈原既放，游于江潭，行吟泽畔。"骚客：屈原有《离骚》，故以骚客为称。

湘灵三句：《楚辞·远游》："使湘灵鼓瑟兮，令海若舞冯夷。"《后汉书·马融传》李贤注："湘灵，舜妃，溺于湘水，为湘夫人。"青峰，用钱起诗意，钱起《湘灵鼓瑟》诗："曲终人不见，江上数峰青。"

【说明】

　　严绳孙《南浦》"题元人芦洲聚雁图"词选入《今词初集》，性德此作与严词当作于同时，作期在康熙十二至十四年（康熙十四年后严绳孙南归，不在京中）。

<h1 style="text-align:center">又</h1>

　　堠雪翻鸦，河冰跃马，惊风吹度龙堆。阴磷夜泣，此景总堪悲。待向中宵起舞，无人处、那有村鸡。只应是，金笳暗拍，一样泪沾衣。　　　须知今古事，棋枰胜负，翻覆如斯。叹纷纷蛮触，回首成非。剩得几行青史，斜阳下、断碣残碑。年华共，混同江水，流去几时回。

【校订】

　　首句"鸦"《词雅》作"雅"。

　　"村鸡"《词雅》作"荒鸡"。

【笺注】

　　堠雪二句：堠，路侧记里程之土堆，古每五里设堠；又觇瞭敌情之土堡亦称堠。此取前意。曹溶《踏莎行》词："堠雪翻鸦，城冰浴马，捣衣声里重门闭。"

　　龙堆：即白龙堆，汉时西域地名。此泛指边地。

　　阴磷句：谓鬼哭。阴磷，磷火，俗称鬼火。诗家每以鬼哭写古战场之惨景。元稹《代曲江老人百韵》诗："破船沉古渡，战鬼聚阴磷。"又卢弼《塞上四时词》："陇头流水关山月，泣上龙

276

堆望故乡。"

起舞:《晋书·祖逖传》:"（逖）中夜闻荒鸡鸣，蹴（刘）琨觉，曰:'此非恶声也。'因起舞。"

金笳句:洪皓《江梅引》:"更听胡笳，哀怨泪沾衣。"

蛮触:《庄子·则阳》:"有国于蜗之左角者，曰触氏;有国于蜗之右角者，曰蛮氏。时相与争地而战，伏尸数万。"

混同江:性德《通志堂集》卷四《松花江》诗自注:"即混同江也。《金史》有宋瓦江，旧志遂以混同、松花为二江，误矣。"

【说明】

词作于康熙二十一年秋往觇梭龙时。身历祖先故地，因有古今之感;身为天涯羁旅，因有年华之叹。

忆王孙

暗怜双绁郁金香。欲梦天涯思转长。几夜东风昨夜霜。减容光。莫为繁花又断肠。

【笺注】

双绁:沈自南《艺林汇考》引《名义考》:"绁，与绁同，《广韵》:'系也。'彩绁，袜系之有彩色者，妇人足饰也。"杨慎《丹铅录》:"绁，足衣也。"此谓袜。郁金香:袜上彩绣花样。马缟《中华古今注》:"袜以带系于踝，至魏文帝吴妃，乃加以彩绣画，至今不易。"

减容光:元稹《会真记》:"自从别后减容光。"又顾贞观《凤凰台上忆吹箫》:"花寒人瘦，减尽容光。"

又

西风一夜翦芭蕉。满眼芳菲总寂寥。强把心情付浊醪。读
离骚。洗尽秋江日夜潮。

【校订】

　　"满眼芳菲总"汪刻本作"倦眼经秋耐"。

　　"洗尽秋"汪刻本作"愁似湘"。

【笺注】

　　翦：削除，使凋败之意。

　　浊醪：浊酒。

【说明】

　　三藩乱起，湖湘沦入战火，性德原有投笔立功之志。其《送荪
友》诗曾云："平生纵有英雄血，无由一溅荆江水。荆江日落阵云
低，横戈跃马今何时。"此阕末句汪刻本作"愁似湘江日夜潮"，亦
有请缨无路之意。此词当作于康熙十五年前。

又

刺桐花底是儿家。已拆秋千未采茶。睡起重寻好梦赊。忆
交加。倚著闲窗数落花。

【校订】

　　"花底"汪刻本作"花下"。

【笺注】

刺桐：产于岭南。李珣《南乡子》词："相见处，晚晴天，刺桐花下越台前。"

儿家：犹言我家，女子口语。

已拆句：古以寒食清明后拆秋千。句言已是晚春时节。

赊：渺茫。

【说明】

"刺桐花"云云，皆设想之词。性德词中，多有类此。此词当作于早期，疑为康熙十五年前作。

【辑评】

林花榭曰：王荆公诗"细数落花因坐久"，闲趣也。纳兰云"倚著闲窗数落花"，乃无聊也。虽同言一事，而情自有别。（《读词小笺》）

卜算子　塞梦

塞草晚才青，日落箫筋动。戚戚凄凄入夜分，催度星前梦。

　小语绿杨烟，怯踏银河冻。行尽关山到白狼，相见惟珍重。

279

【校订】

副题张刻、袁刻、汪刻本作"塞寒"。

下片"小语"《百名家词钞》作"小雨"。

【笺注】

星前：《牡丹亭·魂游》："生性独行无那，此夜星前一个。"

白狼：白狼河，见前《台城路》"塞外七夕"词之"笺注"。

又 五日

村静午鸡啼，绿暗新阴覆。一展轻帘出画墙，道是端阳酒。
　　早晚夕阳蝉，又噪长堤柳。青鬓长青自古谁，弹指黄
花九。

【校订】
　　副题汪刻本作"午日"。
【笺注】
　　五日：同"午日"，五月初五端午节。
　　午鸡：刘禹锡《秋日送客至潜水驿》诗："枫林社日鼓，茅屋
午时鸡。"
　　帘：酒帘，卖酒幌子。
　　端阳酒：旧时有端阳饮酒辟邪之俗。或为菖蒲酒，或为艾酒，
或为雄黄酒，南北各地不一。
　　青鬓句：韩琮《春愁诗》："金乌长飞玉兔走，青鬓长青古
无有。"
　　黄花九：九月九日重阳节，称黄花节。

280

又 咏柳

娇软不胜垂，瘦怯那禁舞。多事年年二月风，剪出鹅黄缕。
　　一种可怜生，落日和烟雨。苏小门前长短条，即渐迷

行处。

【校订】

张刻本无副题。

副题《昭代词选》、袁刻、汪刻本作"新柳"。

【笺注】

娇软句：隋炀帝《望江南》词："堤上柳，烟里不胜垂。"

鹅黄：赵令畤《清平乐》词："著意隋堤柳，搓得鹅儿黄欲就。"

苏小句：温庭筠《杨柳枝》："苏小门前柳万条。"

金人捧露盘　净业寺观莲，有怀苏友

藕风轻，莲露冷，断虹收。正红窗、初上帘钩。田田翠盖，趁斜阳、鱼浪香浮。此时画阁垂杨岸，睡起梳头。　　旧游踪，招提路，重到处，满离忧。想芙蓉、湖上悠悠。红衣狼藉，卧看桃叶送兰舟。午风吹断江南梦，梦里菱讴。

【校订】

下片"桃叶送"《清平初选后集》、汪刻本作"少妾荡"。

【笺注】

净业寺：励宗万《京城古迹考》："莲花池旧名积水潭，在都城西北隅，池多植莲，因名莲花池。池上有净业寺，又名净业湖。"《日下旧闻考》五三引《燕都游览志》："净业寺，从德胜门西循城下行，径转得此寺。"又引《明水轩日记》："净业寺门临水

281

岸，去水止尺许，其东有轩，坐荫高柳，荷香袭人，江南云水之胜无以过此。"按，清初文人如朱彝尊、王士禛、严绳孙等皆曾寄宿净业寺。寺乾隆初改为庄亲王家庵。

田田：《古诗》："江南可采莲，莲叶何田田。"

鱼浪：姜夔《惜红衣》词："鱼浪吹香，红衣半狼藉。"

招提：寺院。原为梵语"四方"之义，北魏太武帝造伽蓝，创招提之名，后遂为寺院别称。

芙蓉湖：即射贵湖，在江苏武进、无锡间。严绳孙家无锡，词因言及。

红衣：荷花。

兰舟：船之美称。

【说明】

此词见于《清平初选后集》，可知必作于康熙十六年之前。康熙十二年，严绳孙（荪友）与性德结识。康熙十四年，绳孙曾客居性德家中。明珠府第在德胜门海子岸，距净业寺甚迩，性德曾与荪友在净业湖观荷。康熙十五年初夏，荪友南归，词或即作于是年盛夏初秋。

青玉案　人日

东风七日蚕芽软。青一缕、休教剪。梦隔湘烟征雁远。那堪又是，鬓丝吹绿，小胜宜春颤。　　绣屏浑不遮愁断。忽忽年华空冷暖。玉骨几随花骨换。三春醉里，三秋别后，寂寞钗头燕。

【校订】

副题汪刻本作"辛酉人日"。

上片"青一缕"汪刻本无"青"字。

下片"几随花骨换"底本原夺"骨"字，此据张刻本、《百名家词钞》、汪刻本补。

【笺注】

人日：正月初七日为人日，旧时是日有戴彩胜之俗。

蚕芽：桑叶初发之嫩芽。

梦隔句：湖南衡阳有回雁峰，相传北雁飞至此而止，自是即北回。柳宗元过衡阳，曾有寄弟诗云："晴天归路好相逐，正是峰头回雁时。"更早则有王勃《滕王阁序》："雁阵惊寒，声断衡阳之浦。"

宜春：李元卓《菩萨蛮》词："宜春小胜玲珑剪。"另参见前《东风齐著力》词之"笺注"。

玉骨：谓人，犹言冰肌玉骨。李商隐《偶成转韵赠四同舍》诗："玉骨瘦来无一把。"

花骨：苏轼《雨中看牡丹》诗："清寒入花骨，肃肃初自持。"

燕：即燕钗。

【说明】

汪刻本副题作"辛酉人日"。辛酉，康熙二十年。

又　宿乌龙江

东风卷地飘榆荚。才过了、连天雪。料得香闺香正彻。那知此夜，乌龙江畔，独对初三月。　　多情不是偏多别。

别离只为多情设。蝶梦百花花梦蝶。几时相见，西窗剪烛，细把而今说。

【校订】

上片"卷地"《瑶华集》、《昭代词选》作"划地"。

"汇畔"汪刻本作"江上"。

下片"别离只为"底本原夺"离只"二字，此据《瑶华集》、《昭代词选》、袁刻、汪刻本补。

"蜨梦百花"张刻本作"蝶梦百梦"。

【笺注】

乌龙江：此指松花江。松花江女真语称松阿拉或松兀喇（宋金史书译作宋瓦江），明清间称兀喇江。乌龙，即兀喇之异译。

榆荚：榆钱。

【说明】

此阕作于康熙二十一年春随驾东巡时。自三月二十六日至四月初六，清圣祖一行逗留于松花江沿岸鸡林（吉林）至大乌拉间。据高士奇《东巡日录》："四月庚辰（初三），晨兴，细雨犹零，流云未歇。泛舟江中，草舍渔庄映带，冈阜岸花初放，错落柔烟，似江南杏花春雨时，不知身在绝塞也。驻大乌喇虞村。"此词"乌龙江畔，独对初三月"句，全为写实。

月上海棠 中元塞外

原头野火烧残碣。叹英魂、才魄暗销歇。终古江山，问东风、几番凉热。惊心事，又到中元时节。　　凄凉况

是愁中别。枉沈吟、千里共明月。露冷鸳鸯，最难忘、
满池荷叶。青鸾杳，碧天云海音绝。

【笺注】

中元：旧历七月十五日为中元节。

原头句：刘克庄《长相思》词："野火原头烧断碑，不知
名姓谁。"

英魂两句：韩偓《金陵》诗："自古风流皆暗销，才魄妖魂谁
与招。"

千里句：谢庄《月赋》："美人迈兮音尘绝，隔千里兮共
明月。"

【说明】

此阕当作于康熙二十二或二十三年。参见前《台城路》"塞外
七夕"阕之"说明"。

雨霖铃　种柳

横塘如练。日迟帘幕，烟丝斜卷。却从何处移得，章台仿
佛，乍舒娇眼。恰带一痕残照，锁黄昏庭院。断肠处、又
惹相思，碧雾濛濛度双燕。　　回阑恰就轻阴转。背风
花、不解春深浅。托根幸自天上，曾试把、霓裳舞遍。百
尺垂垂，早是酒醒，莺语如翦。只休隔、梦里红楼，望个
人儿见。

【校订】

上片"日迟帘幕，烟丝斜卷。却从何处移得"《瑶华集》作

"日长人静，虾须低卷。知他春色何许。

"仿佛"《瑶华集》作"望罢"。

"乍舒"《瑶华集》作"困酣"。

"恰带一痕残照，锁黄昏庭院"《瑶华集》作"落照凄迷，又暗锁隔水庭院"。

"断肠"《瑶华集》作"肠断"。

"又惹相思，碧雾濛濛"《瑶华集》作"絮乱丝繁，薄雾溶溶。'

下片"回阑恰就轻阴转"《瑶华集》作"茅斋尽日墙阴转"；"转"字袁刻本作"软"。

"不解"《瑶华集》作"不辨"。

"托根"《瑶华集》作"移根"。

"曾试"袁刻本作"会试"。

"休隔"《瑶华集》作"休遮"。

【笺注】

横塘：当指性德所居之什刹后海。

章台：李商隐《对雪》诗："柳絮章台街里飞。"另参见前《淡黄柳》词之"笺注"。

娇眼：苏轼《水龙吟》"杨花"词："萦损柔肠，困酣娇眼，欲开还闭。"

相思：李商隐《柳》诗："动春何限叶，撼晓几多枝。解有相思苦，应无不舞时。"

托根句：古天文学，二十八宿中有柳宿，诗人咏柳，往往与天上柳星联想。性德《咏柳偕梁汾赋》诗云："弱絮残莺一半休，万条千缕不胜愁。只应天上张星伴，莫向青门系紫骝。"用法同此词。

严绳孙有《雨霖铃》"和成容若种柳"词，收入《今词初集》，容若此词作期当在康熙十五年之前。换头"回阑"句《瑶华集》作"茅斋尽日墙阴转"，似属后改。另，绳孙和词未辑入其《秋水词》。

满江红　茅屋新成却赋

问我何心，却构此、三楹茅屋。可学得、海鸥无事，闲飞闲宿。百感都随流水去，一身还被浮名束。误东风、迟日杏花天，红牙曲。　　尘土梦，蕉中鹿。翻覆手，看棋局。且耽闲殢酒，消他薄福。雪后谁遮檐角翠，雨馀好种墙阴绿。有些些、欲说向寒宵，西窗烛。

【校订】

《瑶华集》副题无"却赋"二字。

副题"成"字《百名家词钞》作"城"。

上片"迟日"《瑶华集》作"残月"；《百名家词钞》、《古今词选》作"残日"。

【笺注】

海鸥句：杜甫《江村》诗："自去自来堂上燕，相亲相近水中鸥。"按此句暗用《列子·黄帝》海上之人玩鸥故事。

迟日：春日。

红牙：染成红色的象牙板，叩之以调制歌曲节拍。

蕉中鹿：《列子·周穆王》："郑人有薪于野者，遇骇鹿，御而击之，毙之。恐人见之也，遽而藏诸隍中，覆之以蕉，不胜其喜。

俄而遗其所藏之处，遂以为梦焉。顺途而咏其事，傍人有闻者，用其言而取之。既归，告其室人曰：向薪者梦得鹿而不知其处，吾今得之，彼直真梦者矣。"

翻覆二句：《三国志·王粲传》："粲观人围棋，局坏，粲为覆之。棋者不信，以帕盖局，使更以他局为之。用相比较，不失一道。"此句谓世事翻覆，全无新意趣可言。

酖：意同"耽"，迷恋、沉湎之意。许浑《送别》诗："莫酖酒杯闲过日，碧云深处是佳期。"刘过《贺新郎》词："人道愁来须酖酒，无奈愁深酒浅。"

【说明】

康熙十六年抄，梁汾南归；十七年，性德为之筑草堂以邀之；十九年，梁汾复至京师。性德致张见阳手札第一简末有梁汾跋语云："卿自见其朱门，贫道如游蓬户。容兄因仆作此语，构此见招。"词当作于康熙十七年内。

又

代北燕南，应不隔、月明千里。谁相念、胭脂山下，悲哉秋气。小立乍惊清露湿，孤眠最惜浓香腻。况夜乌、啼绝四更头，边声起。　　销不尽，悲歌意。匀不尽，相思泪。想故园今夜，玉阑谁倚。青海不来如意梦，红笺暂写违心字。道别来、浑是不关心，东堂桂。

【笺注】

代北三句：代，代州，在山西，此指山西北部。燕南，此指京师之南。此词为随扈五台之作，首三句言道里尚不为远。"月明"句用谢庄《月赋》，参见前《月上海棠》"中元塞外"词之"笺注"。

胭脂山：又作燕支山，在甘肃山丹县，此代指太行山。

悲哉句：《楚辞·九辩》："悲哉秋之为气也。"

边声：李陵《答苏武书》："吟啸成群，边声四起。"

东堂桂：李商隐《无题》诗："昨夜星辰昨夜风，画楼西畔桂堂东。身无彩凤双飞翼，心有灵犀一点通。"

【说明】

康熙二十二年九月十一至十月初九，性德随扈往山西五台山，此词当为是行之作。全词只言思念家中，无他意。"东堂桂"另有喻科举及第意，与此词无涉。

又

为问封姨，何事却、排空卷地。又不是、江南春好，妒花天气。叶尽归鸦栖未得，带垂惊燕飘还起。甚天公、不肯惜愁人，添憔悴。　搅一霎，灯前睡。听半晌，心如醉。倩碧纱遮断，画屏深翠。只影凄清残烛下，离魂飘缈秋空里。总随他、泊粉与飘香，真无谓。

289

【笺注】

封姨：即封十八姨，风神。典出谷神子《博异志》。

妒花句：朱淑真《惜春》诗："连理枝头花正开，妒花风雨便相催。"

惊燕：惊燕带。梁绍壬《两般秋雨庵随笔》："凡画轴制裱既成，以纸二条附于上，若垂带然，名曰惊燕。其纸条，古人不粘，因恐燕泥点污，故使因风飞动以恐之也。见高江村《天禄识馀》。"

甚天公二句：《西厢记》："这忧愁诉与谁，相思只自知，老天不管人憔悴。"

心如醉：《诗·王风·黍离》："中心如醉。"

诉衷情

冷落绣衾谁与伴，倚香篝。春睡起，斜日照梳头。欲写两眉愁。休休。远山残翠收。莫登楼。

【笺注】

香篝：薰笼。

写：此谓画眉。

水调歌头 题西山秋爽图

空山梵呗静，水月影俱沈。悠然一境人外，都不许尘侵。岁晚忆曾游处，犹记半竿斜照，一抹界疏林。绝顶茅庵里，老衲正孤吟。　　云中锡，溪头钓，涧边琴。此生著几两屐，谁识卧游心。准拟乘风归去，错向槐安回首，何日得投簪。布袜青鞋约，但向画图寻。

【校订】

上片"一抹界疏林"张刻本夺"界"字；袁刻、汪刻本作

"一抹映疏林"。

【笺注】

西山秋爽图：据高士奇《江村书画目》，高氏曾藏有元人盛子昭绘《溪山秋爽图》，性德所题，或即此图。

梵呗：佛教法事中，僧人歌咏赞诵之声。

水月：澄明之月，多用于描写佛寺之月景。唐太宗《大唐三藏圣教序》："松风水月，未足比其清华。"

锡：僧人之锡杖。

此生句：《世说新语·雅量》："祖士少好财，阮遥集好屐，并恒自经营。同是一累，而未判其得失。人有诣祖，见料视财物，客至，屏当未尽，馀两小簏，著背后，倾身障之，意未能平。或有诣阮，见自吹火蜡屐，因叹曰：未知一生当著几量屐。神色闲畅。于是胜负始分。"几量屐，即几两屐；"量"、"两"意犹今言"双"。辛弃疾《满江红》词："佳处经须携杖去，能消几两平生屐。"

卧游：《南史·宗少文传》："好山水，爱远游。有疾还江陵，叹曰：'老疾俱至，名山恐难遍睹，唯澄怀观道，卧而游之。'凡所游履，皆图之于室，谓之抚琴动操，欲令众山皆响。"此句言卧而观画。

乘风句：苏轼《水调歌头》词："我欲乘风归去。"

槐安：李公佐《南柯太守传》载，淳于棼酒醉于槐树之下，梦至一地为槐安国，国王招棼为驸马，使任南柯太守三十年，极享荣华。梦醒，见槐下一大蚁穴，南枝一小蚁穴。富贵乃南柯一梦耳。

投簪：古冠以簪固定，投簪，谓去冠，意指弃官。左思《招隐诗》："踌躇足力烦，聊欲投吾簪。"

布袜句：杜甫《奉先刘少府新画山水障歌》："若耶溪，云门寺，吾独胡为在泥滓，青鞋布袜从此始。"仇兆鳌注："此见画而思托身世外。"

又　题岳阳楼图

落日与湖水，终古岳阳城。登临半是迁客，历历数题名。欲问遗踪何处，但见微波木叶，几簇打鱼罾。多少别离恨，哀雁下前汀。　　忽宜雨，旋宜月，更宜晴。人间无数金碧，未许著空明。淡墨生绡谱就，待倩横拖一笔，带出九疑青。仿佛潇湘夜，鼓瑟旧精灵。

【校订】

上片"何处"《昭代词选》作"何在"。

下片"待倩"底本原作"待俏"，此据张刻本、《清平初选后集》、《草堂嗣响》、《昭代词选》、袁刻、汪刻本改。

"九疑"《清平初选后集》作"九嶷"。

【笺注】

岳阳楼图：据高士奇《江村书画目》，高氏曾藏有明人谢时臣绘《岳阳楼图》，性德所题，或即此图。岳阳楼为湖南岳阳名胜。

登临句：唐宋时谪迁官员，多往桂粤荒瘴之地，水行陆行，大率取径岳阳。范仲淹《岳阳楼记》："北通巫峡，南极潇湘，迁客骚人，多会于此。"

木叶：《楚辞·湘夫人》："洞庭波兮木叶下。"

金碧：谓画用金碧重彩，参见前《梦江南》"一片妙高云"阕之"笺注"。

九疑：九疑山，在湖南。是句谓横抹一笔，画出远山。

鼓瑟句：参见前《满庭芳》"题元人芦洲聚雁图"词之"笺注"。

【说明】

此词见于《清平初选后集》，作期不晚于康熙十六年。另，今存性德此词手书扇面（图影见《词学季刊》第三卷第三号），词后署："题画，书为孟公道兄正，松花江渔成德"。"孟公"为何人，未悉。

天仙子 渌水亭秋夜

水浴凉蟾风入袂。鱼鳞蹙损金波碎。好天良夜酒盈尊，心自醉。愁难睡。西南月落城乌起。

【校订】

汪刻本无副题。

"蹙损"张刻、袁刻本作"触损"。

【笺注】

水浴凉蟾：谓水中月影。蟾，代指月。周邦彦《过秦楼》"夜景"词："水浴清蟾，叶喧凉秋。"晏几道《点绛唇》词："暮云稀少，一点凉蟾小。"

鱼鳞：水纹。白居易《早春西湖闲游》诗："小桥装雁齿，轻浪鼗鱼鳞。"

好天良夜：柳永《女冠子》词："好天良夜，无端惹起千愁万绪。"

城乌：温庭筠《更漏子》词："惊塞雁，起城乌。"

又

梦里蘼芜青一翦。玉郎经岁音书远。暗钟明月不归来，梁
上燕。轻罗扇。好风又落桃花片。

【校订】
《清平初选后集》有副题"闺思"。
《国朝词综》有副题"渌水亭秋夜"，未选前首。
"书远"汪刻本作"书断"。
"轻罗"《清平初选后集》作"生罗"。
"又落"《今词初集》、《词汇》作"吹落"。
"好风又落"《清平初选后集》作"轻风落尽。"

【笺注】
梦里句：蘼芜，香草名，又称江蓠；一说即芎䓖之苗叶。自薛
道衡《昔昔盐》诗有"垂柳覆金堤，蘼芜叶复齐"句后，诗家多
用作思妇怀人之辞。孟郊《古薄命妾》诗："春山有蘼芜，泪叶长
不乾。"李贺《黄头郎》诗："沙上蘼芜花，秋风已先发。好持扫
罗荐，香出鸳鸯热。"
玉郎句：顾复《遐方怨》词："玉郎经岁负娉婷，教人争不恨
无情。"

【说明】
此阕见于《今词初集》，当作于康熙十七年前。

田茂遇曰：雅隽绝伦。（《清平初选后集》一）

陈廷焯曰：不减五代人手笔。（《词则·大雅集》五）

陈廷焯又曰：措词遣句，直逼五代人。（《云韶集》十五）

又

好在软绡红泪积。漏痕斜罥菱丝碧。古钗封寄玉关秋，天
咫尺。人南北。不信鸳鸯头不白。

天仙子

【校订】

《昭代词选》有副题"古意"。

"天咫尺"张刻、袁刻本作"水咫尺"。

【笺注】

好在：依旧。

软绡：杨慎《丽情集》："灼灼，锦城官妓也，善舞柘枝，能
歌水调。御史裴质与之善，后裴召还，灼灼以软绡聚红泪为寄。"

漏痕二句：言女子作书寄远。漏痕，即屋漏痕，毛笔用笔技
法。姜夔《续书谱·用笔》："屋漏痕，欲其横直匀而藏锋。"古
钗，亦称古钗脚，毛笔用笔浑厚有力状。周越《法书苑》："颜鲁
公与怀素同学草书于邬兵曹，或问曰：'张长史见公孙大娘舞剑
器，始得低昂回翔之状，兵曹有之乎？'怀素以古钗脚对。"菱丝
碧，此指作书之绢帛。玉关，玉门关，古诗词多泛指出征之关塞。
刘元济《怨诗》："玉关芳信断，兰闺锦字新。"

不信句：李商隐《代赠》诗："鸳鸯可羡头俱白。"

295

浪淘沙

紫玉拨寒灰。心字全非。疏簾犹是隔年垂。半卷夕阳红雨入，燕子来时。　　回首碧云西。多少心期。短长亭外短长堤。百尺游丝千里梦，无限凄迷。

【校订】

上片"犹是"汪刻本作"犹自"。

"隔年垂"张刻本作"隔簾垂"；袁刻本作"隔花垂"。

【笺注】

紫玉：紫玉钗。

心字：心字香。

短长句：谭宣子《江城子》词："短长亭外短长桥。"

百尺句：李商隐《日日》诗："几时心绪浑无事，得及游丝百尺长。"

又

野宿近荒城。砧杵无声。月低霜重莫闲行。过尽征鸿书未寄，梦又难凭。　　身世等浮萍。病为愁成。寒宵一片枕前冰。料得绮窗孤睡觉，一倍关情。

【校订】

词牌名《昭代词选》作"浪淘沙令"。

上片"野宿"汪刻本作"野店"。

下片"绮窗"《昭代词选》作"倚窗"。

【笺注】

过尽句：赵闻礼《鱼游春水》词："过尽征鸿知几许，不寄萧娘书一纸。"

梦又句：毛文锡《更漏子》词："人不见，梦难凭，红纱一点灯。"

寒宵句：刘商《古意》诗："风吹昨夜泪，一片枕前冰。"

又　望海

蜃阙半模糊。踏浪惊呼。任将蠡测笑江湖。沐日光华还浴月，我欲乘桴。　　钓得六鳌无。竿拂珊瑚。桑田清浅问麻姑。水气浮天天接水，那是蓬壶。

【笺注】

蜃阙：即海市蜃楼。许敬宗《奉和春日望海》诗："惊涛含蜃阙，骇浪掩晨光。"

蠡测：以蠡测海。蠡，瓢或勺。

乘桴：《论语·公冶长》："子曰：道不行，乘桴浮于海。"桴，木筏。

六鳌：据《列子·汤问》，海上有五仙山，乃仙人所居。五山由巨鳌十五举首而戴之，五山始峙而不动。"而龙伯之国有大人，举足不盈数步而暨五山之所，一钓而连六鳌，合负而趣归其国"。后以喻气概非凡。李中《送王道士游东海》诗："必若思三岛，应须钓六鳌。"

竿拂句：杜甫《送孔巢父谢病归游江东，兼呈李白》诗："诗卷长留天地间，钓竿欲拂珊瑚树。"

桑田句：葛洪《神仙传》："麻姑自说：接待以来，已见东海三为桑田，向到蓬莱，水又浅于往昔会时略半也，岂将复还为陵陆乎！方平笑曰：圣人皆言，海中行复扬尘也。"麻姑，女仙名。

蓬壶：海上仙山。王嘉《拾遗记》："三壶则海中三山也。一曰方壶，则方丈也；二曰蓬壶，则蓬莱也；三曰瀛壶，则瀛洲也。形如壶器。"

【说明】

是阕作于康熙二十一年扈从东巡时。东行往盛京途中，二月二十三出山海关，二十四日壬寅，高士奇《东巡日录》云："迟旦，海日欲出，朝烟变幻，散若绮霞。接顾之顷，焱然四彻，海光浩淼，极目无际。"又四月三十日，东巡返驾，《东巡日录》云："将入山海关，过欢喜岭。澄海楼在关西八里许。是日，捧御制《观海》诗。驻跸二十里铺，作《澄海楼观海歌》。"

又

夜雨做成秋。恰上心头。教他珍重护风流。端的为谁添病也，更为谁羞。　　密意未曾休。密愿难酬。珠帘四卷月当楼。暗忆欢期真似梦，梦也须留。

【校订】

词牌名《昭代词选》作"浪淘沙令"。

上片"添病也"《百名家词钞》、《古今词选》作"成病也"。

"更为"《百名家词钞》、《古今词选》作"却为"。

下片"真似梦"《百名家词钞》、《古今词选》、《昭代词选》作"真是梦"。

【笺注】

夜雨二句:"秋"上"心"头,为"愁"字。吴文英《唐多令》词:"何处合成愁,离人心上秋。"

端的二句:端的,口语,究竟、真的之意。元稹《莺莺传》引崔莺莺诗:"不为旁人羞不起,为郎憔悴却羞郎。"

又

红影湿幽窗。瘦尽春光。雨馀花外却斜阳。谁见薄衫低髻子,抱膝思量。　　莫道不凄凉。早近持觞。暗思何事断人肠。曾是向他春梦里,瞥遇回廊。

【校订】

词牌名《昭代词选》作"浪淘沙令"。

《瑶华集》有副题"无题"。

上片"抱膝"《词雅》作"衔指";《国朝词综》、汪刻本作"还惹"。

【笺注】

雨馀句:温庭筠《菩萨蛮》词:"雨后却斜阳,杏花零落香。"

暗思句：李珣《浣溪沙》词："暗思何事立斜阳。"

瞥遇句：王彦泓《瞥见》诗："别来清减转多姿，花影长廊瞥见时。"

【说明】

此阕见于《今词初集》，约作于康熙十六年前后。

【辑评】

陈廷焯曰：容若词不减飞涛（谓丁澎），然一则精丽中有飞舞之致，一则纤绵中得凄婉之神，笔路又各别。（《云韶集》二十四）

又

眉谱待全删。别画秋山。朝云渐入有无间。莫笑生涯浑似梦，好梦原难。　　红咮啄花残。独自凭阑。月斜风起袷衣单。消受春风都一例，若个偏寒。

【校订】

词牌名《昭代词选》作"浪淘沙令"。

上片"浑似梦"《百名家词钞》作"全似梦"；汪刻本作"浑是梦"。

【笺注】

眉谱：女子画眉图样。全删：全不用。

朝云：宋玉《高唐赋》言楚襄王于云梦之台，梦见巫山神女，女云："妾在巫山之阳，高丘之阻，旦为行云，暮为行雨，朝朝暮暮，阳台之下。"故立为庙，号曰朝云。此句言梦境中人渐不分明，"画眉"好梦终未成。

莫笑句：李商隐《无题》诗："神女生涯原是梦。"

红咮句：咮，鸟喙。温庭筠《咏山鸡》诗："红嘴啄花归。"

若个：哪个。

【辑评】

陈廷焯曰：妙在婉雅（谓上片末二句）。凄婉不减古人（谓下片末二句）。（《云韶集》二十四）

又

浪淘沙

闷自剔残灯。暗雨空庭。潇潇已是不堪听。那更西风偏著意，做尽秋声。　　城柝已三更。欲睡还醒。薄寒中夜掩银屏。曾染戒香消俗念，莫又多情。

【校订】

词牌名《昭代词选》作"浪淘沙令"。

《瑶华集》有副题"无题"。

上片"残灯"《昭代词选》作"银灯"。

"暗雨"《瑶华集》、汪刻本作"夜雨"。

"偏著"《瑶华集》、汪刻本作"不解"。

"做尽"《瑶华集》作"又做"。

下片"欲睡还醒"《瑶华集》作"冷湿银瓶"；汪刻本双行小字校作"冷浸银屏"。

"薄寒中夜掩银屏"《瑶华集》作"柔情深后不能醒"。

"曾染戒香消俗念"《瑶华集》作"若是多情醒不得"。

"莫又"《瑶华集》作"索性"；汪刻本作"怎又"。

【笺注】

柝　俗呼梆子，巡夜时敲击以报更。

染戒香：染，薰染；戒香，佛家戒律，以能除俗世污浊，因以香喻；另亦指所焚之香。司空图《为东都敬爱寺讲律僧惠确化募雕刻律疏》："薰戒香以消烦恼。"

【说明】

此阕有陈维崧和韵词，作期当在康熙十七至十八年间。

又

双燕又飞还。好景阑珊。东风那惜小眉弯。芳草绿波吹不尽，只隔遥山。　　花雨忆前番。粉泪偷弹。倚楼谁与话春闲。数到今朝三月二，梦见犹难。

【笺注】

阑珊：衰落貌。李煜《浪淘沙》词："帘外雨潺潺，春意阑珊。"

三月二：旧时以三月三为上巳日，三月二为上巳前一日。上巳有禊饮踏青之俗，倾城出游。

302

又

清镜上朝云。宿篆犹熏。一春双袂尽啼痕。那更夜来山枕侧，又梦归人。　　花底病中身。懒约湔裙。待寻闲事度佳辰。绣榻重开添几线，旧谱翻新。

【校订】

上片"山枕"汪刻本作"孤枕"。

下片"懒约渧裙"底本"渧"作"溅"，径改。汪刻本此句作"懒画湘文"。

"待寻闲事度佳辰"汪刻本作"藕丝裳带奈销魂"。

"重开"汪刻本作"定知"。

"旧谱翻新"汪刻本作"寂掩重门"。

【笺注】

渧裙：见前《浣溪沙》"五月江南麦已稀"阕之"笺注"。

谱：画谱，刺绣图样。

南楼令

金液镇心惊。烟丝似不胜。沁鲛绡、湘竹无声。不为香桃怜瘦骨，怕容易，减红情。　　将息报飞琼。蛮笺署小名。鉴凄凉、片月三星。待寄芙蓉心上露，且道是，解朝醒。

【校订】

词牌名汪刻本作"唐多令"。

下片"朝醒"张刻、袁刻、汪刻本作"朝醒"。

【笺注】

金液句：道家炼制的长生药。葛洪《抱朴子·金丹》："金液，太乙所服而仙者也，不减九丹。"此指治病之药。心惊，谓病人畏惊动。王彦泓《述妇病怀》："难凭银叶镇心惊，侍女床前不敢行。"

烟丝句：刘禹锡《杨柳枝》："数株杨柳不胜春。"此句言病人病体如风中柳丝屡弱不支。

沁鲛绡句：鲛绡，薄纱，指女子之衣或帕。任昉《述异记》："南海出鲛绡纱，一名龙纱，其价百馀金，以为服，入水不濡。"陆游《钗头凤》词："泪痕红浥鲛绡透。"湘竹，上多斑痕。张华《博物志》载，舜崩，舜之二妃啼，以涕挥竹，因成斑。此言竹簾或竹簟，二典并寓泪。是句谓病中人无声揾泪。

不为句：李商隐《海上谣》："海底觅仙人，香桃如瘦骨。"李诗用汉武帝拟种仙桃求长生事（见《博物志·史补》），言求药不得。瘦骨，谓仙桃之枝干已无桃可摘。此句言一切方药，均不吝寻觅。

红情：指女子之红颜丽色。

将息二句：将息，调养病体。飞琼，女仙名。《太平广记·女仙》："进士许瀍，游河中，忽得大病，不知人事。亲友数人，环坐守之。至三日，蹶然而起，取笔大书于壁曰：'晓入瑶台露气清，坐中唯有许飞琼。尘心未尽俗缘在，十里下山空月明。'良久渐言曰：昨梦到瑶台，有仙女三百馀人。内一人云是许飞琼，曰：'君终至此，且归。'若有人导引，遂得回耳。"蛮笺，蜀地所产彩色笺纸，古人多用于写书信，此代指信。小名，为病者之小名。此二句言作书致许飞琼，乞允病人回归，以续未尽之缘。

片月三星：秦观《南歌子》词："天外一钩残月，带三星。"此暗指心，"心"字卧钩如残月，三点如三星。

待寄句：吴文英《齐天乐》词："芙蓉心上三更露，茸香漱泉玉井。"王仁裕《开元天宝遗事》："贵妃每宿酒初消，多苦肺热。尝凌晨独游后苑，傍花树以手攀枝，口吸花露，藉其露液润于肺也。"

朝醒：醒，当作醒。朝醒指宿酒未醒。以上三句言病人似昏醉（实为不忍言病之辞），望许飞琼赐以仙露，使病人霍然而醒。

【说明】

此阕写卢氏病重时事，时在康熙十六年春。卢氏死于产后亏虚或并发症。上阕言竭力求医，下阕言寄希望于神仙援手，其绝望之情已见。

又 塞外重九

古木向人秋。惊蓬掠鬓稠。是重阳、何处堪愁。记得当年惆怅事，正风雨，下南楼。　　断梦几能留。香魂一哭休。怪凉蟾、空满衾裯。霜落乌啼浑不睡，偏想出，旧风流。

【校订】

词牌名《瑶华集》、《昭代词选》作"唐多令"。

副题《瑶华集》作"塞外重阳"。

下片"怪凉蟾"底本原作"怪凉蝉"；《瑶华集》作"奈银蟾"。此据汪刻本改。

"衾裯"《瑶华集》作"寒裯"。

"霜落"《瑶华集》作"霜紧"。

【笺注】

香魂句：温庭筠《过华清宫》诗："艳笑双飞断，香魂一哭休。"

凉蟾：凉月。

此调亦作悼亡语，"记得当年"，口气已非一年，当作于卢氏卒后数年。康熙二十四年之前，圣祖无重阳出塞巡边事，故此调非随扈之作。康熙二十一年秋往觇梭龙，或可当之。

生查子

短焰剔残花，夜久边声寂。倦舞却闻鸡，暗觉青绫湿。天水接冥濛，一角西南白。欲渡浣花溪，远梦轻无力。

【校订】

《瑶华集》有副题"边声"。

上片"边声寂"《瑶华集》作"边声急"。

"倦舞"《瑶华集》作"未卧"。

"暗觉"《瑶华集》作"惆怅"。

下片"欲渡浣花溪"《瑶华集》作"忽忆浣花人"。

"远梦轻无力"《瑶华集》作"轻梦浑无力"。

【笺注】

残花：谓灯花，灯捻之残烬。

倦舞句：用祖逖、刘琨闻鸡起舞事，见前《满庭芳》"堠雪翻鸦"阕之"笺注"。

青绫：即青绫被，见前《相见欢》词之"笺注"。

浣花溪：在四川成都西郊，溪畔即杜甫草堂。

【说明】

康熙十二年三藩之乱爆发，南方各省相继沦于战火。十三年，

吴三桂军经东、西两线北进,川、湘失陷。十五年,东线荆湘战场
呈相持状态,西线川陕则因王辅臣军叛变,清军一时退居守势。
时性德新举进士,亟欲立功疆场,屡请从戎,终未获允。赋闲京
师,心中郁郁,每寄情于诗词。其诗如"平生纵有英雄血,无由
一溅荆江水"(《送荪友》),即因荆楚战事作。此词则见其对川陕
战场之关注,而请缨无路之慨,亦与诗同。惟诗、词表达风格有
别,所谓"诗直而词曲",故诗称"血溅荆江",而词仅云"欲渡
浣花"耳。

【辑评】

林花榭曰:"欲渡浣花溪,远梦轻无力",婉约不减少游。(《读
词小笺》)

生查子

又

惆怅彩云飞,碧落知何许。不见合欢花,空倚相思树。
总是别时情,那待分明语。判得最长宵,数尽厌厌雨。

【校订】

《瑶华集》有副题"感旧"。

上片"不见"《瑶华集》作"当日"。

"空倚"《瑶华集》作"今日"。

下片"时"字《瑶华集》作"离"。

"那待"张刻本、《昭代词选》、汪刻本作"那得"。

"判得最长宵"《瑶华集》作"只合断肠人。"

"数尽"《瑶华集》作"听尽"。

彩云：李白《宫中行乐词》："只愁歌舞散，化作彩云归。"

不见二句：合欢，俗称马缨花，乔木，花淡红色，如马缨。相思树，见前《蝶恋花》"眼底风光留不住"阕之"笺注"。此二句只取"合欢"、"相思"字面意思。

厌天雨：淋淫不停之雨。厌，阴平声。

又

东风不解愁，偷展湘裙衩。独夜背纱笼，影著纤腰画。
爇尽水沈烟，露滴鸳鸯瓦。花骨冷宜香，小立樱桃下。

【校订】

《瑶华集》有副题"无题"。

《清平初选后集》有副题"闺意"。

《清平初选后集》"裙"作"纹"；"樱桃"作"东风"。

【笺注】

偷展句：谓风吹裙裾。湘裙，湖绿色裙。李群玉《同郑相并歌姬小饮戏赠》诗："裙拖六幅湘江水。"衩，衣襟开口处。

独夜二句：纱笼，灯笼。女子面对灯笼站立，灯影显出其纤腰轮廓。

花骨：此指花枝。

【说明】

此阕只写一女子夜间孤零形象，初在灯下，复又移于花下。其心情，则已由"东风不解愁"一句示出。此词见于《今词初集》，当作于康熙十六年前。

又

鞭影落春堤，绿锦郭泥卷。脉脉逗菱丝，嫩水吴姬眼。
啮膝带香归，谁整樱桃宴。蜡泪恼东风，旧垒眠新燕。

【校订】

上片"郭"张刻、袁刻本作"障"。

下片"宴"张刻、袁刻本作"晏"。

【笺注】

郭泥：马鞯，垫于鞍下，垂马背两侧，以挡泥土。

菱丝：菱蔓。

嫩水句：嫩水，春水。此句言春水明净如吴姬之眼。薛能《吴姬》诗："眼波娇利瘦岩岩。"方千里《浣溪沙》词："嫩水带山娇不断。"

啮膝：良马名。带香归，用孟郊《登科后》诗"春风得意马蹄疾，一日看遍长安花"及"踏花归去马蹄香"意。

樱桃宴：庆贺新科进士的宴会，见前《临江仙》"谢饷樱桃"阕之"笺注"。整：方言，准备之意。

恼：逗，戏，撩拨，无懊恼意。句意为东风逗弄蜡烛焰。贺铸《诉衷情》词："满城弄黄杨柳，著意恼春风。"

【说明】

是阕为及第后春游词，作于康熙十五年暮春。首二句言出游。三四句言郊景明媚，五六句言归来宴贺，末二句言心情振奋，顿觉已非旧时之人，所谓"洞房花烛夜，金榜题名时"。据此词，可知性德早年原有积极用世之心，非如后之悲忻沮丧。

又

散帙坐凝尘，吹气幽兰并。茶名龙凤团，香字鸳鸯饼。玉局类弹棋，颠倒双栖影。花月不曾闲，莫放相思醒。

【笺注】

散帙句：散帙，打开书卷，此谓已翻开之书。

吹气句：《洞冥记》："丽娟年十四，玉肤柔软，吹气胜兰。"意谓气息香如兰花。此句则言吹气与幽兰并芳。

龙凤团：即龙凤团茶，宋时贡茶。王辟之《渑水燕谈录》："建茶盛于江南，近岁制作尤精，龙凤团茶最为上品。郊礼致斋之夕，宫人剪金为龙凤花贴其上，八人分蓄之，以为奇玩，不敢自试。"

鸳鸯饼：薰笼所焚香常制作成饼状，称香饼。鸳鸯饼或为其中之一种。

玉局句：弹棋，古博戏之一种，《后汉后·梁冀传》章怀注："弹棋，两人对局，白黑棋各六枚，先列棋相当，更先弹也。其局以石为之。"后指弈棋为弹棋。苏轼《寄蕲簟与蒲传正》诗："牙签玉局坐弹棋。"《弹棋经后序》："建安中曹公执政，禁阑幽密，至于博弈之具皆不得妄置。宫中宫人因以金钗玉梳，戏于妆奁之上，即取类于弹棋也。"陆游《老学庵笔记》："大明龙兴寺佛殿，有魏宫玉石弹棋局，上有黄初中刻字。"

颠倒句：谓宿鸟之影映于棋局。

莫放句：莫引起相思之情。

忆桃源慢

斜倚熏笼，隔簾寒彻，彻夜寒于水。离魂何处，一片月明千里。两地凄凉多少恨，分付药炉烟细。近来情绪，非关病酒，如何拥鼻长如醉。转寻思、不如睡也，看道夜深怎睡。　　几年消息浮沈，把朱颜、顿成憔悴。纸窗风裂，寒到个人衾被。篆字香消灯炧冷，忽听塞鸿嘹唳。加餐千万，寄声珍重，而今始会当时意。早催人、一更更漏，残雪月华满地。

【校订】

上片"彻夜寒于水"《今词初集》、汪刻本"于"作"如"；袁刻本通句作"听尽哀鸿唳"。

"千里"袁刻、汪刻本作"如水"。

"凄凉"袁刻、汪刻本作"凄清"。

下片"风裂"《今词初集》、汪刻本作"淅沥"。

"忽听塞鸿嘹唳"《今词初集》、袁刻、汪刻本作"不算凄凉滋味"。

【笺注】

斜倚句：白居易《后宫词》："斜倚熏笼坐到明。"

非关句：李清照《凤凰台上忆吹箫》词："新来瘦，非干病酒，不是悲秋。"

拥鼻：《晋书·谢安传》："安本能为洛下书生咏，有鼻疾，故其音浊。名流爱其咏而弗能及，或手掩鼻以效之。"后以拥鼻指吟哦读书，且与离思别恨相关联。唐彦谦《春阴》诗："天涯已有销魂别，楼上宁无拥鼻吟。"顾夐《更漏子》词："旧欢娱，新怅望，拥鼻含颦楼上。"

【说明】

据"两地凄凉"、"消息浮沈"句，可知此为怀念友人之作。此词见于《今词初集》，作期当在康熙十七年前。

青衫湿遍 悼亡

青衫湿遍，凭伊慰我，忍便相忘。半月前头扶病，剪刀声、犹在银缸。忆生来、小胆怯空房。到而今、独伴梨花影，冷冥冥、尽意凄凉。愿指魂兮识路，教寻梦也回廊。

咫尺玉钩斜路，一般消受，蔓草残阳。判把长眠滴醒，和清泪、搅入椒浆。怕幽泉还为我神伤。道书生、薄命宜将息，再休耽、怨粉愁香。料得重圆密誓，难禁寸裂柔肠。

【校订】

《古今词选》副题有"自度曲"三字。

《草堂嗣响》无副题。

上片"前头"《草堂嗣响》作"前还"。

"犹在"《古今词选》、汪刻本作"犹共"。

"识路"《草堂嗣响》作"归路"。

下片"残阳"汪刻本作"斜阳"。

【笺注】

忍：岂忍之意。

扶病：支撑病体行动或劳作。

小胆句：常理《古离别》诗："小胆空房怯，长眉满镜愁。"

玉钩斜：在扬州，隋炀帝葬宫人处。此藉指墓地。

椒浆：祭奠所用之酒浆，以椒浸制。《楚辞·东皇太一》："奠桂酒兮椒浆。"

怨粉句：王沂孙《金盏子》词："厌厌地、终日为伊，香愁粉怨。"

【说明】

此阕作于卢氏初逝时，时为康熙十六年。

酒泉子

谢却荼蘼。一片月明如水。篆香消，犹未睡。早鸦啼。

嫩寒无赖罗衣薄。休傍阑干角。最愁人，灯欲落。雁还飞。

【校订】

《瑶华集》有副题"无题"。

【笺注】

荼蘼：花名。《草花谱》："荼蘼花，大朵色白，千瓣而香，枝根多刺。诗云'开到荼蘼花事了'，为当春尽时开耳。"

无赖：多事而惹人厌。

陈廷焯曰：凄婉。端己、正中不得专美于前（谓下片）。（《云韶集》十五）

陈廷焯又曰：情词凄婉，似韦端己手笔。（《词则·闲情集》三）

凤凰台上忆吹箫 守岁

锦瑟佰年，香屏此夕，东风吹送相思。记巡檐笑罢，共捻梅枝。还向烛花影里，催教看、燕蜡鸡丝。如今但，一编消夜，冷暖谁知。　　当时。欢娱见惯，道岁岁琼筵，玉漏如斯。怅难寻旧约，枉费新词。次第朱幡翦彩，冠儿侧、斗转蛾儿。重验取，卢郎青鬓，未觉春迟。

【校订】

《国朝词综》无副题。

上片"烛花"《国朝词综》作"灯花"。

"一编"张刻本作"一遍"。

下片"冠儿侧、斗转"《国朝词综》作"重帘畔、又转"。

【笺注】

守岁：《古今事物考》："岁终一日为除日，夜为除夕。宋，士庶之家围炉团坐，达旦不寝，谓之守岁。"实此俗宋前即有，唐太宗曾作《守岁》诗。今此俗犹存。

锦瑟句：李商隐《锦瑟》诗："锦瑟无端五十弦，一弦一柱思华年。"

巡檐：来往于檐下。杜甫《舍弟观赴蓝田取妻子到江陵喜寄》诗："巡檐索共梅花笑，冷蕊疏枝半不禁。"

燕蜡句：杨慎《艺林伐山》："《玉烛宝典》云：洛阳人家，正
旦造丝鸡、蜡燕、粉荔枝。故宋人贺正启有'瑞英饯腊，粉荔迎
年'之句。"

一编：犹言一卷。王彦泓《灯夕悼感》诗："一编枯坐到
三更。"

朱幡：即春幡。翦彩，《荆楚岁时记》："立春之日，悉翦彩为
燕戴之。"

斗转句：斗转，旋转。康与之《瑞鹤仙》"上元应制词"："闹
蛾儿满路，成团打块，簇著冠儿斗转。"蛾儿，即闹蛾儿，年节饰
于头，转动有声，因云闹。朱彝尊《日下旧闻》引《琐谭》："燕
地上元节用金纸剪成飞蛾，以猪鬃尖分披片纸贴之，或五或七，
下缚一处，以针作柄，妇女戏之，名曰闹蛾儿。"

卢郎：钱易《南部新书》："卢家有子弟，年已暮，娶崔氏女。
崔有词翰，成诗曰：'自恨妾身生较晚，不见卢郎年少时。'"

又　除夕得梁汾闽中信，因赋

荔粉初装，桃符欲换，怀人拟赋然脂。喜螺江双鲤，忽展
新词。稠叠频年离恨，匆匆里、一纸难题。分明见，临缄
重发，欲寄迟迟。　　心知。梅花佳句，待粉郎香令，再
结相思。辛稼轩客三山有"梅花相思"之句记画屏今夕，曾共题诗。
独客料应无睡，慈恩梦、那值微之。重来日，梧桐夜雨，
却话秋池。

315

《瑶华集》副题作"辛酉除夕得顾五闽中消息"。

上片"荔粉初装，桃符欲换，怀人拟赋然脂"《瑶华集》作"神燕情图，朱泥罢印，新诗待拟燃脂"。

"忽展新词"《瑶华集》作"忽送相思"。

"稠叠"《瑶华集》作"惆怅"。

"分明见"《瑶华集》作"料应是"。

"怡缄重发"《瑶华集》作"行人临发"。

"欲寄"《瑶华集》作"封又"。

下片"心知"《瑶华集》作"谁知"。

"待粉郎"《瑶华集》作"与粉郎"。

"甚结相思"《瑶华集》作"一样凄迷"，下之双行小字为"辛稼轩在闽之三山有'梅花相思'之句。'粉郎香令'梁汾集中语"。

"曾共题诗"《瑶华集》作"共赋丝鸡"。

"独客料应无睡"《瑶华集》作"剔尽残灯无焰"。

"那值微之"《瑶华集》作"风又东西"。

"秋池"《瑶华集》作"桃溪"。

【笺注】

荔粉：即粉荔枝，一种元旦食品。见前同调"守岁"阕之"笺注"。

桃符：旧时所用门神，以桃木板制。《本草集解》："李时珍曰：风俗通曰东海度朔山有大桃蟠屈千里，其北有鬼门，二神守之，曰神荼、郁垒，主领众鬼。黄帝因立桃板于门，画二神口衔卤鬼。典术云：桃乃东方之木，五木之精，仙木也。味辛气恶，故能压伏邪气，制百鬼。今人门上用桃符辟邪，以此也。"王安石《除日》诗："总把新桃换旧符。"

然脂：点燃灯烛。徐陵《玉台新咏序》："于是然脂暝写，弄笔晨书。"

螺江：亦称螺女江，在福建福州西北。

双鲤：书信。下句之"新词"，即信中所寄。

临缄句：张籍《秋思》诗："复恐匆匆说不尽，行人临发又开封。"

梅花佳句：指顾贞观《浣溪沙》"梅"词："一片冷香惟有梦，十分清瘦更无诗，待他移影说相思。"

粉郎香令：粉郎为三国时何晏事；香令为荀彧事。此皆藉指顾贞观。据《语林》载，何晏面白如傅粉，人称粉郎；《世说新语》载荀令君（彧）怀异香，至人家，坐幕三日香不歇。又据《顾梁汾先生诗词集》所附之旧《无锡县志》："贞观美丰仪，才调清丽。"

再结相思：《通志堂集》此句下有成德自注："辛稼轩客三山有'梅花相思'之句。"按，辛弃疾《定风波》"三山送卢国华提刑约上元重来"词："极目南云无过雁，君看，梅花也解寄相思。"因辛弃疾、顾贞观词皆有梅花"相思"字，故云"再结"。

慈恩梦：用唐诗人白居易、元稹（字微之）故事。孟棨《本事诗》："元相公为御史，鞫狱梓潼。时白尚书在京，与名辈游慈恩，小酌花下，为诗寄元曰：'花时同醉破春愁，醉折花枝当酒筹。忽忆故人天际去，计程今日到梁州。'时元果及褒城，亦寄《梦游》诗曰：'梦君兄弟曲江头，也向慈恩院里游。驿吏唤人排马去，忽惊身在古梁州。'千里神交，合若符契，友朋之道，不期至欤。"

秋池：用李商隐《夜雨寄北》诗意。李诗见前《金缕曲》"谁复留君住”阕之“笺注”。

【说明】

《瑶华集》此词副题作“辛酉除夕得顾五闽中消息”，不可信。辛酉，即康熙二十年。是年七月，梁汾奔母丧南归，十月，吴汉槎自塞外抵京。梁汾先有信致汉槎“晤期非杪冬即早春”，实年底梁汾又至京。姜宸英《题蒋君长短句》云：“记壬戌灯夕，与阳羡陈其年、梁溪严荪友、顾华峰、嘉禾朱锡鬯、松陵吴汉槎数君，同饮花间草堂。”灯夕在京，半月前之除夕决不可能在闽中。大约上元后不久，梁汾又南返，在苏浙近三年，至康熙二十三年九月始再入京。此词副题之“除夕”，实为康熙十八年或十七年之除夕，时梁汾在福州，依福建按察使吴兴祚。康熙二十二年或二十三年除夕，梁汾虽在南，但吴兴祚已于康熙二十年调任两广总督，梁汾不可能再去闽中。另，性德逝后，梁汾有《望海潮》词，乃怀念性德之作，犹提及此词“粉郎香令”之句，参见前《大酺》词之“说明”。

蓟梧桐　自度曲

新睡觉，正漏尽、乌啼欲晓。任百种思量，都来拥枕，薄衾颠倒。土木形骸，分甘抛掷，只平白、占伊怀抱。听萧萧，一蓟梧桐，此日秋声重到。　　若不是、忧能伤人，甚青镜、朱颜易老。忆少日清狂，花间马上，软风斜照。端的而今，误因疏起，却懊恼、殢人年少。料应他，此际闲眠，一样积愁难扫。

【校订】

词牌汪刻本作"湘灵鼓瑟。"

上片"正漏尽"汪刻本作"听漏尽"。"欲晓"下汪刻本多"屏侧坠钗扶不起，泪浥馀香悄悄"二句。

"分甘抛掷"汪刻本作"自甘憔悴"。

"听萧萧"汪刻本作"看萧萧"。

"声重"汪刻本作"光应"。

下片"甚青镜"汪刻本作"怎青镜"。

"易老"汪刻本作"便老"，下添"慧业重来偏命薄，悔不梦中过了"二句。

"殢人"汪刻本作"误人"。

"积愁"汪刻本作"百愁"。

【笺注】

颠倒：反侧不眠之状。

土木句：《晋书·嵇康传》："康身长七尺八寸，美词气，有风仪，而土木形骸，不自藻饰，人以为龙章凤姿，天质自然。"后以喻人一任自然，不自修饰。

分：本来；读去声。

忧能伤人：孔融《论盛孝章书》："若使忧能伤人，此子不得永年矣。"

误因句：蒋捷《满江红》词："万误曾因疏处起，一闲且向贫中觅。"

殢：耽搁、误过之意。

【说明】

此阕似为薄情少恩、贻误女子青春而生悔。"平白占伊"、"殢人年少"皆此意。"误因疏起"，谓早年未曾著意于情感。容若娶

剪梧桐

319

卢氏之前，先纳庶妻颜氏，时约在康熙十二年。十四年，颜氏产容若长子富格。颜氏长期别居海淀双榆树，性德眷顾甚少。此阕或即为颜氏而作。

饮水词笺校卷五

浣溪沙　寄严荪友

藕荡桥边理钓筒。苎萝西去五湖东。笔床茶灶太从容。

　况有短墙银杏雨，更兼高阁玉兰风。画眉闲了画芙蓉。

（据康熙刻本《今词初集》）

【校订】

　副题《瑶华集》无"严"字。

　上片"理"《瑶华集》作"作"；"筒"作"翁"。

　"苎萝西去五湖东"《瑶华集》作"披襟濯足碧流中"。

　"笔床茶灶太从容"《瑶华集》作"江南好梦绕吴宫。"下片"高阁"《瑶华集》作"小阁"；"玉兰"作"玉箫"。

　"闲了"《瑶华集》作"才了"。

【笺注】

　严荪友：即严绳孙，详见前《临江仙》"寄严荪友"词之"笺注"。

　藕荡桥：在无锡。朱彝尊《严绳孙墓志铭》："当君未仕，爱县西洋溪丘壑竹林之胜，思买墓田丙舍终老。溪有桥曰藕荡，因自号藕荡渔人。"顾贞观《弹指词》有《离亭燕》"藕荡莲"阕注云："地近杨湖，暑月香甚。其旁为扫荡营，盖元明间水战处也。荪友往来湖上，因号藕荡渔人。"

筒：贮鱼之竹器，小口大腹，浸水中，鱼不得出。

苎萝：山名，在浙江诸暨县境。春秋时美女西施居苎萝山下。

五湖：古书称五湖，所指多不同，大率为太湖及周围湖泊之泛称。春秋时范蠡助越国灭吴国，功成，携西子泛舟五湖。诗家用"五湖"，每有归隐不仕之意。参见卷二《金缕曲》"慰西溟"阕之笺注。

笔床句：笔床，笔架。《新唐书·陆龟蒙传》："不乘马，升舟设篷席，赍束书、茶灶、笔床、钓具往来，时谓江湖散人。"倪瓒《清閟阁集》卷十一："元处士倪云林先生名瓒，无锡人，孤舟蓑笠，载竹床茶灶，飘遥五湖三泖间。"苏庠《赋王文孺瞷庵》诗："石渠东观了无梦，笔床茶灶行相期。"

况有二句：用严荪友句。严荪友《望江南》词："暗绿扑帘银杏雨，香黄扶袖玉兰风，人在小窗中。"

画眉句："画眉"用张敞事，见前《金缕曲》"酒浣青衫卷"阕之"笺注"。画芙蓉，为美人画像。白居易《长恨歌》："芙蓉如面柳如眉。"荪友善绘事，故有此句。

【说明】

严荪友于康熙十五年春夏间南归，原无再出仕意。性德康熙十六年十二月寄严书云"息影之计可能遂否"，即指此。此词上片三句亦出同一背景。后严氏应博学鸿儒试，实出被迫无奈。此词见《今词初集》，故当作于康熙十六年。又，同时高士奇曾云："严藕渔负卓荦之才，高尚其志，徜徉山水数十年，所怀狷洁，轩冕富贵不动其心，诗酒笔墨自娱而已。梁溪之人争以倪云林目之。"（法式善《槐厅载笔》卷十四引《高澹人文稿》）容若此词亦以云林赞严氏。

渔父

收却纶竿落照红。秋风宁为翦芙蓉。人淡淡，水濛濛。吹入芦花短笛中。（据康熙三十四年徐釚家刻本《南州草堂集》附《枫江渔父图》题词）

【笺注】

芙蓉：邢昺《尔雅疏》："今江东人呼荷花为芙蓉。"按《说文解字》，未发为菡萏，已发为芙蓉。翦，削除之意。

【说明】

是阕为题画之作，题于徐釚《枫江渔父图》。徐釚（一六三六——一七〇八），字电发，号虹亭，又号枫江渔父，康熙十八年中博学鸿儒，授检讨。康熙二十五年，会当外转，遽乞归。著有《南州草堂集》，词称《菊庄词》、《枫江渔父词》，并编著有《词苑丛谈》。毛际可《枫江渔父图记》："康熙丙辰春，吴江徐君虹亭屡过邸舍，出《枫江渔父图》，相属以记。余谓必画苑名迹，藉为赏鉴之重；及展卷，而奚童之执烛于旁者，不觉粲然失笑。固不问而知其为虹亭也。图修广不盈幅，烟波浩荡，有咫尺千里之势。舟中贮酒一瓮，图书数十卷，虹亭纶竿箬笠，箕踞徜徉。读款识，为西泠谢彬之作。彬物故已久，计貌此图，当逾十载，至今犹酷肖如此。"徐釚此图自跋："先是，渔父年四十岁，曾属钱塘谢彬画《垂竿图》，因自号枫江渔父云。时康熙三十四年乙亥，渔父年六十。"可知图作于康熙十四年，徐釚四十岁时。今此图尚存，其题跋除见于《南州草堂集》外，又见于陆心源《穰梨馆过眼续录》十五及近人黄宾鸿、邓实编《美术丛书》。图为谢彬写照，童生补图，沈荃题字。康熙十七年戊午，徐釚应鸿博征，携图入京，当世名人多有题诗。性德此词在内，此外，尚有顾贞观、徐乾学、汪懋麟、朱彝尊、姜宸英等人题跋。性德此词，当作于康熙十八年，其词牌实为《渔歌子》。

【辑评】

唐圭璋曰：《渔歌子》风致殊胜，词见徐虹亭《枫江渔父图》。一时胜流，咸谓此词可与张志和《渔歌子》并传不朽。世之爱读容若词者亦多矣，又何可不读此阕。（朱崇才辑《攀桐词话》四）

明月棹孤舟　海淀

一片亭亭空凝伫。趁西风、霓裳遍舞。白鸟惊飞，菰蒲叶乱，断续浣纱人语。　　丹碧驳残秋夜雨。风吹去、采菱越女。辘轳声断，昏鸦欲起，多少博山情绪。（据康熙二十五年天藜阁刻本《瑶华集》）

【笺注】

海淀：在北京西北郊，今为北京市海淀区。性德在海淀桑榆墅（今称双榆树）有别居，其庶妻颜氏居之。

亭亭：谓荷花。陆游《老学庵学记》十："卷荷出水面，亭亭植立。"

趁西风句：卢炳《满江红》词："依翠盖、临风一曲，霓裳舞遍。"

博山：乐府《杨叛儿》："欢作沈水香，侬作博山炉。"

东风第一枝 桃花

薄劣东风，凄其夜雨，晓来依旧庭院。多情前度崔郎，应叹去年人面。湘簾乍卷，早迷了、画梁栖燕。最娇人、清晓莺啼，飞去一枝犹颤。　　背山郭、黄昏开遍。想孤影、夕阳一片。是谁移向亭皋，伴取晕眉青眼。五更风雨，莫减却，春光一线。傍荔墙、牵惹游丝，昨夜绛楼难辨。（据康熙二十五年天藜阁刻本《瑶华集》）

【校订】

《精选国朝诗馀》副题作"种桃"。

"莺啼"《精选国朝诗馀》作"啼莺"。

"伴取"《精选国朝诗馀》作"俥取"。

下片"莫减却"《昭代词选》、汪刻本作"算减却"。

【笺注】

薄劣：薄情。张元幹《踏莎行》词："薄劣东风，夭斜落絮，明朝重觅吹笙路。"

多情二句：用崔护"人面桃花"故事。唐崔护清明郊游，至村居求饮，有女以盂水至，含情倚桃伫立。明年清明再访，则门庭如故，人去室空。崔题诗于门云："去年今日此门中，人面桃花相映红。人面不知何处去，桃花依旧笑春风。"事见孟棨《本事诗》。

亭皋：水边平地。王安石《移桃花》诗："枝柯蔫绵花烂漫，美锦千两敷亭皋。"

晕眉青眼：喻柳叶。元稹《叙诗寄乐天书》："近世妇人，晕淡眉目，绾约头鬓。"洪适《元氏长庆集跋》："晕眉约鬓，匹配色泽。"赵孟頫《早春》诗："草芽随意绿，柳眼向人青。"

减却句：杜甫《曲江》诗："一片飞花减却春。"

荔：薜荔，即木莲，藤蔓植物，攀壁生。

【说明】

高士奇《蔬香词》有《花发沁园春》"和容若种桃"词，即和此词。作期当在康熙十六年前。

【辑评】

陈淏曰：咏梅名作极多，题桃此为杰构。（《精选国朝诗馀》）

望海潮　宝珠洞

汉陵风雨，寒烟衰草，江山满目兴亡。白日空山，夜深清呗，算来别是凄凉。往事最堪伤。想铜驼巷陌，金谷风光。几处离宫，至今童子牧牛羊。　　荒沙一片茫茫。有桑干一线，雪冷雕翔。一道炊烟，三分梦雨，忍看林表斜阳。归雁两三行。见乱云低水，铁骑荒冈。僧饭黄昏，松门凉月拂衣裳。（据康熙二十五年天藜阁刻本《瑶华集》）

【校订】

上片"汉陵"《瑶华集》作"漠陵"，此据汪刻本改。

【笺注】

宝珠洞：在京西翠微山，今八大处平坡山之上。震钧《天咫偶闻》："八刹者，长安寺居西山之麓，寺左缘山而上，不一里则灵光寺也。再上，北为大悲寺，西为三山庵。又上，则龙泉寺，又上半里，为香界寺，又上里馀，为宝珠洞，则至顶。洞前有敞榭，一目千里。"余棨昌《故都变迁记略》："宝珠洞当山之翠微处，洞深广丈馀，洞中石黑白点渗之如珠，故名。中供肉身坐化和尚名海岫禅师，俗称鬼王菩萨。"吴长元《宸垣识略》十五亦有类似记载。

寒烟句：王安石《桂枝香》词："六朝旧事随流水，但寒烟衰草凝绿。"

江山句：辛弃疾《念奴娇》词："虎踞龙蟠何处是，只有兴亡满目。"

铜驼：见前《梦江南》"城阙尚嵯峨"阕之"笺注"。

金谷：金谷园。晋石崇在洛阳所筑别墅。刘禹锡《杨柳枝》诗："金谷园中莺乱飞，铜驼陌上好风吹。"

桑干：桑干河，源出山西，自京西石景山侧流过，折向南，改称永定河。朱彝尊《最高楼》词："望不尽、军都山一面，流不尽、桑干河一线。"

梦雨：细雨。王若虚《滹南诗话》："盖雨之至细，若有若无者，谓之'梦'，贺方回有'风头梦雨吹成雪'之句，又云'长廊碧瓦，梦雨时飘洒'。"

松门：寺门。朱彝尊《夏初临》"天龙寺"词："佛火黄昏，伴残僧，千山万山，凉月松门。"

【说明】

康熙八年，严绳孙曾作《望海潮》"钱唐怀古"词，一时传诵。性德此词，结构字句多与严词相近。如严词"一道愁烟，三分流水，恼人惟有斜阳"三句，性德词作"一道炊烟，三分梦雨，忍看林表斜阳"，尤见趋仿形迹。此词当为性德早期习作，作期应在康熙十四年前。

瑞鹤仙 丙辰生日自寿，起用《弹指词》句，并呈见阳

马齿加长矣。枉碌碌乾坤，问汝何事。浮名总如水。拚尊前杯酒，一生长醉。残阳影里，问归鸿、归来也未。且随缘、去住无心，冷眼华亭鹤唳。　　无寐。宿醒犹在，小玉来言，日高花睡。昨月阑干，曾说与，应须记。是蛾眉便自、供人嫉妒，风雨飘残花蕊。叹光阴、老我无能，长歌而已。（据康熙三十年张纯修刻本《饮水词集》卷中）

【校订】

　　副题底本张刻本原作"丙辰生日自寿，起用弹语句，并呈见阳"，此据汪刻本补。另袁刻本"起用《弹指词》句"作"起用弹指语句"。

　　上片"问汝"张刻本原作"问女"，袁刻、汪刻本均作"问汝"。"女"、"汝"古字通，据改。

　　"拚尊前"袁刻、汪刻本作"判尊前"。

【笺注】

　　副题：丙辰，康熙十五年（一六七六）。性德生于顺治十一年甲午十二月十二日，公历一六五五年一月十九日。《弹指词》，顾贞观词集名。顾氏有《金缕曲》"丙午生日自寿"词，丙午为康熙五年，时梁汾方举顺天乡试第二，寻擢内国史院典籍，年三十岁。顾词《金缕曲》首句即"马齿加长矣"。见阳，即张纯修。

　　马齿句：《春秋谷梁传》僖公二年："荀息牵马操璧而前曰：璧则犹是也，而马齿加长矣。"以马齿长短及磨损情况看马之年龄，齿加长，谓年岁已长。

328

去住：犹去留。

华亭鹤唳：《世说新语·尤悔》："陆平原河桥败，为卢志所谮，被诛。临刑叹曰：欲闻华亭鹤唳，可复得乎？"华亭在今上海松江境。陆机未仕前，与弟云共优游华亭。

小玉：泛指侍女。元稹《暮秋》诗："栖乌满树声声绝，小玉上床铺夜衾。"

蛾眉：见前《金缕曲》"赠梁汾"词之"笺注"。

【说明】

性德丙辰中进士，原拟翰苑之选，竟不能得。康熙十五年一年间，全然赋闲，未得铨叙。词中"叹光阴、老我无能"，即由此生慨。作此词时，梁汾在京，方与容若相识未久。

菩萨蛮　过张见阳山居，赋赠

车尘马迹纷如织。羡君筑处真幽僻。柿叶一林红。萧萧四面风。　功名应看镜。明月秋河影。安得此山间。与君高卧闲。（据康熙三十年张纯修刻本《饮水词集》卷中）

【笺注】

副题：毛际可《张见阳诗序》："曩者岁在己未，余谬以文学见征，旅食京华。张子见阳联骑载酒，招邀作西山游，同游者为施愚山、秦留仙、朱锡鬯、严荪友、姜西溟诸公，分韵赋诗，极一时盛事。忽忽十馀年，余偶过瓜步，访张子于官舍，语及西山旧作，余已惝恍，不复能记忆，而张子珍之什袭，墨沈如新。"又秦松龄《送张见阳令江华》诗自注："春间同愚山、锡鬯诸子宿见阳山庄，历览西山诸胜。"据此，可知张见阳山居在京郊西山。

功名句：谓容颜易老而功名未就。杜甫《江上》诗："勋业频看镜，行藏独倚楼。"陆游《秋郊有怀》诗："挂冠易事耳，看镜叹勋业。"

【说明】

张纯修于康熙十八年秋赴湖南江华县令，此词作于康熙十七年之前。

于中好　咏史

马上吟成鸭绿江。天将间气付闺房。生憎久闭金铺暗，花笑三韩玉一床。　　添哽咽，足凄凉。谁教生得满身香。至今青海年年月，犹为萧家照断肠。（据纳兰性德手迹）

【校订】

词牌名，作者手迹原无词牌名，此据张刻本。《草堂嗣响》、汪刻本作"鹧鸪天"。

副题，作者手迹原无副题，此据张刻本。

上六"鸭绿江"张刻本、《草堂嗣响》、《昭代词选》、汪刻本作"促渡江"。

"天将间气付闺房"张刻本、《草堂嗣响》、《昭代词选》、汪刻本作"分明间气属闺房。"

"金铺"《昭代词选》、汪刻本作"铜铺"。

"花笑三韩"张刻本、《草堂嗣响》、《昭代词选》、汪刻本作"花冷回心"。

"青海"张刻本、《草堂嗣响》、《昭代词选》、汪刻本作"西海"。

【笺注】

副题：此阕所咏为辽懿德皇后萧观音事。萧观音《辽史》有传，较简略；辽学士王鼎《焚椒录》、清周春《辽诗话》详具其事。其大略为：后端丽多技艺，能诗，清宁元年（一〇五五，辽道宗耶律洪基年号），册为皇后。二年，从猎伏虎林，应制赋诗（见下条注文），帝称为"女中才子"。帝耽畋猎，后谏之，帝心颇厌，遂希见幸。后因作《回心院》词十首以寓意，望帝回心焉。词出，令伶官赵惟一演奏之。时奸臣耶律乙辛方任枢密使，谋害后及太子，乃遣人作《十香淫词》，诬后与赵惟一淫通，并指《十香词》为证。道宗惑之，竟赐后自尽。后死于大康初，年三十六。

马上句：周春《辽诗话》："清宁二年八月，上猎秋山，至伏虎林，命后赋诗。后应声曰：'威风万里压南邦，东去能翻鸭绿江。灵怪大千俱破胆，那教猛虎不投降。'上大喜，出示群臣曰：'皇后可谓女中才子。'"

间气：英雄豪杰禀天地特殊之气，称"间气"。语出《春秋演孔图》"间气为臣"句。张端义《贵耳集》赞李清照词"妇人中有此文笔，殆间气也"，即以间气赞妇女才调之一例。

生憎句：萧后《回心院》词第一首："扫深殿，闭久金铺暗。游丝络网尘作堆，积岁青苔厚阶面。扫深殿，待君宴。"金铺，即铺首，铜制，故美称金铺；《汉书·哀帝纪》颜师古注："门之铺首，所以衔环者也。"多为圆形兽面图案。杜牧《华萼楼》诗："唯有紫苔偏称意，年年因雨上金铺。"

花笑句：萧后《回心院》词第七首："展瑶席，花笑三韩碧。笑妾新铺玉一床，从来妇欢不终夕。展瑶席，待君息。"三韩，古朝鲜境有三国，称辰韩（即扶馀）、弁韩（即新罗）、马韩（即高丽），合称三韩。又据《辽史·地理志》，辽圣宗伐高丽，徙三韩之民入辽，于中京大定府北境居之，因设三韩县（地在今赤峰市东）。此似指产于朝鲜之席。

满身香：耶律乙辛遣人作《十香词》，嫁名于萧后。其第二首云："咳唾千花酿，肌肤百和装。元非嗳沈水，生得满身香。"另，周邦彦《侧犯》词："满身香、犹是旧荀令。"

青海：西北有青海，此谓边地而已。

满江红　为曹子清题其先人所构楝亭，亭在金陵署中

籍甚平阳，羡奕叶、流传芳誉。君不见、山龙补衮，昔时兰署。饮罢石头城下水，移来燕子矶边树。倩一茎、黄楝作三槐，趋庭处。　　延夕月，承晨露。看手泽，深馀慕。更凤毛才思，登高能赋。入梦凭将图绘写，留题合遣纱笼护。正绿阴、青子盼乌衣，来非暮。（据康熙三十年张纯修刻本《饮水词集》卷下）

【笺注】

副题：曹子清，即曹寅，字子清，号楝亭，又号荔轩，满洲正白旗包衣旗人，纳兰性德之友。子清年十三任御前侍卫，后差苏州、江宁织造，官至通政使。康熙五十一年卒，年五十四。著有《楝亭集》。子清父曹玺，康熙元年任江宁织造，副题中"先人"即谓曹玺（玺卒于康熙二十三年六月）。曹玺在江宁，曾手植楝树一株于署衙，筑亭子于树侧。玺卒，曹寅重构亭，名为楝亭，且请人绘图以志念。《楝亭图卷》今尚存，共四卷，计图十幅，禹之鼎、戴本孝、严绳孙、程义等绘；题咏则有性德、唐孙华、姜宸

英、徐乾学、王士禛等四十五家。图及题咏非作于一时，题咏最早为康熙二十四年，晚则至康熙三十年后。性德此词亦题于图，列诸题之先。故此词乃题图之作，非题于亭者。

平阳：汉功臣曹参封平阳侯。此以曹参喻子清家，切曹姓。

奕叶：累世、代代之意。至曹寅，曹家任江宁织造已两代。蔡邕《琅邪王傅蔡朗碑》："奕叶载德，常历宫尹。"

山龙句：山龙，绘于衮服之章纹。《晋书·舆服志》："王公衣山龙以下九章，卿衣华虫以下九章。"补衮，补救、规谏帝王失误之意。《诗·大雅·烝民》："衮职有阙，维仲山甫补之。"

兰署：唐秘书省为兰署，此用以尊曹氏门第。

石头城下水：尉迟偓《中朝故事》："李德裕居廊庙日，有知奉使于京口，李曰：'还日，金山下扬子江中泠水，与取一壶来。'其人举棹日，醉而忘之。泛舟上石头城下，方忆及，汲一瓶于江中，归献之。李公饮后，惊讶非常，曰：'江表水味，有异于顷岁矣。此水颇似建业石城下水。'其人谢过，不敢隐也。"

三槐：《周礼·秋官·朝士》："面三槐，三公位焉。"后以喻三公。又据《邵氏闻见录》，王佑尝手植三槐于庭，曰："吾子孙必有为三公者。"后其子王旦果入相，人称三槐王氏。

趋庭：《论语·季氏》："（孔子）尝独立，（孔）鲤趋而过庭。曰：'学诗乎？'对曰：'未也。''不学诗，无以言。'鲤退而学诗。"此为孔子教子故事，后因以趋庭谓承父教。

手泽：先人或前辈遗物、遗墨等。

凤毛：比喻子弟才如其父辈。《世说新语·容止》："王敬伦风姿似父，桓公望之，曰：大奴固自有凤毛。"按，王敬伦为王劭，其父为王导。

登高能赋：《汉书·艺文志》："传曰：不歌而诵谓之赋，登高能赋可以为大夫。"《诗·鄘风·定之方中》毛传列大夫九种才能，"登高能赋"为其一。

留题句：唐王播少孤，寄食扬州惠昭寺木兰院，僧轻之，不以礼。后二纪，播贵，出镇扬州，游旧院，见昔日题诗已用碧纱笼之，因作诗云："二十年来尘扑面，而今始得碧纱笼。"事见王定保《唐摭言》。

绿阴青子：此有二意：一，切词作于晚春；二，杜牧《叹花》诗"绿叶成阴子满枝"，喻曹玺之子已成人。

乌衣：用"乌衣诸郎"意。《南齐书·王僧虔传》："甲族向来多不居宪台，僧虔为此官，乃曰：此是乌衣诸郎坐处，我亦可试为耳。"屇应合《景定建康志》："乌衣巷在秦淮南，晋南渡，王谢诸名族居此，时谓其子弟为乌衣诸郎。"时有曹寅将继承父任仍为织造之说，故有此句。

来非暮：据《后汉书·廉范传》，廉范字叔度，任蜀郡太守，有惠政。百姓作歌颂之曰："廉叔度，来何暮，不禁火，民安作。"

【说明】

康熙二十三年冬南巡，性德曾至江宁织造府，会曹寅。康熙二十四年五月初，曹寅至京，携《楝亭图》，性德及顾贞观遂为题咏。此词作于性德卒前不及一月。《楝亭图》今存世，性德词前尚有一小序，附录于下：

曹司空手植楝树记

《诗》三百篇，凡贤人君子之寄托，以及野夫游女之讴吟，往往流连景物，遇一草一木之细，辄低回太息而不忍置，非尽若召伯之棠"美斯爱，爱斯传"也。又况一草一木，倘为先人之所手植，则眷言遗泽，攀枝执条，泫然流涕，其所图以爱之而传之者，当何如切至也乎！余友曹君子清，风流儒雅，彬彬乎兼文学政事之长，叩其渊源，盖得之庭训者居多。子清为余言，其先人司空公当日奉命督江宁织造，清操惠政，久著东南；于时尚方资黼黻之华，闾阎鲜杼轴之叹；衙斋萧寂，携子清兄弟以从，方佩觿佩韘之年，温经课业，靡间寒暑。其书室外，司空亲栽楝树一株，今尚在无恙；当夫春葩未扬，秋实不落，冠剑廷立，俨如式凭。嗟乎！曾几何时，而昔日之树，已非拱把之树；昔日之人，已非童稚之人矣！语毕，子清怆然念其先人。余谓子清："此即司空之甘棠也。惟周之初，召伯与元公尚父并称，其后伯禽抗世子法，齐侯伋任虎贲，直宿卫，惟燕嗣不甚著。今我国家重世臣，异日者，子清奉简书乘传而出，安知不建牙南服，踵武司空。则此一树也，先人之泽，于是乎延；后世之泽，又于是乎启矣。可无片语以志之？"因为赋长短句一阕。同赋者，锡山顾君梁汾。并录其词于左。

下即录此词，末注"成德倡"三字。再下为顾氏和词，末署"楞伽山人成德拜手书"。

南乡子　秋莫村居

红叶满寒溪。一路空山万木齐。试上小楼极目望，高低。一片烟笼十里陂。　　吠犬杂鸣鸡。灯火荧荧归骑迷。乍逐横山时近远，东西。家在寒林独掩扉。（据乾隆二十七年刻陈淏编《精选国朝诗馀》）

【笺注】

秋莫：即秋暮。

陂：积水，指池塘湖泊。

据"试上小楼"句，似作于双榆树（桑榆墅）之三层小楼。《通志堂集》卷三有《桑榆墅同梁汾夜望》诗云："登楼一纵目，远近青茫茫。众鸟归已尽，烟中下牛羊。不知何年寺，钟梵相低昂。无月见村火，有时闻天香。"颇类此词之境。顾梁汾《弹指词》末附跋语云："忆桑榆墅有三层小楼，容若与余昔年乘月去梯，中夜对谈处也。"亦述及小楼。又，一九三六年刊陈乃乾编《清名家词》第四册《通志堂词》亦收此词，于下片第二句之"归骑"作"归路"，未详其所据。

【辑评】

陈淏曰：单道村居佳致。（《精选国朝诗馀》）

雨中花　纪梦

楼上疏烟楼下路。正招余、绿杨深处。奈卷地西风，惊回残梦，几点打窗雨。　　夜深雁掠东檐去。赤憎是、断魂砧杵。算酌酒忘忧，梦阑酒醒，愁思忘何许。（据乾隆二十七年刻陈淏编《精选国朝诗馀》）

【笺注】

赤憎：可恨、可厌之意。

何许：如何、怎样之意。王沂孙《摸鱼儿》词："姑苏台下烟波远，西子近来何许？"

【说明】

陈乃乾编《通志堂词》收此词无副题，末句"忘何许"作"知何许"，未详其所据。

浣溪沙

一半残阳下小楼。朱簾斜控软金钩。倚阑无绪不能愁。

有个盈盈骑马过，薄妆浅黛亦风流。见人羞涩却回头。
（据乾隆三十二年经锄堂刻本《昭代词选》卷九）

【笺注】

一半句：杜牧《题扬州禅智寺》诗："暮霭生深树，斜阳下小楼。"

盈盈：谓年轻女子。严绳孙《虞美人》词："有个盈盈相并说游人。"

菩萨蛮

梦回酒醒三通鼓。断肠啼鸩花飞处。新恨隔红窗。罗衫泪几行。　　相思何处说。空有当时月。月也异当时。团圞照鬓丝。（据乾隆三十二年经锄堂刻本《昭代词选》卷九）

337

【校订】

《清平初选后集》有副题"梦回"。

"团圞"《清平初选后集》作"团团"。

梦回酒醒：彭孙遹《丹凤吟》词："正值梦回酒醒，旅中单枕眠乍觉。"

三通：击鼓一阵为一通。词中谓更数，言已敲三更鼓。

啼鴂：鴂谓鹈鴂。洪兴祖《离骚补注》："江介曰：子规，蜀右曰杜宇，又曰鹈鴂，鸣而草衰。"欧阳修《千秋岁》词："数声啼鴂，又报芳菲歇。"

相思句：韦庄《应天长》词："暗相思，无处说。"

【说明】

此词先见于康熙刻本《清平初选后集》。本书据《昭代词选》录出，以《清平初选后集》入校。词当作于康熙十六年。另参见卷二同阕"催花未歇花奴鼓"阕之"说明"。

摊破浣溪沙

一霎灯前醉不醒。恨如春梦畏分明。澹月澹云窗外雨，一声声。　　人到情多情转薄，而今真个不多情。又听鹧鸪啼遍了，短长亭。（据乾隆三十二年经锄堂刻本《昭代词选》卷九）

【笺注】

恨如句：张泌《寄人》诗："一场春梦不分明。"

人到二句：性德有闲章"自伤情多"。又，此二句与前《山花子》"风絮飘残"二句类似，疑此二首原为一首。

鹧鸪啼：俗谓鹧鸪鸣声为"行不得也哥哥"。

【说明】

此词下片与卷二《山花子》"风絮飘残"阕下片类似，当为同时之作，作期或在卢氏卒后一、二年。

水龙吟 再送荪友南还

人生南北真如梦，但卧金山高处。白波东逝，鸟啼花落，任他日暮。别酒盈觞，一声将息，送君归去。便烟波万顷，半帆残月，几回首，相思否。　　可忆柴门深闭，玉绳低、翦灯夜语。浮生如此，别多会少，不如莫遇。愁对西轩，荔墙叶暗，黄昏风雨。更那堪几处，金戈铁马，把凄凉助。

（据乾隆三十二年经锄堂刻本《昭代词选》卷九）

【校订】

"东逝"《精选国朝诗馀》作"东适"。

"鸟啼"《精选国朝诗馀》作"鸟鸣"。

"回首"《精选国朝诗馀》作"回眸"。

"深闭"《精选国朝诗馀》作"深扃"。

"那堪"《精选国朝诗馀》作"那看"。

"把凄凉助"《东白堂词选》、《精选国朝诗馀》作"助人凄楚"。

【笺注】

但卧句：卧，即"高卧"意，指归隐。《晋书·谢安传》："累违朝旨，高卧东山。"又《陶潜传》："夏月虚闲，高卧北窗之下。"金山，在镇江，见前《梦江南》"铁瓮古南徐"阕之"笺注”。此藉指严绳孙家乡。

白波：指江水。徐凝《荆巫梦思》诗："楚水白波风袅袅。"

玉绳：星名。《文选·西京赋》李善注："玉衡北二星为玉绳。"参见前《菩萨蛮》"宿滦河"词之"笺注"。

篝灯句：史达祖《绮罗香》词："忆当日、门掩梨花，篝灯深夜语。"

不如句：顾况《行路难》诗："一生肝胆向人尽，相识不如不相识。"性德《送荪友》诗："人生何如不相识，君老江南我燕北；何如相逢不相合，更无别恨横胸臆。"

西轩：性德宅中之轩，荪友尝居性德宅中。

金戈铁马：谓南方战事，时三藩乱正炽。

【说明】

此词先见于《东白堂词选》卷十二及《精选国朝诗馀》，此据《昭代词选》录出，以先见二本入校。康熙十五年初夏，荪友南还，有息影之计。性德先作七言诗《送荪友》一首，又作此词，因称"再送"。时逢三藩之乱，故二作皆涉及之。《送荪友》诗见《通志堂集》卷三。

【辑评】

陈淏曰：是再送之意，说得旷达。（《精选国朝诗馀》）

相见欢

落花如梦凄迷。麝烟微。又是夕阳潜下小楼西。　　愁无限，消瘦尽，有谁知。闲教玉笼鹦鹉念郎诗。（据道光十二年汪元治结铁网斋刻本《纳兰词》卷一）

【笺注】

落花句：秦观《浣溪沙》词："自在飞花轻似梦，无边丝雨细如愁。"

闲教句：柳永《甘草子》词："奈此个单栖情绪，却傍金笼共鹦鹉，念粉郎言语。"

【辑评】

林花榭曰：柳耆卿曰："却傍金笼教鹦鹉，念粉郎言语。"纳兰性德本之曰："闲教玉笼鹦鹉念郎诗。"一艳丽，一淡雅，意趣自觉不同。（读词小笺）

昭君怨

暮雨丝丝吹湿。倦柳愁荷风急。瘦骨不禁秋。总成愁。

别有心情怎说。未是诉愁时节。谯鼓已三更。梦须成。

（据道光十二年汪元治结铁网斋刻本《纳兰词》卷一）

【笺注】

倦柳愁荷：史达祖《秋霁》词："望倦柳愁荷，共感秋色。"

谯鼓：谯楼更鼓。叶宪祖《寒衣记》："断送人谯鼓三更侧。"

霜天晓角

重来对酒。折尽风前柳。若问看花情绪，似当日、怎能够。

休为西风瘦。痛饮频搔首。自古青蝇白璧，天已早、安排就。（据道光十二年汪元治结铁网斋刻本《纳兰词》卷一）

青蝇白璧：《后汉书·杨震传》李贤注："青蝇，污白使黑，污黑使白，喻佞人变乱善恶也。"李白《鞠歌行》："楚国青蝇何太多，连城白璧遭谗毁。"

减字木兰花

花丛冷眼。自惜寻春来较晚。知道今生。知道今生那见卿。

天然绝代。不信相思浑不解。若解相思。定与韩凭共一枝。（据道光十二年汪元治结铁网斋刻本《纳兰词》卷一）

【笺注】

花丛句：顾贞观《烛影摇红》"立春"词："负却韶光，十年眼冷花丛里。"

寻春句：用杜牧《叹花》诗意，见前《临江仙》"谢饷樱桃"阕之"笺注"。

韩凭：见前《清平乐》"青陵蝶梦"阕之"笺注"。

忆秦娥

长飘泊。多愁多病心情恶。心情恶。模糊一片，强分哀乐。

拟将欢笑排离索。镜中无奈颜非昨。颜非昨。才华尚浅，因何福薄。（据道光十二年汪元治结铁网斋刻本《纳兰词》卷二）

哀乐：偏意复词，偏言乐。句言心已无乐，随人强作乐态而已。

青衫湿 悼亡

近来无限伤心事，谁与话长更。从教分付，绿窗红泪，早雁初莺。　　当时领略，而今断送，总负多情。忽疑君到，漆灯风飐，痴数春星。（据道光十二年汪元治结铁网斋刻本《纳兰词》卷二）

【笺注】

绿窗句：李郢《为妻作生日寄意》诗："绿窗红泪冷娟娟。"

早雁句：《南史·萧子显传》："早雁初莺，开花落叶，有来斯应，每不能已。"

漆灯：燃漆为灯，点于逝者灵前或冢中。飐：摇动。

【说明】

是阕当作于卢氏卒后未久。词中多春令节物，当为康熙十七年春间之作，时卢氏灵柩暂厝双林禅院。

忆江南 宿双林禅院有感

心灰尽，有发未全僧。风雨消磨生死别，似曾相识只孤檠。情在不能醒。　　摇落后，清吹那堪听。淅沥暗飘金井叶，乍闻风定又钟声。薄福荐倾城。（据道光十二年汪元治结铁网斋刻本《纳兰词》卷二）

【笺注】

双林禅院：见前卷三《望江南》"宿双林禅院有感"阕之"笺注"及"说明"。

有发句：陆游《衰病有感》诗："在家元是客，有发亦如僧。"

清吹：北俗，夜间于亡者灵前奏乐，俗称"聒夜"。此俗今犹存于乡间。

钟戸：寺钟。

荐：祭献，使僧人念经拜忏，以超度亡灵。洪迈《夷坚志》："明日，召僧为诵佛书，作荐事。"又《夷坚丙志》："自是群人作佛事荐亡。"

倾城：谓卢氏。

【说明】

此阕与前卷三《望江南》"宿双林禅院有感"同题同调，作期皆在卢氏卒后至下葬前，时卢氏灵柩暂厝双林寺。据词"金井叶"句，此阕当作于康熙十六年秋。参见卷三《望江南》词之"说明"。

鹊桥仙

倦收缃帙，悄垂罗幕，盼煞一灯红小。便容生受博山香，销折得、狂名多少。　　是伊缘薄，是侬情浅，难道多磨更好。不成寒漏也相催，索性尽、荒鸡唱了。（据道光十二年汪元治结铁网斋刻本《纳兰词》卷三）

【笺注】

缃帙：浅黄色书函套，代指书。句谓无心读书。

多磨：即好事多磨意。

不成：莫非之意。

又

梦来双倚，醒时独拥，窗外一眉新月。寻思常自悔分明，无奈却、照人清切。　　一宵灯下，连朝镜里，瘦尽十年花骨。前期总约上元时，怕难认、飘零人物。（据道光十二年汪元治结铁网斋刻本《纳兰词》卷三）

【笺注】

照人句：严绳孙《念奴娇》词："姮娥知否，照人如此清切。"

瘦尽句：史达祖《鹧鸪天》词："十年花骨东风泪，几点螺香素壁尘。"

前期二句：前期，前次相约。上元，正月十五夜。欧阳修《生查子》词："去年元夜时，花市灯如昼。月上柳梢头，人约黄昏后。"苏轼《江城子》词："纵使相逢应不识，尘满面，鬓如霜。"

临江仙 孤雁

霜冷离鸿惊失伴，有人同病相怜。拟凭尺素寄愁边。愁多书屡易，双泪落灯前。　　莫对月明思往事，也知消减年年。无端嘹唳一声传。西风吹只影，刚是早秋天。（据道光十二年汪元治结铁网斋刻本《纳兰词》卷三）

【笺注】

屡易：屡次重写。

只影：杨维桢《闻雁篇》诗："楼头闻过雁，只影不成双。"

水龙吟　题文姬图

须知名士倾城，一般易到伤心处。柯亭响绝，四弦才断，
恶风吹去。万里他乡，非生非死，此身良苦。对黄沙白草，
呜呜卷叶，平生恨、从头谱。　　应是瑶台伴侣。只多了、
毡裘夫妇。严寒鬠篥，几行乡泪，应声如雨。尺幅重披，
玉颜千载，依然无主。怪人间厚福，天公尽付，痴儿骏女。

（据道光十二年汪元治结铁网斋刻本《纳兰词》卷四）

【笺注】

文姬：即蔡文姬。《后汉书·列女传》："陈留董祀妻者，同郡
蔡邕之女也。名琰，字文姬。博学有才辩，又妙于音律。兴平中，
天下丧乱，文姬为胡骑所获，没于南匈奴左贤王，在胡十二年，生
二子。曹操素与邕善，痛其无嗣，乃遣使者以金璧赎之，而重嫁于
祀。"文姬图，见本词之"说明"。

名士倾城：名士与美女。顾贞观《梅影》词："须信倾城名
士，相逢自古相怜。"

柯亭响绝：伏滔《长笛赋》序："蔡邕避难江南，宿于柯亭。
柯亭之观，以竹为椽。邕仰而盼之曰：'良竹也。'取以为笛，奇
声独绝。"响绝，无人再吹奏，喻邕已亡。

四弦句：《后汉书·列女传》李注引刘昭《幼童传》："邕夜鼓

琴，弦绝，琰曰：'第二弦。'邕曰：'偶得之耳。'故断一弦问之，琰曰：'第四弦。'并不差谬。"尤侗《百字令》词："四弦拨断，清泪如铅发。"

恶风：喻突发灾难。

非生句：吴兆骞以科场案远戍宁古塔，吴梅村写《悲歌赠吴季子》诗送行，诗有云："人生千里与万里，黯然消魂别而已。君独何为至于此？山非山兮水非水，生非生兮死非死！"汉槎之远戍，原无生还之望，生不见人，死不见尸，故称"非生非死"。

卷叶：卷草叶或树叶，吹以作响。白居易《杨柳枝》："卷叶吹为玉笛声。"

瑶台：据《竹书纪年》，夏桀得琬、琰二女，为"筑倾宫，饰瑶台"。文姬名琰，因藉此典，谓文姬（实谓汉槎）原当有良好境遇。

毡裘：北方民族服装。《周礼》贾公彦疏："西方、北方衣毡裘，执弓矢。"蔡琰《胡笳十八拍》："毡裘为裳兮骨肉震惊。"

觱篥：即笳管，古乐器名，流行于边塞，发声悲亢。

尺幅：指《文姬图》。重披，再看。

依然句：《胡笳十八拍》："天灾国乱兮人无主，唯我薄命兮没胡虏。"

骏：愚。陈维崧《贺新郎》词："说甚凌云遭遇，笑多少痴儿骏女。"

【说明】

此阕藉《文姬图》而咏吴兆骞事。"名士倾城"，"名士"即谓汉槎。"非生非死"句用梅村送汉槎诗句。"毡裘夫妇"谓汉槎妻葛氏随戍宁古塔。词多为汉槎感慨不平。据"依然无主"句，词似作于汉槎入关之后，暂居性德宅中时。《文姬图》，疑为纱灯所绘古迹。康熙二十一年元夕，吴汉槎、陈维崧、朱彝尊等与性德集花间草堂，指纱灯所绘古迹，命题作诗词，时汉槎初自塞外还，性德因为赋此。

金缕曲

未得长无谓。竟须将、银河亲挽，普天一洗。麟阁才教留粉本，大笑拂衣归矣。如斯者、古今能几。有限好春无限恨，没来由、短尽英雄气。暂觅个，柔乡避。　　东君轻薄知何意。尽年年、愁红惨绿，添人憔悴。两鬓飘萧容易白，错把韶华虚费。便决计、疏狂休悔。但有玉人常照眼，向名花、美酒拼沈醉。天下事，公等在。(据道光十二年汪元治结铁网斋刻本《纳兰词》卷四)

【笺注】

未得句：李商隐《无题》诗："人生岂得长无谓。"

竟须二句：杜甫《洗兵马》诗："安得壮士挽天河，净洗甲兵长不用。"

麟阁：麒麟阁。汉宣帝曾图霍光等十一功臣像于阁上，以彰其功。虞羲《咏霍将军北伐》诗："当今麟阁上，千载有雄名。"

粉本：原义为画稿，夏文彦《图绘宝鉴》："古人画稿谓之粉本。"此指图画。

拂衣：振衣而去，谓归隐。殷仲文《解尚书表》："辞粟首阳，拂衣高谢。"

没来由二句：性德致顾贞观书云："从前壮志，都已隳尽。昔人言，身后名不如生前一杯酒，此言大是。弟是以甚慕魏公子之饮醇酒、近妇人也。沦落之馀，方欲葬身柔乡，不知得如鄙人之愿否耳。"（见本书附录）

但有句：王彦泓《梦游》诗："但有玉人长照眼，更无尘务暂经心。"

【说明】

此阕沮丧情绪甚浓，与致顾贞观手简如出一辙，作期亦当相近。"觅柔乡"、"玉人照眼"，非泛言，乃谓欲纳沈宛事。参见附录《纳兰性德手简》。

望江南 咏弦月

初八月，半镜上青霄。斜倚画阑娇不语，暗移梅影过红桥。裙带北风飘。（据康熙十七年刻佟世南编《东白堂词选初集》卷一）

【笺注】

裙带句：李端《拜新月》诗："细语人不闻，北风吹裙带。"

鹧鸪天 离恨

背立盈盈故作羞。手捼梅蕊打肩头。欲将离恨寻郎说，待得郎来恨却休。　　云澹澹，水悠悠。一声横笛锁空楼。何时共泛春溪月，断岸垂杨一叶舟。（据康熙十七年刻佟世南编《东白堂词选初集》卷五）

【校订】

《精选国朝诗馀》副题作"春闺"。

【笺注】

手捼句：晏几道《玉楼春》词："手捼梅蕊寻香径。"王彦泓《临行阿琐欲书写前诗遂口占》诗："打将瓜子到肩头。"

【说明】

此首及前首《望江南》"咏弦月"见于《东白堂词选》，该选刻于康熙十七年，词之作期当不晚于康熙十六年。

【辑评】

陈溟曰：尽饶别趣。（《精选国朝诗馀》）

临江仙　无题

昨夜个人曾有约，严城玉漏三更。一钩新月几疏星。夜阑犹未寝，人静鼠窥灯。　　原是瞿塘风间阻，错教人恨无情。小阑干外寂无声。几回肠断处，风动护花铃。（据康熙十七年刻佟世南编《东白堂词选初集》卷七）

350

【校订】

《精选国朝诗馀》有副题"忆友"。汪刻本无副题。

【笺注】

人静句：秦观《如梦令》词："梦破鼠窥灯，霜送晓寒侵被。"

瞿塘风：长江三峡有瞿塘峡，水速风疾，中有滟滪礁，古时行舟甚难。此以喻阻隔约会之意外变故。牛峤《菩萨蛮》词："风流今古隔，虚作瞿塘客。山月照山花，梦回灯影斜。"

临江仙　忆江南

【说明】

此首亦见《东白堂词选》，作期当不晚于康熙十六年。

【辑评】

陈滈曰：情至语还自解，叹妙。（《精选国朝诗馀》）

忆江南

江南忆，鸾辂此经过。一掬胭脂沈碧甃，四围亭壁幛红罗。消息暑风多。（据光绪六年许增娱园刻本《纳兰词》补遗）

【笺注】

鸾辂：天子所乘之车。《吕氏春秋·孟春纪》：天子居青阳左个，乘鸾辂，驾苍龙。"

胭脂：胭脂井，原为南朝陈景阳宫井，在今南京市鸡鸣寺南。隋伐陈，陈后主与妃张丽华、孔贵妃投此井避难，卒为隋人牵出。井有石栏呈红色，后人附会为胭脂所染，呼为胭脂井，或称辱井。周必大《二老堂杂志》："辱井者，三人俱投之井也，在寺之南。世传二妃将坠，泪渍石栏，故石脉类胭脂，俗又呼胭脂井。"

红罗：据蒋一葵《尧山堂外纪》卷四，南唐后主于宫中筑红罗亭，四面栽红梅，作艳曲歌之。

351

【说明】

此阕写康熙二十三年冬南巡至江宁事，据首二句，似北还后追忆之作。次年五月底性德卒，故末句"暑风"云云殊不可解。此词首见于光绪间许增刻本，许氏依据何书，亦未标明，或有讹误。

又

春去也，人在画楼东。芳草绿黏天一角，落花红沁水三弓。好景共谁同。（据光绪六年许增娱园刻本《纳兰词》补遗）

【笺注】

春去也：刘禹锡《忆江南》词："春去也，多谢洛阳人。"

弓　长度单位，说法不一，或以为一步即为一弓。或为面积单位，二百四十弓为一亩（见《清史稿·食货志》）。或解弓作"泓"，一弓水即一泓水，如云一塘水。

【说明】

此阕或写赠沈宛者。宛有《菩萨蛮》"忆旧"词，上片结句云"记得画楼东，归骢系月中"，此词亦云"画楼东"，意必实指。

赤枣子

352

风淅淅，雨纤纤。难怪春愁细细添。记不分明疑是梦，梦来还隔一重帘。（据光绪六年许增娱园刻本《纳兰词》补遗）

玉连环影

才睡。愁压衾花碎。细数更筹，眼看银虫坠。梦难凭。讯难真。只是赚伊终日两眉颦。（据光绪六年许增娱园刻本《纳兰词》补遗）

【笺注】

银虫：灯花。

如梦令

万帐穹庐人醉。星影摇摇欲坠。归梦隔狼河，又被河声搅碎。还睡。还睡。解道醒来无味。（据光绪六年许增娱园刻本《纳兰词》补遗）

【笺注】

穹庐：西清《黑龙江外纪》："呼伦贝尔、布特哈居就水草，转徙不时，故以穹庐为室。穹庐，国语曰蒙古博，俗读'博'为'包'，冬用毡毳，夏用桦皮及苇。"此谓军帐。

星影句：杜甫《阁夜》诗："三峡星河影动摇。"

狼河：即白狼河，见前《台城路》"塞外七夕"阕之"笺注"。

【说明】

此阕作于康熙二十一年春随扈东巡时。据高士奇《东巡日录》，二月二十七日"乙巳，清明，暮渡大凌河，驻跸东岸"。又四月二十五日"壬寅，路出十三山下，驻跸大凌河西。"

天仙子

月落城乌啼未了。起来翻为无眠早。薄霜庭院怯生衣，心悄悄。红阑绕。此情待共谁人晓。（据光绪六年许增娱园刻本《纳兰词》补遗）

【笺注】

生衣：夏衣。王建《秋日后》诗："立秋日后无多热，渐觉生衣不著身。"

心悄悄：《诗·邶风·柏舟》："忧心悄悄，愠于群小。"张玉娘《山之高》诗："一日不见兮，我心悄悄。"

浣溪沙

锦样年华水样流。鲛珠迸落更难收。病馀常是怯梳头。

一径绿云修竹怨，半窗红日落花愁。惜惜只是下帘钩。
（据光绪六年许增娱园刻本《纳兰词》补遗）

【笺注】

鲛珠：喻泪。《搜神记》："南海之外有鲛人，水居如鱼，不废织绩，其眼泣则能出珠。"

怯梳头：病起多脱发，栉则顺梳而下。怯，谓畏见落发。

惴惴：柔弱貌。沈辽《读书》诗："病骨惴惴百不如，不应投老更看书。"

又

肯把离情容易看。要从容易见艰难。难抛往事一般般。

今夜灯前形共影，枕函虚置翠衾单。更无人与共春寒。

（据光绪六年许增娱园刻本《纳兰词》补遗）

【笺注】

形共影：犹言形影相伴，谓孤单。

又

已惯天涯莫浪愁。寒云衰草渐成秋。漫因睡起又登楼。

伴我萧萧惟代马，笑人寂寂有牵牛。劳人只合一生休。

（据光绪六年许增娱园刻本《纳兰词》补遗）

【笺注】

浪愁：空愁，徒然发愁。王九思《傍妆台》曲："拼沈醉，莫浪愁，人间亦自有丹丘。"

代马：代谓代郡，今山西北部。代马，泛指北方之马。古诗："代马依北风，飞鸟扬故巢。"

牵牛：牵牛星。李商隐《马嵬》诗有"当时七夕笑牵牛"句，此反其意用之。时逢七夕，天上牛女尚团圆，人却行役在外，故为牵牛所笑。

劳人：劳苦之人；此谓行役在外之人。梅尧臣《秦始皇驰道》诗："秦帝观沧海，劳人何得脩。"

【说明】

此阕当作于七夕。据"伴我萧萧"句，似非扈从之作。姜宸英撰《纳腊君墓表》云："（性德）遇公事必虔，不避劳苦。尝司天闲牧政，马大蕃息。"词有"惟代马"相伴之语，则或为出塞牧马之作。

采桑子　居庸关

嶲周声里严关峙，匹马登登。乱踏黄尘。听报邮签第几程。

行人莫话前朝事，风雨诸陵。寂寞鱼灯。天寿山头冷月横。（据光绪六年许增娱园刻本《纳兰词》补遗）

【笺注】

居庸关：在北京昌平西北。孙承泽《天府广记》："居庸关在（京师顺天）府北一百二十里，昌平州西三十里。南北相距四十里，两山夹峙，一水旁流，悬崖峭壁，最为险要。《淮南子》曰天下有九塞，居庸其一焉。"

嶲周：洪兴祖《离骚补注》："《禽经》云：嶲周，子规也。"即杜鹃鸟。

邮签：杜甫《宿青草湖》诗："宿桨依农事，邮签报水程。"仇注："漏筹谓之邮签。"明清诗家用邮签代指行程、路途。

鱼灯：帝王陵寝之灯。《史记·秦始皇本纪》："葬始皇郦山，

356

以人鱼膏为烛，度不灭者久之。"曹邺《始皇陵下作》诗："千金买鱼灯，泉下照狐兔。"

天寿山：《明史·地理志·顺天府》："昌平州，北有天寿山，成祖以下陵寝咸在。"龚自珍《说天寿山》："由德胜门北行五十五里，曰沙河；出沙河之北门，大山临之，是为天寿山，明成祖永乐十年所锡名也。自永乐至天启，十二帝葬焉，谓十二陵，独景泰帝无陵。崇祯十五年妃田氏死，葬其西麓，十七年，帝及周后死社稷，昌平民发田妃之墓以葬帝后，因曰十三陵矣。山之首尾八十里。"

【说明】

此阕亦非扈行之作。

清平乐　发汉儿村题壁

参横月落。客绪从谁托。望里家山云漠漠。似有红楼一角。

不如意事年年。消磨绝塞风烟。输与五陵公子，此时梦绕花前。（据光绪六年许增娱园刻本《纳兰词》补遗）

【笺注】

汉儿村：见前《百字令》"宿汉儿村"阕之"笺注"。

参横：参，星名，白虎七宿之一。参横，谓后半夜天将晓时。

家山：故乡。

五陵公子：此谓京中富豪子弟。五陵指帝王陵园。汉唐皆有五陵，所指不一，贵戚尝居帝陵附近。

又

角声哀咽。襆被驮残月。过去华年如电掣。禁得番番离别。

一鞭冲破黄埃。乱山影里徘徊。蓦忆去年今日，十三陵下归来。（据光绪六年许增娱园刻本《纳兰词》补遗）

【笺注】

襆被：以包袱裹衣被，即行装。

【说明】

以上二阕情绪如一，似作于同时。

又

画屏无睡。雨点惊风碎。贪话零星兰焰坠。闲了半床红被。
生来柳絮飘零。便教咒也无灵。待问归期还未，已看双睫盈盈。（据光绪六年许增娱园刻本《纳兰词》补遗）

【笺注】

兰焰：兰灯，灯烛之美称。或谓灯花形状如兰，或谓灯用兰膏，皆未必。

咒：祝祷。

秋千索

锦帷初卷蝉云绕。却待要、起来还早。不成薄睡倚香篝，一缕缕、残烟袅。　　绿阴满地红阑悄。更添与、催归啼鸟。可怜春去又经时，只莫被、人知了。（据光绪六年许增娱园刻本《纳兰词》补遗）

【笺注】

　　蝉云：犹言鬓云，女子之发。

浪淘沙　秋思

　　霜讯下银塘。并作新凉。奈他青女忒轻狂。端正一枝荷叶
盖，护了鸳鸯。　　燕子要还乡。惜别雕梁。更无人处倚
斜阳。还是薄情还是恨，仔细思量。（据光绪六年许增娱园刻本
《纳兰词》补遗）

【笺注】

　　青女：司霜雪之女神。《淮南子·天文训》高诱注："青女，
天神，青霄玉女，主霜雪也。"此借指霜雪。

虞美人　秋夕信步

　　愁痕满地无人省。露湿琅玕影。闲阶小立倍荒凉。还剩旧
时月色在潇湘。　　薄情转是多情累。曲曲柔肠碎。红笺
向壁字模糊。忆共灯前呵手为伊书。（据光绪六年许增娱园刻本
《纳兰词》补遗）

【笺注】

　　琅玕：竹。杜甫《郑驸马宅宴洞中》诗："留客夏簟青琅玕。"
仇注："青琅玕，比竹簟之苍翠。"梅尧臣《和公仪龙图新栽竹》

诗："闻种琅玕向新第，翠光秋影上屏来。"

旧时月色：姜夔《暗香》词："旧时月色，算几番照我，梅边吹笛。"

潇湘：用刘禹锡词意。刘禹锡《潇湘神》词："斑竹枝，斑竹枝，泪痕点点寄相思。楚客欲听瑶瑟怨，潇湘深夜月明时。"

浣溪沙 　郊游联句

出郭寻春春已阑（陈维崧）。东风吹面不成寒（秦松龄）。青村几曲到西山（严绳孙）。　　并马未须愁路远（姜宸英），看花且莫放杯闲（朱彝尊）。人生别易会常难（成德）。（据一九六一年上海图书馆影印《词人纳兰容若手简》朱彝尊跋）

【笺注】

联句：作诗方式之一。多人合作一首，每人一句或两句，依次接续，直至终篇。又分两式：一，人较少而诗较长，则每人轮过之后，再接第二轮，第三轮，至终篇，一般用于古体诗或排律。二，所有人轮一过，诗即终篇。《浣溪沙》共六句，六人每人一句，故此词之联句属第二种方式。

阑：残。李颀《送司农崔丞》诗："邑里春方晚，昆明花欲阑。"

陈维崧：见前《菩萨蛮》"为陈其年题照"词之"笺注"。

东风句：志南《绝句》："吹面不寒杨柳风。"

秦松龄：一六三七——一七一四，字汉石，号留仙，又号对岩。无锡人。顺治十二年进士，入翰林，以奏销案褫革。康熙十八年举鸿博，泳擢谕德。二十三年主顺天乡试，中蜚语下狱。得徐乾学援救，始放归。家居三十年，卒于康熙五十三年。有《苍岘山人集》，词集名《微云词》。

严绳孙：见前《临江仙》"寄严荪友"词之"笺注"。

姜宸英：见前《金缕曲》"谁复留君住"词之"笺注"。

朱彝尊：一六二九——一七〇九，字锡鬯，号竹垞，浙江秀水（嘉兴）人。康熙十八年举鸿博，授检讨，入值南书房。二十三年，以携仆入内廷钞录四方经进书，被劾降级。二十九年复官，三十一年又以事被劾，遂离京南归。康熙四十八年卒。有《曝书亭集》。词集五种，合称《曝书亭词》。

人生句：魏文帝《燕歌行》："别日何易会日难。"李煜《浪淘沙》词："别时容易见时难。"寇准《阳关引》词："叹人生，最难欢聚易离别。"

【说明】

此词作于康熙十八年春。此词朱彝尊手迹尚存，并附诸家跋语，见附录。

罗敷媚　赠蒋京少

如君清庙明堂器，何事偏痴。却爱新词。不向朱门和宋诗。

　　嗜痂莫道无知己，红泪偷垂。努力前期。我自逢人说项斯。（据蒋聚祺纂《西徐蒋氏宗谱》卷十六）

【笺注】

罗敷媚：即《采桑子》。

蒋京少：蒋景祁（一六四六——一六九五），字京少，宜兴人，蒋永修之子；诸生，曾候补府同知。蒋景祁是清初著名词人，著有《梧月词》、《罨画溪词》、《东舍集》；编有清初人词总集《瑶华集》、诗集《辇下和鸣集》。

清庙明堂器：喻指可任朝廷重任之人。司马相如《上林赋》："登明堂，坐清庙。"郭璞注："明堂者，所以朝诸侯处；清庙，太庙也。"

新词：性德与蒋景祁生活于清初，"新词"指清初人之词。蒋氏好填词，且当时正在选编《瑶华集》，是书收清初词家作品两千五百馀首。性德亦好新词，曾编选新词集《今词初集》。

不向句：康熙十五年后，王士禛以文坛领袖身份，鄙弃填词，倡导宋诗，并得清圣祖赞同，文人求进身者，多不屑于词。性德"性喜读馀"，蒋氏与性德嗜好略同，因有此句。参见本书附录顾贞观《与栩园论词书》。

嗜痂：谓二人皆好晚唐、《花间》风格。参见本词之"说明"引蒋氏《瑶华集·集述》。

前期：前约；谓二人互约矢心于词。

项斯：唐杨敬之器重项斯，作《赠项斯》诗："几度见诗诗总好，及观标格过于诗。平生不解藏人善，到处逢人说项斯。"杨诗作于初识项斯时，据此句，可知词之作期在成德与蒋景祁相识未久。

【说明】

此词自网上信息录出，本书笺校者随检上海图书馆藏世德堂本《西徐蒋氏宗谱》，知确有此词。因诸本纳兰词集向无收录，初颇置疑；继检景祁词集，有《采桑子》四首，题为"答容若"，且与此首同韵，始信其确为性德佚作。盖蒋氏四首，即此词之和作。另，景祁集中存与性德倡和之作尚多，可见往还之密。蒋氏同乡储欣尝谓景祁"一困于丁巳之京闱，再困于己未之荐举，三困于吏部之谒选，皆倏得倏失"。可知蒋氏康熙十六年后久滞京师，淹蹇不得志。蒋氏《瑶华集·集述》有云："昔人论长调染指较难，然今作者率多工长句。盖知难而趋，才可以展，学可以副，镂能为之。而如温韦诸公，短音促节，天真烂漫，遂疑于天仙化人，可望而不可即。顾舍人梁汾、成进士容若极持斯论，吾无以易之。"称容若为"进士"而非"侍卫"，则其与容若结交当在康熙十五年后，康熙十七年秋之前（性德初任侍卫在康熙十七年秋，而其成进士则在十五年三月）。蒋氏和作四首，皆向性德作自我介绍，亦可证此词作于蒋、成相识之初，故此词当系于康熙十七年或稍前。此词于了解性德文学思想关系颇大，此佚作之发现意义亦不寻常。蒋景祁《采桑子》（答容若）四首，见中华书局近出《全清词》顺康卷八七三七页，此不赘录。

罗敷媚

363

附　录

通议大夫一等侍卫进士纳兰君墓志铭[一]

徐乾学撰

按：徐乾学撰《纳兰性德墓志铭》今存四种文本，一见《通志堂集》卷十九附录，一见徐氏《憺园集》卷三十一，一见北京五塔寺藏原墓志石刻，一见国家图书馆藏钞本《纳兰明珠家墓志铭》。四种文本不尽相同。以通志堂本文字较为学界熟知，故作为底本照录如下。馀三本与底本歧异处，摘要出校附文后，以供读者参考研究。另，今学者陈桂英先生有专文考辨四本之关系及意义，载《承德民族师专学报》一九九五年第四期，读者可参阅。

呜呼，始容若之丧，而余哭之恸也！今其弃余也数月矣。余每一念至，未尝不悲来填膺也。呜呼，岂直师友之情乎哉！余阅世将老矣，从我游者亦众矣，如容若之天姿之纯粹，识见之高明，学问之淹通，才力之强敏，殆未有过之者也。天不假之年，余固抱丧予之痛，而闻其丧者，识与不识，皆哀而出涕也。又何以得此于人哉！太傅公失其爱子，至今每退朝，望子舍必哭。哭已，皇皇焉如冀其复者，亦岂寻常父子之情也。至尊每为太傅劝节哀，太傅愈益悲不自胜。余间过相慰，则执余手而泣曰：惟君知我子，惠邀君言，以掩诸幽，使我子虽死犹生也。余奚忍以不文为辞。顾余之知容若，自壬子秋榜后始，迄今十三四年耳。后容若入侍中，禁廷严密，其言论梗概，有非外臣所得而知者。太傅属痛悼，未能殚述，则是余之所得而言者，其于容若之生平，又不过什之二三而已。呜呼，是重可悲也！容若姓纳兰氏，初名成德，后避东宫嫌名〔二〕，改曰性德。年十七，补诸生，贡入太学。余弟立斋为祭酒，深器重之。谓余曰：司马公贤子，非常人也。明年，举顺天乡试。余忝主司，宴于京兆府，偕诸举人青袍拜堂下，举止闲雅。越三日，谒余邸舍，谈经史源委及文体正变，老师宿儒有所不及。明年会试中式，将廷对，患寒疾。太傅曰：吾子年少，其少俟之。于是益肆力经济之学，熟读《通鉴》及古人文辞，三年而学大成。岁丙辰，应殿试，条对剀切，书法遒逸，读卷执士各官咸叹异焉〔三〕。名在二甲，赐进士出身。闭门扫轨，萧然若寒素，客或诣者，辄避匿。拥书数千卷，弹琴咏诗，自娱悦而已。未几，太傅入秉钧。容若选授三等侍卫，出入扈从，服劳惟谨。上眷注异于他侍卫。久之，晋二等，寻晋一等。上之幸海子、沙河，及西山、汤泉，及畿辅、五台、口外、盛京、乌剌，及登东岳，幸阙里，省江南，未尝不从。先后赐金牌、彩缎、上尊、御馔、袍帽、鞍马、弧矢、字帖、佩刀、香扇之属甚夥。是岁万寿节，上亲书唐贾至《早朝》七言律赐之。月馀，令赋《乾清门应制》诗，译御制《松赋》，皆称旨。于是外庭佥言上知其有文武才，非久且迁擢矣。呜呼，孰意其七日不汗死也。容若既得疾，上使中官侍卫及御医日数辈络绎至第诊治。于是上将出关避暑，命以疾增减报，日再三。疾亟，亲处方药赐之，未及进而殁。上为之震悼。中使赐奠，恤典有加焉。容若尝奉使觇梭龙诸羌，其殁后旬日，适诸羌输款，上于行在遣宫使拊其几筵哭而告之，以其尝有劳于是役也。于此亦足以知上所以属任之者非一日矣。呜呼，容若之当官任职，其事可得而纪者，止于是矣。余滋以其孝友忠顺之性，殷勤固结，书所不能尽之言，言所不能传之意〔四〕，虽若可仿佛其一二，而终莫能而悉也，为可惜也。容若性至孝。太傅尝偶恙，日侍左右，衣不解带，颜色黝黑。及愈乃复初。太傅及夫人加餐，辄色喜，以告所亲〔五〕。友爱幼弟，弟或出，必遣亲近僚仆护之。反必往视，以为常。其在上前，进反曲折有常度。性耐劳苦，严寒执热，直庐顿次，不敢乞休沐自逸，类非绮襦纨袴者所能堪也〔六〕。自幼聪敏，读书一再过即不忘。善为诗，在童子已句出惊人。久之益工，得开元、大历间丰格〔七〕。尤喜为词〔八〕，自唐、五代以来诸名家词皆有选本，以洪武韵改并联属，名《词韵正略》〔九〕。所著《侧帽集》，后更名《饮水集》者，皆词也。好观北宋之作，不喜南渡诸家，而清新秀隽，自然超逸，海内名为词者皆归之。他论著尚多〔十〕。其书法摹褚河南临本禊帖，间出入于《黄庭内景经》。当入对殿廷，数千言立就，点画落纸，无一笔非古人者。荐绅以不得上第入词馆为容若叹息。及被恩命，引而置之珥貂之行，而后知上之所以造就之者，别有在也。容若数岁即善骑射，自在环卫，益便习，发无不中。其扈跸时，雕弓书卷，错杂左右〔一一〕。日则校猎，夜必读书，书声与他人鼾声相和。间以意制器，多巧倕所不能。于书画评鉴最精。其料事屡中。不肯轻为人谋，谋必竭其肺腑。尝读赵松雪自写照诗有感，即绘小像，仿其衣冠。坐客或期许过当，弗应也。余谓之曰：尔何酷类王逸少！容若心独喜。所论古时人物，尝言王茂弘阑阓阑阓，心术难问；娄师德唾面自干，大无廉耻。其识见多此类〔一二〕。间尝与之言往圣昔贤修身立行，及于民物之大端，前代兴亡理乱所在，未尝不慨然以思。读书至古今家国之故，忧危明盛，持盈守谦，格人先正之遗戒，有动于中，未尝不形于色也。呜呼，岂非《大雅》之所谓亦世克生者耶，而竟止于斯也。夫岂徒吾党之不幸哉！君之先世，有叶赫之地，自明初内附中国。讳星恳达尔汉，君始祖也。六传至讳养汲弩，君高祖考也。有子三人，第三子讳金台什，君曾祖考也。女弟为太祖高皇帝后，生太宗文皇帝。太祖高皇帝举大事，而叶赫为明外捍，数遣使谕，不听，因加兵克叶赫，金台什死焉。卒以旧恩，存其世祀。其次子即今太傅公之考，讳倪迓韩，君祖考也〔一三〕。君太傅之长子，母觉罗氏，一品夫人。渊源令绪，本崇积厚，发闻滋大，若不可圉〔一四〕。配卢氏，两广总督兵部尚书都察院右副都御史兴祖之女，赠阃人，先君卒。继室官氏，某官某之女〔一五〕，封淑人。男子子二人，福哥〔一六〕，女子子一人，皆幼。君生于顺治十一年十二月，卒于康熙二十四年五月己丑〔一七〕，年三十有一。君所交游，皆一时俊异，于世所称落落难合者，若无锡严绳孙、顾贞观、秦松龄，宜兴陈维崧〔一八〕，慈溪姜宸英，尤所契厚。吴江吴兆骞久徙绝塞，君闻其才名，赎而还之。坎轲失职之士走京师，生馆死殡，于赀财无所计惜。以故，君之丧，哭之者皆出涕，为哀挽之词者数十百人，有生平未识面者。其于余绸缪笃挚，数年之中，殆日以余之休戚为休戚也，故余之痛尤深。既为诗以哭之，应太傅之命而又为之铭。其葬盖未有日也〔一九〕。铭曰：

> 天实生才，蕴崇胚胎，将象贤而奕世也，而靳与之年，谓之何哉！使功绪不显于旂常，德泽不究于黎庶，岂其有物焉为之灾。惟其所树立，亦足以不死矣，而亦又奚哀。

（据《通志堂集》卷十九）

【校】

〔一〕一等侍卫进士纳兰君：墓志石本、钞本作"一等侍卫佐领纳兰君"。

〔二〕后避东宫嫌名改曰性德：钞本作"后改曰性德"。

〔三〕条对剀切，书法遒逸，读卷执士各官咸叹异焉：《憺园集》无此十八字。

〔四〕言所不能传之意：《憺园集》无此七字。

〔五〕太傅及夫人加餐，辄色喜，以告所亲：《憺园集》无此十四字。

〔六〕不敢乞休沐自逸，类非绮襦纨袴者所能堪也：《憺园集》作"不敢乞休沐"，无"自逸"以下十三字。

〔七〕在童子已句出惊人。久之益工，得开元大历间丰格：《憺园集》无此三句。

〔八〕尤喜为词：《憺园集》作"尤工于词。"

〔九〕以洪武韵改并联属，名《词韵正略》：《憺园集》作"撰《词韵正略》"，无"以洪武韵改并联属"八字。

〔一〇〕海内名为词者皆归之。他论著尚多：《憺园集》作"海内名为词者皆归之。尝请予所藏宋元明人经解钞本，捐资授梓，每集为之序。他论著尚多"。钞本作"海内名为词者皆归之。他论著尚多。生平所最究心者经解一书，嗣刻问世"。

〔一一〕其扈跸时，雕弓书卷，错杂左右：墓志石本、钞本作"其扈跸时，毡帐内雕弓书卷，错杂左右"。

〔一二〕所论古时人物……其识见多此类：钞本无此段文字。

〔一三〕太祖高皇帝举大事……讳倪迓韩，君祖考也：钞本作"太祖高皇帝初受命，于是叶赫诸子皆仕皇朝。讳倪迓汉者，则太傅公之考而君祖考也"。

〔一四〕渊源令绪，本崇积厚，发闻滋大，若不可圉：钞本无此十六字。

〔一五〕继室官氏，某官某之女：墓志石本、钞本作"继室官氏，光禄大夫、少保、一等公朴尔普之女"。

〔一六〕男子子二人，福哥：墓志石本作"男子子二人，福哥，永哥，遗腹子一人"。钞本作"男子子三人，长富格，次富尔敦，次富森"。

〔一七〕君生于顺治十一年十二月，卒于康熙二十四年五月己丑："十二月"，墓志石本作"十二月戊辰"；"五月己丑"《憺园集》无"己丑"二字。

〔一八〕宜兴陈维崧：墓志石本、钞本作"秀水朱彝尊"。

〔一九〕其葬盖未有日也：墓志石本、钞本无此七字。

370

通议大夫一等侍卫进士纳兰君神道碑铭

韩　菼撰

维天笃我劢相之臣，神灵和气，萃于厥家。常开哲嗣，趾美前人。自厥初才子，罔不世济。若伊之有陟，巫之有贤。媲于功宗，登于策书。后之名公卿子，发闻能益人家国者，亦往往间出。其或年之有永有不永，斯造物者之不齐。虽休光美实，显有令闻，足以自寿无穷。而存亡之系，在于有邦有家，则当吾世而尤痛我纳兰君。君氏纳兰，讳成德，后改性德，字容若。惟君世远有代序，常据有叶赫之地。明初内附，为君始祖星恳达尔汉。六传至君高祖讳养汲弩，女为高皇后，生太宗文皇帝。曾祖讳金台什，祖讳倪迓韩。父今大学士太傅公也。母觉罗氏，封一品夫人。太傅公勋高望钜，为时柱石，而庭训义方。君胚胎前光，重休袭嘉，自少小已杰然见头角。喜读书，有堂构志，人皆曰太傅有子。年十八九，联举京兆礼部试。又三年而当丙辰廷对，劲直切劘，累累数千言，一时惊叹。今上知君材，欲引以自近，以二甲久次，选授三等侍卫，再迁至一等。盖上方厉精思治，大正于群仆侍御之臣，欲罔非正人，以旦夕承弼。其惟君吉士，以重此选也。君日侍上所，所巡幸，无近远必从，从久不懈，益谨。上马驰猎，拓弓作霹雳声，无不中。或据鞍占诗，应诏立就。白金文绮、中衣佩刀、名马香扇、上尊御馔之赐相属也。康熙二十一年秋，奉使觇唆龙羌。道险远，君间行疾抵其界，劳苦万状，卒得其要领还报。后唆龙输款，而君已殁。上时出关，遣宫使拊其几筵哭而告之，重悯其劳也。君既以敬慎勤密当上意，而上益稔其有文武才，且久更明习，可属任。尝亲书唐贾至《早朝》诗赐之，又令赋《乾清门应制》诗，译御制《松赋》，上皆称善。中外咸谓君将不久于宿卫，行付以政事，以展其中之所欲施。君亦自感厉，思竭所以报者，而不幸遽病。病七日，遂不起。时上日遣中官侍卫及御医问所苦，命以其状日再三报，亲处方药赐之，未及进而绝。上震悼，遣使赐奠，恩恤有加，屡慰谕太傅公毋过悲。然上弥思之弗置也。呜呼！君其竟死矣，而君之志未一竟也。君性至孝，未阊明入直，必之太傅夫人所问安否，归晚亦如之。燠寒之节，寝膳之宜，日候视以为常。而其志尤在于守身不辱，保家亢宗，不仅以承颜色娱口体为孝也。侍禁闼数年，进止有常度，不失尺寸。盛寒暑必自强，不敢辄乞浣沐。其从行于南海子、西苑、沙河、西山、汤泉尤数。尝西登五台，北陟医巫闾山，出关临乌喇，东南上泰岱，过阙里，度江淮，至姑苏，揽取其山川风物，以自宽广，资博闻。而上有指挥，未尝不在侧，无几微毫发过。性周防，不与外庭一事。而于往古治乱，政事沿革兴坏，民情苦乐，吏治清浊，人才风俗盛衰消长之际，能指数其所以然，而亦不敢易言之。窥其志，岂无意当世者。惟其惓惓忠爱之忱，蕴蓄其不言之积，以俟异日之见庸，为我有邦于万斯年之计，而家亦与其福也。君虽履盛处丰，抑然不自多。于世无所芬华，若戚戚于富贵，而以贫贱为可安者。身在高门广厦，常有山泽鱼鸟之思。达官贵人相接如平常，而结分义，输情愫，率单寒羁孤侘傺困郁守志不肯悦俗之士。其翕热趋和者，辄谢弗为道。或未一造门，而闻声相思，必致之乃已。以故海内风雅知名之士，乐得君为归，藉君以起者甚众。而吴江吴孝廉兆骞，以俊才久戍绝塞，君力赎以还而馆之，殁复为之完其丧，世尤高君义也。读书机速过人，辄能举其要。著诗若干卷，有开天丰格。颇好为词，盖爱作长短句，跌宕流连，以写其所难言。尝辑《全唐诗选》、《词韵正略》。而君有集名《侧帽》、《饮水》

者，皆词也。工书，妙得拨灯法，临摹飞动。晚乃笃意于经史，且欲窥寻性命之学，将尽裒辑宋元以来诸儒说经之书以行世，其志盖日进而未止也。嗟夫！君于地则亲臣，即他日之世臣也。使假之年而充斯志也，以竟其用，譬若登高顺风，不疾声速，与夫疏逖新进之臣较其难易，夫岂可同日而语。昊天不吊，百年之乔木，其坏也忽诸。斯海内之知与不知者，无不摧伤，而余独尤为邦家致惜者也。君卒于康熙乙丑夏五月，距其生年三十有一。娶卢氏，赠淑人，两广总督尚书兴祖之女。继官氏，封淑人，某官某之女。子二，长曰福哥，次曰某。女二，俱幼。始君与余同出学士东海先生之门，君之学皆从指授。先生亟叹其才，佳其器识之远。殁而哭之恸，既，为文以志其藏。而顾舍人贞观、姜征君宸英雅善君，复状而表之矣。太傅公以君之常道余不置也，属以文其隧上之碑。余方悼斯世之失君，而非徒哭吾私，其敢以荒落辞。辄论次君志之大者如此，而系之以铭。铭曰：

凤觜麟角绝世稀，渥洼笯云种权奇。家之令器邦之基，弱年文史贯珠玑。胸罗星斗翼天垂，拜献昌言白玉墀。致身端不藉门资，雀弁峨峨吉士宜。帝简厥良汝予为，周庐陛栀中矩规。郎曹窃视足不移，手挽繁弱仰月支。错杂帐帘书与诗，奉使绝徼穷羌氏。冰雪靫瘃不宿驰，山川厄塞抵掌知。卒降其王若鞭笞，帝方用嘉足指麾。将试以政工允厘，岁星执戟亦暂期。阿鸿摩天竟长辞，正人元气身不訾。平生菀结何所思，要扶羲和浴咸池。明良常见唐虞时，千秋万世此志赍。埋玉黄泉当语谁，泰山毫芒一见之。琳琅金薤散为词，我今特书表其微。荒郊白烟冢离离，独君不朽征君碑。

（据《通志堂集》卷十九；又见韩菼《有怀堂诗文集》卷十四）

通议大夫一等侍卫进士纳腊君墓表

姜宸英撰

按：《清史列传》、《清史稿》等史书载纳兰性德传记，文献易征，且嫌简略，本书不予收录。《通志堂集》附录二卷大量刊入了性德师友撰各类墓铭、哀文等，本书摘要收录徐乾学撰墓志铭、韩菼撰神道碑铭二种（见前）。姜宸英撰墓表，《通志堂集》失收，内容又极重要，故附录于此。此文惟见于光绪勿自欺斋刊《姜先生全集》卷十八，据编者冯保燮、王定祥云，系自姜氏手稿录出。

君姓纳腊氏。其先据有叶赫之地，所谓北关者也。父今大学士、宫侗公；母一品夫人，觉罗氏。君初名成德，字容若，后避东宫嫌名，改名性德。以今年乙丑五月晦卒。卒而朝之士大夫及四方知名士之游于京师者，皆为君叹息泣下。其哀君者，无问识不识，而与君不相闻者，常十之六七。然皆以当今失君为可惜，则君之贤以才可知矣。君年十八九联举礼部，当康熙之癸丑岁。未几也，予与相见于其座主东海阁学公邸，而是时君自分齿少，不愿仕，退而学经读史，旁治诗歌古文词。又三年，对策则大工。时皆谓当得上第，而今上重器君，不欲出之外廷，置名二甲，久之，授三等侍卫，再迁至一等。自上所巡幸西苑、南海子、沙河及登医巫闾山，东出关至乌喇，南巡上泰岱，过祀阙里，渡汇以临吴会，君鲜不左橐鞬右橐笔以从。遇上射猎，兽起于前，以属君，发辄命中，惊其老宿将。所得白金绮绣、中衣袍帽、法帖佩刀、名马香扇之赐，前后委属。间令赋诗，奉诏即奏稿，上每称善。二十一年八月，使觇唆龙羌。其地去京师重五六十驿，间行或累日无水草，持干糒食之。取道松花江，人马行冰上竟日，危得渡。仅抵其界，卒得其要领还报，上大喜。君虽跋涉艰险，归时从奚囊倾方寸札出之，叠数十纸细行书，皆填词若诗，略记其风土方物。虽形色枯槁不自知，反遍示客，资笑乐。性雅好读书。日黎明问省毕，即骑马出，入直周庐，率至暮。虽大寒暑，还坐一榻上翻书观之，神止闲定，若无事者。诗萧闲冲淡，得唐人之旨，然喜为长短句特甚。尝言："诗家自汉魏以来，作者代起，姓氏多澌灭。填词滥觞于唐人，极盛于宋，其名家者不能以十数，吾为之易工，工而传之易久。而自南渡以后弗论也。"其于词，小令取唐五代，宗晏氏父子；长调则推周、秦及稼轩诸家。以为其章法转换、顿挫离合之妙，正与文家散行体何异，而世故薄之，何耶？故即第左葺茅为庐，常居之，自题曰"花间草堂"。视其凝思惨淡，终合天巧，真若有自得之趣者。今年五月辛巳，君将从驾出关，连促予入城。中夜酒酣，谓予曰："吾行从子究竟班马事矣，子谓我何如？"予笑曰："顷闻君论词之法，将无优为之耶？"是时，窃视君意锐甚。明日予出城，君固留，愿至晚。予不可。送予及门，曰："吾此行以八月归，当偕数子为文字之游。如某某者，不可以无与，君宜为我遍致之。"先是万寿节，上亲书唐贾至《早朝》诗赐君；月馀，令赋《乾清门应制》诗及译御制《松赋》，皆称旨。于是复挈予手曰："吾倘蒙恩得量移一官，可并力斯事，与公等角一日之长矣。"意郑重若不忍别者。然不幸以明日得疾，七日，遂不起。年止三十一。以君之才与志，使假之天年，古人不难到。其终于此，命也。居闲素缜密，与人交，遇意所不欲，百方请之不可得谒。及其所乐就，虽以予之狂，终日叫号慢侮于其侧，而不予怪。盖知予之失志不偶，而嫉时愤俗特甚也。然时亦以此规予，予辄愧之。君视门阀贵盛，屏远权势，所言经史外绝不及时政。所接一二寒生罢吏而外，少见士大夫。事两亲，退食必在左右。遇公事必虔，不避劳苦。尝司天闲牧政，马大蕃息。侍上西苑，上仓卒有所指挥，君奋身为僚友先。上叹曰："此富贵家儿，乃能尔耶！"其感激主恩深厚，思所图报，日不去口。然视文章之士，较长絜短，放浪山水，跌宕诗酒，而无所羁束，常恨不得身与其间，一似以贫贱为可乐者。于世事如不经意，时时独处深念，则又怅然抱无穷之思。人问之，不答。以此竟死，其施不得见，其志未就也。而吾辈所区区欲为君不朽之传者，亦止于此而已。悲夫！君始病，朝廷遣医络绎，命刻时以状报。及死数日，唆龙外羌款书至。上时出关，即遣宫使就几筵哭而告之，以前奉使功也。赙恤之典，皆溢常格。呜呼！君臣之际，生死之间，其可感也已。君所辑有《词韵正略》、《全唐诗选》，著诗若干卷；有集名《侧帽》、《饮水》者，皆词也。书行楷遒丽，得晋人法。娶卢氏，继官氏。其中外世系，详载阁学所撰墓志铭及顾舍人华峰所次行述。副室以某氏，生子二人，女子一人。子长曰福哥，次某。（据光绪勿自欺斋刻《姜先生全集》卷十八）

饮水词序

顾贞观撰

非文人不能多情，非才子不能善怨。《骚》《雅》之作，怨而能善，惟其情之所钟为独多也。容若天资超逸，翛然尘外，所为乐府小令，婉丽凄清，使读者哀乐不知所主，如听中宵梵呗，先凄惋而后喜悦。定其前身，此岂寻常文人所得到者。昔汾水秋雁之篇，三郎击节，谓巨山为才子。红豆相思，岂必生南国哉。荪友谓余，盍取其词尽付剞劂。因与吴君莔次共为订定，俾流传于世云。同学顾贞观识。时康熙戊午又三月上巳，书于吴趋客舍。（据道光十二年汪元治结铁网斋刻《纳兰词·原序》）

饮水词序

吴　绮撰

一编《侧帽》，旗亭竞拜双鬟；千里交襟，乐部唯推只手。吟哦送日，已教刻遍琅玕；把玩忘年，行且装之玑瑁矣。迺因梁汾顾子，高怀远询《停云》；再得容若成君，新制仍名《饮水》。披函昼读，吐异气于龙宾；和墨晨书，缀灵葩于虎仆。香非兰茝，经三日而难名；色似蒲桃，杂五纹而奚辨。汉宫金粉，不增飞燕之妍；洛水烟波，难写惊鸿之丽。盖进而益密，冷暖只在自知；而闻者咸欷，哀乐浑忘所主。谁能为是，辄唤奈何。则以成子姿本神仙，虽无妨于富贵；而身游廊庙，恒自托于江湖。故语必超超，言皆奕奕。水非可尽，得字成澜；花本无言，闻声若笑。时时夜月，镜照眼而益以照心；处处斜阳，帘隔形而不能隔影。才由骨俊，疑前身或是青莲；思自胎深，想竟体俱成红豆也。嗟呼！非慧男子不能善愁，唯古诗人乃云可怨。公言性吾独言情，多读书必先读曲。江南肠断之句，解唱者唯贺方回；堂东弹泪之诗，能言者必李商隐耳。茵次吴绮序于林蕙堂。（据乾隆衷白堂刻吴绮《林蕙堂文集》续刻卷四）

今词初集题辞

鲁　超撰

　　按：《今词初集》，顾贞观、纳兰性德合选之词集，共二卷，选明末清初词一百八十四家六百一十五首。收顾贞观词二十四首，性德词十七首。书初编于康熙十五年，后经陆续增选，并邀陈维崧参加编选，约于康熙十七年内编定刻成。

　　《诗》三百篇，音节参差，不名一格。至汉魏，诗有定则，而长短句乃专归之乐府，此《花间》、《草堂》诸词所托始欤。词与乐府有同其名者，如长相思、乌夜啼是也；有同其名亦同其调者，如望江南是也。遡其权舆，实在唐人近体以前。而后之人顾目之为诗馀，义何居乎？吾友梁汾常云：诗之体至唐而始备，然不得以五七言律绝为古诗之馀也；乐府之变，得宋词而始尽，然不得以长短句之小令、中调、长调为古乐府之馀也。词且不附庸于乐府，而谓肯寄闰于诗耶？容若旷世逸才，与梁汾持论极合。采集近时名流篇什，为《兰畹》、《金荃》树帜，期与诗家坛坫并峙古今。余得受而读之。余惟诗以苏李为宗，自曹刘迄鲍谢，盛极而衰；至隋时风格一变，此有唐之正始所自开也。词以温韦为则，自欧秦迄姜史，亦盛极而衰。至明末，才情复畅，此昭代之大雅所由振也。词在今日，犹诗之在初盛唐。唐人之诗不让于古，而谓今日之词与诗，必视体制为异同、较时代为优劣耶？兹集具在，"即攀屈宋宜方驾，肯与齐梁作后尘"，若猥云缘情绮靡，岂惟不可与言诗，抑亦未可与言词也已。书以质之两君子。康熙丁巳嘉平月，会稽同学弟鲁超拜撰。（据《今词初集》卷首）

今词初集跋语

毛际可撰

少陵云"读书破万卷，下笔如有神"，千古奉为诗圣。至于词，非天赋以别才，虽读万卷书总无当于作者。使少陵为忆秦娥、菩萨蛮诸调，必不能与青莲争胜，则下此可知矣。近世词学之盛，颉颃古人，然其卑者掇拾《花间》、《草堂》数卷之书，便以骚坛自命，每叹江河日下。今梁汾、容若两君权衡是选，主于铲削浮艳，舒写性灵；采四方名作，积成卷轴，遂为本朝三十年填词之准的。丁巳春，梁汾过余浚仪。剪烛深宵，所谈皆不及尘俗事。酒酣，出斯集见示。吟赏累日，漫附数语归之。余赋性椎朴，不能作绮语，于词学有村夫子之诮，无足为斯集重。顾生平读书不及少陵之半，而谬托以解嘲，益令有识者揶揄。两君其为余藏拙可也。遂安毛际可识。（据《今词初集》卷首）

饮水诗词集序

张纯修撰

余既裒容若诗词付之梓人，刻既成，谨泚笔而为之序曰：嗟呼！谓造物者而有意于容若也，不应夺之如此其速；谓造物者而无意于容若也，不应畀之如此其厚。岂一人之身故有可解不可解者耶？容若与余为异姓昆弟，其生平有死生之友曰顾梁汾。梁汾尝言：人生百年一弹指顷，富贵草头露耳。容若当思所以不朽，吾亦甚思所以不朽容若者。夫立德非旦暮间事，立功又未可预必，无已，试立言乎。而言之仅仅以诗词见者，非容若意也，并非梁汾意也。语云：非穷愁不能著书。古之人欲成一家之言，网罗编葺，动需岁月。今容若之才得于天者非不最优，而有章服以束其体，有职守以劳其生，复不少假之年，俾得殚其力以从事于儒生之所为。噫嘻！岂真以畀之者夺之，而其所不可解者，即其所可解者耶？梁汾从京师南来，每与余酒阑灯灺，追数往事，辄相顾太息，或泣下不可止。忆容若素矜慎，不轻为文章，极留意经学，而所为经解诸序，从未出以相示。此卷得之梁汾手授，其诗之超逸，词之隽婉，世共知之。而其所以为诗词者，依然容若自言"如鱼饮水，冷暖自知"而已。区区痛惜之私，欲不言不忍，姑述其大略如是云。时康熙辛未仲秋，古燕张纯修书于广陵署之语石轩。（据康熙三十年张纯修刻《饮水诗词集》卷首）

通志堂集序

徐乾学撰

往者容若病且殆，邀余诀别，泣而言曰："性德承先生之教，思钻研古人文字，以有成就。今已矣。生平诗文本不多，随手挥写，辄复散佚，不甚存录。辱先生不鄙弃，执经左右，十有四年。先生语以读书之要，及经史诸子百家源流，如行者之得路。然性喜作诗馀，禁之难止。今方欲从事古文，不幸遭疾短命。长负明诲，殁有馀恨。"余闻其言而痛之，自始卒以及殡阼，临其丧哭之必恸。其葬也，余既为之志，又铭其隧道之石，余甚悲。容若以豪迈挺特之才，勤勤学问。生长华阀，淡于荣利。自癸丑五月始，逢三、六、九日，黎明骑马过余邸舍，讲论书史，日暮乃去，至入为侍卫而止。其识见高卓，思致英敏，天假之年，所建树必远且大。而甫及三十，奄忽辞世，使千古而下，与颜子渊、贾太傅并称。岂惟忝长一日者有祝予之悲，海内士大夫无不闻而流涕，何其酷也。余里居杜门，检其诗词古文遗稿，太傅公所手授者，及友人秦对岩、顾梁汾所藏，并经解小序合而梓之，以存梗概，为《通志堂集》。碑志、哀挽之作，附于卷后。呜呼！容若之遗文止此，其必传于后无疑矣。记其撤瑟之言，宛如昨日，为和泪书而序之。重光协洽之岁，昆山友人健庵徐乾学书。（据《通志堂集》卷首）

成容若遗稿序

严绳孙撰

　　始余与成子容若定交，成子年未二十。见其才思敏异，世未有过之者也。使成子得中寿，且迟为天子贵近臣，而举其所得之岁月，肆力于六经诸史百家之言，久之浩瀚磅礴，以发为诗歌古文词，吾不知所诣极矣。今也不然。追溯前游，十馀年耳。而此十馀年之中，始则有事廷对，所习者规摹先进，为殿陛敷陈之言。及官侍从，值上巡幸，时时在钩陈豹尾之间。无事则平旦而入，日晡未退以为常。且观其意，惴惴有临履之忧，视凡为近臣者有甚焉。盖其得从容于学问之日，固已少矣。吾不知成子何以能成就其才若此。抑尝计之，夫成子虽处贵盛，闲庭萧寂。外之无扫门望尘之谒；内之无裙屐丝管、呼卢秉烛之游。每夙夜寒暑，休沐定省，片晷之暇，游情艺林，而又能撷其英华，匠心独至，宜其无所不工也。至于乐府小词，以为近骚人之遗，尤尝好为之。故当其合作，飘忽要眇，虽列之《花间》、《草堂》，左清真而右屯田，亦足以自名其家矣。嗟呼！天之生才，而或夺之年，如贾傅之奇气卓识，度越今古无论。其次文章之士，若唐王勃之流，藻艳飙驰，一往辄尽。故裴行俭之论，有以卜其所止。今成子之作，非无长才，而蕴藉流逸，根乎情性。所谓人所应有，己不必有；人所应无，己不必无。虽使益充其所至，犹疑非世之所共识赏。而造物厄之，何耶？虽然，脩短天也。夫士亦欲其言之传耳。今健庵先生已缀辑其遗文而刻之，盖不徒笃死生之谊也。后世必更有知成子者矣。独是余与成子周旋久，于先生之

命序是编，其能不泫然而废读乎。康熙三十年秋九月，无锡严绳孙题。（据《通志堂集》卷首）

与栩园论词书

顾贞观撰

按：以下为顾贞观致陈聂恒书一帧。陈氏自刊其《栩园词弃稿》，置顾书于卷首，原题"顾梁汾先生书"。书作于康熙四十三年甲申（一七〇四）七月。是书颇关涉清初词坛风气衍变及纳兰性德学词经历，因以全文照录。

判袂一十馀年，栩园之名既成，愿且遂矣。悬知近岁风采倍常，而玉山朗朗，在老人心目间者，尚依然向日栩园也。忆曾有拙诗题《金缕曲》云："人因慧极难兼福，天与情多却费才。"后闻恰续鸾胶，便亦懒寻鱼素，然未尝旬月不尘企想。忽承来翰，深荷见存，欲令野老姓名附尊词以不朽；而厚意虚怀，至如昔人所云"不蕲其知吾之所已就，而蕲其知吾之所未就"，抑何问之下而恭也。年力如栩园，夫孰得而轻量其所就者。而余因窃叹天下无一事不与时为盛衰。即以词言之，自国初辇毂诸公，樽前酒边，借长短句以吐其胸中。始而微有寄托，久则务为谐畅。香岩、倦圃，领袖一时。唯时戴笠故交，担簦才子，并与燕游之席，各传酬和之篇。而吴越操觚家，闻风竞起，选者作者，妍媸杂陈。渔洋之数载广陵，实为斯道总持。二三同学，功亦难泯。最后吾友容若，其门第才华，直越晏小山而上之；欲尽招海内词人，毕出其奇，远方骎骎有应者。而天夺之年，未几辄风流云散。淮洋复位高望重，绝口不谈。于是向之言词者，悉去而言诗古文辞。回视花间草堂，顿如雕虫之见耻于壮夫矣。虽云盛极必衰，风会使然，然亦颇怪习俗移人，凉燠之态，浸淫而入于风雅，为可太息。假令今日更得一有大力者，起而倡之，众人幡然从而和之，安知衰者之不复盛邪。故余之于词，不能无感；而于栩园，实不能无望。虽然，将何以益栩园？唯余受知香岩，而于词尤服膺倦圃。容若尝从容问余两先生意指云何，余为述倦圃之言曰："词境易穷。学步古人，以数见不鲜为恨；变而谋新，又虑有伤大雅。子能免此二者，欧秦辛陆何多让焉。"容若盖自是益进。今栩园之倾倒于余，不减容若。且此中甘苦，皆能自知之而自言之，二者之患，吾知免矣。读其词者，方不胜望洋向若，茫焉而莫测其所就。而犹欲然自以为有所未能，何也？倘亦有"及之而后知，履之而后难"者乎。吾又以知栩园之所就，有深于此矣。而何以益栩园邪？栩园行以名进士出宰百里，抵都时倘举余语质之渔洋，必有相视而笑，且相视而叹者。起衰之任，幸已有属，但不知我辈犹及见否耳。秋暑长途，珍重珍重。不备。七月二十六日，石仙山樵顾贞观顿首复。（据康熙且朴斋刻《栩园词弃稿》卷首）

纳兰性德手简

按：一九六一年，上海图书馆裒集纳兰性德书简手迹，影印《词人纳兰容若手简》一册，共收性德致友人书简三十七件，并有查嗣韩等六人跋语。这些手简均不见收于《通志堂集》，是为纳兰性德研究的重要材料。由于影印本属非卖品，印数极少，流传不广，本书特迻录于卷末，作为附录。收简人名及各简排序，悉照影印本。本书笺校者的一些初步看法，则以跋语形式，置于简末。

致张纯修二十九简

第一简

前求镌图书，内有欲镌"藕渔"二字者。若已经镌就则已，倘尚未动笔，望改篆"草堂"二字。至嘱，至嘱！茅屋尚未营成，俟葺补已就，当竭诚邀驾作一日剧谈耳。但恨无佳茗供啜也。平子望致意。不宣。成德顿首。初四日。

"卿自见其朱门，贫道如游蓬户。"容兄因仆作此语，构此见招，有诗刻《饮水集》中。适睹此札，为之三叹！贞观。

第二简

前来章甚佳，足称名手。然自愚观之，刀锋尚隐，未觉苍劲耳。但镌法自有家数，不可执一而论，造其极可也。日者竭力搆求旧冻，以供平子之镌，尚未如愿。今将所有寿山几方，敢求渠篆之。石甚粗砺，且未磨就，并希细致之为感。叠承雅惠，谢何可言！特此，不备。十七日，成德顿首。石共十方，其欲刻字样，俱书于上。又拜。

第三简

德白：比来未晤，甚念。平子兄幸嘱其一二日内拨冗过我为祷。此启，不尽。初四日，德顿首。并欲携刀笔来，有数石可镌也。如何？

第四简

正因数日不见，怀想甚切，不道驾在津门也。海上风烟，想大可观，有新作，归来即望示我。来笺甚佳，乞惠我少许。尊使还，草此奉覆。不尽，不尽。十月五日。成德顿首。

第五简

前托潘公一事，乞命使促之。夜来微雨西风，亦春来头一次光景。今朝霁色，亦复可爱。恨无好句以酬之，奈何，奈何！平子竟不来，是何意思？成德顿首。

第六简

前正以风甚不得相过为憾，值此好风日，明早准拟同诸兄并骑而来，奈又属入直之期，万不得脱身。中心向往，不可言喻。另日奉屈过小圃，快晤终日，以续此缘，何如。见阳道兄。成德顿首。

第七简

连日未晤，念甚。黄子久手卷借来一看，诸不一。期小弟成德顿首。

第八简

日暮望即付来手，诸容另布，不一。期弟成德顿首。见阳道长兄。

第九简

日暮不佳，望以前所见者赐下，否则俱不必耳，恃在道义相照，故如是贪鄙也。平子已托六公，如何竟有舛谬？俟再订之。诸不悉。成德顿首。

第十简

一二日间，可能过我？张子由画三弟像，望转索付来手。诸子及悉，特此。成德顿首。七月四日。

第十一简

素公小照奉到，幸简入之。诸容再布，不尽。成德顿首。七月十一日。

第十二简

天津之行，可能果否？斗科望速抄出见示。聚红杯乞付来手。三令弟小照亦望检发，至感，至感！特此，不一。成德顿首。

第十三简

令弟小照可谓逼肖，然妆点未免少俗耳。吾哥似少不像，而秋水红叶，可无遗憾也。一两日可能过我？特此，不尽。来中顿首。

第十四简

姚老师已来都门矣，吾哥何不于日斜过我。不尽。成德顿首。三月既日。

第十五简

两日体中已大安否？弟于昨日忽患头痛喉肿。今日略差，尚未全愈也。道兄体中大好，或于一二日内过荒斋一谈，何如，何如？特比，不一。来中顿首。更有一要语，为老师事，欲商酌。

又拜。

第十六简

花马病尚未愈，恐食言，昨故令带去。明早家大人扈驾往西山，他马不能应命，或竟骑去亦可。文书已悉，不宣。成德顿首。

第十七简

来物甚佳，渠索价几何？欲倾囊易也。弟另觅鳅角，尚欲转烦茂公等再为之，未审如何？先此覆，不尽，不尽。初四日。成德顿首。

第十八简

箭决二，谨遣力驰上。其物甚鄙，祈并存之为感！所言书，幸于明朝即令纪纲往取。晤期俟再订。不尽。弟成德顿首。见阳道兄足下。

第十九简

箭决原付小力奉上，因早间偶失检察，竟致空手往还，可笑甚矣。今特命役驰到，幸并存之。书祈于明后日即取至，则感高爱于无量也。晤期再报。不一。成德顿首。见阳道兄足下。

第二十简

倪迂《溪山亭子》乃借耿都尉者，顷已送还，俟翌日再借奉鉴耳。四画若得司农公慨然发览，当邀驾过共赏也。率覆，不一。弟德顿首。

第二十一简

周、伊二人昨竟不来，不知何意？先生幸促之。诸容面悉，不尽。七月七日。成德顿首。见阳足下。

第二十二简

久未晤面，怀想甚切也，想已返辔津门矣。奚汇升可令其于一二日间过弟处，感甚，感甚！海色烟波，宁无新作？并望教我。十月十八日。成德顿首。

第二十三简

厅联书上，甚愧不堪。昨竟大饱而归，又承吾哥不以贵游相待，而以朋友待之，真不啻既饱以德也。谢谢！此真知我者也。当图一知己之报于吾哥之前，然不得以寻常酬答目之。一人知己，可以无恨，余与张子，有同心矣。此启，不一。成德顿首。十二月岁除前二日。因无大图章，竟不曾用。

第二十四简

明晨欲过尊斋，同往慈仁松下，未审尊意以为如何？特此，不一。成德顿首。

第二十五简

欹斜一径入，门向夕阳边。何必堪娱赏，凋零自可怜。松寒疑有雪，僧老不知年。只合千峰上，长吟看月圆。《戒坛》。

第二十六简

亡妇柩决于十二日行矣，生死殊途，一别如雨。此后但以浊酒浇坟土，洒酸泪，以当一面耳。嗟夫，悲矣！澹庵画册附去。宋人小说明晨望送来。成德顿首。

第二十七简

比日未奉教诲，何任思慕。前所云表帖张庆美，幸致其过荒斋。奚汇升亦遣其过我。秋色满阶，忽有迅雷，斯亦奇也，不知司天者亦有占验否？此上。不尽，不尽。九月十三日，成德顿首。《从友人乞秋葵种》一绝呈教：空庭脉脉夕阳斜，浊酒盈樽对晚鸦。添取一般秋意味，墙阴小种断肠花。

第二十八简

成德白：渌水一樽，黯然言别，渐行渐远，执手何期？心逐去帆，与江流俱转，谅知己同此眷切也。衡阳无雁，音问久疏。忽捧长笺，正如身过临邛，与我故人琴酒相对。乡心旅况，备极凄其，人生有情，能不惆怅。念古来名士多以百里起家者，愿足下勿薄一官，他日循吏传中，藉君姓名，增我光宠。种种自当留意，乃劳谆嘱耶。鄙性爱闲，近苦鹿鹿，东华软红尘，只应埋没慧男子锦心绣肠，仆本疏慵，那能堪此。家大人以下，仗庇安和，承念并谢。沅湘以南，古称清绝，美人香草，犹有存焉者乎？长短句固骚之苗裔也，暇日当制小词奉寄，烦呼三闾弟子，为成生荐一瓣香，甚幸。邮便率勒，不尽依驰。成德顿首。

第二十九简

四月廿一日，成德白：朝来坐渌水亭，风花乱飞，烟柳如织，则王年时把酒分襟之处也。人生几何，堪此离别？湖南草绿，凄咽同之矣。改岁以还，想风土渐宜，起居安适。惟是地方兵燹之后，兴除利弊，动费贤令一番精神。古人有践历华要，犹恨不为亲民官得展其志愿者。勉旃，勉旃，勿谓枳棘非鸾凤所栖也。蕞尔荒残，料无脂腻可点清白。但一从世俗起见，则进取既急，逢迎必工，百炼刚自化为绕指柔。我辈相期，定不在是。兄之自爱，深于弟之爱兄，更无足为兄虑者。至长安中，烟海浩浩，九衢昼昏，元规尘污，非便面可却。以弟视之，正复支公所云"卿自见其朱门，贫道如游蓬户"耳。诗酒琴人，例多薄命，非为旷达，妄拟高流。顷蒙远存，聊悉鄙念。来扇并粗篦写寄，笔墨芜率，不足置怀袖间。穆如之清，藉此奉扬。楚云燕树，宛然披拂，或暂忘其侧身沾臆也。努力珍重！书不尽言。成德顿首。

题跋

向从朱供奉竹垞、姜征君西溟辈得悉容若风雅，深以未经挹接为恨。壬申秋，从见阳署中始睹其笔札，把玩不能释。见阳与容若为莫逆交，生平唱酬最密。于其殁后，既刻其饮水诗，复集其往还尺牍，哀然成卷。世之览者，不独想见风流，亦当有感于交道也。皋亭查嗣韩题。

每与人言容若佳处，闻者或以为过情，要是其人未识容若耳。若曾相识，则其佳处尚不尽于吾辈所言也。今观诸札，与见阳爱重若此，知容若，并可知见阳。而容若已不可复作矣，惜哉！梁溪同学顾贞观识。

余向栖迟郎署者八年，未尝一识容若。间有言及者，亦止道其声华鸟奕，才思藻丽而已。及乞休后，寓居锡山，日与梁汾舍人对，始悉其为人：虽处华腴，而律己甚严；虽风云月露，不废拈毫，而留心当世之务，不屑屑以文字名世。今观见阳张君集其往复书札，胸中笔下，都无点尘，而用意尤极深厚。则其人之生平，益言梁汾之言为不虚矣。惜乎天不假之年，使赍志以殁。岂天之所赋，亦有靳有不靳耶？吁！若容若者，正不必以年传也。癸酉孟夏，武陵存斋胡献征跋。

人谓容若贵公子耳，稍知之者，目为才人已耳。不知其志洁，其行芳，不但不以贵公子自居，并不肯以才人自安也。此其与见阳先生往来手札，观其于朋友间肫笃如此，亦岂今人所有哉！至其辞翰工妙，有目共见，又不待言也。见阳裒集成卷，宝爱如拱璧，其知容若深矣。梁溪同学秦松龄跋。

容若先生素未谋面，然诗文翰墨，饶有风雅之誉，心窃慕之。见翁世叔于胥江舟次出其手札一卷，阅之不能释手。大抵非常之人，自分必传，不遇真知己，虽一言半字，不肯浪掷。独与见翁往还尺牍如许，殆知己无有过之者，宜其什袭藏之，出处必携也。狮峰居士沈宗敬拜手识。

平生知交，赤牍笔疏，推曹侍郎秋岳第一。此外则容若侍卫，书记翩翩，天然绝俗。侍郎里居，日必有札及余，或再至三至。每过余，见杂置几案，辄诫余投瓮火之。乡里后进有缉侍郎赤牍单行者，寓余诸札，独无有也。容若好填小词，有作必先见寄，红笺小叠，正复不少。迨乙丑逝后，余浮湛都市，人海波涛，转徙者数，欲求断楮零墨，邈不可得。见阳张郡伯乃一一藏之，装池成卷，足以见生死交情之重矣。小长芦金风亭长朱彝尊书于白门之承恩僧舍，时年七十有六。

附录《和容若秋夜词，在通潞作》：

倦柳愁荷陂十里，一丝雁络晴空。酸鸡渐逼小亭中。鱼云难掩月，豆叶易吟风。　　才子年来相忆数，经秋离思安穷。新词题就蜀笺红。雪儿催未付，先寄玉河东。

《郊游联句，调浣溪沙》：

出郭寻春春已阑（宜兴陈维崧其年），东风吹面不成寒（无锡秦松龄留仙），青村几曲到西山（无锡严绳孙荪友）。　　并马未须愁路远（慈溪姜宸英西溟），看花且莫放杯闲（彝尊），人生别易会常难（成德）。

致顾贞观一简

望前附一缄于章藩处，计应彻览。弟比日与汉槎共读"萧选"，颇娱岑寂，只以不对野王为怊怅耳。黄处捐纳事，望立促以竣，不可以泄泄委之也。顷闻峰泖之间颇饶佳丽，吾哥能泛舟一往乎？前字所言半塘、魏叟两处如何，倘有便邮，即以一缄相及。杪夏新秋，准期握手。又闻琴川沈姓有女颇佳，亦望吾哥略为留意。愿言缕缕，嗣之再邮。不尽。鹅梨顿首。

致严绳孙五简

第一简

成德白。前有一字，托郑谷口寄去，想先后可达台览，种种非片言可尽。未审起居如何？家严病已渐差，辱吾哥垂虑，敢并附闻。弟今于闲中留心《老子》，颇得一二人开悟，未敢云有得也。马云翎不及另字，幸道思念之意。别后光阴，不觉已四越月，重卺之约，应成空谈。明年四月十七，算吾咏"正是去年今日别君时"也。吴伯老不专启，幸道意。赵声伯若进谒时，并望周旋之。此泐，不尽。八月六日，成德顿首。

第二简

中秋后曾于大恩僧舍以一函相寄，想已入览矣。弟秋深始归，日值驰苑，每街鼓动后，才得就邸。曩者文酒为欢之事。今只堪梦想耳。兹于廿八日又扈东封之驾，锦帆南下，尚未知到天涯何处，如何言归期邪！汉兄病甚笃，未知尚得一见否，言之涕下。弟比来从事鞍马间，益觉疲顿，发已种种，而执殳如昔，从前壮志，都已隳尽。昔人言，身后名不如生前一杯酒，此言大是。弟是以甚慕魏公子之饮醇酒、近妇人也。行前得吾哥手书，知游况不佳，甚为悬念，然人世常情，毋足深讶。东巡返驾，计吾哥已到都亭，当为弹指画谋生之计。古人谓好官不过多得金耳，吾哥但得为饱暖闲人，又何必复萌宦情邪？吾哥所识天海风涛之人，未审可以晤对否？弟胸中块磊，非酒可浇，庶几得慧心人以晤言消之而已。沦落之馀，久欲葬身柔乡，不知得如鄙人之愿否耳。乘舆南往，恐难北上，如尚未发棹，须由中州从陆。以岁前为期，便当别置帏房，以炉茗相待也。此札到日，速以答书见寄，必附章藩乃能速达。九月廿七日午刻，饮水弟顿首白。

第三简

成德顿首。前有一函托汤商人寄去，想入览矣。近况已略悉前柬，兹不复具。惟乞吾哥于八月间到都，以慰我愁思也。华山僧鉴乞转达鄙意，求其北来为感。留仙事今已大妥，不必为念，特此附闻。馀情缕缕，不宣。七月廿一日，成德白。

第四简

十二月十五日成德白：荪友长兄足下，慕大哥去，曾附一信，想已入览矣。闻已自浙中来，家囊橐不知如何？息影之计可能遂否？前有新词四十馀阕附去，未审得细加删定否？华封在都，相得甚欢，一旦忽欲南去，令人几日心闷。数年之间，何多离别！订在明年八月间来都，若吾哥明春北来则已，否则秋间即促其发轫，亦吾哥之大惠也。前吾哥在浙时，江烟湖鸟，景物自佳，但恐如白香山所云"诚知老去风情少，见此争无一句诗"耳。江南风景如何？成成身后事已嘱料理，想不有误。新令韩君，觅人转致。邳仙尚留滞京中，颇见不妥。留仙亦一淹蹇人也。有新诗即寄我。二郎读书如何，并示为慰。家大人皆无恙。几年以来，吾哥意中人想俱已衰丑零落，亦大凄凉也。呵呵。阔怀如缕，捉管顿不能言，奈何，奈何。诸惟鉴，不尽。成德顿首。

第五简

分袂三日，顿如十载。每思清夜酒阑，残星凉月，相对言志，不禁泣下。前者因行李匆遽，未得把臂一送，深为歉仄。驰恋之心，想彼此同之也。至叮嘱之言，以吾兄高明人，故不敢琐琐。然此中愁肠，正不知有几千结也。稍俟绿肥红瘦，即幸北来，万勿以寻旧约，作当日轻薄态，留滞时日，以负弟望也。至恳至恳。慕鹤老处嘱其照拂，留老相会时希致意。诸草草不一。成德顿首。左至。正月廿日。

致阙名一简

成德白：不见忽已二十馀日，重城间隔，趋侍每难。日夕读《左氏》、《离骚》，馀但焚香静坐。新法如麻，总付不闻，排遣之法，推此为上。来言尽悉，俟面布。再宣。初三日，成德顿首。谨状。伏惟鉴察。

致颜光敏一简

成德谨禀太夫子台下：前接手谕，因悉起居佳胜，翘首南天，益增怅望。悠悠梦想，愿飞无翼，种种并志之矣。使旋，布候不宣。成德顿首。

本书笺校者跋

以上是纳兰性德的三十七件书简。据几位目验过部分原件的鉴赏专家判断，它们确是出自性德之手，这一点可以不必置疑。在笺校纳兰词的过程中，我们仔细研读了这些手简，得到一些初步认识，兹写在这里，供读者参考。

一　关于查嗣韩等六人的跋语

致张见阳二十九简是一个整卷，查嗣韩等六人跋语题在卷末。致顾贞观等人八简并不在此卷内。其中致阙名一简，先载于吴修《昭代名人尺牍小传》卷八，上海图书馆影印本所印此简，即取自吴修书。至于致顾贞观等另外七简出处，尚不清楚。

六家跋文，时间有先后，地点也不同。从跋文顺序和内容可知，查嗣韩题于壬申（康熙三十一年，一六九二），最早；地点在扬州府同知张见阳署中。查氏之后是顾贞观，未说明时间地点。第三是胡献征，题于癸酉（康熙三十二年，一六九三）孟夏，地点不详。顾贞观跋在胡氏前，必然题于壬申、癸酉间。第四是秦松龄跋，时地均不详。第五为沈宗敬跋，作于胥江舟次，未署时间。最后为朱彝尊跋，地点在南京承恩寺僧舍，并云"时年七十有六"，易考知题时在康熙四十三年，即一七〇四年。

纳兰性德致张见阳二十九札卷，原藏夏衍处，大约得之于一九四九年前后，上图影本即由夏氏提供。在夏氏收藏之前，该卷曾经今人启功过目，并为题跋文。二十世纪八十年代，启功以《饮水词人手札卷跋》为题，刊其跋文于《文史》第五辑。启文云："右成容若先生德手札二十九通并诸名贤题跋一卷，武进赵药农教授所藏。"由此得知，夏衍收藏前，手卷曾收藏在赵药农处。至于致顾贞观等七简藏于谁何，未能访知。

二 关于致张见阳二十九简

这二十九简，能考知作期的，只有一部分。

第二十八简云"渌水一樽，黯然言别，渐行渐远，执手何期"，又云"衡阳无雁，音问久疏，忽捧长笺，正如身过临邛，与我故人琴酒相对，"可知是张见阳赴江华任后不久之作。张见阳令江华在康熙十八年，秋日离京，待性德得见见阳来书，时间当在当年冬日。

第二十九简很容易判断，作于康熙十九年四月廿一日。这一简是致张见阳简中最晚的一件。

第二十六简谈卢氏下葬事，当作于康熙十七年夏。

第一简有"茅屋尚未营成"语，应在康熙十七年。一、二、三、五简均言及请平子镌刻图章事，内容相关，也当属康熙十七年。平子，名吴晋，福建莆田人，生卒年不详，事存周亮工《印人传》卷三。平子善绘兰，篆法初学莆田派，后有改变。其治印边款多署"平子晋"名。简内原欲镌"藕渔"二字者，乃镌赠严绳孙者，严别署藕荡渔人。改篆"草堂"二字乃自用，草堂即后文之"茅屋"，又称花间草堂。

第四简云"来笺甚佳，乞惠我少许"。第五简用暗花笺，且有"张氏"小印，殆即乞得者。第五简有"夜来微雨西风，亦春来头一次光景"，是作于十七年春。第四简署"十月五日"，则为头年即康熙十六年之作。

第四简、十二简、二十二简均谈及见阳赴天津事，当同为康熙十六年之作，且日期相近。

第十二、十三、十等三简均言及三弟小像，也为康熙十六年之作。

第二十二、二十七两简皆有邀奚汇升事，则第二十七简也作于康熙十六年。

第七、第八两简称"期"，可见作于卢氏去世之年，即康熙十六年。

第八、第九简谈日晷事，时日必近，第九简也当作于康熙十六年。

第六简有"入值"事，是任侍卫之后作，当在康熙十八年春。

三 关于致顾贞观一简

"只以不对野王为怊怅耳"一句，以顾野王代指收信人，判定此简是寄给顾贞观的，可以确切无疑。章藩，指章钦文；"藩"是布政使的别称。《圣祖实录》康熙二十二年载，是年十月，升江西按察使章钦文为江宁布政使，简必作于二十二年十月之后。"弟比日与汉槎共读'萧选'"，汉槎即吴兆骞。吴兆骞，康熙二十年冬入关，二十三年十月病故，则简必作于康熙二十二年十月至二十三年十月之间。又从"杪夏新秋，准期握手"句看，非隔岁相约口气，因而此简当作于康熙二十三年春间。简中提及的琴川沈姓女，为江南女词人沈宛。由顾贞观作伐，沈宛于是年秋随顾氏入京，性德旋纳之为妾。至于"鹅梨"，当为性德别署。

四 关于致严绳孙五简

性德与严绳孙相识，在康熙十二年。此后，绳孙曾两度回南（无锡），一为康熙十五年四月离京，十七年夏北返；另一为康熙二十四年四月，离京不久，性德即卒。

第一简提到马云翎，马云翎卒于康熙十七年，简必作于此年前。简中又有"明年四月十七，算吾咏'正是去年今日别君时'也"句，知简即作于与严氏分别的当年，即康熙十五年。简末署"八月六日"，与简中"别后光阴不觉四越月"语，皆与绳孙康熙十五年四月离京南归相合。马云翎是年春到京应礼部试，仍不第，旋即南返。

第二简云："兹于廿八日又扈东封之驾，锦帆南下，尚不知到天涯何处。"康熙二十三年九月二十八日圣祖南巡，自京师起程。简中云"秋深始归"，指扈从古北口近边，至八月十五始归事。此简显然只能是康熙二十三年之作。简又云"东巡返驾，计吾哥已到都亭"，则作简之时，严氏当不在都。而实际上，康熙二十三年内，绳孙并未离开京师。检《康熙起居注》，是年九月二十五日的起居注即由绳孙记录，与此简署时只隔一天。所以，此简不是寄给严氏的。如果把这封信简看作是寄给顾贞观的，则处处合枘。是年春，性德已与顾氏约定"杪夏新秋，准期握手"，性德随扈南下时，正是梁汾北上之期，简中"乘舆南往，恐难北上，如尚未发棹，须由中州从陆"，即指此而言。所谓"天海风涛之人，未审可以晤对否"，仍是说沈宛之事。此简为南巡前一日致顾贞观书，上海图书馆影本列为致严绳孙简，当为误置。另须说明，今学者张弘已率先发现并撰文指出了此简"误顾为严"的错误，张弘文载《甘肃社会科学》一九九一年第三期，读者可参读。

第三简尚难有所论述。张弘以为作于康熙十六年七月，姑备一说。

第四简称"苏友长兄足下"，为寄严绳孙简无疑。绳孙康熙十五年四月南还，十七年夏北返，此简署时"十二月十五日"，简的作期只有康熙十五年、十六年两种可能。康熙十七年正月，圣祖下征博学鸿儒诏，但征鸿博的消息则早在康熙十六年已传出，严绳孙亦在必征之列。绳孙原拟徜徉林泉，终老藕荡，故简中有"息影之计可能遂否"的问讯。康熙十七年，绳孙终被迫赴京应试。"吾哥明春北来则已"，即指此事。据此可判断，这一简当作于康熙十六年十二月十五日。华封，即顾贞观，时正在都。顾氏已定年后南还，今存顾撰《饮水词序》，署"康熙戊午（按为十七年）又三月上巳，书于吴趋客舍"，可知康熙十七年闰三月华封已返回江南。简云"华封在都，相徣甚欢，一旦忽欲南去，令人几日心闷"。"忽欲"二字，正是欲行尚未成行口气。性德与顾贞观"订在明年八月间来都"，实际这一约定并未实现。据邹升恒撰《梁汾公传》："己未诏举博学鸿词，修明史，有欲荐先生者，先生力辞。"梁汾康熙十七年未能进京，实与征鸿博有关。为避此事，梁汾乃远走福建，做吴兴祚门客，直至康熙十九年，方再次入都。伯成，即吴兴祚，原任无锡县令，康熙十四年升福建按察使。"身后事"，指吴在无锡时的积年赋额未清。新令韩君，指韩文琨，康熙十四年继吴兴祚任无锡县令。邠仙，指秦松龄之堂弟秦松期（一六四〇——一七一五），字邠仙，号漆园，廪贡生。康熙十五年经廷试授蒙城县学训导，未就，所以手简有"留滞京中，颇见不妥"语。后改授翰林院孔目，想来经容若援手。

第五简也存在"误顾为严"的错误。简作于正月廿日，又称"分袂三日"，则分别之期在正月十七日。严氏两次南还，均为初夏四月，并无正月回南之事。如果把此简与第四简互看，则应得到此简为致顾贞观的结论。十二月二十五日时"欲归"，正月十七日动身，颇为符合。"稍俟绿肥红瘦，即幸北来"，即第四简"八月间来都"之约，唯用了一个借代修辞而已。第四简寄严绳孙，第五简寄顾贞观；一在康熙十六年岁末，一在康熙十七年岁首，中间相隔仅一月，所以两简提到的一些人名，也大体一致。

五　关于致阙名简和致颜光敏简

致阙名简字迹甚工，口吻亦恭谨，似致师长便函。

颜光敏，字修来，曲阜人。康熙二年进士，官吏部主事、郎中。康熙二十五年卒。颜光敏与性德交谊情况不详。此简见收于颜运生辑《颜氏家藏尺牍》（有道光海山仙馆丛书本）卷三，且注明作者为"成侍卫德"。案，《颜氏家藏尺牍》于收信人每略而不书，故此简之收简人未必为颜光敏，亦可能为光敏之兄颜光猷。光猷，字秩宗，康熙十二年进士，与性德会试同年。尝以刑部郎中出守贵州安顺府，似与简中"翘首南天，益增怅望"语合。究竟为伯为仲，尚俟确考。

中华国学文库　第一辑　（精装）

四书章句集注
〔宋〕朱　熹　撰

诗集传
〔宋〕朱　熹　注　赵长征　点校

史　记（全四册）
〔汉〕司马迁　撰　〔宋〕裴　骃　集解　〔唐〕司马贞　索隐　〔唐〕张守节　正义

三国志（上下册）
〔晋〕陈　寿　撰　〔宋〕裴松之　注

老子道德经注
〔魏〕王　弼　注　楼宇烈　校释

庄子注疏
〔晋〕郭　象　注　〔唐〕成玄英　疏　曹础基　黄兰发　整理

世说新语笺疏
〔南朝宋〕刘义庆　著　〔南朝梁〕刘孝标　注　余嘉锡　笺疏

陶渊明集笺注
袁行霈　撰

李太白全集（上下册）
〔清〕王　琦　注

饮水词笺校
〔清〕纳兰性德　撰　赵秀亭　冯统一　笺校

中华国学文库 第二辑 （精装）

周易注校释
〔魏〕王 弼 撰 楼宇烈 校释

汉 书（全四册）
〔汉〕班 固 撰 〔唐〕颜师古 注

后汉书（全四册）
〔宋〕范 晔 撰 〔唐〕李 贤 等注

十一家注孙子
〔春秋〕孙 武 撰 〔三国〕曹 操 等注 杨丙安 校理

荀子集解
〔清〕王先谦 撰 沈啸寰 王星贤 整理

列子集释
杨伯峻 撰

坛经校释
〔唐〕慧 能 著 郭 朋 校释

曹操集
〔三国〕曹 操 著 中华书局编辑部 编

诸葛亮集
〔三国〕诸葛亮 著 段熙仲 闻旭初 编校

增订文心雕龙校注
〔南朝梁〕刘 勰 著 黄叔琳 注 李 详 补注 杨明照 校注拾遗

中华国学文库　第四辑　（精装）

资治通鉴（全十二册）

〔宋〕司马光 撰　〔元〕胡三省 音注

文史通义校注（上下册）

〔清〕章学诚 撰　叶　瑛 校注

颜氏家训集解

王利器 撰

容斋随笔

〔宋〕洪　迈 撰　孔凡礼 点校

楚辞补注

〔宋〕洪兴祖 撰　白化文等 点校

阮籍集校注

〔三国魏〕阮　籍 撰　陈伯君 校注

嵇康集校注

〔三国魏〕嵇　康 撰　戴明扬 校注

杜诗详注（全三册）

〔唐〕杜　甫 撰　〔清〕仇兆鳌 注

南唐二主词笺注

〔南唐〕李　璟 李　煜 撰　王仲闻 校订　陈书良 刘　娟 笺注

人间词话疏证

王国维 撰　彭玉平 疏证

中华国学文库　第五辑　（精装）

周易程氏传
〔宋〕程　颐　撰　王孝鱼　点校

礼记译解
王文锦　译解

孝经郑注疏
〔清〕皮锡瑞　撰　吴仰湘　点校

经学通论
〔清〕皮锡瑞　撰　吴仰湘　点校

十七史商榷
〔清〕王鸣盛　撰　闻旭初　点校

吕氏春秋集释
许维遹　撰　梁运华　整理

梦溪笔谈
〔宋〕沈　括　撰　金良年　点校

大乘起信论校释
〔梁〕真　谛　译　高振农　校释

花间集校注
〔后蜀〕赵崇祚　编　杨景龙　校注

王阳明集（上下册）
〔明〕王守仁　著　王晓昕　赵平略　点校

中华国学文库 第六辑 （精装）

书集传

〔宋〕蔡 沉 撰 王丰先 点校

诗经注析

程俊英 蒋见元 著

孟子正义

〔清〕焦 循 撰 沈文倬 点校

四书讲义

〔清〕吕留良 撰 〔清〕陈 鏦 编 俞国林 点校

徐霞客游记校注

〔明〕徐霞客 撰 朱惠荣 校注

陶庵梦忆 西湖梦寻

〔明〕张 岱 撰 马兴荣 点校

晏子春秋校注

张纯一 撰 梁运华 点校

盐铁论校注

王利器 校注

古诗源

〔清〕沈德潜 选 闻旭初 标点

建安七子集

俞绍初 辑校

中华国学文库　第八辑　（精装）

春秋繁露义证
苏　舆　撰　钟　哲　点校

尔雅义疏
〔清〕郝懿行　撰　王其和　吴庆峰　张金霞　点校

国语集解
〔三国吴〕韦　昭　注　徐元诰　集解　王树民　沈长云　点校

读史方舆纪要
〔清〕顾祖禹　撰　贺次君　施和金　点校

日知录集释
〔清〕顾炎武　撰　〔清〕黄汝成　集释　栾保群　校点

近思录集解
〔南宋〕叶　采　集解　程水龙　校注

乐府诗集
〔宋〕郭茂倩　编

王维集校注
〔唐〕王　维　撰　陈铁民　校注

韩愈诗集编年笺注
〔清〕方世举　撰　郝润华　丁俊丽　整理

龚自珍己亥杂诗
〔清〕龚自珍　撰　刘逸生　注

中华国学文库　第九辑　（精装）

两汉纪
〔东汉〕荀　悦〔东晋〕袁　宏 撰　张　烈 点校

史通笺注
〔唐〕刘知几 撰　张振珮 校注

朱子语类
〔宋〕黎靖德 编　王星贤 点校

陆九渊集
〔宋〕陆九渊 著　锺　哲 点校

管子校注
黎翔凤 撰　梁运华 整理

神仙传校释
〔晋〕葛　洪 撰　胡守为 校释

搜神记　搜神后记
〔晋〕干　宝〔晋〕陶　潜 撰　李剑国 辑校

古诗十九首集释
隋树森 集释

白居易全集
〔唐〕白居易 著　谢思炜 点校

辛弃疾词编年笺注
〔宋〕辛弃疾 著　辛更儒 笺注